〖中华诗词存稿·地域专辑〗

中华诗词学会 编

辽宁诗词卷

卷一

王充闾 王向峰 编

中国书籍出版社
China Book Press

图书在版编目（CIP）数据

辽宁诗词卷 / 王向峰, 王允闻 编 . —— 北京 : 中国
书籍出版社 , 2019.11

（中华诗词存稿）

ISBN 978-7-5068-7445-8

Ⅰ . ①辽… Ⅱ . ①王… ②王… Ⅲ . ①诗词—作品集
—中国—当代 Ⅳ . ① I22

中国版本图书馆 CIP 数据核字 (2019) 第 207445 号

辽宁诗词卷

王向峰　王允闻　编

责任编辑	李国永	
责任印制	孙马飞　马　芝	
封面设计	采薇阁	
出版发行	中国书籍出版社	
地　　址	北京市丰台区三路居路 97 号（邮编：100073）	
电　　话	（010）52257143（总编室）（010）52257140（发行部）	
电子邮箱	eo@chinabp.com.cn	
经　　销	全国新华书店	
印　　刷	北京虎彩文化传播有限公司	
开　　本	710 毫米 ×1000 毫米 1/16	
字　　数	825 千字	
印　　张	77.5	
版　　次	2019 年 11 月第 1 版 2019 年 11 月第 1 次印刷	
书　　号	ISBN 978-7-5068-7445-8	
定　　价	798.00 元（全 3 册）	

《中华诗词存稿》
编委会名单

顾　问：郑欣淼　郑伯农　刘　征　沈　鹏
　　　　葉嘉莹

编委会：（按姓氏笔画排序）

丁国成　王　强　王改正　王德虎

刘庆霖　吕梁松　李一信　李文朝

李树喜　陈文玲　张桂兴　范诗银

欧阳鹤　杨金亭　林　峰　罗　辉

周兴俊　周笃文　宣奉华　赵永生

赵京战　钱志熙　晨　崧　梁　东

雍文华

主　任：范诗银

副主任：林　峰　刘庆霖

执行主编：吕梁松　王　强　李伟成

秘　书：李葆国

《中华诗词存稿〈辽宁诗词卷〉》
编委会名单

总　序

　　我们这个诗歌大国有一个很好的传统,历来注重"采诗"、搜集整理诗歌材料。作为唯一的全国性诗词组织的中华诗词学会,自 1987 年 5 月成立以来,就十分重视这项工作。学会每年的学术研讨会和历届"华夏诗词奖",都出版论文集和获奖作品集。纪念学会成立二十年、三十年时,还专门编辑出版了《大事记》《论文选集》《诗词选集》。《中华诗词》创刊以来,每年都制作年度合订本。2007 年 5 月,在北京天识东方文化艺术传播有限公司的资助下,以近代以来诗词创作、诗词理论、诗词运动重要文献汇编,当代名家个人作品专集等为主要内容,出版了《中华诗词文库》。经过十来年的编辑整理,已经出了近百卷。这些诗集、文集的出版,记录了近百年来尤其是改革开放四十多年来,中华诗词从起步、复苏走向复兴的砥砺前行的历程,为近、当代诗歌史的撰写准备了丰富的资料。

　　党的十八大以来,中华民族优秀传统文化重新受到应有的重视。习近平总书记《念奴娇·追思焦裕禄》词和《军民情》七律的相继发表,引领中华大地诗潮滚滚而来。《中共中央关于繁荣发展社会主义文艺的意见》和中办、国办《关于实施中华优秀传统文化传承发展工程的意见》,都明确提出"加强对中华诗词、音乐舞蹈、书法绘画、曲艺杂技和历史文化纪录片、动画片、出版物等的扶持。"国家教育部组织制定由中华诗词学会起草的新中国语言体系中的新韵书《中华通韵》已经通过国家语言文字工作委员会语言文字规范标准审定委员会审定，即将颁布全国试行。这些都使我们真切地感受到，中华诗词的春天真的到来了。诗人们乘着骀荡春风，正以高昂的激情，书写着中华民族伟大复兴的新时代、新史诗，国家富强、民族振兴、人民幸福的中国梦；正以与人民同呼吸、共命运的诗人之心，对人民的欢乐、人民的忧患、人民的情怀给以诗意的表达；正以"美"或"刺"的诗人之笔，对市场经济大潮中人民对幸福生活的期待，对美好未来的希望，对假丑恶的深恶痛绝，或给以方向，或给以赞美，或给以鞭挞。正如习近平总书记所指出的："好的文艺作品就应该像蓝天上的阳光、春季里的清风一样，能够启迪思想、温润心灵、陶冶人生，能够扫除颓废萎靡之风。"

当前，传统诗词创作者和诗词爱好者队伍发展迅速，已超过三百万。每天创作的诗词作品超过唐诗、宋词、元曲的总和。诗词评论研究队伍也成长很快，诗词评论、诗词学、诗词创作理论研究成果丰硕。如何从浩如烟海的诗词作品中"淘"出优秀作品，并使之存下来、传下去，如何使诗词研究理论成果"面世"并发挥应有的指导作用，确实是摆在我们面前的无可回避的一个重要课题。中华诗词学会是一个没有国家编制，没有国家拨款的社会团体，事业的运转主要靠社会赞助和会员费支撑。俊识（北京）文化传媒有限公司总经理吕梁松、北京采薇阁总经理王强，两位一直是对中华传统文化情有独钟的热心人，慷慨解囊，愿意同中华诗词学会一起，搜集整理编辑推出《中华诗词存稿》这套书，共同为中华诗词文化的继承和发展，做成这件十分有意义的事情。

　　《中华诗词存稿》主要搜集整理出版三部分内容的资料：一是当代诗词名家的个人作品集；二是当代诗词评论家、诗词学者的学术著作集；三是当代诗词作品、诗词理论学术成果阶段性、专题性、地域性的集成类作品集。诗词作品强调精品意识，沙里淘金，把"有筋骨、有道德、有温度"的优秀诗词作品搜集起来。诗词评论、研究类资料强调理论性和创新性，应具有鲜明的个性特点，具有创建性的见解。集成类的资料应有一定的史料保存价值。总之，做成一套具有当代价值和历史意义的好书。在此，我们编委会人员，向提供资料、筛选编辑、版面设计、校对勘误，包括所有为这套资料付出辛勤劳动的同志们，表示真诚的谢意！

郑欣淼

二〇一九年七月于北京

前　　言

　　辽宁省诗词学会根据中华诗词学会提出的弘扬中华传统文化，系统整理中华诗词发展史，促进当代诗词向着更加繁荣昌盛的目标发展的要求，在辽宁省委宣传部的支持下，在过去的一段时间里，一直在为《中华诗词文库·辽宁省诗词卷》编辑工作向各市（县）征集作品。截至目前，我们已完成了征集工作，并在征集到的作品中选出可以入集的诗词作品。这些作品在题材内容上贴近现实生活，在思想感情上积极健康上进，在形式表现上讲究诗词格律与体式规范，大体上表现了辽宁省当代诗词作家六十年来的创作总体面貌，其中不乏上品与精品，有的可以汇入中华诗词的长河巨流，成为传世作品。

　　我们这次为文库征集作品，既注意了一直处于诗词创作前沿地位上的老作者，其中包括已经过世的前辈；也注意了大有人在的年轻年少的作者，特别是县区内的一般作者，其中既有工人、农民，也有少年学子；对于各地的诗社成员的作品，我们也特别给以关注。我们在征集作品时特别发现，现在各地的各行各业中爱好诗词写作者特别多，其中不少人在这方面相当有修养，如果组织引导得好，其中会涌现出不少出类拔萃者，这也正是我们所期望的长江后浪推前浪的发展愿景。

　　我们在征集作品过程中也感觉到，不少市县的诗词学会组织并不健全，征集作品的信息并不能达于每一成员，所以会有不少遗漏。这虽是遗珠之憾，却又是我们难以解决的矛盾。好在入不入这个文库，也并不影响其价值存在。

中华古典诗词的体式价值是这一文学类型的生命所在。直到今天这种体式所以仍能吸引众多作者乐此不疲，自愿加入到这个创作行列中来，其原因主要也在这里。例如写格律诗要讲句式、平仄、粘连、对仗，词曲有牌式要求，如此等等，这是必须讲究的，否则，就不入流，就不如走别的路去写作，"条条道路通罗马"，各人走个人的好了。但是，以律诗的用韵来说，古今的文字读音变化很大，"平水韵"的四声与现代汉语的四声有不少区别。而按现代汉语说话的人写旧体诗词，难免不按口语发音来用字，这就出现了诗词中的所谓"新韵"，这是不可回避的现实。对此，我们虽然并不提倡，但如果一个作者把新韵用得十分标准，又有合适的内容与完整体式，我们也予以认可，因此我们在选诗时也采取了兼容的态度，但这样的诗在本卷中是不多的。

中国古典诗词的格式是长期历史形成的结果，过程比较复杂。以诗的"平水韵"来说，主要是总结了唐代和北宋诗人的创作经验，已有稳定的模式，但以初唐一些诗与之比较，却有许多不合该韵要求之处。但从"平水韵"确立之后，人们在作诗时虽然逐渐形成了通押的习惯，但通押也有所限制，如"东"、"冬"可通，但与"庚、青、蒸"却不通押，在今天也可视为规范。比之于诗的韵律，词的规范就不是那么划一了。一个词牌，有的用平声韵，有的用仄声韵，甚至形成几个模式，有的字数也不一致。

一曲"南乡子"，南唐冯延巳是五字句起（"细雨湿秋风"），全篇27字。而五代十国前蜀的欧阳炯，《词综》收其六题，首句一律是四字（如"画舸停桡"、"岸远沙平"、"洞口谁家"），而且有的全首是28字，李珣的十首一律是三字句开头，（如"乘彩舫"、"倾绿蚁"、"渔市散"、"相见处"），并且是每首30字。而北宋王安石的"南乡子"（"自古帝王州"）是五字句开头，每首28字；苏轼的"南乡子"（"回首乱山横"）与王安石的格式一样。而且有的全首是27字，有的全首是28字，到了南宋，辛弃疾却是首句五字（"何处望神州"），陆游也是首句五字（"归梦寄吴樯"），全首词中辛、陆都是27个字，以致形成同一"南乡子"词牌，其首句字数和全词句式和字数的三种不同，并且又有单调与复调的区别。这说明同一词牌在历时过程中也在不断变化。因此，对于词的合格式与不合格式的判断，就出现了多标准依据，这让我们在判断格式时必须多方照应。我们对此，在考量上主要是以名家名作为范式，不论合于那种，只要前有所据，皆予认可。

关于入卷的作者，有几类情况：一是土生土长的辽宁人，生在辽宁又一直在辽宁工作和生活。这是本卷中占绝大比重的作者。二是生于外省、却在辽宁工作和生活，他们一时或永久地成了辽宁人，其诗词自然也入于本卷之中。三是生于辽宁、却在外省工作，但在诗词创作上与辽宁故土多有联系，或有稿寄回辽宁发表，有的也很主动关注辽宁这次诗词卷的编选工作，并有诗寄回，这也成了我们本卷收取的对象。

在辽宁诗词卷中的作者编排序列，主要以省内各市组合成五个板块，编列为五辑。第一辑为省直所属各单位的作者；第二辑为沈阳市、大连市的作者；第三辑为鞍山市、抚顺市、本溪市、丹东市的作者；第四辑为锦州市、营口市的作者；第五辑为阜新市、辽阳市、铁岭市、朝阳市、盘锦市、葫芦岛市的作者。在各市的作者排序上，基本上是以生年为序，只是各市作者中有的有县域作者群和诗社作者群，我们在编辑上仍保持其作者群的原列顺序，并未在该市内打乱重排。我们考虑：这样更能显示基层诗词创作群体的创作态势，也是我们应该特别关注和提倡的。在各辑中还有一些作者生年无考，我们只好按估计将其排在一个位置上，肯定是不很准确的，但暂时也只能如此了。

辽宁诗词卷的作品编选工作，前期由王维阁、孙丕任、姚莹分别进行；由王向峰汇总后统一编订成初稿；对一些作品的文字词句和用韵，在不同环节分头进行阶段，参编者都在力所能及的情况下有所调整和修正；最后由王充闾统审；然后又由编委会审议确定并上呈中华诗词文库编委会定夺。

选进本卷的诗词作品众多，其中的每篇作品在构造上都各自不同。对此，虽经我们层层审读，怕也难免有看不清和看不透的地方，其中纰漏之处难免，希望读者能加以批评指正。

辽宁省诗词学会
2009年9月6日

目　　录

第二辑

第一辑

萧 军

萧军（1907—1988），原名刘鸿霖，辽宁锦县人。作家。早年从事革命文艺运动和抗日救亡运动。曾任东北大学鲁迅艺术文学院院长。《文化报》总编辑。晚年任中国作协顾问，作协北京分会副主席。1979年创建野草诗社，任社长。著有《八月的乡村》《萧军五十年集》《萧军诗集》等。

老枣树

铁骨杈枒托地坚，风风雨雨一年年。
秋来结子红于锦，何与闲花斗媸妍。

抒 怀

读书击剑两无成，空把韶华误请缨。
但得能为天下雨，白云原自一身轻。

为哈尔滨东北烈士纪念馆题辞

热血头颅两俱抛，遑论烈火与兵刀。
松花江水流千古，似说当年怒海潮。

今日又重阳

停刊了十七年的《武汉晚报》今得复刊，实一大喜事，谨成诗一章为贺。

黄鹤楼头鹦鹉洲，当年争战使人愁。
而今欢度重阳节，碧血黄花两样秋。

闻家中"文革"被抄

家破人离燕覆巢，漫漫长夜坐迢迢。
难分石玉昆冈火，一混鱼龙怒海潮。
信许丹心托日月，敢将四体试兵刀。
虫沙劫历班班在，生死荣枯余弁髦。

轧轧蝉鸣

轧轧蝉鸣断复联，炎炎烈日正经天。
街头入眼皆标语，巷口无墙不格言。
极目红旗飘四野，千家棚帐列衙前。
"揪刘""绝食"无遮会，恍似他年百戏摊。

鲁迅先师逝世三十周年忌日于囚禁中代祭二首

（一）

有涯岁月水流年，半作行云半作烟。

寒暖无端时易序，阴阳舛错卜来难。

春花开罢秋花谢，前浪才消后浪掀。

历尽风波五十载，等闲蜀道亦何干？

（二）

三十年前拜座前，般般往事忆如烟；

门墙桃李飘零尽，犴狴余生几幸全？

大道传薪知匪易，高山仰止亦何艰！

囚窗落日鲜于血，遥瞩南天一惘然。

题野草诗社

野草春风雨后苏，芊芊莽莽满平芜。
三冬雪压千山暗，万里冰封百卉枯。
午夜妖氛迷广宇，经天日月晻皇都。
寅回斗柄殷勤转，德有邻兮喜未孤。

镜泊湖吟草

镜湖仙子试新妆，翠羽明珠碧玉珰。
雾縠冰绡笼素体，红绫绣繻曳罗裳。
夙传汉水曾留珮，安得红桥一解囊。
午夜遥听风过树，遐思渺渺怅茫茫。

张震泽

张震泽（1911—1992），字溥东，又字一涨，号海北馆主。曾任辽宁大学中文系主任、校学术委员会副主任。中华诗词学会发起人之一，辽宁省诗词学会顾问。著有《扬雄集校注》《张衡诗文集校注》《诗经新论》《许慎年谱》《孙膑兵法校理》《海北馆诗集》等。

植　松

不惮辛劳手自栽，爱他松柏栋梁材。
风云漫待栖龙凤，雨露同沾友竹梅。
欲得万间杜厦起，岂为三径陶园开。
扶持灌溉须勤力，日夕抚摩可几回。

1958 年 12 月

富阳访郁达夫故居

落日萧条小巷深，梧桐院落静沉沉。
文旌早逝人琴渺，书阁长关鸡犬暗。
兰桂应含他日泪，凤鸾无复旧时音。
海涯抵掌终难忘，往事如烟不可寻。

沪上留别老友徐中玉

申江快晤慰离愁，剪烛西窗上小楼。
两鬓秋霜惊共老，一天春雨喜同游。
江南足醉杏花酒，岸上忍听潭水讴。
暂聚无那终别去，依依堤柳怕回眸。

戊辰元旦

睡觉披衣远看天，轮困乾象转龙年。
月沉玉兔初逃影，霞透金麟欲放鲜。
志士心情犹铁马，老年怀抱岂林泉。
呼儿满酌屠苏酒，醉写曹公龟寿篇。

避暑山庄松鹤斋

别院松存鹤已飞，草荒没膝客游稀。
琼宫璇室无颜色，只任啁啾噪暮晖。

避暑山庄外八寺纪游

不到林间寺，空来避暑庄。
背山开佛殿，依水建经堂。
石断僧径曲，松深鸟语凉。
披襟台上立，更觉夏风长。

望海潮·友人瑛珊工笔填彩百果图

瓜桃梨李，榴蕉枣栗，漫言价贱如泥。物自有情，香蕉结伴，瓜怀赤子偎依。莲蒂并头齐。看桃腮带笑，榴嘴嬉迷，都盼良辰，核桃破壳栗抛皮。　　三年草舍蓬壁，喜如今成了，绮户朱扉。三尺孩童，八旬老者，家家谁不开眉。佳节赏蟾辉。望海涯彼岸，游子来归。正好金鳞紫蟹，共举菊花杯。

丁卯除夕

儿童喧笑聚邻间，爆竹声声逼日除。
将入辰年辞卯岁，即收兔历换龙书。
中天月没青云近，大地春来紫气嘘。
自笑皤然心不老，犹思一奋出泥淤。

步韵和友人寄诗见赠

独处悠然始学诗，传笺喜见绿衣时。
孔云三友宜吾友，杜谓多师是吾师。
词赋百家难为继，风云千里好同驰。
临流莫叹春光老，白发成吟亦未迟。

祝贺辽宁诗词学会成立

三月春风度北辽，千山树发海生潮。
青云远望开鸿运，白日高歌合雅韶，
欧婉苏豪俱玉振，元粗白俗岂龙雕。
新人新事古无有，漫说前贤不可超。

张秀材

张秀材（1914—2000）生于吉林省吉林市。从事文史教育工作六十余年，中华诗词学会会员、辽宁省暨沈阳市诗词学会顾问。有诗词集《烟云集》行世。

诗 债

年来诗债遍天涯，争奈才思愧岁华。
萍水相逢亲大雅，参商遥隔忆名家。
青衿老化风前烛，艺苑新开劫后花。
瘦尽吟魂难报李，雨窗深处自长嗟。

丁卯重阳嘤鸣诗社昭陵雅集得句

晴空一碧正秋高，画意诗情雅兴豪。
小酌香浮新菊蕊，长吟声伴老松涛。
河清恰好谈人寿，海晏无须诵楚骚。
云水苍茫弥望处，敢劳夫子共挥毫。

山丁以《绿色的谷》一书见赠

人事沧桑叹逝川，同庚同病共华颠①。
曾经血雨腥风日，更历红羊赤马年。
绿谷书成黥素面，少陵传半断朱弦②。
电光石火经明灭，劫后余生骨更坚。

【注】
① 山丁与余同为1914年生，遭遇亦相似，今均垂垂老矣。
② 颈联分别指《绿色的谷》一书当年曾被敌伪盖以阉割戳记和余之《杜甫评传》曾连载于《艺文志》，方及全文一半，因引"国破山河在"句，被敌伪当局勒令停止继续发表事。

病中吟

（一）

频年二竖忒欺人，梗我心肌痛彻身。
岂有良医能起死，料无灵药可回春。
一生文债兼诗债，半世酸辛杂苦辛。
病榻思来难入梦，尚存微息未沉沦。

（二）

客临不速半扶筇，文字相交谊倍浓。
君似乔松方矍铄，我犹蒲柳已龙钟。
畅言顿改恹恹态，快晤忽消戚戚容。
但愿霍然除病苦，铅刀再割试残锋。

有怀东坡赤壁诗社社友

劳人何草草，风雨忆前游。
结契多三绝，知交半九州。
屐痕留楚地，酡影印江流。
南望云天阔，重行愧白头。

访黄粱梦村题吕祖殿

　　黄粱梦村在邯郸市郊，村中有黄粱梦庙，内有钟离、吕祖、卢生三殿。清无名氏过此有诗曰："四十年中公与侯，虽然是梦也风流。我今落魄邯郸道，要向先生借枕头。"余晚年处境与此诗作者迥异，甫携老妻自莫愁湖转道郑州过邯郸，乃戏题如下：

劫后余生唱莫愁，轻装携酒过中州。
晚晴漫步邯郸道，不向先生借枕头。

1984 年

题朱朴存先生《寒塘鹅影图》

（一）

芦花荻叶酿秋思，碧水潆洄月上时。
玉羽自怜频顾影，含情犹念右军池。

（二）

与世无争已忘机，寒塘旧侣早相违。

回眸忽见惊鸿影，惹我尘心欲试飞。

1986 年

玉壶冰·昭陵赏月

玉壶留得冰心在，一任韶光改。年年今夜会婵娟，忘却镜中白发换朱颜。　　阴晴圆缺浑闲事，不坠青云志。好将诗句写深情，长愿人间争似桂轮明。

1988 年

方冰

　　方冰（1914—1997）原名张世方，生于安徽省凤台县。年轻时赴延安追随革命，参加抗日宣传活动。《歌唱二小放牛郎》为其代表作。解放后担任辽宁省作家协会领导工作。有诗集多部行世。

呼兰吊萧红故居

（一）

赍志沉埋浅水湾，白帆一去不回还。
辛酸泪尽凄凉死，常使人间哭易安。

（二）

梦断香消四十年，呼兰河水仍缠绵。
多情最是家乡土，犹盼芳魂返故园。

冯月庵

冯月庵（1915—1994）生于沈阳。曾任东北人民政府办公厅秘书、辽宁省诗词学会顾问、辽宁省书协顾问。中华诗词学会会员。有书法及诗词集行世。

游大伙房水库

一龙高锁两山头，九曲回旋百尺楼。
映日云天光烂漫，临波岩树影沉浮。
涵宏万汇蛟螭国，吞吐千峰鱼米洲。
信是人工夺造化，潢池今可挽中流。

沧浪亭怀古

苏韩并世两无成，跌宕江湖白发生。
台榭风流空寄意，庙堂事业总关情。
文章未达诗人老，和诏难违国士倾。
半壁河山劳北顾，洗缨濯足蕲王亭。

游太湖

才罢苏淞客，五湖棹去舟。
烟波三万顷，吴越两千秋。
江海酬知己，风云助壮游。
洞庭山不见，翘首望悠悠。

赠沈公卓

词吐风雷笔有神，如公才调最堪亲。
书称国手蜚瀛海，诗重吟坛噪沈滨。
温故知新辉简册，通今博古展经纶。
登高作赋寻常事，愧我虚名附骥身。

哭李士伟

兼旬生死两茫茫，痛定追思痛更长。
往事几如云过眼，故人都似草经霜。
每怜兴至情犹醉，最喜天真酒后狂。
多艺多才惊造化，玄苍哪许寿源量！

避暑山庄

梦断离宫愿已酬，山庄避暑似清秋。
骋怀游目湖心榭，淑性陶情烟雨楼。
武烈河边芳草碧，磬棰峰顶彩云浮。
红莲翠叶迎新侣，细柳垂杨助畅游。

乡溪漫步

梦断乡关六十年，独行踽踽傍溪湾。
田园庐墓埋幽草，荆棘荒林隔野烟。
骨肉死生挥老泪，风尘匍匐怅云天。
难离故土同今古，一度追思一黯然。

烽火台吊古

龙漦祸女已潜成，王气销磨鬼蜮生。
信是蛾眉工谗佞，转知暗主惑柔情。
骊山烽火同儿戏，寇盗潢池惯弄兵。
来去诸侯博一粲，褒妃倾国更倾城。

赠黄禹篇先生

闻道先生出世家，生平足迹半中华。
胸怀坦荡心常泰，腹有诗书气自奢。
顾我守株陶处士，羡君才调贾长沙。
相期意愿缘何浅？沈水难逢万里遐。

汉卿将军八秩晋九诞辰

兵谏西安撑破天，将军正气史空前。
百年世事存公论，碧血丹心照大千。

王堃骋

王堃骋（1912—1993），出生于吉林省集安市，曾任辽宁省副省长、辽宁省人大常委会副主任、省书法家协会名誉主席。

大德歌·张志新烈士平反昭雪有感

朔风起，暴政狂，忍看神州折栋梁。一撮"四人帮"。为秃雉赶缝滚龙裳，鬼门关里集群狼，秕糠造酒下砒霜，妄图杀尽忠良做帝王。　　目眦裂，咒纳粹，满腔愤恨怒云垂，捍卫老一辈。钳口断喉气不馁，妄图灭口阻陈词，血雨腥风天堕泪，国人齐指骂秦桧。　　罪何有，问苍天，宏度十问有言权，党员敞心肝。诉敌铁证罪如山，秃林秃雉秃头袁，梦篡国柄蓼魏阉，一声霹雳化为烟。　　哥白尼，伽俐略，科学史上奠基者，奥秘启先河。惟赖实践掌锁钥，捍卫真理垂伟烈，忠贞青史遗余泽，永为烈士作楷模。　　平凡者，亮节操，峻骨锋硬矗云霄，百战志不挠。宁为真理九族死，决意坐穿十年牢。战罢群凶庆决胜，素花翘首奠英豪。

郭 峰

郭峰（1915—2005），吉林德惠人。1933 年加入中国共产主义青年团，1935 年冬参加"一二·九"学生运动，1948 年东北解放后，任辽北省委副书记、书记，后任辽西省委书记、东北局组织部部长。文革中受迫害。1979 年 1 月起，先后任辽宁省委书记、第一书记，中顾委委员。

术后来杭疗养

端凭病体下杭州，西子湖边作滞留。
浪打苏堤钦政绩，莺鸣柳浪赚清幽。
岳家忠骨招人羡，蒋氏豪宅惹世羞。
争得康强归去也，擢拔新秀创风流。

1982 年 5 月

卸任寄怀

沈水初临奋攒行，辽天继主志中兴。
五年专意开新路，三载潜心正党风。
大业艰难交俊彦，前程遥远寄群英。
壮心未与身同老，好为春泥更护红。

1985 年 6 月

静月潭诗兴

水秀山清静月乡，绿荫处处蔽骄阳。
因风柳絮团团舞，带露繁花蕊蕊香。
布谷独鸣林阒寂，青蛙齐鼓月昏黄。
幽居山里脱尘暑，昼读诗书晚纳凉。

1986 午 6 月

罗定枫

罗定枫，1915 年生，河北省高邑县人，早年奔赴延安投身革命，从事抗日宣传活动，解放后由北京调至辽宁省，曾任辽宁省委常委、秘书长。1986 年离休。有诗集《多色的枫叶》行世。

贺鞍山人民广播电台建台四十年

洪波漾漾九天发，细语声声入万家。
民意党心归一体，钢城处处报春华。

游九寨沟

莫谈云雾仅庐山，九寨山山云雾间。
独立险峰俯首望，翻疑富士落西南。

延边小村

飞车入延边，鲜风好新鲜。草屋木杆立，袅袅起炊烟。村童驱牛马，逍遥慢扬鞭。　　短袄长裙妇，裸娃背上钻。风送糯米香，行人欲垂涎。小村延路卧，夕阳画图妍。

谒长白山抗日烈士墓感赋

充腹桦皮斗顽敌，冰天雪地奋游击。
壮烈献身几十载，野谷木碑熊鹿欺。
且看今天养尊处，华楼玉壁草萋萋。
死生何事悬殊甚，国难再逢谁捐躯。

自　励

横刀挥笔向荆棘，历雨经风志未移。
地覆天翻春色满，治来劫去鬓毛稀。
斑斓莫比夕阳血，呼啸还看骏马蹄。
老骥征鞍焉可卸，不辞羸弱日长驱。

谈立人

谈立人，1916 年生，河北宁河人，早年赴延安参加革命，1946 年来东北，1948 年调佳木斯市任市委副书记等职。解放后任辽宁省经济委员会主任、副省长等职。现任中华诗词学会副会长、辽宁省诗词学会会长等职。有诗词集《春草集》行世。

牡丹花

魏紫姚黄映早霞，天香国色竞相夸。
瑶台似梦天仙女，尘世曾闻御苑葩。
谱集传真怜丽质，蜡封邀宠辱芳华。
雍容不羡谀权后，甘贬东都百姓家。

农村晚秋

杂绿柔黄暑气消，风清露白爽秋高。
葳蕤稻黍摇香穗，腽肭羔犊舐舔膘。
蛩泣荒阶空戚戚，蝉鸣衰柳莫嘈嘈。
长空一雁诗情引，斜矗酒旗画意饶。

画堂春·省直老干部老年健身舞汇报表演

晴空气爽日温和，画堂曼舞婆娑。玉颜银发步凌波，松柳共婀娜。　　伏枥奔蹄不懈，秋萤点点山河。临迎三喜莫蹉跎，妙舞伴清歌。

【注】
用山谷体于两结句各增一字。

菩萨蛮·丁卯中秋为思念羁台亲人者作

年年皎皎中秋月，离人怕望愁肠结。银汉恨隔离，鹊桥犹有期。沧桑天不老，屈指余年少。秋叶落庭前，泪珠如涌泉。

水龙吟·赴辽南调查喜与老战友相会

北风吹面清寒，奔波千里辽南道。河平海阔，青山沃野，晚霞晴好。小院西窗，一杯茶热，故情多少。看龙飞半岛，佳音长至，三秋叹，今应了。　　充耳阳春曲妙。更关情，巴人常调。荣归数载，门无车马，砌生苔草。春雨潮升，津梁无渡，市间慵到。愿新松老柏，南冈北麓，共春光照。

贺新郎·赠老龙口酒厂

　　自古忠诚友，又何分，文人豪杰，贩夫园叟。魏武忧来凭以解，祛虑常亲五柳。诗百首，青莲一斗。痛饮景阳拳伏虎，更梁山助义锄颓朽。谁不与，杜康厚？　　悲欢怨愤人人有。为阿谁，几回丰满，几回消瘦？一碗别醪娘意重，牢记精神抖擞！但目望，江山红绣。华夏振兴齐奋进，备万钟愿为英雄寿。佳酿献，老龙口。

水调歌头·回延安

　　一别梦魂绕，重到忘情欢。巍巍宝塔雄峙，卅载赤心连。凤麓高楼新立，延水横空虹彩，豁朗贯山川。嘉岭举头望，心涌浪潮翻。　　南泥湾，白毛女，整风篇。枣园灯火，长空光映照征鞍。令布龙腾虎跃，猛捣三山四罪，红日赫中天。端起碗中饭，小米更香甜。

秋波媚·庚年新春大雪

　　春临北国雪重封，一夜换新容。梨花满树，鹅毛铺砌，飞絮蒙蒙。　　寒潮意送东风讯，稚脸染桃红。玉人堆塑，银球梭舞，笑仰阿翁。

渔家傲·庚午新春赋马

天马迎来新锐气，锋棱劲骨英卓立。腕促蹄高危健驶。千万里，踏冰越岭轻风似。　　壮齿千钧时已逝，犹思伏枥天涯际。不取长途存古意，歌良骥，识途孤竹齐卿智①。

【注】

① 春秋时，管仲佐齐桓公兵伐孤竹，于瀚海中迷途。管仲说老马识途，因以老马前导，始得出。

满江红·纪念先烈李兆麟诞辰八十周年

赤胆忠心，纾国难，一生英烈。除贼寇，勇驰丛岭，饱经风雪。黑嫩平原嘶战马，下江侧畔诛妖孽。空叫嚣，悬赏索头颅，何曾歇！　　十四载，仇敌灭。新战斗，民心夺。为清明众目，愿流鲜血。黎庶归依原上火，大员梦破江中月。堪告慰，华夏已腾飞，听传捷。

黄禹篇

黄禹篇（1916—1999），生于湖北孝感市。上海正风文学院毕业。擅长诗词曲。曾任金陵大学助教、沈阳二十七中学语文教师、辽宁社会科学院特邀研究员、中华诗词学会顾问。

无　题

金汤开济朱蒙帝，瓯脱纵横好大王。
半岛风云遗杳杳，丸都形胜尚苍苍。
高丽五纪传中土，辽海一编赖补亡。
却喜先生概余绪，法书岂愧拟钟张。

杜　祠

锦水蓉城擅胜场，穷年投老此留章。
长安多垒沉金阙，异国悲秋结草堂。
司马琴台愁溅野，武侯祠庙泪沾裳。
但教翻得江山力，如史诗篇殿盛唐。

解佩令

雕虫画虎，刻冰镂雪。把平生心力都抛枉。何物老奴，怎抵死，独弦低唱！问黄粱，梦中谁饷？　零笺覆瓿，残编代爨。尽缠绵，漫休惆怅，不见铅椠，不尚有灵光无恙。但堪忧，缥缃榛莽。

八声甘州·福陵

试攀援百八磴阶除，蹒珊上层台。望襟萦浑水，枕函天柱，迎入眸来。顿觉碧空低首，云影共徘徊。仿佛真王气，未没尘埃。　因念十三遗甲，创群雄混一，斩夺蒿莱。更奠基问鼎，萨尔浒兵开。但堪嗟，愤衔宁远，遽陨颠，未罄廓清才。松风阵，听虬龙吼，感叹兴怀。

八声甘州·昭陵

仰陵山郁郁锁佳城，岿然峙岩峣。绕苍松翠柏，青苔碧草，记认前朝。辇路声沉剑佩，龙驭翠华遥。但有天闲骏，略阵方鏖。　奋指中原逐鹿，计何遑朝食，载顿鞭摇。应承天更治，坎举荡离巢。用间行，袁将军磔，策内讧，洪虏唱臣僚。遐思远，甚如斯际，吊古偏饶。

南仙吕套数·女排凯旋

【步步娇】谁道俺东亚病夫沉疴久，只合把蓬窗守，痴顽是第几流？白甚么打鼓嗑牙，开河信口。罢罢也休休：岂不见那叱咤咤睡狮醒，也怒目朝天吼。

【醉扶归】这一答，袅婷婷翩若惊鸿逗，那一答，盘夭夭矫若斗龙游。笑盈盈，出落得淡妆柔，喜孜孜腾挪得纤腰瘦。团团光照乱星流，浸浸汗渍轻衫透。

【皂罗袍】却原来这巾帼英雄新秀，来自那华夏神州。看铮铮七战占鳌头，怎生生七捷赢魁首。春雷声震，东瀛西欧；秋风叶扫，北溟南洲。这神奇岂历史曾能有？

【好姐姐】记否？周贺二公运筹，翻身仗，要洗尽炎黄忍尤旧垢。俺枕戈待旦，怎赔他先烈羞。风雷走，誓将新生创业殊勋就，果然老辈豪情壮志酬。

【尾声】中华自来卧虎藏龙薮，趁征途，那怕他雨驰风骤。对凯旋，更着俺精神添抖擞。

张正德

张正德（1918—1993），安徽寿县人。1938年到延安参加革命，1940年加入中国共产党。解放后，历任热河省副省长、辽宁省副省长、辽宁省委书记、辽宁省人大常务会主任。著有《张正德诗集》。

井冈山

井冈巍耸万重山，革命谁知圣地坚。
激战黄洋威武震，运筹五井画图鲜。
宁冈气壮元戎会，书院诗成历史篇。
碧玉龙潭春竞艳，杜鹃血染自由天。

盘锦垦区

朝仁田头仰曙晖，稻香十里蟹争肥。
归来吟罢将尘扫，迎得嘉宾兴欲飞。

江上抒怀

钟山屹立探穹窿，飞架长桥南北通。
历代王朝流水逝，石头城上五星红。

欢呼火箭发射成功

巨龙破浪直腾空，飞跃重霄气若虹。
忽报中标千里外，欢声雷动唱东风。

春夜喜雨兼祝朝阳抗旱胜利

喜雨春宵睡不成，遥闻千里闹淋铃。
春来抗旱多辛苦，梦里高粱几叶生。

参加七届人大第一次会议感怀

华年壮志恋吴钩，一别延安两鬓秋。
万里长征人未老，兴邦治国向前头。

井冈山毛主席故居

窗明几净见阴晴，瞻仰犹闻笑语声。
星火燎原风浩荡，油灯一盏照天明。

陈光崇

陈光崇（1918—2009），字祖同。湖南省安化县人。1944 年毕业于浙江大学史地系。任辽宁大学教授。兼任辽宁省历史学会顾问、辽宁省政协常委等职。自著有《简明中国古代史》《中国史学史论丛》《通鉴新论》《寿补堂史学论集》等，主编有《中国历史大辞典·史学史卷》《中国通史·隋唐卷》等。

题刘胡兰烈士塑像

胡兰不愧女英雄，命有穷时志不穷。
纵使铡刀千万把，安能阻挡九州红。

我国第二次核试验成功

捷报频传越国中，独驱虎豹逞英雄。
亚非震荡风雷激，压倒西风更有风。

国庆节喜赋

街头鼓角起殷雷，竞道今年国庆来。
五谷连登超八稔，一星遥射震群魁。
应知革命今为主，纵有强梁不足摧。
学得三篇人未老，改观犹愿竭菲才。

岁暮书怀

今年最是不平凡，国运曾经几度艰。
日落星沉悲海宇，山摇地动撼人寰。
何堪四害猖狂日，更值斯民坎壈间。
绛灌安刘恢大业，江山万里尽开颜。

周恩来总理逝世周年感赋

（一）

为向人间铲不平，风流何处不闻名。
驰驱曾历千重险，谈笑犹怀数万兵。
敢与帝修为劲敌，欲教华夏振新声。
鞠躬尽瘁无时已，功业千秋照汗青。

（二）

神州亿兆泪纵横，无限哀思隔岁倾。
都道雍容好总理，不辞劳瘁务民生。
创来马列千秋业，赢得毛周并世名。
遗愿继承推俊杰，伫看祖国更繁荣。

赠北京师范大学白寿彝教授

皓首传经数十年，风流文采自斐然。

专刊载誉方鸣世，双著标新迥异前。

四史六通垂往则，一家独断有新编。

隋唐英杰知多少，犹赖先生大笔传。

读熊荣适同志《乡音》有感

山环水绕旧家乡，最忆当年是大塘。

膝下依依昆季乐，垄头郁郁稻粱香。

六年黔蜀差磨砺，半纪辽东亦彷徉。

志事未酬人已老，更将何日补前荒。

丁　洪

丁洪（1918—2002），四川成都人。早年投身革命，从事抗日宣传工作。1940年初奔赴延安，参加演剧活动。解放后曾任沈阳军区抗敌话剧团团长、沈阳军区文化部副部长。1995年离休。代表作话剧《抓壮丁》等。

书庆红军长征胜利五十周年

铁流两万五，天下古今无；
纵是千年后，犹当金字书。

闻山行

凌晨驱车出锦城，暗空犹留几残星。
夜来一阵倾盆雨，此时路静少人行。
微风习习舞朝霭，道旁柳绿随风摆；
车行如飞柳丝飘，仿佛置身在绿海。
忽然眼前泛红光，东方跳出半朝阳。
霎时六合变颜色，绿柳披上紫霓裳。
廿七年前曾来锦，只见烈日不见影；
多亏乾乾植树人，才有今朝好光景。
一路景色一路餐，一车皓首一车欢；
车飞人欢不觉累，前头人呼到闻山。
抬眼但观闻山貌，乱石杂黄青翠少；
荒突无遮览无余，心中顿觉游兴扫。

关外名山有三珠，三珠灵秀数医巫；
千山长白皆列次，首冠缘何此荒芜？
俄而车停山门口，下车沿溪缓步走；
未及半里累不堪，道旁已坐二三友。
邀我同坐且少憩，此景何须太情急？
听来语意颇懊丧，更觉浑身筋力疲。
忽闻前行人声喧，高呼山上别有天。
急忙扬头举目望，此番惊讶难名状。
隔溪有石何巨大，方正逶迤如坪坝。
同人观之尽入迷，惊叹造物太离奇。
急步趋看说明牌，牌书石名习武台。
习武台上不习武，丝弦笙管鸣锣鼓。
昔日帝王幸间山，犹携优伶舞蹁跹；
隔溪观艺亭中坐，近臣妃嫔尽承欢。
不演三军演嬉戏，误尽八旗众子弟；
醇酒美人复管弦，磨去当初剽悍气；
致使外敌寇中华，江山从此无安逸。
感叹未已复前行，又见奇石道边迎；
从善如登镌崖上，欲识间山再攀登。
摩崖石刻人鼓舞，健步直上道隐谷；
石棚奇观天造成，十丈棚檐飞瀑布。

从来檐前圣水盆，只接涓涓滴可数，
天公有意厚耆耋，昨夜霪雨大如注。
观此异象心已折，乘兴再登观音阁；
木阁虽小峭壁立，却似雄鹰欲振翮。
情随景移心纵恣，不由放眼环山视；
千灵万秀才看清，奇峰怪石比比是。
石花初绽状如莲，蓬莱仙境吕公岩；
凭虚御风望海寺，寺顶巨石安如磐；
更有险峰云间耸，又见顽石凌空悬。
至此心中恍然透，原来阆山石造就；
处处风光处处妍，无怪名冠三珠首。
足下不行千里路，难知人间万种物；
不入山中仔细看，怎识阆山真面目。

刘异云

刘异云，1919 年生于北京。1937 年投奔延安参加革命工作。曾任中共辽宁省委常委、宣传部长。1990 年离休，有多部诗集行世。

七月之望大潮入梦

连日观潮兴不衰，夜凉枕上涌诗怀。
排空浊浪风翻雪，万马千军入梦来。

1986 年 8 月

雨花石

岂止天公散彩霞？英灵十万献中华。
碧血长江流不尽，青山红透石生花。

凭吊黄显声将军

凤城名将死渝州，南北同心争自由。
榴花五月红飞火，为有英雄热血流。

读陈毅同志诗

为人大光明，直言披肝腑。

血成数十年，丹心红如火。

马列主义纯，刚正从不阿。

领袖心热爱，真理最维护。

忠于八亿人，不怕一小撮。

生前战魔鬼，死后斩阎罗。

前辈离我去，能不泪滂沱。

后继千百万，我党英才多。

乾坤喜扭转，灿烂望前途。

孟庆文

孟庆文，1919年生，辽宁义县人，1950年毕业于东北大学文学院，辽宁大学教授，曾任中文系副系主任、辽宁省文学学会理事、辽宁省唐代文学学会会长。

丝路颂四首

（一）

丝路千年连亚欧，东西文化广交流。
今朝陆海通航畅，举世犹歌古道幽。

（二）

丝绸自古兴华夏，越漠攀山通两洲。
千载驼铃鸣古道，黄沙漫漫海悠悠。

（三）

万里黄沙万里风，昆山冰雪映苍穹。
传经难忘唐僧苦，辟域长歌博望功。

（四）

丝路雨花飞满天，万邦喜看舞翩跹。
文明自古天河水，日月悠悠洒大千。

仲秋留赠雨灵

春城惊散各西东，华发钢城喜再逢。
柳院清吟多俊彦，古灯奋笔显才雄。
沧桑晦夜闻高节，风雨黎明见正风。
地转天回筋骨健，吾侪犹欲立新功。

【注】

1975 年 9 月率学生小分队去鞍钢学工，得见老同学刘雨灵。

孙 芋

孙芋，1921年生，吉林省榆树县人。1947年参加革命，并开始文艺创作，发表独幕话剧《取长补短》。1953的发表剧本《妇女代表》，引轰动。1954年参加辽宁作协，任研究员，主编《戏剧艺术资料》，后任《辽宁戏剧》《电视与戏剧》主编。

喜观评剧《谢瑶环》

义胆忠肝照世间，歌台重见谢瑶环。
立朝每念苍生苦，执法何忧宝剑单！
敢令豪族头点地，不容恶霸手遮天。
为民请命原堪颂，拨乱尤宜入管弦。

1979年岁末

过伊犁河桥

牧草农田何处边？伊犁河谷绿洲宽。
车驰风啸浓荫路，雪化石鸣急濑湍。
羊似白云沉旷野，花如锦被盖长川。
赏心最是撑筏手，掌舵拨流越险滩。

吐鲁番歌舞晚会

吐鲁番人喜客人，葡萄架下饷来宾。
初疑身入穹窿殿，旋觉歌飞翡翠门。
碧影银光鳞戏浪，弦声管韵鸟鸣春。
终场主客同欢舞，笑语喧天转彩云。

游棋盘山水库

棋盘山陡秀湖清，岭背新林围绿屏。
曲曲羊肠通绝顶，双双客艇破苍溟。
银鳞跃水撩游兴，白发垂纶钓逸情。
肆虐蒲河终往事，壑沟险处坝横空。

鹧鸪天·银川志感

莫把荒凉说塞边，银川不再逊江南。遥观稻
地金千顷，细认滩羊毳九弯。　　多矿业，富池盐，
贺兰煤炭喜无烟。如将特产宗宗数，岂仅红黄白
黑蓝？

李正中

李正中，笔名柯炬，1921 年生于吉林省伊通县。毕业于长春政法大学。曾任《东北文学》主编、沈阳市文史研究馆馆员。出版书法集《正中翰墨》及诗词集。

敦煌壁画反弹琵琶图

琵琶幽怨归陈迹，塞上风光别有天。
入骨相思谁解得，反弹一曲尽余欢。

牛津大学庭园小憩

一庭红叶小楼西，曲径幽深路欲迷，
端坐树荫无聊赖，微风拂面暮云低。

蓝苓绘空山新雨图

宿雨新晴后，青山耀眼明。
疏林增落叶，流水送浮萍。
垂钓人何处，开樽酒自倾。
今朝佳兴在，泼墨寄深情。

张行寰

张行寰，女，1921年生，山西平遥人，早年参加抗日和革命工作。解放后到辽宁省工作，因早年负伤，卧床多年，晚年参加夕照明诗社。

辽海雪二首

（一）

剪雨作花天艺新，琼英肆意绽寒林。

萦回浪迹弥天舞，翻转蓬踪接地阴。

玉树银屏惊四野，清光素裹望无垠。

东君若解诗人志，润物溶溶造化深。

（二）

六出飞花息暮砧，缤纷无忌结寒阴。

荧煌风逐盈空玉，晶曜云飞满地银。

皓质驻留时最久，清光压俗彻遥岑。

心甘丽日融融化，润土培新育艳春。

丁 帆

丁帆，原名缪延东，1922年生于沈阳市，1945年参加革命并发表文章出版《怎样扭秧歌》《暴风雨中》等，曾获国际一等奖。中央戏剧学院工作学习模范，入朝参战立功两次。原沈阳军区前进歌舞团副团长。近年多次评为省市关心下一代先进个人。

颂邓小平同志

亮丽城乡挂锦帆，航行方向换新天。
小平理论千秋业，两制良酬万代安。
建设祥和富强路，革新开放壮奇观。
桑田沧海春风颂，特色中华耀宇寰。

归根赞

鸦片烟销沸碧涛，太平山上起狂飙。
劫尘陷没千秋辱，基业沉浮一旦抛。
雾尽香江通广宇，波兴南海泛新潮。
心萦社稷归根赞，珠烨中华永自豪。

胡景芳

胡景芳，1922 年生，朝阳凌源县人。儿童文学作家，曾任辽宁儿童艺术剧院创作室主任，省儿童文学学会名誉会长、作协辽宁分会儿童文学委员会主任委员。著有《苦牛》《镜子里的大公鸡》等作品，有文学作品集近 20 部。

述　怀

大海潮头浪，黄山顶上松。

怀中藏信念，坦荡向苍穹。

路 匆

路匆，1922年生，山东省昌邑市人。诗人、剧作家。离休前任《电视与戏剧》编辑。著有多部剧本，有诗集《关东诗草》及《不了情》等行世。古风《泰山行》在"老龙口杯"中华诗词大赛中获奖。

登六和塔

六和拔地壮奇观，云树江山景万千。
风雨钱塘出脚下，人间天上倚栏杆。

1983 年 10 月

广州郊行即景

梅当回廊竹作墙，紫荆花映碧萝窗。
小楼幢幢迁新主，尽是田间赤脚郎。

游萨尔浒过元帅陵

隐隐青山飒飒风，沧桑烟雨意朦胧。
波沉金甲英豪去，云断荒陵霸业空。
烽火当年鏖战影，渔歌今日荡湖声。
一船呼过萨尔浒，铁背回音笑大明。

1984 年 9 月

瞻林则徐纪念碑

虎门海口破天开，金锁铜关屹六台。
巨炮几吞夷虏血，惊涛屡葬盗船骸。
御侮抗暴军民志，雪耻图强将帅怀。
金石不雕流客恨，丰功万世上碑来。

相思曲·贺张学良将军九十寿辰

长白山高势摩天，望不见蓬壶风浪送归帆。天地空泻三江水，洗不尽烽火长安一谏冤。　　回首天涯五十年，将军踪迹杳如烟。阿里山，日月潭，相思树常绿，风光久黯然。　　长城外，渤海边，惊涛断孤岛，离恨正绵绵。乡情终有讯，希望在人间。待来日，帅府灯红出异彩，赵媞楼香动管弦。捧出盛京"诗仙醉"，万众倾欢同唱月儿圆。千古功臣重游故国新天地，关东草木尽腾欢！

泰山行

　　君不见秦皇汉武竞封禅，梁父坛空岱石残。君不见杜甫望岳终遗憾，未凌绝顶览众山。我登泰山夙志坚，求索跋涉六十年。路漫漫，事悲欢，坎坷历尽兴盎然。谁道灵霄不可攀？我今一步跨南天。电指天门开，缆车驾云来。玉皇无旨意，人已入瑶台。天街雨洗碧无尘，茶座熙熙探胜人。世外相逢不相识，心无杂念却相亲。九月新秋客衣单，青年何故早着棉？夜待日出摄奇观，黎明阴雨恨无缘。既临玉皇顶，更上日观峰。雨雾苍穹现，东方太阳升；但见天连云海层波卷，流光溢彩万山红。日没昆仑出东瀛，循环不息永恒中。"五岳独宗"向光明，到此何人不舒胸？巍巍乎！浩浩乎！倚天极目瞰神州，齐鲁风光千里收。半岛胶东大潮涌，岱下黄河巨浪流；北顾泉城新日月，南瞻曲阜溯春秋。擎天捧日走，长啸放歌喉。俯首拨云雾，缭乱众山头。泰山胜景钟神秀，雄峰奇谷险中幽。唐槐汉柏琼林苑，古刹灵岩待客游。昔日太白出帝都，"竹溪六逸"共结庐。徂徕山下云深入，琴韵诗声尚有无？日景西移早下峰，问君何事去匆匆？泰山开我胸襟阔，欲作关西万里行。壮在蓬蒿老趣浓，江山如画引飞鸿。东南形胜初领略，西北文华翘首中。秦兵马俑汉家陵，弦管霓裳古曲声，蜀水巴山频入梦，三峡风月久牵情。情依依，辞泰山，倒下天梯十八盘。紧十八，慢十八，不紧不慢又十八，冲天拔地五千丈，一级一落一心悬。落到一千六百三十三，信哉泰山之险不虚传！回眸望南天，门在青空碧落间。邈邈通天路，少年奋力竞登攀。识途老马行踪远，稳稳泰山为指南。此生有日重临岱岳尽盘桓，再作长歌赋大千。

王恩涛

王恩涛，1922 年生，抚顺市人，北京辅仁大学毕业。曾任辽宁大学教授、沈阳市文史研究馆副馆长。著有《古代文学知识》《盛京随笔》等。

悼念周总理

天公降下泽恩来，大地神州响巨雷。
三座大山皆铲掉，五湖四海尽心裁。
死而后已心甘愿，尽瘁鞠躬情不衰。
四化未酬留世胄，吾侪应把骏蹄催。

感　遇

诗书满架马恩宗，诤友盈门倒屣迎。
流水高山伯牙意，知贤急荐魏征情。
远称近正贤人谊，有面无心宵小行。
苦饮醪醇沉重醉，安贫进德避浮名。

颂教师

卅年从教育群英，誓为后昆捐此生。
两点鼓吹伤往事，四凶策划害园丁。
谁将白卷张头角，误我红专弛笔耕。
党的春风人广被，喜听鸿鹄一声鸣。

徐祖勋

徐祖勋，笔名徐竹心，1922 年生，浙江海宁人。上海光华大学国文系毕业。新中国成立后任沈阳师范学院中文系教授。自编《晚翠楼诗词》。

夜过天安门广场

笑语欢声溢广场，银灯采瀑织辉煌。
丰碑百撼巍然立，赢得民心万载香。

华清池

楼台殿阁忆当年，叠翠重峦映碧莲。
地下三郎应不信，人民来浴帝王泉。

注读陈毅诗词选感赋

秋夕春朝珠玉伴，龙吟虎啸意难平。
胸怀磊落诗千首，岁月峥嵘路几程。
红叶迎霜标本色，修篁沐雨滴佳声。
高山仰止长追慕，流水行云寄我情。

巩县杜甫故里

陌室寒窑枉断肠，诗王千载尚凄凉。
已无枣下孺牛影，宁有堂前翰墨香。
万里江湖忧国泪，百年身世济时章。
扁舟不尽飘流恨，荒梦绵绵绕洛阳。

读谈立人同志《春草集》喜贺

晚岁论诗识谈老，每于质朴见精神。
锤词锤句首锤意，立德立言先立人。
煤矿晨歌多火热，山村夜话总情真。
春风春雨滋春草，绿满天涯万象新。

南湖烟雨楼

轻披烟雨上宏楼，四海风云一望收。
画舫南湖摇碧影，春波浩渺润千秋。

孤山纵目

玲珑合是水中山，此日登临喜倚栏。
柳外轻舟移碧浪，堤间暖树接晴峦。
回眸愈觉千峰翠，极目方知万象宽。
细把香茗品尝久，一湖暮霭渐阑珊。

张鸿翼

张鸿翼，1924年生，沈阳市文史馆馆员。

村居会友

春风初放碧桃花，茅屋苍苔处士家。
笑我多情苏玉局，论君才调贾长沙。
辽东几化千年鹤，星汉犹期八月槎。
远路相过当秉烛，村蔬果酒话桑麻。

王明希

　　王明希（1924—2005）山东黄县人，新中国成立后在辽西省文联和辽宁省文联任创作员。1979 年后在辽宁省民间文艺家协会任《中国民间文学集成·辽宁卷》副主编。发表诗词 500 余首，出版《萧斋诗稿》。

游镜泊湖

牡丹江上色，百里一湖秋。
云涌重峦秀，波平旷谷幽。
苍林屏耸壁，白瀑伴红楼。
莫厌边泊远，鹰旋鱼跃舟。

离宫秋

塞外云天淡，离宫景物新。
山重黄点翠，松劲古逢今。
朝道康乾治，暮评慈禧心。
红楼明月夜，遗老奏清音。

故乡别

古渡徐回首，海天一色流。

波光依浪闪，寒气遇春休。

亲逝音容在，名清鬼蜮愁。

蓬山极目近，长啸倚长舟。

1979 年

登蓬莱阁晚眺

暮倚危栏忘去留，山光海色画中游。

红装采贝银涛外，白发移舟古渡头。

雾绕归帆连列岛，霞迎宿鸟上重楼。

金波碎点黄昏月，一览春潮天际流。

1979 年

过湘西

翠落潇湘车向西，异峰险壑碧云栖。

涧流翻作阳春雪，村舍叠成罗汉衣。

洞贯千重惜日短，桥横万座见田低。

此中欲问桃源事，荷绿稻黄人下陂。

龙井问茶

云方散去雾才开，欲饮龙泉步玉台。
未待凭栏观锦绣，衣香语软送茶来。

西子楼雨中晓望

白为丽质碧为裳，半卷芙蓉近绿窗。
满目跳珠明镜里，静观西子理晨妆。

瘦西湖即景

一庭金桂暗香飘，九曲桥边翠盖凋。
曲径千竿无客到，粉墙小院露芭蕉。

峨眉赏月

时近黄昏兴未休，涧边小路自寻幽。
东峰半露峨眉月，偷看西峦万木秋。

登龙门望滇池

云遮雾罩雨溟蒙，为探名池入险空，
一色水天观不透，相思总在有无中。

1979 年

于 雷

于雷,1924年生,吉林省海龙县人。翻译家、诗人。毕业于东北师大文学院。曾任春风文艺出版社外国文学室主任。翻译出版日本文学名著《我是猫》《不如归》等多部。有《苦歌集》行世。

菊

瑟瑟秋风万绿消,天公犹遣异香飘。
端庄不掩双腮艳,胜似春花二月娇。

马兰花

独怜陌上马兰花,淡淡幽香委砾沙。
骨劲何愁雷雨打,身坚未惧重车加。
柔情常寄箫声怨,憨意全凭浣女夸。
自有清风传素语,悠然对月笑昏鸦。

忆月夜

鸦噪枝头雀乱飞,星沉水底客思归。
话多惟有山倾耳,酒少犹凭泪溅杯。
梦瘦偏邀清影舞,情浓更乘彩云追。
征鸿唳坠三更月,夜雨能施几度威?

1979年3月

金缕曲·出版局平反大会上即席

谁论功和罪？挥毫间，连年缧绁，四方颠沛。漏断难寻归来梦，母别、儿殇、家溃。忆不起，诗酣歌醉。铁槛怎关酬国志，几时晴、赤子思亲泪。秋月冷，雁声碎。　　恍如隔世重相会，喜江山，春光恰好，画图清媚。老马登程蹄犹壮，且看鞠躬尽瘁。晨色美，夕阳尤贵。何惧风霜摧瘦骨，把精神抖擞千千倍。应见惯，魍与魅。

江 涛

江涛，1925 年生于辽宁北镇。历任《辽宁日报》主编、中共辽宁省委副秘书长。现任长白诗社社长、吉林省诗词学会常务副会长、中华诗词学会理事。著有《焚余集》《涛声集》《松花浪》《江涛诗词选》等。

春 望

塞上春来晚，寒村雪未消。
日边云树里，有我归窠巢。

游松花湖

雨后烟岚翠欲滴，飞舟搅碎浪中诗。
此生热恋松花水，苦恨青青白尽时。

登西山龙门

驰骋西南欲到天，怀人青草绿连绵。
大观楼上滇池月，阳朔舟头梦笔山。
羞将壮岁闲中老，忍教须眉镜里斑。
莫道龙门奇景绝，松涛白雪更奇观。

卜算子·塞上行

　　不谒李陵碑，不访昭君墓。兄弟情谊似酒浓，留我殷勤住。　　瀚海响清泉，绿草青青树，北国江南塞上春，四化康庄路。

刘丹华

刘丹华，辽宁人民出版社高级编辑。

悼萧军

四十年前早慕名，每从文笔感豪情。
谁知一度亲风采，竟向泉台哭健翁。

张 望

张望，画家，曾任鲁迅美术学院院长。

攀黄龙

朝辞潜北遇云潮，身入濛濛不觉高，
古木株株山径窄，鸣禽阵阵谷边遥。
寒光道道涧中闪，银甲层层岩际标。
奇绝天然泼墨画，游人到此兴增豪。

赠刘海粟大师

海阔天空笔振威，力挥彩墨赛春雷。
黄山再造娇无比，老树新花有丰碑。

王　冠

王冠,1926年生,吉林省榆树县人。曾任辽宁省美协主席、辽宁省文联副主席;现任省文联顾问、美协和书协名誉会长、一级美术师、辽宁省书协顾问。

冰峪赞

天成冰峪碧水环,谁人抛珠落玉盘?
幽景溯源应太古,金装玉砌是何年?
英纳水清透石影,飞瀑溅花燕子乱。
蜻蜓款款蝉声噪,流萤夜光迷人眼。
月笼溪滩白似雪,夕照丹枫色欲燃。
云拥天壁风唤客,雾漫晨峰纱落天。
极目千仞人寰远,疑似羽化登广寒。

庐山行

庐山青,赣水明,洪都六月雨濛濛。长江水自冰川来,匡庐何年拔地生。盘旋四百入云端,横岭侧峰皆难辨。偿夙愿,腰脚健,平生初饮庐山泉。潇潇夜雨伴我眠,风停雨歇静悄然。露浸中夜枕衾寒,振衣高岗极人间。浩劫无损美河山,世事沉浮似涛翻。升沉未向君平占,烈士暮年志弥坚。漫学陶令却人寰。君不见云横五老出天表,绝顶跻攀天地宽,万古神州肇新纪,莫不磬折向尔,令我开心颜。

碣石宫感吟

秦皇一统欲长生，千乘万骑奔东溟，远向扶桑觅仙草，碣石岸头筑行宫。日夜翘首望东天，徐市飘然去不还，青松苍山犹可待，无奈君王难引年。巍巍碣宫覆泥土，张弓壮士今作古，君不见潮升潮落沧海间，白浪悠悠水接天。山隐隐兮海茫茫，残垣千载越洪荒，回首榆关照落晖，碣宫拾得片瓦归。

1987 年

金　鑫

金鑫（1927—1995），笔名济翁，教师，所作古曲《镜泊湖之恋》，曾获"老龙口杯"首届海内外中华诗词大奖赛二等奖。

杂古·镜泊湖之恋

畅游镜泊湖，喜见红罗女！不见红罗女，难称镜泊游！童颜连鹤发，花甲最风流。城墙砬子站，道士山头留；白石光明暗，老鸹翼起浮，韵绕大孤月，魂牵吊水楼；箭穿千浪雪，波撼一风舟；艇飞何动橹，雨落岂绸缪；妙句摇星影，华章啃牧牛；情留苍岭阔，雾览峭峰幽；似觉风嚼叶，那知柳恋鸠；飞泉摔滴翠，险壑笑封侯；蝶舞花如炽，竿长笑乱投；波中跃鳞锦，浪里荡箜篌，悬嶂惊骥马，响溪跳玉璆；蝉琴弹暖韵，蛙鼓伴寒湫；路险终能上，谷深不可究；山峦盘翠带，巅顶点秃鹫；磴远磨铮骨，天高鼓动喉；偶然有失步，刹那无完裘；翘首千峰翠，回眸万象遒；砬飞形咄咄，崖立气赳赳；胆大强为幻，心粗枉作俦；双峰声互应，对峙势相殴；何似淋晕画，疑如戴兜鍪；蝗跃鸡狂喜，雀飞燕疯泅；鸟翔穿谷过，鹰坠恸心揪；柳浪燕频剪，夜帘虫乱咻；星歌灯万盏，月舞火一篝；白肚吐橹翼，红楼挂玉钩；落虹无力管，把笔尽神偷；雅宿客长满，嘉肴酒更优；车轮飞美愿，山路入奇猷；心旷花常放，神怡病自瘳；峰楼争欲立，情景竟相侔；胸荡穷烟景，蜂拥忘乐忧；白山夸沃野，牡水奏晴丘；别墅藏幽谷，顽童胀软球；难酬鸿万里，不厌艇千周；导女讯疲惫？游人乐咨谋；诗魂系国运，琴韵颂金瓯，导者曲方歇，游神兴未酬；尽情天不老，极目景犹稠；旋踏高船板，奇逢长发俦；戏伞频张闭，擎鹑欲放囚；爱怜不释手，坐立自摇头；半裸身倾动，双眉意韧柔；手衔游泳帽，带挎挽夹兜；淑性清于水，德风美赛鳌；神魂难仰止，荣辱是关攸；草帽边如辫，发丝带若旒；挚忱说暗话，外语滚荒洲；摄影为翁照，识余广帐周；问伊知暑假，为国绘春秋；真是湖罗女，红裙伴白鸥。君不见：红罗夥夥舞难休，舞罢湖山牡水头。带走朔方千麓秀，捎回上国一潭秋。几鸣盛世凭龙跃，再展雄风与国谋。果见群群红彦女，辗然陪笑乐无惆。与国谋兮尽国谋，白山黑水饮平畴。连同关外黑土地，含笑献神州！献神州兮好神州，难得今生一壮游。一壮游兮百壮游，尽管高声唱破喉；祖国江山就是好，千秋万代也歌讴。回头频望湖光山色红罗女，一步一回眸；纵然百步一回眸，也销万古愁！

王　前

王前，1928 年生，辽宁海城人，辽宁大学教授。有《咏书绝句百首》行世。

登临长城八达岭

海吸群山八达宽，长城漫漫蜿云天。
青砖点点秦民泪，赤戟煌煌烽火烟。
人道雄关真胜铁，谁知黔首可倾船。
欲探天下兴亡事，纵览渔樵得失篇。

游辉山秀湖

素同山水结多缘，不是名山吾亦怜。
飞艇中流鱼共语，攀藤绝顶鸟齐肩。
神游云外穷星际，身在山深忘暑天。
挥手湖山人影乱，凭亭啸傲又何年。

风入松·《红楼梦》电视剧观后

观园花草了荣枯，泪断觉尘无。炎凉淘尽人间品，玉终玉，泥土奚汙？潮至鱼龙齐跃，潮回虾蛎争嘘！　　功高封厚子孙愚，恣意养金躯。骄奢淫逸江河下，积难返，千古同途！局外明明醒梦，几人不再糊涂。

盛光荣

盛光荣，1928 年生，浙江临安人。多年从事编辑工作。辽宁省作协会员。

清平乐

翠浓香重，才入桃源洞。正欲登临游目纵，恍惚一场春梦。　　觉来雨打窗棂，杏园谢了春英。一片蛙鸣聒耳，噪声压倒啼声。

浣溪沙二首

（一）

梅影横窗竹映门，枝枝叶叶有啼痕。斜风吹雨湿黄昏。　　片片落红飞不起，萋萋乱碧欲离魂。人间谁是惜花人？

（二）

入梦梨魂化作冰，颠颠枝上宿幽禽。哀声宛啭自微吟。　　闪闪藏藏星散漫，清清白白月消沉。昏鸦聒噪不成音。

西江月

白卷声名煊赫，文氓独擅风流。无才无德尽封侯，骗子混充旗手。　　立志红专有罪，精深渊博堪忧。辛勤白了少年头，赢得污名老九。

行香子·农村生活漫忆

（一）

吾爱吾庐，竹树扶疏，乐箪瓢不论精粗。亦种，且耕且锄，还养了鸡，养了鸭，养了猪。　　宅院荒芜，难得糊涂，掩柴门不问荣枯。花下，禽鸟相呼，也填些词，做些曲，读些书。

（二）

花落花开，云去云来，料天公自有安排。我管，且此徘徊，有烟一支，茶一碗，酒一杯。　　鼻息如雷，酣卧山斋，入梦乡地转天回。坐石，蝉蜕尘埃，是禅不禅，道不道，才不才。

彭定安

　　彭定安，1929 年生，江西鄱阳人。曾任辽宁社会科学院副院长、东北大学文法学院院长；现为辽宁文史研究馆馆员。主要著作有《鲁迅评传》《鲁迅学导论》《创作心理学》等；出版《彭定安文集》6 卷、长篇小说《离离原上草》三卷。曾获辽宁省哲学社会科学成就奖、曹雪芹长篇小说奖。

塞纳河畔吟得

　　塞纳河边不枉留，巴黎胜景作心收。
　　卢浮宫里识珍广，圣母院中宿愿酬。
　　雨果故居闻本事，罗丹展馆耸惊眸。
　　中华万里归舟梦，汇入新潮涌巨流。

巴黎抒怀

（一）

　　飞天一夜到巴黎，世界之都传不虚。
　　眼前繁华使缭乱，心底胜景欲比翼。
　　荒漠风沙催人老，欧西文明启心仪。
　　何须惆怅起步迟，抖擞精神赶上去。

（二）

坎坷平生梦凄厉，何期今日到巴黎。

不羡灯红酒绿好，惟觉学术艺文奇。

香榭丽舍车潮涌，枫丹白露泉雨急。

此生不虚走天涯，美哉人间法兰西。

（三）

旧梦依稀来眼底，心系故园到欧西。

大漠荒寒弃置身，枫丹白露心神怡。

浮沉人生非己运，大浪淘沙是真谛。

黄昏岁月夕阳心，犹自奋笔写新意。

（四）

巴黎至美意难平，魂兮仍系故园情。

历史滔滔大江水，中华已自启新程。

物质主义心神损，文化再造育魂灵。

欧西文明多所取，东方精髓须守成。

（五）

黄柳碧草塞纳美，巴黎四月时最佳。

风物千差知异国，海天万里思故家。

世事纷扰百年忧，拓展在望意风发。

改革开放十年路，吾身吾心系中华。

项 冶

项冶，1929年生，1948年起从事文化工作，曾任文艺期刊主编、辽宁省文联副主席、辽宁省诗词学会副会长。有诗集《凝思集》行世。

村居二首

（一）

层层浓翠环泥舍，散去柳花绽葵花。
有径篱边鸡漫步，无尘梁上燕来家。
瓜畦粪水昨添足，豆蔓新荚今又发。
饭饱锄悬浑入梦，醒来瓠影满窗纱。

（二）

伏雨连绵昨夜晴，流深水暖碧沙清。
田头挥汗人争泳，波面徜徉鸟跃空。
细草滩边豚呼集，垂杨桥畔马归腾。
荷锄偕步炊烟里，一路谑夸竞雌雄。

长安行

春风送我到关中，满目葱茏雨乍晴。
雁塔风高寻曲水，乾陵日暖话双峰。
登庐似觉先民在，观俑如临兵马行。
夜半驱车梧影乱，悲歌绕耳是秦声。

青岛栈桥

昨夜奇寒风雨狂，晨曦处处琥珀光。
滩头浪息石桥静，亭角珠滴藤叶香。
海市迷濛疑幻境，山城叠翠叹奇装。
潮汐淘去人间怨，多少白帆越远洋。

过三峡

朝辞山城顺流东，长江旭日最含情；
稻菽茵茵山岭秀，碧波荡漾巨轮轻。
醒来方知昨夜雨，空濛何处觅神女；
四方游客会船头，但见悬崖白浪起。
好个南宫山水园，层峦叠峰生云雾；
浓云深处有人家，可知风雨敲门户？
忽然天开江面阔，波平如镜渔舟过；
群山妩媚露笑颜，绿丛处处瀑如帘。
无言暗叹江山美，遐思一似白云飞；
奔波半纪多险危，不知疲惫鬓毛衰；
每临绝境又逢生，今日置身山水中；
江水弯弯山重重，山水亦能解我情。
长笛一声山谷应，苍鹰低旋自从容。

陆景欣

陆景欣，1929 年生于吉林九台。高级政工师。在辽宁省直机关副局长岗位退休。中国作家协会、中华诗词学会、辽宁省作家协会、辽宁省诗词学会会员，中国诗歌学会理事。著有《长河浪花集》等，主编《中国烟草百花集》等。

桃花源咏怀

清正洁廉政绩佳，不为五斗坐官衙。
万千松菊怀贞性，亮节高风经史夸。

门外悟诗

一生苦学遍追寻，练到白头未入门。
月色窗前何惧晚，寒风座下不辞辛。
文词切意方称妙，语句惊人始入神。
作罢千篇才悟道，须从李杜得诗魂。

立春赏香雪兰

嫩蕾初开满室光，寸心不大自多芳。
隐居蔓草无人识，绽蕊丛中有暗香。
瑞气氤氲抒亮节，迎风挺立傲炎凉。
清新淡雅酬知己，羞与闲花斗艳装。

行香子·贺《中国烟草百花集》出版

　　和煦春光，姹紫嫣黄。含娇羞，笑理新妆。天姿国色，绚丽辉煌。送几多情，几多爱，几多香。　　南疆吐蕊，北域流芳。惹蜂蝶，竞舞回翔。挥毫泼墨，争诉衷肠。凝一诗词，一图画，一文章。

临江仙·赤壁怀古

　　峻峭摩崖犹屹立，浪花飞溅排空。中原婉现旧时容。朔风催战鼓，斜照戟戈鸣。　　指点兴亡长慨叹，乌林眺望迷濛。晴川觅遍影无踪。江山留胜迹，秀色染云彤。

应天长·立秋遐思

　　一生犹比烟云过，天上阴晴多变色。名利果，失和得，逆旅匆匆皆过客。　　好花难久泽，美景瞬间消没。目送清秋远鹤，去来皆淡泊。

阿 红

阿红，原名王占彪，1930 年生于陕西华阴县，毕业于南京大学中文系。中国作协会员。曾任辽宁省作协书记处书记、副主席，编审，主编《当代诗歌》。现为省作协顾问。诗人、诗论家，著有诗集《我的遥远的月》、诗论集《探索诗艺之海》等多部。另有散文集和小说集多部。

八秩抒怀

（一）

冰清玉洁意，一系百年心。
明月邀清赏，流云伴醉吟。

（二）

居身宁静地，抚事平常心。
所望唯康健，宁馨幸福真。

（三）

风雨一杯酒，诗怀难息心。
欲求安静穆，唯有吐胸襟。

（四）

艺怀寻寂静，挥笔泻真音。

轻敲古今事，漫论天地心。

（五）

日午柳轻吟，幽怀清境寻。

月明松鹤舞，陋室品兰心。

2009 年 9 月 23 日

陈 琨

陈琨，1930年生，辽阳人。1953年毕业于中国人民大学，高级经济师。中华诗词学会会员。发表诗词曲作品250余首。

赴朝行二首

（一）

怒涛滚滚向西方，铁锁桥连绿水乡。

两岸硝烟成点缀，健儿又汇铁流长。

（二）

绿水横流逼汉江，浪潮卷去乱云狂。

中朝儿女齐天怒，化作长城万里疆。

步和张秀材老师《病中作》

高山仰止赖扶筇，湖海神交国色浓。

益友情怀知管仲，良师表率振黄钟。

歌旋风雨生新意，词染山河去旧容。

愿祝身同文笔健，养生不减莫邪锋。

林 声

林声，1931 年生于山东蓬莱。1947 年参加革命，曾任辽宁省副省长，兼任省诗词学会副会长等职。著有诗集《灯下情思》《灯花吟草》《林声散文》等。主编《中华名匾》等十多部书。

赴日瞻仰岚山周总理诗碑

海外诗碑在，岚山吊国魂。
樱花春雨落，点点泪飞痕。

题蓬莱仙阁

凌空帝子家，高阁踞丹崖。
一叶云中渡，满身披紫霞。

千山西阁

万树含香雪，银光拥寺门。
花潮今又是，西阁问诗魂。

山中看雨

雷行天鼓响，雨落海涛声。
云飞青壁暗，倚榻看烟生。

苍松

苍劲一青松，瑟瑟临谷风。凌云知劲节，负
雪见贞红。顶天一身骨，立地耸泰峰。　　三九
不畏寒，雪落见真容。苍老无荣枯，春来隐绿中。
脂节烧明路，丹心老更同。

题武当独秀峰

正气充身酿紫风，岿然云海种寒松。
雾淹叠嶂迷晴色，只见山中独秀峰。

梨花醉唱

雨濯芳菲雪灿枝，素装俏在半开时。
闻君醉唱千山好，花气香潮入我诗。

东陲山村

葱葱林麓掩农家，香溢庭前百合花。
曲水潺潺芳径隐，老翁垂钓半池霞。

大观楼吟长联

春风入袖指滇池，天镜飞花浪起时。
吟罢沧桑千古月，孙翁当日有谁知。

咏梨花

雨洒芳菲雪灿枝，素妆俏在半开时。
送春带泪清无染，遍野新花俱是诗。

洪淑英

洪淑英，女，1932年生于吉林省伊通县，曾任辽宁省剧目室主任，一级编剧。著有诗词集《枫叶之秋》。

崂山纪行

波浮几片帆，碧海绕云烟。
巨石顶天立，丛林蔽陌阡。
古松挂绝壁，窄路走迂旋。
行远识天下，崂山结善缘。

祭母

金秋逢生辰，滴泪思萱亲。终生多坎坷，凄苦集一身。未嫁失生母，少妇亡夫君。抱女携残儿，艰难度光阴。灯下忙永夜，寒暑迎风尘。换得一斗米，绣折几根针。求生苦中乐，年节常走神。剁鸡伤食指，欲笑泪沾襟。盼女早成人，身边有贴心。晨行路边望，夜归秉灯寻。女大离家去，千里觅上门。为女哺幼儿，伴女共伤神。临终不瞑目，恋恋驾鹤魂。思母不得见，常在梦里寻。醒来人不在，空余不孝人。亡母在天灵，当解女儿心。几句知心话，再拜祭慈亲。今日淑英老，尤知母爱珍。

王向峰

王向峰,1932年生,辽宁辽中人,毕业于吉林大学中文系,现为辽宁大学文学院教授、北师大文艺学专业博导。中国作家协会会员,辽宁省美学学会会长、诗词学会副会长。自撰与主编的专著48部,曾获辽宁省政府首届哲学社会科学成就奖、国家教委学术专著奖、中国文艺理论突出贡献奖、全国嵩山杯诗词大赛特别奖、全国第三届鲁迅文学奖、中华优秀图书奖。

种兰十年

一往十年岁月长,浮云落日几苍黄。
凝心不易情贞固,久伴清芬无倦遑。

江城感怀

金风十月动江城,满树流丹满树情。
水阔天长秋塞里,鹃花一梦枕边声。

离美留别孙儿大超

异乡别却在明晨,夜半灯前寄语频。
切记根生华夏土,寻亲知报勿迷津。

2001年2月15日

思念先母有记

风雨沧桑六十年，多疏祭扫到坟前。
劬劳育养心常记，寄望相期虑永牵。
谁料苍天难予寿，早夺慈母殁黄泉。
深恩欲报施无处，遗恨绵绵遍陌阡。

春夜纪梦

早春寒未尽，犹有雪花飘。漫天覆地白，入
目惟琼瑶。不眠怨遥夜，思越路迢迢。岂惮追寻
苦，一枕梦为桥。　　微雨山村夜，轻风柳树梢。
单衣淋尽透，缱绻魄魂销。南窗星倦落，西斜月
影娇。醒后多怅惘，陈诗遣寂寥。

海口苏公祠

岁寒谁是不凋松？千载文豪苏长公。
官贬八州依旧骨，朝更五代仍初衷。
云横山海乡关远，心向黎民荣辱同。
南岛幸多迁客迹，荒疆今古沐诗风。

读王充闾《龙墩上的悖论》

独凭只眼看龙墩，但见王冠滚落频。
一样兴亡言晋宋，两朝成败语秦陈。
治人反被他人治，循辙更由辙迹循。
顺生莫若平常好，谁羡皇家九五尊？

题王秀杰新作《千秋灵鹤》

灵鹤千秋入梦频，生花妙笔屡从巡。
文章凭显神超韵，长卷尤托物外心。
书画遍寻王子驾，古今广纳令威群。
不教命宿南荒远，焉得情迷似醉深！

看电视剧《叶挺将军》

希夷善战史昭行，层叠功高众口评。
北伐兴师独扫路，南昌起义广传名。
忠贞不渝如苏武，果敢无前逾卫青。
缚寇长缨承国运，蒙冤绁缧震天惊。
胸怀智勇难为用，身陷牢笼尤抗争。
展望光明思旧部，摆脱邪恶启新程。
黑茶山下遗长恨，革命军中殒巨星。
一曲囚歌风百代，万民挥泪悼才英。

过临潼鸿门坂

客旅临潼旧地寻，鸿门宴迹已无痕。
乌江大难从何起，成败兴亡此界分。
轻书蔑剑羡王尊，起事江东抗暴秦。
扰攘干戈余楚汉，中原逐鹿定君臣。
良机天赐在鸿门，却让刘邦得遁身。
亚父空遗千古恨，无谋竖子难将临。
拔山扛鼎勇绝伦，却好沽名做义人。
终致身家同毁灭，八年功业委埃尘。
四面楚歌动地闻，无边暗夜耸星辰。
英雄末路骓失主，梦断乌江逝水滨。
虞姬绝唱涌情真，敢报重瞳知遇恩。
楚帐今宵甘饮剑，明朝不做瓦全身。
八千子弟尽无存，愧对江东父老心。
告语苍天犹怨命，英豪一去冷乾坤。

王充闾

　　王充闾，1935 年生，辽宁盘山人，国家一级作家，辽宁省作家协会名誉主席，兼任南开大学中文系教授。著有散文集《春宽梦窄》《沧桑无语》《淡写流年》《面对历史的苍茫》《龙墩上的悖论》《张学良：人格图谱》等二十余种，诗词集《鸿爪春泥》《我有诗魂招不得》《藘庐吟草》，学术著作《诗性智慧》等。曾获中国作家协会首届鲁迅文学奖。曾两次担任鲁迅文学奖的散文评奖委员会主任。

写怀寄友

埋首书丛怯送迎，未须奔走竞浮名。
抛开私忿心常泰，除却人才眼不青。
襟抱春云翔远雁，文章秋月印寒汀。
十年阔别浑无恙，宦况诗怀一样清。

登辽宁彩电塔

纵目苍空一豁然，摩天塔上瞰辽天。
情怀小异登楼赋，襟抱遥同胆剑篇。
球籍激人争上驷，宏猷励已拼中年。
凭高易感风云会，澎湃心潮意万千。

仙女泉

金刚山有仙女泉，传说饮此泉水可祛老延年，仕女争相酌饮，戏占一律。

健步攀岩尽妙龄，羞将华发对山青。
蓬壶岁月谁亲历？尘世烟波我惯经。
胜地传奇终有意，神泉祛老恐无灵。
仙姬怕管人间事，雾霭迷濛匿影形。

吊王勃祠①

南郡寻亲归路遥，孤篷蹈海等萍飘。
才高名振滕王阁，命蹇身沉蓝水潮。
祠像由来非故国，神仙出处是文豪。
相逢我亦他乡客，千载心香域外烧。

【注】
① 唐代诗人王勃，赴交趾郡省父，海上遇风罹难，漂尸于越南中部蓝江入海口，民众景仰其才情，修墓、建祠、塑像，以神灵祀之。

拜谒列夫·托尔斯泰墓园

漫道萧萧墓垅寒，丰碑高矗地天间。
百年风暴安然过，万仞门墙讵可攀。
名重方知千纪短，才雄不觉五洲宽。
尔来冷对邻家事，独拜文宗兴未阑。

岁末抒怀

行藏奥蕴任猜评，暂息蘧庐待岁更。
入仕碍难存至性，耽诗端可慰平生。
青云鸿鹄高天侣，燕石湘兰大雅情。
鸥鹭不争车马道，狂庄圣孔伴鼾声。

新一年日历册一月五日始见，寄赠友人并附小诗

小圃花迟放，折枝赠友人。
岁朝虽已过，还葆整年春。

翠湖

陌上花开客到迟，翠湖烟柳已垂丝。
流云净扫天光碧，万点翔鸥乱撞诗。

棋盘山水库即景

为晴为雨两由之，埋首沉酣澹定时。
异样丰穰同样乐，渔翁垂钓我敲诗。

读书纪感

学海深探为得珠，清宵苦读一灯孤。
书中果有颜如玉，戏问山妻妒也无。

张毓茂

张毓茂，1935年生，辽宁盖州人。1960年毕业于北京大学中文系。曾任辽宁大学中文系教授、沈阳市副市长、辽宁省政协副主席、全国人大常委、民盟中央副主席。著有《萧军传》《郭沫若的性格与风格》等十二部。《萧红作品欣赏》一书获国家优秀教育图书一等奖。主编的《东北现代文学大系》获国家图书奖。

致吕公眉先生二首

（一）

铁笔当年斥敌酋，念珠桃在自千秋。
浮云富贵真情性，大化之中任去留。

（二）

家山南望是归程，别后相期望再逢。
今夜秋风庭下起，卧听鸣雁一声声。

蔺文斌先生文集《往事心曲》序诗

政坛商海任徜徉，去后陶朱数蔺郎。
寂寞万缘诗意在，华章原不望膏粱。

致张恩华同志

曾经宦海未失真，慷慨侠风士子心。
走笔挥毫馀事耳，恩华本色是诗人。

赵清溪

赵清溪，1935 年生，沈阳人，在教育界工作。

怀思二首

（一）

絮果缘何起兰因，约成啮臂等轻尘。
云深难觅天台路，几许相思入梦频。

（二）

倩影何曾入梦来，兰因絮果费疑猜。
萧郎最是伤心处，月未全圆花未开。

邓荫柯

邓荫柯，1936 年生于山东济宁市，1958 年毕业于北京大学中文系新闻专业。长期从事出版工作。春风文艺出版社编审、中国作家协会会员，曾任辽宁散文学会会长、辽宁文学评论家联席会副会长。著有诗集《心缘》、文学评论集《文朋诗侣集》等。

金缕曲·读《法兰西内战》

公社狂飙起！好巴黎，揭竿千万，惊雷怒激。铁臂力旋乾坤转，缔造工农世纪。看昂首挺胸奴隶。照破沉沉将尽夜，迎朝阳，阴雨古城霁。鬼蜮辈，空悲泣。 悠悠塞纳春江丽，不尽流、先驱血泪，英雄正气。街垒红旗昭天日，青冢千秋蓁碧。盗火者、云崖傲立。国际悲歌连广宇，何处寻，忠烈安魂地？无产者，记心里。

沁园春·读《红楼梦》

半世酸辛，一代史诗，千古文章。恰吃人筵席，轻飚仙乐，冠缨府第，男盗女娼。大厦将倾，群魔乱舞，撕却面纱正跳梁。高墙内，是女奴坟墓，怨鬼成行。 华林浓雾悲凉。觉醒者，肝肠寸寸霜。有并蒂芙蓉，出泥不染，樊笼双雀，渴慕翱翔。决裂豪门，等闲禄蠹，歧路中宵哭夜长。风雨恶，剩红楼血泪，噩梦一场。

临江仙赠答二首

（一）

莫问知音何处觅，盈盈独立风前。寒梅标格总天然。笑看攘攘世，愁不上眉弯。　　只恐霜秋悲落木，无言空忆春山。恨他风雨送华年。瓣香祝明月，长向伊人圆。

（二）

缥缈青空纤纤月，娟娟久谙清寒。从容圆缺碧云间。任他尘世好，玉宇自婵娟。　　解语银钩照无寐，素心晶洁依然。清晖脉脉洗忧烦。侬怜新月好，不羡月儿圆。

金缕曲·往事

往事勿回首。最难忘，去年春暮，丁香开后。寻梦时光残梦断，驼荡东风依旧。正芳草，绿茵似绣。一带宫墙霜叶碧，更何堪，郁郁园中柳。春未老，人已瘦。　　朝朝暮暮临窗牖。百千回，争如不见，无言时候。咫尺天涯人万里，鹊桥风狂雨骤。凭谁诉，天长地久？千缕柔魂剪不断，期流光销尽双红豆。畏来日，沈园酒。

王金屏

王金屏，1936 年出生于山东省夏津县，曾就读于北京大学、中国人民大学。曾任辽宁作协《鸭绿江》编辑、《当代诗歌》副主任、辽宁文学院副院长、处长等职。著有中短篇小说集《精神贵族和编辑夫人》、散文集《迟到的秋梦》、长篇报告文学《站起来的黄土地》、诗词集《西苑草》等。

访彭总挂甲屯旧居

西出长安二十里，村舍俨然风光美。

燕山为屏绿树遮，蓝天白云照清水。

屯名挂甲有来历，守边将军起高第。

吴家花园储阿娇，手牵圆圆花间戏。

有云曾居曹雪芹，泪洒潇湘十二裙。

饥寒交迫赋顽石，西风冷月葬诗魂。

几经丧乱论兴亡，败壁颓垣叹凄凉。

引狼奸贼身名裂，断肠文字溢芬芳。

后来老者霜鬓斑，健步如飞腰未弯。

目光似剑面色赤，寿眉隆准胸怀宽。

当年平江举义旗，万里征战马蹄急。

保卫延安定秦陇，朝鲜传檄挫强敌。

凯旋未及解征衣，遍访苦疾问庶黎。

北国冰霜南疆草，神州处处留足迹。

以身许国不营家，清正廉洁实堪夸。

无私无畏有肝胆，慷慨陈词掼乌纱！

罢官来归挂甲屯，等闲荣辱若浮云。

疆场效死因邦国，台省直谏为平民。

手把黄泥修葺屋，羞耻寄生自种粟。

春播夏锄循时序，布衣素食丰且足。

出身步伍家境贫，热爱工农愿卜邻。

忧则同忧乐同乐，风雨茅屋笑语频。

樵牧为友情谊真，周济穷苦一片心。

婚丧嫁娶殷勤问，寂寞寒村四时春。

六年相处密无间，称兄道弟竟日欢。

并肩开渠改水田，营林植树花果鲜。

碧波池塘芙蓉红，鹅鸭游戏鱼追踪。

泉喷机井四邻笑，电灯照耀星辰惊。

春催耕种冬贮藏，农暇劝学读华章。

笔墨纸砚皆赠施，柳荫田畔书声琅。

东风吹拂百花新，金秋丽日草木亲。

话到丰收众口赞，饮水不忘掘井人！

开国保疆不居功，隐居山村埋姓名。

简朴勤谨敦风化，庶民疾苦最关情。

誉满京郊颂歌传，百姓亲近心相连。

谁赠米面鱼与肉？问遍乡邻笑声喧。

米自为炊鱼自烹，小设酒宴庆年丰。

飞觞递盏约痛饮，"国富民强享太平！"

感激父老五内惭，"难达民意枉为官！"

"但愿领导皆如君！"闻言举箸泪潸然。

静卧农村摈忧愁，许身革命做黄牛。

牵车莫问轻重载，处处可拉犁与耧。

戎马倥偬四十年，兴亡已任难赋闲。

日思民生系国运，夜梦烽火报狼烟。

胸中浩荡百万兵，纸上空谈向孤灯。

愿输忠贞涂肝脑，竟阻奸谗信难通。

浩气长存白发添，留取豪情更加餐。

廉颇虽老尚能饭，翘首东望拍栏杆。

宫掖信使马上飞，闻道宣复载月归。
挥手铭记肺腑语，治国安民仍相期。
易水潇潇送秋风，长者离去院庭空。
满阶霜叶红不扫，柴扉十叩无人应。
远望京都念故人，风波亭上日色沉。
东窗计成武穆困，南宫构陷葬逐臣！
九死碧血染征袍，犯颜诤谏亦宽饶。
不料竟中萧何计，长乐宫深夜鬼嚎！
秋风潇潇过重楼，秋云惨淡秋雨愁。
松柏苍翠雾漫漫，江河呜咽水悠悠。
万丈怒火冲霄汉，千家悲声贯斗牛。
讯传忠良衔恨走，摧折心肝涕泪流。
玉兰香焚气氤氲，青蔬时果荐忠魂。
荒村致哀终不许，深埋悲痛掩泪痕。
五百子弟记音容，村头新添衣冠冢。
十万哭声起草莽，泣向都门祭英雄。
终有豪杰斩熊罴，扫尽阴霾布朝晖。
千古奇冤得昭雪，我亦拟成西苑诗。
点点滴滴血泪凝，行间字里注爱憎。
吟罢唱与乡亲听，一片饮泣久吞声。
神州大治报英魂，四方捷音慰将军。
来访挂甲春正好，松柏苍翠花愈新。
德怀同志姓氏彭，肝胆照人心最诚。
且待采风献此诗，自古泾渭两分明！

1979 年 2 月 15 日

邓　伟

邓伟，1936 年生于吉林省通化市。毕业于吉林大学中文系。辽宁大学中文系教授、研究生导师，中国少数民族文学学会常务理事。著有《满族文学史》《乐章集注》《西游记导读》等。著作与论文获多种奖项。

挽侯宝林先生

艺海春秋载誉荣，为民送乐乐无穷。
诙谐极处生高雅，捧逗哏中见世情。
启后承前开广路，呕心沥血有奇功。
大师今日西行去，举国同悲殒巨星。

1993 年 2 月 5 日

望江南

归雁过，时序已新秋。夜语街边微润雨，海滨处处泊轻舟，温馨缓缓流。

相见欢

春光逝去匆匆，每年同。多少柔情似水，尽随风。留不住，时间步，敛从容。失了东隅珍惜夕阳红。

宋　戈

宋戈，辽宁大学中文系教授。1936 年出生于辽宁省北票市。毕业于南开大学中文系。主攻中国古代文学。著有《艺术论》《唐伯虎诗选》等多部作品。

梦系南开园

几度沧桑几代人，长将魂梦系津门。
朦胧最是马蹄月，妩媚犹怀水上春。
卅载出关身报国，百川入海叶归根。
喜看学友鹏程日，桃李思园谢圃恩。

史鸣警钟

犹记当年岁月殊，凄霜冷月泣无辜。
白山怒吼风摧骨，扬子悲歌血染颅。
鬼啸扶桑浊浪起，狼参神社逆流伏。
且看华夏长缨舞，何惧苍龙犯我庐。

览胜天华山

放眼天华气势雄，谁持鬼斧造神工？
飞泉挂壁层层秀，险径通天步步惊。
甫踏悬崖怀靖宇，再凌绝顶望毛公。
群峰似浪心如海，万里江山夕照红。

祭奠汶川大地震遇难同胞

举世无言云黯垂，百川同泣九州悲。
凄风瑟瑟江山老，冷笛声声肝胆摧。
大爱无疆情浩荡，苍天有眼泪纷飞。
中华自古多磨难，众志成城显国威。

珠峰圣火

喜讯传来举世惊，熊熊圣火耀珠峰。
经幡五彩飘云外，礼炮八方响太空。
奥运精神驱暴雪，健儿热血化寒冰。
中华儿女多奇志，直上青天唱大同！

沁园春·忆周总理视察南开园

噩耗如雷，裂胆摧肝，泪雨飘舟。忆朗朗细读，
情倾巨手；谆谆教诲，露润心头。讵料今朝，高
天星陨，大业方兴志未酬。仰苍穹，问忠魂何处？
水泣山愁。　　遥思烽火年头，撑大厦巍然砥中
流。创开天伟业，鞠躬尽瘁；朝乾夕惕，帷幄运筹。
智冠群雄，声驰中外，耿耿丹心照五洲。标青史，
长德留华夏，功盖千秋。

凤凰台上忆吹箫·读蔡琰《悲愤诗》

腥海扬波，血流飘杵，枭雄虎视中州。惜汉家巾帼，辗转遭囚。尽日凄风苦雨，沦落处、乡思难收。凭谁问，胡笳谱恨，《悲愤》凝愁。　　悠悠，欲归不忍，牵寸寸柔肠，骨肉强留。叹梦中常记，国难家仇。何事才逾七子，偏落得有志难酬？空辜负，诗坛隽秀，一代风流！

高永振

高永振，出生于 1937 年，沈阳市人，毕业于中国人民大学新闻系。辽宁大学新闻系教授，中国新闻教育系统"韬奋园丁奖"获得者。

谒屈原庙

峰耸云天风阵阵，江流深谷水悠悠。
峨冠崔巍衣飘飘，步履蹒跚意惆惆。
为国为民为楚王，独醒独行独伤忧。
放逐路上身枯槁，求索岁月心悲愁。
低唱涉江吟哀郢，问天何故是非究？
楚声楚语赋骚后，纵身汨罗大江流。
神鱼惊闻急相救，驮回香溪到归州。
故里百姓思切切，争相投粽竞龙舟。
千古忠贞千古仰，一生清醒一生忧。

【注】
屈原祠兴建于 20 世纪 80 年代，位于归州古城东 3 公里的向家坪。

游白帝庙

瞿塘峡谷大江深，驱寇将军字迹新。
雾罩山巅白帝庙，风吹草野蜀王坟。
谋深征战心难冷，病重托孤泪满襟。
游客聆听千古事，滔滔江水过夔门。

游禹稷行宫

远古大地水滔滔，泛滥云梦灾不消。
大禹受命制良策，率领天神捉水妖。
三过家门无暇顾，八方疏水宿荒皋。
蛇神纵身闪雷电，灵龟挥臂起狂飙。
制伏水怪压山下，龟蛇化山守江郊。
禹宫高悬禹迹图，禹像金辉照九霄。
曾听史家说三憾，又闻始皇祭酒肴。
治水圣绩传千古，恩泽万世功德高。

赏浮雕《崔颢题诗图》

诗人提笔立山巅，举首神游衣浪翻。
雾里寻察归鹤路，纸端飞落驾云仙。
诗情飞絮飘千里，墨迹遗芳流万年。
既有诗仙搁笔墨，谁人有曲敢轻弹？

阎福君

阎福君，1937 年生，辽宁海城人。曾在省文化厅、省社科联、省体委担任过领导职务。退休前为省社会科学院院长、省人大常委。中华诗词学会会员、辽宁省诗词学会副会长。曾主持编写《阎宝航纪念文集》等图书十余种。著有诗词集《心声集》。

海涛惊梦

午夜天风吼，涛惊梦不成。
居官知任重，尽职忘身名。
业务连公务，涛情伴笔情。
夜忙无倦意，伏案到天明。

咏万年松

虬枝铁骨势峥嵘，独立苍茫万岁松。
酷暑炎天张翠盖，风狂雨暴亦从容。

长沙即景

道是长沙不见沙，沿城湖泊映云霞。
采莲湘女轻拨棹，荡得荷香飘万家。

故乡行

一去故园三十年，重归敢作等闲看。
楼高路阔歌如沸，禾绿鱼香花欲燃。
强震难消崛起志，劲风又续奋飞篇。
古城名胜传遐迩，再展宏图创大观。

桃花源即兴

山自清幽水自流，桃花开落识春秋。
武陵渔父今何去？古洞深沉逗客留。
林木青苍云叆叇，湖光潋滟鸟啁啾，
神州处处桃源色，欲挽彭泽作畅游！

中秋赏月诗会口占

果香茶暖庆中秋，满座高贤雅兴稠。
赏月赏心生丽句，扬情扬意赖歌喉。
昨宵万户鸣箫鼓，今夜一楼响瑟篌。
唯愿冰轮夜夜满，诗如泉涌漫神州。

夜步罗台山庄

座座新楼接大荒，银河璀璨夜茫茫。
天挟冷气神怡爽，涛起松林志远长。
野草微摇迎露翠，山花暗笑带风香。
群蛙闹月蜩鸣紧，知否当年铁马狂？

刘继才

刘继才，1938 年生于辽宁大石桥市。曾在丹东教育学院工作，后任辽宁省教育学院中文系主任，教授。辽宁省作家协会会员，辽宁省唐代文学学会会长。著有《唐宋诗词论稿》《宋词精华论析》等。

雨中望诸友登千山

烟雨清秋景色新，峰峦雾罩亦嶙峋。
千只折桂攀蟾手，一辈回天转日人。

春游凤凰山

拔地参天耸险峰，穿云破雾匿行踪。
腾空凤鸟生新羽，满谷杜鹃展新容。

故乡行

家山久望梦魂牵，匆促归来月未圆。
陇亩尽头寻旧迹，层楼是处换新颜。
书声朗朗随风起，师语谆谆饶耳旋。
回首平生增感愧，沉吟江畔惜华年。

贺丹东诗词学会成立

鹤发青丝聚锦城，龙吟虎啸震苍穹。
青山屹屹钟灵秀，绿水滔滔蕴友情。
杜宇无心悲旧事，凤凰有意唱新声。
诗豪诗伯欣初遇，知已知音喜又逢。

访凌源女神庙遗址

古庙堂前细探寻，松涛滚动起遥岑。
彩陶闪闪开天地，碧玉晶晶耀古今。
猪首山头龙逸逸，牛河梁上马骎骎。
生涯神女原非梦，大地神州荡好音。

王今胜

王今胜，1938 年生，1964 年毕业于辽宁大学中文系。曾任中共辽宁省委办公厅秘书处长，中共营口市委常委、组织部长，辽宁省新闻出版局党组副书记、副局长、正厅级巡视员。著有《王今胜书法集》《硬笔书法》（格言）、诗集《秋水长天》等。

太阳岛

松花江上岛，风动柳丝长。
照水娇花秀，临流酷暑凉。
张帆征远路，停泊惜醇香。
一首抒情曲，随波云外扬。

松

山巅一孤松，盘根危岩中。
霜来无惧色，冬至抗寒风。
正有擎天力，龙钟亦乐承。
树脂明彻体，四季郁葱葱。

过火焰山

　　高天烈日悬，群峰遍火焰。环坡无雨草，沟壑有枯泉。山间绝鸟迹，苍鹰杳盘旋。　　人若入此境，犹浴蒸笼间。吾赞唐玄奘，矢志赴西天。不经烈火炙，岂谓功德全！

谒中山陵

　　万松青翠森森柏，陵殿庄严显奂轮。
　　天下为公新立国，民权革命先行人。
　　苍生为念忧黎庶，帝统消除旷世勋。
　　拜谒先生陵寝地，重温遗训谨知闻。

牟心海

牟心海，满族，1939 年出生于辽宁省盖州市农村，1964 年于辽宁大学中文系毕业。一级作家。曾任中共丹东市委副书记、辽宁省文联主席，现为中国作家协会会员，辽宁省文联名誉主席。先后著有诗文集《情海集》《太阳雨》等和多部学术著作。获全国少数民族文学奖和东北文学奖、辽宁文学（诗）奖、冰心摄影文学奖。

再登凤凰山

风吹淡雾染山荫，感叹奇岩耸石林。
箭射雄峰天有眼，魂飞凤鸟爪留痕。
高悬怪洞难擎步，峭立仙台险踏门。
旧地诗逢新客友，心怀畅谷看今春。

贺铁岭诗词学会成立

夏去秋风塞北吟，文星荟萃献诗心。
开怀尽兴歌银冈，作赋抒情颂万民。
墨友长书章聚册，词家咏唱笔成林。
青山偃卧腾龙首，静视柴波论古今。

题王向峰诗词集《云斋守望》

笔落情扬韵品高，诗心任自涌风涛；
云斋守望神驰远，尺水兴波卷大潮。

丁香湖夜色

清风拂睡满湖波，月照琴声客友多。
曲动苍穹星落水，船摇清梦荡银河。

游沈阳永安桥抒怀

烟云漫撒湖边绕，梦罩丁香绿水娇。
往事清皇行御路，今民企盼永安桥。

刘慎思

刘慎思，1941年生，四川仪陇人，1959年参军，后入国防大学、中央党校深造。1993年晋升为少将。曾任辽宁省军区政委、辽宁省委常委等职。现为辽宁省政协之友联谊会副会长、辽宁省博物馆特别顾问、解放军红叶诗社社员、中国将军书画院理事。著有诗集《慎思集》《慎思集·续》和书画集《翰墨情缘》。

故乡·朱德帅乡

故乡，帅乡，元帅之首名威扬。功垂华夏昭日月，一身风范举世仰。　　故乡，帅乡，绿色环保吐芬芳。天人合一设新馆，神奇景物镶琳琅。　　故乡，帅乡，红色之旅世无双。领袖与民共和谐，农家院里川味香。　　故乡，帅乡，传奇故里沐朝阳。主席视察布恩泽[1]，国人肃然敬荣光[2]。　　故乡，帅乡，年年巨变披新装。县城新址通四海，吉祥福地奔小康。

【注】

[1] 2004年8月胡锦涛总书记视察仪陇，作出"一定要把朱德故居保护好，一定要把朱德故里建设好"的重要指示。

[2] 毛泽东同志曾为朱德同志题词"人民的光荣"。

与老战友宋协孔重逢

共事京都自不忘，精心履职效忠良。

风风雨雨同舟渡，月月年年联袂忙。

昔别儿郎方绕膝，如今孙辈已之庠。

匆匆卅载春秋去，难得重逢话海桑。

拜读蚊蛟老师《晓阳咏稿》感怀

席间函丈聆清诲，五秩春秋雪染丝。

万里征途寄咏稿，夕阳满目尽是诗。

亲情友情情不老，拜读诗文更相知。

鸿儒博学师常在，桑榆仍需雨露滋。

【注】

① 函丈：指师生之间距离一丈，这样便于讲授听课。

定风波·游河南安阳殷墟遗址

尘封历史几千年，一代王朝影重现。神游先祖发祥地，阿呀！商都灿灿放斑斓。　　甲骨卜文十万片，瑰宝，穿越时空照宇环。辉煌古代延今日，殷墟，一部天书读不完。

自度曲·致都本伟

　　读罢祭慈文，一曲大孝歌。情感千山动辽河。生死以礼大爱，兴风树楷模。　　　母德垂青史，孝顺儿女多。基因传承蕴君卓。孝感动天，科学论因果。构建和谐盛世，新咏孝子歌。

刘广明

刘广明，河南滑县人，1940 年生，北京大学法律系毕业。国家一级高级法官，辽宁省作家协会会员，沈阳市诗词学会顾问。已出版《古原柳笛》《天涯芳草》《心海泛舟》等三部诗集。有散文集《绿野秋思》。

听　春

微风剪得叶枝长，驿外桥边紫蕊香。
忙碌工蜂唱何事？嘲讥粉蝶负春光。

蕊　艳

荒坡野径无人至，长对东风空白怜。
纵使周边草难识，芬芳照吐报苍天。

田园诗韵

杏花枝满出墙头，麦浪连天绿垄畴。
细雨微凉酥肺腑，斜阳牛背笛声稠。

枯　榆

枯枝老干立桥头，暮色苍茫点渚洲。
不惧严冬风雪搏，拼将酷暑霹雷殴。
湖波犹蓄当年绿，鸟侣难忘故里秋。
藤葛柔心来掩护，叶浓遮得裸身羞。

谢池春慢·乍暖

晓来春启，蓬荜曙光初现。霜蕊影踪藏窗案，
阳光暖。顾盼盆中景，枝似睁眯眼。嫩芽伸，新
叶罕。一声惊叫，忙唤妻儿看。　　春光远望，
边草醒，池清浅。麦碧葱河洛，稻绿江南岸。蝶
弄霓裳舞，蜂闹花心旋。遍华夏，春正斓。千颜
笑面，人比桃花倩。

千秋岁·九月九日登高

菊黄岗陌，山岭涂油彩。凝睇远，苍如带。
云深茅舍隐，酷似吾村寨。思无尽，心潮迭起波
如海。　　昔日茱萸客，星散云山外。知眼下，
谁还在？当年鸿雁递，今岁声音殆。如相见，恐
难辨得儿时态。

张恩华

张恩华,1941年生,辽宁锦西人,毕业于北京大学哲学系,曾任辽宁省广电厅长、辽宁省委宣传部常务副部长、诗文与书法兼作,著有《声屏诗稿》《凌水书屋手稿》等诗歌书法集出版。

燕园湖心亭

中秋子夜月悠悠,情侣人归吾漫游。
塔影湖光迷树醉,茶香酒烈解人忧。
书山壁立勤开径,学海苍茫苦化舟。
自古俊贤怀远抱,理当仿效立鸿猷。

本溪关门山赏枫

塞外秋高衍水丰,夕阳晚照漫川红。
小黄山上燃灯火,五彩湖中映醉容。
石掩峡门门倚树,枝横溪水水流虹。
亭间少憩神驰远,岳麓香山景致同。

拜谒海瑞墓

墓园肃穆宿忠魂，不枉堂堂正气门。
雕像平和神自若，冢丘古朴气长存。
万言书奏亲民众，拂袖冠抛斥佞臣。
顶礼三躬情未尽，心香独敬海刚君。

杨柳歌

人生咏叹古来多，为柳为杨亦可歌。
落户庭园增丽景，植根阡陌护嘉禾。
遮荫日日舒繁叶，擎厦家家撑壮柯。
莫道薪柴无大用，照明取暖更祥和。

王维阁

王维阁，1942年生，辽宁康平人。毕业于北京大学中文系。辽宁省档案局（馆）副巡视员；研究馆员。辽宁省暨沈阳市诗词学会副会长。与人合著《九一八事变图志》《甲午战争图志》《中国古代军事诗歌精选》等文史书籍十余种。

游千山大安寺

盘旋寻古刹，地僻路薲迷。
杂木染秋色，山门落旧泥。
钟残犹挂树，狮破尚临溪。
排闼双峰壮，时闻俊鸟啼。

游沈阳植物园

游人纷赏四时新，百卉飘香万木春。
叶茂花繁皆秀色，莺歌燕语尽真淳。
平湖水满琉璃翠，浅草坪铺绿锦茵。
妙趣横生桥索上，红男绿女笑声频。

致仕辞步鲁迅先生原韵

苍颜华发赋归时，作茧垂成尚有丝。
脍美菰香不弹剑，兰芳桂馥可擎旗。
临窗漫读板桥画，对月低吟靖节诗。
文史流连唯适意，怡然自乐解朝衣。

学习牛玉儒同志先进事迹感赋

举世频传孺子牛，鞠躬尽瘁死方休。
殚精毕力民增暖，旰食宵衣血作油。
赤县腾飞添异彩，青城奋进展宏猷。
清风两袖朝天去，漠北江南泪雨流。

闲居感赋

退食寒斋已忘年，身心自在俱陶然。
风言万事随他去，日上三竿照我眠。
细品诗书如醉酒，漫游胜地似升仙。
黄金岁月无穷乐，潇洒人生四月天。

望海潮·贺母校北大百年华诞

百年风雨，**巍巍黉府**，中华文化之光。前辈奠基，精英继后，几多禹域脊梁。圣地创辉煌。倡科学民主，赤帜高张。薪火传承，柱天大树历沧桑。　　春来满苑飘香，看桃夭李艳，柏翠松苍。学界大师，科坛泰斗，德能功业齐芳。风范世无双。有精神魅力，赤胆忠肠。国事民情，滴滴点点入心房。

和文纲兼致丕任

窗外沙沙连日雨，诗书过眼静无哗。

阴晴难改余心乐，斗室神游四季花。

过嘉峪关

古道雄关接八荒，汉唐故事大明墙。

如今胡汉同驰马，西出阳关是故乡。

游西夏王陵

叱咤风云大夏雄，而今只剩帝王陵。
残阳衰草西风里，黄土堆堆看废兴。

留赠省委党校师友

尧天舜地我逢时，细雨春风谢友师。
食尽柔桑三百石，愿为黎庶吐新丝。

祁茗田

祁茗田，字涵青，1942年生于河北固城县，1967年毕业于北京大学中文系。在工厂工作16年后从政，先后任中共抚顺市委副书记、辽宁省文化厅厅长、福建社会科学院院长、中共浙江省委党校常务副校长等职。著有诗集《莲韵斋集》《六州居诗草》。

"四清"归来赠同村工作队同学

茅舍竹篱风雨寒，同吃同住共忧欢。
要期勿忘农家苦，永保胸中一寸丹。

望湖楼

秋桐暮雨望湖楼，淡淡清茶消旧愁。
吐尽平生甘苦事，高山流水又从头。

海口海瑞墓

花映高碑椰树青，粤东正气在园中。
海南风物多奇异，万里先来吊海公。

圆明园遗址

荒陂断柱没蒿莱，玉殿琼宫安在哉？
秋风似诉当年怨，游罢平添泪满腮。

夏日观雨

几声霹雳天河开，银汉茫茫灌地来。
闪闪光鞭频断树，潇潇雨弹顿成灾。
鱼随恶浪撞礁死，鸟卧残巢堕地哀。
我劝天公息暴怒，甘霖润物敞慈怀。

1968 年夏

江城子·游萨尔浒

春来今日喜得闲，出城垣，过庄田。细雨清
风，伴我过郊原。耳畔不闻车马嚣，长吸气，倍
新鲜。　　幽林曲径上青峦，水云连，襟怀宽。
俯畅遥吟，何必羡神仙！满目山川都是画，人已
醉，不思还。

沁园春·香山

　　霜降幽燕，涤净长空，燃红众山。记前番到此，书生联句，今朝复至，几辈齐肩。宝殿重修，兰亭再会，百丈苍松枝更繁。千杯尽，喜对说感慨，共庆团圞？　　匆匆终日无闲，未留意秋霜到鬓边。忆燕园岁月，酸甜苦辣，同窗足迹，西北东南。志在高山，意存流水，各献轩辕一寸丹。今日事，问鞠躬尽瘁，可让前贤？

李兴武

李兴武，1943 年生，辽宁康平人。1968 年毕业于吉林大学中文系。辽宁社会科学院研究员，享受国务院特殊津贴。辽宁省美学学会副会长。出版著作《当代西方美学思想述评》《丑陋论》《蔡仪美学思想研究》等 20 余部。著有旅游诗选《九垓集》。

泉州北山老君岩

老子独当山北门，佝偻脊背仰观云。
衣纹手指流泉印，似在言宣道德文。

济南千佛山远眺

登山远望皆佳景，一带黄河过历城。
湖影映天开晓镜，齐烟九点动心旌。

张家界宝峰湖

一湾碧水落斯湖，四面群山入画图。
湘妹歌喉音美亮，扁舟一叶忘归途。

昆明大观楼

滇池圆旧梦，又上大观楼。

水阔乾坤远，山遥雾霭稠。

船行摇碧影，鸟逐吐啁啾。

更有长联在，神思无尽头。

孙丕任

孙丕任，1944 年生于河北昌黎，1968 年毕业于北京大学中文系。供职于辽宁省文联，2004 年休致。现任辽宁省诗词学会副会长。编注《康熙诗选》等书。

西施故里

水秀山明西子家，苎萝祠貌灿云霞。
依然砧杵临江渚，越女如花正浣纱。

双龙洞值雨[①]

险远奇瑰少小闻，南来一瞬仰船身。
双龙料许应无恙，绿满春山又作霖。

【注】

① 双龙洞居金华市北山，有出水洞口甚狭，人仰卧船中以入。
　叶圣陶之《双龙洞游记》述之甚详，今已镌石上。

雨中登八咏楼①

八咏沉吟雨桂间，凌云游目倚危栏。
江声未载风流去，丽藻飞甍并世传。

【注】

① 八咏楼居金华婺江滨的山崖间，南朝齐诗人沈约创建，他曾
赋《玄畅楼八咏》诗，玄畅楼遂习称为八咏楼。今楼前已辟
为广场，树沈约塑像，并周以八咏诗碑。

烂柯山①

迟日亭前望洞天，烂柯此地早仙缘。
残棋犹在白云杳，翠筱青峦度鸟喧。

【注】

① 烂柯山在衢州市南郊，传为晋代王质观棋遇仙处。

江郎山①

遥望三峰断若连，攀援直叩阆风巅。
江郎才具犹雄健，椽笔书空颂大千。

【注】

① 江郎山在江山市南郊，三峰并立，高矗云表，蔚为奇观。

文溯阁游思

阁名文溯重初源，碧瓦飞薨鲁殿严。
万卷缥缃成四库，百年烽燧历三迁。
空余邺架听宵雨，尚有书几省御颜。
海晏河清敷教化，企迎合璧兆民欢。

民间文学三套集成辽宁卷出版余董其事

九域遒铎盛业宣，披寻廿载竟芊眠。
一生有幸躬三峡，百感交纷阅万难。
世代歌吟传野陌，民间文化筑崇垣。
瓣香筚路思宗匠，闲啜清茗淡看山。

虞山有怀柳如是

曾照虞山季世情，绛云红豆稔知名。
蛾眉丽藻饶风骨，索句时惊乱鸟声。

二十四桥

何处寻踪廿四桥，瘦西湖畔绿杨娇。
风流小杜春烟境，此际长怀月下箫。

雨花台

白云亦解步逡巡，瞻礼山陵烈士魂。
虹贯丹忱能化碧，芬华五色共熙春。

姚 莹

姚莹，1945年生，吉林洮南人。毕业于北京大学历史系。现为中国作协会员、中华诗词学会常务理事、辽宁省诗词学会常务副会长兼秘书长。编审，享受国务院特贴专家。创作以新、旧体诗为主，兼及散文、随笔、楹联等，有多类著作获辽宁省政府奖。

忠魂祭（五首选二）

（一）

大木拔兮乃国殇，铜驼亦洒泪千行。
国将不国家何在？人亦非人鬼正狂。
污水无端泼白发，丹心泣血对寒窗。
可堪回首十年后，犹有哀歌动我乡。

（二）

史悟忠良厄运多，四妖称霸又如何？
开基开国招殃祸，先觉先知犯律科。
滥斩椒兰萧艾盛，纷扬糟粕宝珠磨。
十年一幕荒唐剧，万户千家长恨歌！

哭胡耀邦兼呈其哲嗣德平学友 (十首选二)

(一)

少年倚马志凌云，伟绩凄颜足怆神。
革故鼎新国是正，起衰济溺羁囚欣。
铮铮硬骨轻邪恶，曲曲柔肠绕庶民。
大木无缘张翠盖，空教焦渴盼清荫。

(二)

胡公遽逝一何伤，又见长街哭栋梁。
泪雨飘飘湮路软，灵车缓缓碾心凉。
爱民自得全民爱，彰国方赢举国彰。
纵令刚身绝壮气，亦将绿梦染苍茫！

痛悼殷晋培学兄

遗容一睹即摧肠，始信人生未可量。
雅聚忽成来世梦，华章已作隔生望。
雄才总为庸才扰，傲骨时遭媚骨伤。
底事好人偏命蹇？苍天不语雪飞扬。

游九门口长城寄怀

九门胜迹此登临，骋目关山处处新。
劫火销余花果盛，战尘飘尽水云亲。
已无甲帐排兵影，但有崇阿唤旅人。
百废皆兴天地改，书绅吊古长精神。

千山梨花节感兴

夜宿灵山始有灵，赏花赏月两怡情。
琼枝下涌淙淙水，香雪周飘淡淡风。
月色已溶花色里，诗情顿上笔情中。
此身合是仙身未？扰攘全消睡意空。

咏　竹

独立苍茫挺似枪，敢朝恶飓试锋芒。
正直纵使罹刀斧，化作笛鸣韵亦刚。

咏　松

接天狂絮等闲看，漫展虬枝迎酷寒。
为有深根抓沃土，方将正气示人寰！

咏　梅

雪剑风刀肆虐狂，疏枝劲挺笑枯黄。
安居一隅练筋骨，志在云天透暗香。

王绵厚

王绵厚，1945 年生于辽宁省海城市。1969 年毕业于北京大学历史系考古专业，曾任辽宁省博物馆馆长。多年从事东北历史地理考古与民族研究，出版专著多部，业余从事诗词创作。

大都追昔

古都千载立幽燕，犹向斜阳忆蒙元。
铁骑南驰归一统，汉风北渐汇同源。
长城如壁连天险，峻岭冲云八月寒。
世祖功勋名史册，中华万古锦江山。

盛京感怀

辽海开疆气象宏，幽燕天堑古今同。
三边已靖弦歌远，九域今安鼓乐隆。
岁月七千留旧迹，江山十万沐新风。
累朝勋业镌青史，赫赫辽东第一功。

赫图阿拉老城

崛起松辽古建州，轻涛拍岸白云浮。
八旗戎马三关纵，六祖都城七恨幽。
敢向中原问周鼎，不甘林莽试吴钩。
终能一统成王业，社稷江山赖运筹。

董家骧

董家骧（1945—2004），生于北京，1969 年毕业于北京大学中文系。曾任辽宁省文联理论研究室主任、《艺术广角》杂志主编。编审，荣获国务院颁发的有特殊贡献的专家奖。发表诗文作品及文艺评论文章数十篇。

丙寅腊月观菊展有怀

闲来暖室觅芳痕，花卉丹青浑不分。
挂壁鹅黄风做骨，盈盆嫩紫蜡封魂。
妍极始悟生即死，虑重安知假亦真？
艺境人心宜两析，昭昭岂可怪昏昏。

丙寅冬约稿践故恭王府感怀

求文数度过重门，相府格局底与伦！
曲径危楼迎素月，幽篁古柏伴春云！
曾虞势炙天临色？不臆身分梦堕尘。
向使无人玩僭鼎，谁来吊古问三坟？

赠某君

敏可羞惭八斗才，文章信手漫铺排。
先声势落凭腾闪，妙彩华生任剪裁。
理趣机情堪大擘，流光逸韵当雄怀。
学兼中外联今古，腹有经纶土不埋。

赠姚莹

挚友多相契，姚君性特强。
诚极生叱咤，语厉炙肝肠。
磊落及诗质，天生远夜郎。
潜心勤拓凿，江阔水流长。

戊辰八月登奶头山

伟伟立双峰，凸凸似奶头。唾手争攀渡，戏
言逐风流。青年贪小径，老骥目平途。突有歌声起，
宁无绕指柔？始觉少年吟，实引白发喉。诗心催
聚句，百感骤绸缪。脚落浮云乱，怀开尽远畴。
山川多俊境，碌碌少闲愁。辗转双峰侧，忽忽悟
所求。

蒋秀英

蒋秀英，出生于 1944 年，辽宁省黑山县人，毕业于辽宁大学中文系，先后为现代文学教师、辽宁大学出版社编审。

鉴湖女侠百年祭[①]

鉴湖女侠豪气存，剑胆琴心无比伦。
巾帼不让须眉汉，血染千红万紫春。
此生拼为同胞死，矢志同盟献丹忱。
起义竟遭清军困，危局未挽被囚身。
轩亭街口留绝笔：秋风秋雨愁煞人。
西子湖畔安忠骨，国父痛招侠女魂。
七十年后重修墓，又塑英姿白玉身。
秋瑾今日当无泪，正气直冲华夏云。
当为英雄拭愁泪，近代史上大写人。
笑看江山红一统，唤起擎旗亿万群。

【注】

① 1907 年 7 月 15 日凌晨，辛亥革命时期著名女革命家秋瑾女士气宇轩昂，全身镣铐，昂首走向绍兴府轩亭口刑场，挥笔写下"秋风秋雨愁煞人"七字后英勇就义，至今整整 100 年。

高淑莲

高淑莲,女,1945年生于沈阳市,毕业于辽宁大学中文系,曾任辽宁大学马列德育教研室党总支书记,副研究员。

沁园春·毛主席逝世三十周年

回忆当年,天柱骤倾,难抑悲忧。噩耗惊寰宇,红旗下半,千山垂首,悲彻神州。千军呐喊,峥嵘岁月,盖世功勋无比侔。今回首,怀念逐日稠,痛彻心头。　　长河滚滚奔流,继先辈江山后不休。想英雄几代,前仆后继,牺牲流血,不断追求。承志邓公,开来继往,世界之林争上游。飞船起,喜回归港澳,鼎盛千秋。

姐妹情

我有好姐姐，护我如树荫。相伴几十载，难忘我姐恩。母亲故去时，姐方十五春。带我九岁妹，历尽苦与辛。姐在前面走，妹在身后跟。小妹诸般事，事事挂在心。冬怕我挨冻，夏怕受雨淋。唯恐妹受屈，俨然保护神。自吃千般苦，不肯透一分。同胞亲姐姐，犹如慈母亲。为奉老父亲，忍痛别校门。父亲病逝后，毅然挺灶门。鼓励我读书，自己当工人。薪金二十八，相携度光阴。穿姐工作服，也觉美得很。六二度荒年，拾豆解饥困。衣食总相让，患难共依存。盼妹学有成，望妹早成人。为供妹读书，自己误终身。勤劳又发奋，忠厚正直心。互勉共进步，同年入党门。不怕底子薄，自学读书文。白天忙工作，夜晚自学勤。为求新知识，下得功夫深。四年寒窗苦，终成辽大人。待人如姐妹，态度有温存。工作学习好，多年评先进。姐是我榜样，终生学做人。相依又相伴，姐妹情谊深。这样好姐姐，天下何处寻？

谢俊华

谢俊华，1945年生，辽宁北票人。1969年毕业于北大中文系。曾任省文化厅副厅长、巡视员。著有文艺评论集《沈水知艺录》。与人合编理论评论集《创作的思考》及《中华美德诗词曲类编》等文史书籍多种。

谒麻栗坡烈士陵园

翩翩年少战天涯，长卧青山血育花。
一睹碑文生百感，潸潸热泪已如麻。

咏评剧《关东八月秋》

关东八月正金秋，满地高粱红醉头。
最喜农家携手富，千村万户月明楼。

元旦口占

大势如潮天地摇，擎旗斩浪立狂涛。
长留业绩垂青史，不负人生一世豪。

谢军赞

(一)

谢家咏絮女多才，玉树斑斓今又开。
心挂南天三月梦，推窗大笑冠夺来。

(二)

入定轻松天地宽，搏杀兵马尺枰寒。
休言未解香囊佩，千古英豪出少年。

汉宫春·退休一周年记怀

时过清明，望冰消雪化，北国春回。浑河又泛银浪，百鸟群归。迎风柳摆，舞蛮腰，笑展新眉。青草岸，红颜白发，手牵画鸢高飞。　　不觉悬车近载，甚心平气顺，如获圆圭。足哉腹饱衣暖，利禄尘灰。幼孙课抚，更晨昏，谨奉春晖。心若水，深宵灯下，稼轩舍我其谁？

【注】

作者历时八载，完成了《辛弃疾词详注》初稿，待修改后付梓。

张永芳

张永芳，1946 年生，山西黎城人。沈阳师范大学文学院教授、硕士研究生导师，享受国务院特殊津贴。中国近代文学学会副会长、中国作家协会会员、中华诗词学会会员，出版学术专著和诗文著作多种。曾获国家、省、市科研奖励多项。

忆家乡

出生长治籍黎城，走遍天涯身世明。
祖邑风光频入梦，家乡父老总牵情。
柿椒黄叶纷纷落，沟谷青石荡荡平。
窑洞茅屋父祖冢，心头眼底忆来清。

敬谒黎城烈士碑

烈士碑前草木青，名留石上自多情。
莫言历史墨涂就，笃信江山血染成。
伯父执碑思战友，侄孙脱帽敬群英。
太行山麓春花艳，革命家风心底铭。

欣祝北京奥运会开幕

同度今宵不夜天，五洲四海共欢颜。
鸟巢庆典骈阗舞，奥运礼花绚烂燃。
怀梦百年挥喜泪，凝神千载览人寰。
中华盛世今朝现，万众一心奔向前。

赠诗友

少时走笔习诗词，花甲犹然意兴驰。
日夜吟哦不觉累，常年题赠倍情痴。
愧无佳句酬知己，喜有良朋慰苦思。
何必红颜来作伴，花前酾酒唤缪斯。

定风波抗震

地坼天崩举世惊，汶川地震最关情。彰显人
间存大爱，雄起，环球华裔聚精诚。　　十万大
军齐上阵，神勇，排除艰险救生灵。谱写抗灾新
史页，奇迹，光辉业迹寸心铭！

聂成文

聂成文，1946 年生于辽阳，书法家，曾任辽宁省文联副主席、辽宁省书法家协会主席兼秘书长、中国书法家协会副主席。有《聂成文诗集》及多部书法集行世。

题画竹

仙姿玉润影婆娑，信手挥来趣自多。
万绿何为竹最爱，能发心底浩然歌。

贺施恩波书法展

翰墨何须老更成，少年笔下亦生风。
琳琅满壁惊神鬼，陡见蟠龙起峻峰。

赠辽沈战役纪念馆

雄姿巍耸势摩天，鏖战当年一览间。
先辈功高照日月，打成如此好河山。

习书偶感

古色斑斑墨渍香，读来字字费端详。
何如写取自家样，倒海翻江任放狂！

壶口瀑布

千丈飞流万丈渊，惊雷滚滚上冲天。
黄河直乃大家气，脱口便吟动地篇。

王万宾

王万宾，1949 年生，山西阳泉市人，曾任中共辽宁省委副书记，现为全国人大常委会副秘书长。著有《遥忆当年雪》诗词集在春风文艺出版社出版。

国庆四十周年盆景展览有感

湖显风流山醉花，金秋灯海现朝霞。
根雕龙虎冲霄汉，盆育枯枝绽嫩芽。
鸟跃红云牵彩练，鱼翔碧水戏童娃。
欲知娇草求何所？犹恋工人艺术家。

江城子·游黄山记

峰连七二莽苍苍，数天都，险难当。千里云海，
飞瀑九龙狂。衡岳匡庐集大美，连理松，矿泉汤。

清平乐·慕田峪登长城

白云端处，遥指烽烟路，莽莽关山微染雾，
崖断泉清如注。　　秦皇明祖当年，威武龙卧山
巅。今日神州万众，横空气贯九天。

齐天乐·香港回归零点钟声断想

　　壮怀激烈凝思绪，回家履急情促。少小别离，相亲无语，唯有泪如雨瀑。苍天作赋。望风靡环球，炎黄同祝。零点钟声，五洲不夜巨龙树。　　虎门遥忆愤怒，记秦淮辱处，警世钟铸。大沽潮拍，幽燕云涌，梦断烽烟山麓。英雄无数。更奋起扬眉，天翻地覆。世纪沧桑，鼎擎天玉柱。

点绛唇·寄语江东报

　　千古东流，七雄豪占风云怒，霸王别处，点点江山鹭。今日江东，子弟英姿塑。钢花赋，意凭情注，不尽芬芳路。

于 岩

于岩，曾任辽宁省计委主任，辽宁省诗词学会顾问。

陵园老人晨舞曲

鹤翅低翔松柳间，晓湖坞岸我声欢。
新朋老友忘年舞，重焕青春三月三。

西海排云亭即景

秋霏何处寻西海？雨过山岚冉冉升。
一瞬峰浮成岛屿，排云亭看排云行。

陈巨昌

陈巨昌，1946 年生，河北省乐亭县人。毕业于大连工学院造船工程系。做过宣传、秘书工作，担任过省作协党组书记、省对台办主任工作。中国作协会员、中华诗词学会会员。著有诗词集《长弦诗絮》《击楫絮咏》及诗歌集《血歌》。

拜梁肃戎先生墓

关东巨子最威风，魂系中华辽海情。
大是大非明汉魏，奔忙奔走号雷霆。
吻亲热土思乡里，痛斥妖魔举战旌。
今日我来行礼拜，颗颗香火寄悲声。

【注】

梁肃戎先生，辽宁省昌图县人。曾任台湾"立法院院长"，生前领导"海峡两岸和平统一促进会"，2004 年 8 月病逝，安葬于台北市阳明山。

拉萨行

雪域独佳境，山高天幕低。
仰空日月近，俯首海江迷。
文化传悠远，梵音称世奇。
至今念赞普①，汉藏命相依。

【注】

① 指松赞干布。他在唐贞观八年（634 年）继任吐蕃赞普，公元
641 年迎娶文成公主。

炼钢工人颂

挥动长缨携烈焰，炎风火热汗沾衫。
奔腾铁浪红河水，绚艳钢花桂月天。
情愫可观星日月，辛勤化作海江山。
铮铮壮志改天地，永任英雄开路先。

醉花阴·瞻李清照祠

千里奔波千里泪，泪化春江水。别意断肝肠，
魂梦牵情，更叹山河碎。　　诗书为伴人憔悴。
愁怨说与谁？天上不知晓，碑记昭昭，你在花间
睡。

永遇乐·刘公岛抒怀

大海涌金，旭阳吐火，刘岛巍矗。故垒钢堤，
水衙帅府，曾是丁公处。参云碑墓，忠魂多少，
面海泣歌悲述：百年仇，家忧国患，犹然浪烈风
怒！　　逝光遥记，狂倭移祸，华夏铭心甲午。
泰日良辰，河山悦目，锐力求高路。飞舻劈浪，
银鹰凌汉，浩气三军雄武。能知否？师之旧事，
慧聪不瞽！

念奴娇·登岳阳楼寄怀

名章赫赫，映楼台，不尽湖江山色。天地苍茫云海动，无数春秋流过。万象灵光，千年骚客，俊彩挥华墨。十番更替，其间多少情朵！　　齐赞丽句中天，和光甘露，美誉称无我。莫论风烟难料定，毕竟人来高贺。振翅雄鹰，伏檐燕雀，相向分迭错。人生苦短，此情何云追索？

水龙吟·谒包公祠

逍遥津外园林，苍茫云树接天廓。轩昂铁面，炯炯双目，横眉紧锁。铡刀霜寒，明堂宁静，红烛酣烁。是评详案牍，辨真识伪，奸邪去，冤情没。　　恰适千年华诞，木芳菲，鼓旗琴瑟。潺潺流水，昭昭星月，丹青翰墨。大字春秋，冰心直道，山川帷幄。人颂清澄故事，宗宗点点，万家灯火。

水调歌头·红井水

红井一勺水，饮下润心田。瑞金圣地春早，绿色秀长天。瞻仰先人事迹，礼敬英雄遗物，建国始开篇。大业从兹起，民众得政权。　　云石矗，沙洲美，叶坪妍。今朝阔步，光大胜绩势空前。琼阁千村碧水，喜报万家洪福，百族共欢颜。珍爱此红井，华夏满花园！

于立夫

　　于立夫，曾用笔名黎夫。1946 年生于吉林临江。毕业辽宁艺术师范美术教育系，曾历任辽宁省文化艺术职工大学副校长、辽宁省艺术研究所副所长等。

梅

狂雨横摧半树梅，群芳未妒已成灰。
宁留老干残根在，复续清香傲雪飞。

御道古榆

木奇观御道，榆古栖神鸟。
笑问回乡客，归人何愈少？
东巡几代帝，驾鹤西天杳。
此路匆行者，谁能伴我老？

【注】
　　新宾木奇镇位于清廷御道旁。

枫王自白

咬定关山迎旭阳，根扎河壁饮琼浆。
九天风雨炼筋骨，十月岁寒沐烈霜。
昔住穷乡无客访，今蒙佳誉冠枫王。
劝君念我送秋韵，勿掠红霓做嫁妆。

枫之颂

蛇盘虎踏骨嶙峋，常遇鬼刀遭火焚。
瘠土寒山生玉骨，翠枝绿叶映三春。
寒来暑住布红锦，露重霜严托彩云。
从未奢求梁栋梦，甘为异彩壮秋魂。

影　痴

每向名山惬意开，但逢佳水尽心拍。
痴寻美景谁先我？偏遇阴霾伤此怀。
云锁风摧独野处，霜严雪酷数徘徊。
沧溟杳杳天边外，总有风光入画来。

惜　别

关山湖雪骤，碧浪遏轻舟。
相见生春梦，惜别怕晚秋。
佯装夸景美，苦泪聚心稠。
红叶浮波去，暗思和雨流。

张文纲

张文纲，1949 年生，辽宁省北镇人。研究生学历，经济研究员。九、十届辽宁省政协常委、经济委员会副主任，中国农业银行辽宁分行巡视员。辽宁省诗词学会副会长。著有《张文纲诗词选》《嵌名诗联选》《天籁灵风》等。

路观春景

雨打车窗水浣花，路边芳草吐新芽。
春风燕语桃红里，沉梦田园又薄发。

大连龙王塘赏樱花

三度樱林又探花，银珠玉线遍罗纱。
满园浮素天仙阁，到处琼裳织女家。

秭归三闾大夫故居

汨罗沉没已千秋，不是仁人不泪流。
太息民生常掩涕，白云碧水自悠悠。

游九曲溪

九曲溪边九曲歌，歌声萦绕半山坡。
红男绿女声声对，不负青春欢乐多。

南海垂钓

南海持竿浪里翻，热风吹荡水中天。
金钩玉线龙宫里，不钓神鱼钓赋闲。

浣溪沙·龙谭山

天宇茫茫玉带裁，珠光鹤影共徘徊。一江春水
自萦回。　　此是江城双庆日，风和日暖百花开。
南看万里少尘埃。

浪淘沙·庆祝辽阳解放四十周年

古堡浴金光，晔晔辽阳。欣闻衍水战歌扬。
百万人民迎解放，歌舞还乡。　　白塔沐秋阳，
山水新装。倾城老少喜洋洋。改革潮流方滚滚，
注入东方。

郑小林

郑小林，1949 年生，辽宁省盖州市人。现任辽宁省高级人民法院正处级审判员、三级高级法官，中华诗词学会、辽宁省作家协会会员、沈阳市诗词学会理事。著有《郑小林诗文选》。

月下接站之忆

怎忘儿时接母亲，娟娟玉兔大如盆。
眼穿夜幕查车辆，头顶银辉背古文。
市井街宽流影乱，民居巷窄路灯昏。
家慈鹤驭升仙后，怕见天空出月轮。

冰　酒

冰心一片凝冰酒，饮后方知此物稀。
鼎鼎名牌闻宇宙，颗颗翡翠诱狐狸。
琼浆不似尘间有，美味应如桂月贻。
尚未沾唇人已醉，余醒若解也无期。

修　志

法官枉自称高级，无力难能手缚鸡。
诉讼艰辛人踉跄，民间痛苦我嘘唏。
权能只有一支笔，嗜好无非大扎啤。
古董唯应修史志，骈文俪句最神奇。

郭廷建

郭廷建，1950年生于山东蓬莱市，现任辽宁省社会科学界联合会副巡视员、党组成员、秘书长。著有《所思笔谈》与诗词集《腊牛集》。

贺《王充闾创作研究》出版

彰显名家著巨篇，如林笔阵势非凡。
辞章构解从严谨，学理析分取要湛。
论世知人求蕴藉，闳中肆外见深涵。
辉煌成就精心论，立项工程贺举巅。

浪淘沙·万人徒步走

万众走浑南，远瞩高瞻。擎旗撑伞雨潺潺。
携手并肩相助力，脚下翩然。　　履齿万重山，
书读万篇。古今磨砺造仁贤。代代江山薪火转，
大步朝前。

周兆明郗婧赴英留学归来

去岁赴英叶初黄，今归故里卉幽香。
英伦旖旎风光美，赤县人文牵众肠。
邃密群科实践取，中西合璧献华章。
英豪自古出年少，立业建功志更昂。

怀念小学老师

列宁装，芙蓉面，双辫垂腰间。和颜悦色嗓音甜，老师高淑媛。　　教拼音，传数算，唱歌画图片。红墙黄瓦天安门，从小记心田。　　桃花林，绿草滩，公园把手牵。团团围坐丢手绢，注意身后边。　　秋风里，泪盈眼，师去新校园。伤心未留照相片，人海再寻难。

浪淘沙·萨尔茨堡

古堡立青山，河水潺潺，莫扎特名五洲传。萨尔茨堡迎远客，敬仰音仙。　　塑像站悠闲，风采翩翩，神领萨堡办音坛。天籁之声飘月夜，欧国皆欢。

悼念周恩来

华夏丧奇才，当年举世哀。
一生行负重，忍辱扫阴霾。
威武剑眉凛，死犹震鬼豺。
人民好总理，伟大周恩来。

拜谒耀邦墓

鄱阳湖畔朝阳岗，翠柏青松伴耀邦。
磊落一生无怨悔，是非功过任评量。

田继忠

田继忠，1950年生，辽宁沈阳人。当过知青，上过矿山，做过企业，1984年进入新闻单位，现为辽宁日报高级记者。

过三峡

夔门天下险，川水入瓶来；
风卷巫山袖，心依神女怀。
巍巍汉祖庙，寂寂楚阳台；
一日巡千里，心胸大展开。

北陵怀古

昭陵池水几炎凉？翠瓦红墙老树黄；
白马无言驮日月，黑松有恨记兴亡。
城楼不见八旗鼓，桥壑犹存万柳塘；
三百年来荣辱事，春风秋雨告先皇。

郭兴文

郭兴文，1952 年生，1968 年 10 月参加工作。当过兵。复员后长期在基层工作。任过县委书记、市委副书记。调辽宁省委宣传部任副部长、省新闻出版局长，2008 年 3 月任省文化厅长，党组书记。于工作之余，好读书，爱书法，乐吟诵，喜拳剑，自号"补拙园主"。

盘锦杂咏十首

曩者，于家乡自然人文偶有感悟，遂成拙句，今检以付梓，见者朋来，大白待之。

辽河碑林

煌煌一脉墨生香，虎卧龙腾竞琳琅。
契史集珍千载业，碑林熠熠慰炎黄。

芦苇荡

借问伊人在何方，蒹葭无际正苍苍，
荻花瑟瑟听天籁，露重霜繁云水长。

红海滩

如火如荼作奇观，朝霞谁探锦沙滩。
一从龙女抛香袖①，红透辽西渤海湾。

丹顶鹤

珍贵偏推此异灵，素衣丹顶步轻盈。
才听清唳裂丝帛，便引长歌到碧空。

甲午末战清军墓

甲午烟沉恨未消，红磷热血怅前朝。
忠魂犹在巡潮讯，苇海时闻战马萧。

烽火台②

栉风沐雨向长天，铁马金戈看往还。
不与秦城争气象，且将豪气作狼烟。

纹　蛤

纹采斑斓小什玩，潮汐出没卧金滩③。
风流君主开金口④，天下争尝第一鲜。

生态养殖场

何处忽生小蓬瀛，灵霄乐煞老天蓬。
"金球"引得全球赞⑤，领异标新李正龙。

李龙石故居⑥

文心豪气两风光，贵贱穷通任短长。

不废青莲千古月，清辉长照碱河乡⑦。

张氏故里⑧

乃父枭雄子杰雄，西安兵谏史传名⑨。

过功且看千秋后，辽水芦花别样情。

【注】

① 当地传说，小龙女曾割红袖于海滩之上，以结与情郎的缱绻
  之谊。

② 盘锦现存古代烽火台四十余处。

③ 大洼县浅海水域有蛤蜊岗十五万亩，时人称"渤海金滩"。

④ 乾隆帝曾誉纹蛤为"天下第一鲜"。

⑤ 大洼西安生态养殖场，一九九二年荣获联合国环境规划署授
  予的"全球五百佳"称号，"金球"为志。

⑥ 李龙石，号雨浓，盘山县青莲泡人，为清末举人，与王尔烈齐名，
  时谓"压倒三江王尔烈，关东才子李龙石"。

⑦ 龙石与另一举人刘春烺上书朝廷，疏浚双台子河（碱河），使
  其为辽河入海口，盘锦人乃享其分流之利。

⑧ 盘锦大洼县东风镇乃爱国将领张学良的故里。

⑨ 张作霖发迹于江湖；张学良先囚禁蒋介石于西安，后为蒋所
  囚禁。

张 华

张华，女，1953 年生于辽宁省抚顺市，毕业于辽宁大学中文系。辽宁人民广播电台高级记者，曾任辽宁电台驻中共辽宁省委特派记者。论著有《积韵流声》，作品《"慕马大案"警示录》等多篇获中国新闻奖、中国广播电影电视新闻奖。

过青山沟

微雨楼前绿似烟，藤绕桥回溪水边；
隔岸飞来村入画，江声峰影誉辽天。

秋 枫

秋枫，本名李书文，女，1954 年生，辽宁大石桥市汤池镇人。中华诗词学会会员、辽宁诗词学会副秘书长、营口市诗词学会理事、《诗词月刊》主编。曾获"回归颂"中华诗词大奖赛三等奖。

向日葵

柳绿桃红我自黄，不矜不媚亦无伤。
任它朝暮风云变，昂首拳拳总向阳。

街 柳

万缕丝绦夾道垂，谁曾着意细栽培？
霜欺全叹容颜老，燕剪春风绿又回。

咏辽南望儿塔

慈身化塔立峰头，情系天涯望不休。
雨雪风霜千载后，殷殷母爱总难酬。

题梅花

玉骨凝霜未染埃，冰肌不共百花开。
深谙自少倾城色，故遣寒香带雪裁。

重阳登高

登高四望藻思长，雁阵南飞渐渺茫。
剑胆琴心托大野，秦箫湘瑟寄青苍。
东篱雅韵千秋蔚，北地黄花此日香。
莫负金风催岁稔，相约采撷醉重阳。

自　述

结庐辽水境清幽，对月临风随兴讴。
仕路荆深情正淡，吟坛路远兴偏稠。
霜浓雪重魂难返，气冷云横梦自留。
欲问尘缘何所驻，心皈韵海逞风流。

鹧鸪天·石门口

碧玉谁镶小镇中，联峰筑坝势横空。云边鲤走逍遥醉，树杪舟行潋滟生。　　除涝瘴，锁魔洪，清流沾溉运长通。旅游发电鱼虾养，造福关东物产丰。

彭益民

彭益民，1956 年生，辽宁省委副秘书长，曾任乡长、县委书记、市长、省文化厅长等职。爱好理论、诗词、书法并经常发表作品。

学书有感

余学书十数年矣，虽公务繁忙，时断时续，但也起早贪晚算得用功，但总不能悟出真谛，取得突破，实其痛也。

一瓢清水半池墨，书卷满床鬓杂霜。
灯火三更驱梦远，十年发愤不彷徨。

儿时好友重逢

故乡初识少年郎，再会沈城鬓有霜。
不问荣枯昨日事，今朝行剑可如常？

【注】
儿时曾在一起习练太极剑。

欢迎友人回国

桃仙送别记犹新，欧美艺惊早有闻。
莫道高才迷海外，枝牵叶系总归根。

兴文兄履新致贺

鹤乡煤阜会陪都，民益文兴喜一途。
难忘苍原三顾酒，更思凌影两移图。
梨园赖得精连冠，文苑曾开绵绣初。
更待履新传捷报，偷闲雅聚再相呼。

生日感怀

岁临知命感怀深，世事推移晴与阴。
一片丹心无冷暖，两肩道义任浮沉。
贤妻每供新温酒，旧友常推腹底心。
笔墨三更寻雅趣，兴来也作草狂人。

都本伟

都本伟，1958 年生，内蒙赤峰人，蒙古族。辽宁大学哲学系硕士研究生、东北大学博士，曾任辽宁省教育厅副厅长、省政府副秘书长，现任省农村信用联社党委书记、理事长，省银行业协会会长，中国银行业协会副会长。辽宁大学、沈阳师大兼职教授。曾出版《人的希望》等二十余部专著和译著，出版有散文集《激流人生》等和诗集《在草原深处》《和风细雨集》。

岱庙怀古

肇始秦皇筑庙堂，数千年久历辉煌。
石崖古蹬昭长史，翠柏苍松护国昌。
华夏文明留胜迹，汉唐风物显荣光。
登临泰岳观东海，滚滚江河汇大洋。

莲花岛游记

义江水到莲花岛，围堰拦出苔藓草。
风微山野百柳绿，水漫河滩鱼踪杳。
野鸭戏水呈欢态，村姑采蔬含娇巧。
远客沉醉不忍归，提鞋堰上打赤脚。

贺碧霞祠新联揭幕

岱岳摩崖留迹真，山川多秀亦多文。

碧霞仙子泽天下，灵佑神祠护万民。

一副新联祈国运，四方游客证同心。

恭临盛典承恩雨，把笔提诗喜庆今。

江城子·母祭日感怀

生离死别足堪伤，日常思，夜难忘。慈母音容，烙印儿心上。犹记当年诀别日，悲不禁，断人肠。　昨宵梦里又还乡，老爹娘，正倚窗。望子归家，涕泪一行行。待到醒来情更苦，天上月，色昏黄。

金缕曲·焚祭

同学钟礼一生创作五百余首诗歌，报刊发表四百余首，但未有诗集出版。2006 年去世，我将其全部诗稿精选整理编辑出版。诗人两周年忌日，我于墓前将其诗集焚烧，并作词以纪念。

泪诉思怀叠，怅今朝，茔烟缕缕，断魂时节。犹记寒窗风雨沥，斗笔风流蕴藉。驰塞上，豪情激越。曾笑傲书生意气，叹匆匆星殒林花谢。频顿首，恨离别。　生前赋就千千页，只如今，黄泉碧落，阵阵凝噎。柳陌桃蹊寻旧影，怎遣殷殷意切？焚祭与，凭君览阅。新雨但怜催泪下，慨真情燃火长无灭。酹旧酒，赋悲阕。

白　玮

白玮，1958 年生，山东省博兴人，现任沈阳音乐学院党委书记、音乐社会学专业研究生导师。管理学博士、教授。辽宁省政协委员、全国满族音乐舞蹈研究会副会长、辽宁省音乐文学学会会长。多篇论文荣获辽宁省哲学与社会科学成果一等奖、辽宁省优秀教学成果奖。著有音乐文学作品大型清唱剧《遮不住的青山》等。

送　别

浅吟低唱送君行，远去他乡无迹踪。
十里蛙鸣千里梦，月明相照一天风。

游福建南靖云水谣古镇

梅林西边捣歌谣，白白云朵水上飘。
古树参天遮雨路，斑驳石阶远尘嚣。
公前大保香如许，古镇闺中梦几遭。
最是老翁依杖立，轻松岁月亦逍遥。

再游宜兴

问道访禅在宜兴，陶都遗韵隐山中。
太湖蟹肥渔歌美，高节竹林君子风。
祈福洞天心自有，茗香弥漫怡情融。
新知旧识皆为友，不倦游心意正浓。

游绍兴沈园

情意翻腾访沈园，放翁伤恸有诗篇。
轻扬宫柳愁丝结，重托锦书心绪连。
几缕晓风花落去，一池碧水影知寒。
钗头凤去踪何在，岁月沧桑难计年。

瞻仰鲁迅故居

渐行渐远乌篷船，老酒一壶醉百年。
三味书屋依旧在，园中百草仍如前。
轩辕荐血惊天地，猛士枪投敌胆穿。
绍兴市上临风雨，无边崇敬化诗篇。

拜谒乐山大佛

清衣江上浪飞花，礼佛登舟未觉遐。
绝壁湍流惊且险，拾级栈道步云霞。
慈航遥远福无际，历尽艰危苦有涯。
回望山光心见性，菩提树下忘思家。

孙国忠

孙国忠（1950—1990），生前在辽宁省文化艺术职工大学任职，曾任辽宁省诗词学会理事、沈阳市诗词学会副秘书长、辽宁青年诗词社副秘书长。

戊辰端阳节棋盘山诗会

风光醉我不须扶，幽雅宜人处处殊。
云白草深花树俏，松青岭秀色形孤。
山迎远客生诗意，水载游船入画图。
耳目身心嚣垢净，俗尘万念尽涤除。

悼郭沫若先生

继往开来史绝前，先生宏著万家传。
简编金石光盘古，文抱风雷荟大千。
一代诗宗除旧氛，六朝词祖让今篇。
我生独爱公之作，韵语求工已十年。

重九登千山感赋

重阳佳节日无差，曾几何时菊又华。
对景应开新碧眼，怜香惜咏旧黄花。
三三把酒情思远，九九登高客路赊。
千朵莲峰迎盛会，霜钟敲韵夕阳斜。

江神子·中秋

　　凄清顾影夜光寒，对樽前，泪偷弹。伤旧感时、人月自年年。冷落良宵谁伴我？残酒醒，夜初阑。　　人间恍似梦云间，待回看、散如烟。景物朦胧，思绪万千端。来岁中秋邀满月。人两岸，共团圆。

邱文艺

邱文艺，1954 年生，辽宁辽阳人。当过解放军战士、企业职工、机关干部、新闻记者，曾任《辽宁职工报》新闻部主任。

苏州街头即景

桥下轻舟桥上车，小楼交错傍春波。
过河不必摇双桨，此地石桥比船多。

别　柳

（一）

调令飞来泪暗垂，和离自古总伤悲。
从今江海孤舟冷，纵有琴心弹与谁？

（二）

三年往事岂相忘，分袂无言泪雨长。
倘使柔情能换酒，书生何忍走他乡。

（三）

别日忽成受难时，个中苦涩两心知。
三更此后应多梦，常梦秋风拂柳丝。

怀念党的好干部韩云娜同志

正是家园鼎盛时，奎星忽报坠瑶池。

山河沐雨斯民泪，墨血盈毫老父诗。

心系千夫频吐哺，魂归九野尚驱驰。

辽东此日春潮涌，告慰泉台梦有知。

【注】

韩云娜病逝时，天降大雨，数十万群众自发吊唁。其父韩立民先生含泪写成十八首悼念诗。

李佩金

李佩金，字瑞成。1962 年生，山东临朐人。为中华诗词学会和中国化学学会会员、辽宁诗词学会理事、沈阳诗词学会理事、沈阳楹联学会理事。著有《双清楼诗稿》。

植树节感言

三寸新枝短，荒山盼绿阴。
十年出落后，呼啸起长林。

读张秀材老《长恨之什》得句

痴情似水涌东天，长恨人间月不圆。
一曲关雎千古颂，如何是梦梦非缘。

千山观日出

打破鸿蒙一线通，红浆阵阵涌天东。
今朝有幸千山会，顿悟光明靠奋争。

朝中措·遥祝张学良将军九秩大寿

　　将军忍隐即生涯，肺腑换篱笆。兵谏西京盛举，同袍泽被中华。　　当年义气，幽居苦度，何日还家？两岸三通把酒，兰花正映丹霞。　　台澎沈水并流觞，联袂意飞扬。遥祝将军耄寿，团圆梦梦牵肠。　　关东壮迹，英风海甸，旷古悲凉。恰是夕阳最好，耄龄地久天长。

张雪冬

张雪冬，女，1959 年生，沈阳市人。辽宁省电影家协会副秘书长。1984 年开始参与辽宁民间文学三集成的编辑工作，多次受到国家文化部、中国文联等部门的嘉奖。出版译著《日本故事学新论》，编辑出版《中华民俗源流集成》《辽宁名胜传说》等文史书籍二十余种。

长海行

拂面微风带海腥，吹清花草待黎明。
民风古朴迎宾客，美酒家蔬话友情。

秋游沈阳森林公园二首

（一）

缕缕轻云虚半山，悠悠暮色挽炊烟。
清风送爽蝉鸣叫，阵阵蛙声到耳边。

（二）

雄鸡一曲唱天明，十里长街齐响应。
几许晨风追雾去，凭栏望尽万山晴。

沙家浜印象

细雨烟波重，诗情满水乡。
舟游芦苇荡，写意沙家浜。
智斗音犹在，春来茶未凉。
鱼肥催草壮，闸蟹入唇香。

张振中

张振中，1957 年生，曾就职于辽宁省新华书店。

电影《焦裕禄》观后三首

（一）

难中正可鉴为官，情系灾民腹内煎。
邑有流亡公仆愧，夜察驿站雪横天。

（二）

求是纠偏志不迁，以民为本寸心宽。
籴来五谷情尤泰，愿舍乌纱解倒悬。

（三）

谈泊清廉不染尘，寻常家事信服人。
可怜儿女双双小，忍见几回严父嗔。

田泽长

田泽长，沈阳师范学院教授。

开封怀古

魏阙梁园已荡然，东京故事尚流传。
清官包拯留碑口，女将杨门被管弦。
铁塔昂躯嘲日寇①，龙亭极目忆烽烟。
英雄百代驱强虏，酒酹黄河奠古贤。

【注】
① 抗日战争中，铁塔中炮五百余发，仍自岿然不动。

登始皇陵

暗云轻压骊山头，碧翠侵人境更幽。
伞外纷纷初夏雨，襟前曲曲渭川流。
千秋功罪羞高冢，六国烝黎覆大舟。
旷世英雄何处觅？徒留秦俑供瞻游。

喜聆秦友梅尹月樵清唱

轻歌曼舞忆华年，荡气回肠逐管弦。
红蟒杨郎形赫赫，翠衫公主影翩翩。
飙风十载琴音歇，霁雨长空燕羽旋。
霜鬓虺尵重唱作，掌声如瀑泪如泉。

题蒲松龄故居

披萝山鬼泣天涯，独处幽篁惜岁华。
子夜聊斋开冷砚，笔端步步是莲花。

尹克庸

尹克庸，著有《塔禽斋诗词集》。

湘江渡口即事

冬至潇湘树半空，长沙影在水光中。
天开云动惊鸥起，喜看千帆趁好风。

长白山

兀立遐荒负盛名，如龙去脉绕边城。
山中耄耋头先白，塞外嶙峋骨更青。
三省尊严皆仰望，二江流向最分明。
天池仙女归何处？今日关东喜太平。

鹊踏枝·夏日闲居

阴雨连绵愁不住。只怨天公，心底全无数：淋尽花香蜂蝶误，平添绿浪鸳鸯怒。　　且喜今朝开晓雾。遥望园中，是否还如故？室内徘徊三五步，晚年颇羡哥伦布。

忆秦娥·怀远

远山小，天涯望断离魂绕，离魂绕，风清月白，梦同多少？　　关山阻塞干戈扰。太平无处寻芳草。寻芳草，江南千里，杜鹃啼晓。

侯维翰

侯维翰，沈阳市文史馆馆员。

端午吊屈原

浣花天过剪菖蒲，纪念诗宗忆郢都。
进谏未酬强楚策，遭谗空上抗秦疏．
汨罗浩渺沉忠骨，骚赋忧伤慨壮图。
荃不察兮民爱戴，龙舟岁岁祭遗躯。

王明刚

王明刚，1982 年生，朝阳建平人，文学硕士。辽宁省美学学会副秘书长、辽宁省戏剧家协会干事。有多篇美学与文艺评论文章发表。

雪　村

黄土为屏风作笔，雪花落处绘丹青。
窗生云叶轻无影，月洒银辉似有声。
稚子村头雕塑起，山翁灯下酒杯擎。
丰年瑞气人心爽，更喜田耕免税征。

第二辑

沈延毅

沈延毅（1903—1992），字公卓，号述菊，晚号攻昨老人，盖州城东古台村人。曾任沈阳市文史馆馆长，辽宁省暨沈阳市政协常委，中国书法家协会名誉理事，辽宁省书法家协会主席、名誉主席，中华诗词学会顾问，辽宁省诗词学会名誉会长等职。其斋名为述菊斋、语冰室、豳风舍、天行健斋。诗作收录《沈水嘤鸣集》等。

读金静庵遗诗感赋二首

（一）

好友云亡逾廿年，前尘如梦复如烟。
沧桑未竟书生业，风雨还遗史迹篇。
击节一歌惊白雪，诵诗三叹感朱弦。
丸都旧址今犹昔，我欲游之再续缘。

（二）

考古时当受侮时，家山破碎不胜悲。
悬车束马思攻险，剔薛摩螭为探奇。
国士无端忽在野，诗人从未废临池。
弛衣拟作碑前宿，想见先生旷世姿。

丙寅八四初度

沧桑自古总磨人，不效前贤叹不辰。
造学何曾天雨粟，劳生已见海扬尘。
堂堂岁月身虽老，莽莽乾坤世又新。
自署蜗斋行日健，耋年悟化更推陈。

题孔庙碑林

万世尊师表，寰球向大同。
五经宣正义，六艺折中庸。
地覆人还立，天翻道未穷。
尼山予仰止，遥拜素王宫。

晓发途中

曙色微茫里，晨征晓月低。
方来辽海左，又入蒙荒西。
野坞犬犹吠，山村鸡乱啼。
车行瞬十里，红日冒峰齐。

祝贺女排获冠军

中华儿女好身手，取得女排冠军首。

比赛坛上显英姿，连战连捷雄无偶。

沉稳勇猛擅奇能，又善攻兮又善守。

鸾翔凤舞势翩跹，宛若游龙摘星斗。

观者动容气轩昂，全世喝彩惊罕有。

洵为祖国争荣光，东亚睡狮声一吼。

老夫病起喜欲狂，挥笔濡墨龙蛇走。

文史馆新迁感赋三首

新文史馆乃当年张汉卿将军之旧宅也，俗称为小姐楼，抚今追昔，不胜沧桑之感，因率吟三绝句。

（一）

香艳人传赵媞楼，当年雅韵亦千秋。

而今文史开新馆，海上将军已白头。

（二）

公孙两世据辽东，海表雄图往事空。

剩有嵯峨辕邸在，小楼一角日初红。

（三）

僻巷沉沉远市寰，衡门虽设似常关。
坐谈天宝无穷事，白发诗人日往还。

题两石门书法

摩崖汉魏两石门，鬼斧神工见笔痕。
题壁作书开奥秘，千秋万岁独称尊。

梅钟岩

梅钟岩，1909 年生，沈阳人。民进成员。辽宁省第一师范毕业，新中国成立前从事教育工作多年，曾任小学校长。新中国成立后历任沈阳市文史馆馆员、沈阳市诗词学会理事。

游八达岭

燕山好景闻名久，奋勇会当试身手。
老去春深得畅游，漫云城峭山坡陡。
年届八秩鬓毛斑，探胜搜奇痴且顽。
迈步长城非恃勇，宿愿每每欲登天。
城麓初临奇而险，天梯直上云冉冉。
仰视高台人簇动，几疑海市悬空槛。
载歌载舞竞登攀，屏息扶栏步步艰。
置身高楼平台上，转觉云外别有天。
豁眸展望云天表，四山峰岚都了了。
回首关城如弹丸，放眼仿佛乾坤小。
八达岭上郁葱葱，苍荒草色绿茸茸。
蜿蜒游龙盘天际，连绵万里尽碧空。
燕山磅礴难为状，拱卫燕京建屏障。
信是雄关浑如铁，北国雍容江山壮。

佟雪石

佟雪石，1914 年生，辽宁辽中县人。长春师范毕业，多年从事教育工作，曾任新民师范、沈阳教师学院教员。沈阳文史馆馆员。

秋柳四章

（一）

千丝万缕结诗肠，依旧烟笼故态狂。
每对晚风梳冷月，偶因新雨醉斜阳。
亚夫营里忡忡意，陶令门前淡淡妆。
随遇因时都可可，暂将栖息理舟梁。

（二）

几度荣枯事已违，离怀别绪两依依。
寒生白下垂虹雨，冻逼西泠落日晖。
噪雀及今犹聒聒，乱鸦终古尚飞飞。
此情顿觉增人意，醉眼看花梦也非。

（三）

年年压线点春妍，绿结长堤凝翠烟。

张绪难胜秋已老，桓温乍见树犹怜。

牵衣不系催征马，拂缆空留唤客船。

忍见西风空怅望，满天星斗照华颠。

（四）

何虑秋风竟肃能，依然潇洒傲霜凌。

萧萧黄叶飞青剑，冷冷疏条扫冻蝇。

睡眼还怜蝉作伴，衰颜且喜月为朋。

繁华事散春如梦，雨雪霏霏忆茂陵。

九月客中怀赠小庵兄

故人迢递诺江水，枫叶芦花空梦寐。
问讯北来消息稀，胡天雁叫声欲碎。
回忆去年麦正黄，狂歌痛饮过阑堂。
联吟四座惊呼起，吹奏纷纷笛管扬。
醉醒中庭看明月，离怀重叙话兴亡。
他乡一去又经年，秋雨梧桐夜漏长。
盛会难再鬓斑白，春花秋月感沧桑。
登临长啸海天宽，九月客乡天雨霜。
欲寄相思思不得，空烧明烛照流光。
此夕何夕苦断肠，人生几回伴斜阳。
忍听蛮语声唧唧，敢向天边讯晚芳。
无那西风吹昼紧，孤城明月野亭荒。
只身独酌邀妻子，中怀心事两茫茫。
问君今夕乐何如，雕鹗离尘应出疆。
望重骅骝休自弃，且为德业宿华章。
剧怜作赋羞王粲，岂笑穷途哭阮郎。
但愿风帆别开路，挥毫一泻万里飏。
拨开云雾见山川，横拨浓墨挽沧浪。
看取龙城花飞日，时机走马跃龙骧。
我今引颈望江亭，不见江花见愁云。
何年风雨净胡沙，一洗乾坤万象赊。
与君携手踏名山，云海苍茫放眼看。

王维信

王维信,1917年生,辽中县人。辽中县第一高中离休教师。有《槐庵集》行世。

参加诗歌大奖赛有感

(一)

青帝俏临季序新,风光有意惠骚人。
良辰喜见花争艳,绣口轻吟足惠新。

(二)

乡情善感属诗人,初绽寒梅早报春。
一缕馨香千缕爱,飘飞海岛与山村。

王曾

王曾，1920年生，辽宁沈阳人。长期从事新闻工作，曾任《沈阳日报》等报社编辑。沈阳文史馆馆员，沈阳诗词学会理事。

秦岭游记序诗

第九云亭第几桥，层峦叠嶂未知遥。
鸟飞不上青天顶，车驶偏驱翠岭腰。
八百秦川夸沃野，一盆天国尽琼瑶。
江山如此堪图绘，泼墨挥毫逸兴饶。

就地退休登南山小卧

家山虽小爱登临，放眼常怀万里心。
一壑松涛疏转密，无边草色浅忽深。
扶头梦幻抛书睡，浸血诗魂抱月吟。
几度云飞飘玉宇，残红底事总沾襟。

李正风

李正风，曾任沈阳市副市长。

沁园春·戊辰中秋寄台湾校友

忆昔当年，昭陵原上，西直城门。书生意气重，日日夜夜，切切磋磋，化雨春风，促膝谈心，恣意笑盈。故旧他乡难相逢。君记否？在运动场上，各争雌雄。　路迢迢，万千程，看地北天南山水重。似银丝白发，离情倍感，烟水濛濛。梦里难寻，吾辈学友，几人尚在？何日欢呼禹甸同。举杯酒，向天南校友，传我深情。

李兆书

李兆书，1923 年生，江苏泗阳人。1942 年参加革命，原野战军某部政委、原沈阳军区政治部顾问，已离休。全国老年书画研究会会员、中华诗词学会会员、夕照明诗词社会员、沈阳军区老战士书画会会长、柳塘诗社社员。著有《李兆书诗词选》。

粉碎日寇冬春大扫荡

天悲地怒肆三光，日寇穷途扫荡狂。
暴虐村村惊惨绝，兽行处处恨凄凉。
同仇敌忾驱强虏，保土安邦赞脊梁。
党引军民齐奋战，东洋美梦续黄粱。

纪念辽沈战役决战锦州

血洒凌川湿战袍，我军个个是英豪。
千门重炮摧顽阵，万把尖刀插敌巢。
炸堡舍身青史著，夺城捐首赤旗飘。
精兵一战关东定，鬼亦英雄万古骄。

入朝第三天

战火熊熊门外边，流星飞弹破云天。
城乡所见无完壁，昼夜通行有险艰。
拂晓入林寻露宿，黄昏上马快加鞭。
敌情急报枪声紧，直奔云山美寇歼。

【注】

　　1950年10月22日晚，我师从安东跨过鸭绿江。急行军三天，得知四十军在云山地区和敌人交火，上级令我三十九军向云山急进歼灭该敌。因敌人飞机太多，白天不能行军，皆是夜行。所经之处硝烟滚滚，瓦砾一片，皆是断垣残壁，没有完整村庄。

参观卢沟桥

卢沟桥上忆当年，震世狼烟暗九天。
国破城屠仇刻骨，尸堆血溅气冲冠。
九州合力埋强盗，八载翻天颂众贤。
弃地求和须记取，兵强国富万民安。

纪念陈毅同志诞辰九十五周年

难忘军长面吾侪，激励人心好快哉。
川语隆情传号令，慈颜厚谊慰群怀。
驱除日寇终非易，警惕冤头摘果来。
一阵雄词犹战鼓，齐呼彻底扫阴霾。

吴 山

吴山，1923年生，满族，辽宁盖州市人。曾任《东北画报》编辑、《芒种》主编。发表小说《母与女》等。曾任沈阳市政协委员，辽宁省作协会员。

夜宿峨眉山息心所

石磴蹒跚鸟聚飞，苍藤古木夕阳晖。
南窗自饮千峰暗，佛殿独眠一烛微。
婉转莺声来谷底，朦胧月色透纱帏。
莲台影下泉林梦，醒后群山处处辉。

登甘肃鸣沙山

热风古道日将沉，白发登峰不老心。
足踏陷窝升又退，身随斜壁曲还伸。
达巅惊见沙龙舞，俯首欣观水月深。
破雾冰轮圈火出，犹含魏晋旧烟尘。

南昌故郡

千年故郡晚晖中，似有宫娥泣语声。
断壁难寻昔帝府，残垣可访旧神宫。
无情岁月含情垒，恶意刀兵善意风。
放眼平原无限绿，古城内外日曈胧。

徐恩庆

徐恩庆，1927 年生于沈阳市郊区，1948 年参加工作。1989 年从中共沈阳市委宣传部离休后，开始尝试旧诗体的写作。十几年来，陆续在省市报刊上发表诗作百余首，出版了诗集《自珍诗稿》。现为沈阳诗词学会常务理事。

怪坡奇观

一处山陂旷野横，神奇景象巧形成。
难分坡上和坡下，不辨路倾与路平。
人往低行惊步重，车朝高驶喜身轻。
迷离扑朔非虚幻，怪异皆从眼底生。

过笔架山天桥

谁筑长龙卧碧涛？又神又幻又蹊跷。
宛如九曲回环路，恰似千寻横亘桥。
忽断忽连通岸岛，时沉时现顺汐潮。
人工仙力君休问，天下奇观气势豪。

观都江堰

李冰郡守有奇才，作堰都江巧剪裁。
岷水分流鱼嘴砌，湔山引灌宝瓶开。
淘滩垒埂皆因势，捆杩编笼善取材。
巴蜀变成天府国，地灵人杰数新侨。

登岳阳楼

岳阳楼立洞庭滨，百里湖连万里云。
雾锁君山山抹黛，风摇湘水水翻银。
翱翔鸥鸟张霜羽，游泳鲤鱼跃锦鳞。
范氏雄文悬壁上，前贤遗训启今人。

郑荣生

郑荣生，男，1928 年 1 月生，湖南常德人。中华诗词学会会员、柳塘诗社社员。

八十自寿

二十春秋里，闲居不敢闲。
但追来似箭，不谏去如烟。
把笔怀师友，临池法圣贤。
他山攻玉路，跋涉一天天。

金佩珩

金佩珩，1929 年生，沈阳人。字玉行，历任大学教师、剧团编剧等工作。现为沈阳美术家协会、沈阳诗词学会、辽宁省诗词学会、中华诗词学会、中国书法家协会会员。著有《金佩珩诗词书法集》《金佩珩诗书画印稿》《大拙斋诗稿》。

悼司马迁

龙门出世牧河阳，探穴浮江走八方。
蚕室凌身含辱垢，月窗秉笔著华章。
天人细辨三千载，美恶清分九曲肠。
无韵离骚挥泪演，史家绝唱领宫商。

曹　操

戎马生涯不释书，建安风骨世间殊。
网罗才干拥王位，抑制豪强割据除。
天下澄清诗里梦，功成名就将中儒。
登高必赋悲凉句，感慨歌吟气自舒。

读杜甫传

小辈诗文结老苍，青春纵马自轻狂。
敲门偃蹇方惊梦，人世流亡几断肠。
从政济民坚大节，愤贫叹乱史连章。
承前启后开蹊径，一代新风振盛唐。

读辛弃疾传

祖辈携孙夜探侦，建军飞虎抗金兵。
从容作战彤云密，整肃潜行冷月盲。
器大声闳抒壮志，苍凉沉郁拯民情。
银锄铁马千张画，留得生前身后名。

文天祥

通经任重抗元兵，被执逃归出死生。
惶恐难俘心许国，零丁枉劝志诗明。
浮沉四载伤无泪，断颈孤魂斥有声。
一曲浩歌千古唱，英灵地下众情铿。

鲁　迅

弃医救国志从文，民主封资本质分。
五四投枪冲黑恶，长征胜利贺红军。
彷徨呐喊惊中外，激宕深沉破雾氛。
俯首为牛终尽瘁，而今虹口漫虹云。

王德宏

王德宏，1923 年 11 月生，辽宁北镇人。1945 年 11 月参加中国人民解放军，历任师文艺工作队员、沈阳军区报编辑、沈阳军区第 224 医院政治委员。转业后任沈阳医学院党委宣传部长等职。沈阳诗词学会会员。著有《闾山诗草》。

拥抱人生第二春

岁月匆匆白发添，归休离职不贪闲。
老年大学听新课，郊野池塘甩钓竿。
书画琴棋营所好，诗词曲赋尽其欢。
精神愉悦人增寿，余热生辉薪火传。

海洋岛观日出

峭壁巉岩天自成，辽东前哨铁关横。
烟波浩渺群鸥舞，岛树阴浓百鸟鸣。
快艇巡逻穿浪过，雷达警戒守疆宁。
晨星引步东山顶，红日喷薄海上升。

辽西随想

每至辽西思万千，当年战事现眸前。
家门三过思贤禹，凌水双涉忘夜寒。
破垒攻城敌丧胆，赴汤蹈火血凝衫。
陵园几处埋忠骨，常使耆翁泪不干。

咏　柳

长城内外荡柔丝，陌上溪旁舞俏姿。
西子湖堤妆丽女，灞桥亭下寄情思。
风吹白絮飘蓬客，雨洒青绦绝妙诗。
叶茂根深盘故土，炎黄世代紧相依。

游医巫闾山

从戎屈指四十载，游子他乡今又还。
翠柏苍松齐拱手，红桃粉杏尽欢颜。
依依杨柳黄鹂啭，汩汩清泉玉律弹。
北镇半坡参大庙，御碑喜览此家山。

游黄鹤楼

黄鹤楼高楚地秋，神怡心旷兴难收。
东湖舟艇银波涌，汉水琴台音韵留。
仰慕诗家钦李杜，尊崇墨客敬王欧。
长江滚滚东流去，一代伟人曾畅游。

怀念雷锋同志

春到关东柳色青，军民携手学雷锋。
沈阳会上初相见，抚顺营中忆旧容。
关爱人民心火热，忠于祖国血殷红。
虽死犹生耀环宇，令吾挥笔寄深衷。

敬悼张学良将军

男儿难忘父深仇，痛失关东恨不休。
抗日救亡燃怒火，西安兵谏震全球。
心存广宇梦难现，思探家山愿未酬。
夏岛惊传君殒落，名彪青史耀千秋。

刘文玉

刘文玉（1930—2008）诗人，剧作家，编审。曾任辽宁省文联副主席、沈阳市文联顾问、沈阳文史研究馆馆长、辽宁省新诗学会常务副会长。主要作品有诗集《柳笛集》《乡土的赞歌》等；歌曲《毛主席走遍祖国大地》等；大型歌剧《地下怒火》等十余部；1994年获英国"业绩勋位徽章"1996年获国际"诗歌特别贡献奖"。

龙年瑞雪二首

（一）

飘飘瑞雪下天河，柳絮翩翩伴素娥。
只待东风明日过，化为春水润田禾。

（二）

银满关山玉满河，广寒素袂舞嫦娥。
梅花枝上来灵鹊，预报今秋稔稼禾。

刘鸿儒

刘鸿儒，1930 年生，辽宁绥中县人。1948 年冬参加革命，曾任文学期刊《芒种》《电视与戏剧》编辑。作协辽宁分会会员，著有《小两口分家》等，与人合著评剧《唐伯虎与秋香》等。

雨后登华山

天公有意洗群峰，万朵莲花展靓容。
碧树流云浮翠岫，朱栏古寺隐禅宫。
空山鸟语鸣晨曲，断壁瀑飞啸玉龙。
最是春深西岳好，一天细雨入丹青。

过孔尚任坟山有感

桃花扇底唱风流，一曲兴衰几百秋。
侠女魂销悲复社，英雄血洒恨扬州。
秦淮画舫盈盈水，旧院笙歌处处楼。
此刻东塘长卧地，荒榛野草满坟丘。

江西抚州汤显祖业绩展览馆

四梦文辞美豫章，红氍万古唱情长。
生花笔下幽闺泪，廉吏风前百姓康。
一奏金陵官场险，廿年故里玉茗香。
挥毫刺丑邯郸记，永在人心杜丽娘。

牟 浚

牟浚，1930年生，黑龙江省木兰县人，现为中国作家协会、中华诗词学会、世界华文诗人协会会员，沈阳诗词学会会长。曾任沈阳市文联主席、市政府副秘书长等职。主要著作有：诗集《牟浚诗词选》等、诗词《华夏风光》等。

时代谱新篇

园艺展辉山，八仙羡鲁班。
花深藏沈地，树茂掩辽川。
亭榭精工造，楼台异彩添。
人文融秀色，时代谱新篇。

龙庆峡

峡险沟深耸峻峦，龙潭栽入数峰巅。
东崖剎震三声鸟，西壁崩开一线天。
荡荡轻舟寻胜境，悠悠漫桨惹清涟。
渐疑身在漓江上，喜得人间未浊源。

怀念邓小平同志

巨星陨落哭苍天，举国悲呼望你还。
战场横刀顽敌灭，宏图设计庶民欢。
科教富国留新著，两制兴邦创巨篇。
伟业腾飞辉日月，神州大地换人间。

登庐山

匡庐峻伟泊江宽，万仞奇峰醉客仙。
才咏青莲飞瀑句，又歌白傅琵琶篇。
山光林莽难游尽，月照松间尚缺圆。
蘸尽多情湖海水，撰书华夏好河山。

一剪梅·老叟志趣

鬓白豪情志未酬。笔落除忧，墨洒冲愁。涛章万卷颂神州。写作无休，奉献无求。　　浩瀚书文岁月稠。时代风流，华夏鸿猷。辉煌盛世引歌喉。天外新天，楼外高楼。

汤梓顺

汤梓顺，1932 年生，湖南湘阴人。1992 年于沈阳航空学院工程力学系退休。退休后从事宋史、宋作家研究，发表诗词 200 余首。现为辽宁诗词学会副会长、王十朋研究会史学顾问、中国杜甫研究会会员。出版有诗文集《拾穗集》。

千山松

千山崔嵬松万株，龙鳞虬枝形态殊。
高者摩云凌空虚，矮者躯欹肥且癯。
层峦叠嶂看云舒，山有涧兮陵有溇。
餐甘露兮收霜腴，鹿为友兮暮栖乌。
晨钟暮鼓声来徐，凉秋九月枫林朱。
寒雾朦朦侵肌肤，石磴危崖盘且纡。
寻幽探穴畏崎岖，策杖登临尚趑趄。
幸有少年来掺扶，如履薄冰弯身躯。
荆榛藤条拽我裾，似怜老夫愚且迂。
皇天厚爱不弃余，下山已是气嘘嘘。
老矣一步三踟蹰，孙儿雀跃奔相呼。
峭壁迎我松之株，高不盈丈缨曼胡。
长揖施礼一寒儒，可怜老松离群居。
曾孙玄孙胡为疏，为避喧扰少揶揄。
此松非为栋梁贮，顶天立地真吾徒。
爱它身孤道不孤，阅尽沧桑忘荣枯。
明年重九备浆壶，北雁南飞月上初。
寿汝千山五大夫。

秋兴二首

(一)

连天禾黍早霜摧，槛外黄花次第开。
佳句恰如秋雨至，金风时送市声来。
望穷天宇层云合，坐久湖山一雁回。
欲向潇湘歌薤露，草堂人去笛声哀。

(二)

神州风雨正凄凄，白屋饥乌夜夜啼。
漠北霜寒无鸟迹，江南沙暖印鸿泥。
天高北斗清光冷，月落孤村野哭低。
犹记汉皇雌伏日，不堪回首话辽西。

读《散宜生诗钞》感赋

龙战玄黄霸业空，幸留诗稿记孤忠。
时艰名士供刀俎，末世英雄入彀中。
厚土有灵埋聂政，皇天无道窜梁鸿。
屈原祠畔应添冢，岁岁端阳祭此翁。

临江仙·有寄

　　三叠阳关西去，天涯卅载飘蓬，潇湘云树渐葱茏。淡烟斜日远，庭院落花风。　　今夜倩娘何处？楼头缺月朦胧。他生未卜怎相逢？年年孤枕梦，此恨有谁同。

唐 灰

唐灰，1932 年生于辽中县艾蒿沟村。参加革命较早，退休后，多作诗词，有诗集与回忆录出版。

七旬感怀

（一）

嗜酒贪杯不计年，倏忽白发鬓生斑。
仕途舛错实因口，生计艰辛不只钱。
醉后无知讽弊政，茶余有语骂赃官。
才疏志短甘微吏，总被时人睨眼看。

（二）

青年兴至有狂吟，开罪权威落难深。
抱憾实知书少读，偷闲总将史钩沉。
古贤风骨当师范，瘦体屠头不拜金。
耄耋休言驹过隙，夕阳晚镜照忠贞。

（三）

岁月无情索贱辰，苍颜白发刻年轮。
是非关已常克已，力不从心总费心。
石崇范丹同入史，王侯竖子尽成尘。
不如意事常八九，何用贪求绊此身。

忆祖母

从未焚香化纸钱，每思祖母寝难安。
巧缝衣履三冬暖，细做粗蔬每日甘。
促令学习催早起，关怀体质戒迟眠。
育恩未报音容渺，恶梦醒时涕泪潸。

悼亡妻

痛惜当年半寄居，逢君共坐理残棋。
余生唯望常厮守，中道何由竟仳离。
撒手西归卿抱憾，回眸环顾我悲戚。
而今往事皆成梦，犹得亲炊自理衣。

去下湾村友人家

暂离闹市避喧嚣，故友相邀去远郊。
聚会非因尝酒好，倾谈有意效诗豪。
席前共办农家宴，饭后同观大禹桥。
摄影高歌难尽兴，回归红日吻山腰。

国家免除农业税

赋税征徭贯古今，农夫无奈自遵循。
忽闻国府颁新政，急向亲朋告好音。
常患官差催税款，每思地主讨租金。
而今无虑耕耘乐，邓老胡温入梦频。

李仲元

李仲元，1933 年生，沈阳故宫博物院名誉院长，沈阳市书法家协会名誉主席，沈阳市收藏家协会会长，沈阳诗词学会名誉会长，国家一级美术师、教授、国务院特殊津贴专家。出版有《李仲元书法集》、诗集《缘斋吟稿》等。

流人函可

缁衣风雪下三辽，南国才情气未凋。
散罢天花归去也，余芳犹贮剩人瓢。

【注】

释函可，号剩人和尚，明亡，作《再变记》被执，顺治五年罪流沈阳。在沈传播禅学，吟诗唱和，结"冰天诗社"。顺治十八年坐逝。

陆游《自书诗卷》

剑南风骨老松姿，逸翰弘文各一时。
笔底天花何处落？猩毫漫写岁寒诗。

赠王充闾

蓬庐底是代雄豪，磊落辞章四海褒。
老去坡公传雅韵，归来陶令主风骚。
千般笔墨千秋事，万种风情万树桃。
多少知音翘首望，文坛又起五云旄。

花甲有作

寻珠种玉意全销，但把闲愁掷九霄。
皓首簪花还旧圃，斜阳醉酒唱新谣。
青钱十万珍孤品，弱水三千饮一瓢。
不必繁红春便好，寒芳冷翠最迟凋。

过沈延毅先生故宅

故物依然不忍看，寻常笔砚旧衣冠。
凤笺散乱香犹在，豪翰淋漓墨已干。
木斗尚余烟几缕，青瓯待尽酒微残。
可怜昨夜西风雪，只恐山深白发寒。

杜甫墓

逶迤行来觅阙门，山翁指点到前村。
荒丘蝶续庄生梦，啼鸟声招蜀客魂。
老马秦川诗万首，孤舟湘月酒空樽。
可怜万岁名垂史，风雨千秋寂寞心。

华清池

天宝繁华尽，遗踪韵事多。

园飘梨瓣雨，亭忆牡丹歌。

鼙鼓惊甜梦，棠池断细波。

仁观香浴处，谁吊马嵬坡？

闻阳驿

萧条不见驿亭楼，野鹧声声唤客愁。

无限关山行不得，如今一日到幽州。

碣石

边尘靖肃笑封刀，观海高歌异代豪。

碣石山前思魏武，临风一唱涌秋涛。

原韵奉和王向峰

诗苑书林觅古情，山阴道上踏歌声。

兰亭虽远终须到，莫向行人问路程。

马成泰

马成泰，1939 年出生于吉林省通化市。沈阳三山集团董事长，高级工程师。中华诗词学会会员、辽宁省作家协会理事，辽宁省散文学会副会长。有散文集《烟雨下辽东》等和格律诗集《蓝青合集》《学为诗三稿》出版。

贺重建沈阳城南白塔[①]

龙蟠耶律九穹苍，虎踞重熙七世疆。
千朵莲花无垢在，半溪流水净光藏。
浩天永镇千年仰，残地崩摧百载伤。
兴业富民衣食足，浮屠再建白云翔。

【注】
① 塔建于辽真宗重熙 14 年。

贺辽宁龙年诗词朗诵会

款约群贤暮腊时，雕龙绣虎尽於兹。
江河西泻风骚异，争唱关东绝妙辞。

纪念黄禹篇先生仙逝周年

去岁今朝雪漫寒，宗师驾鹤梦魂安。
长松冰缀瑶华韵，翠柏霜栖凤彩翩。
唱玉九州文史馆，联词四海赋诗坛。
青灯影幻春风暖，绛帐无寻化雨澜。

书《王十朋传》

梅溪灵泽瑞灵征，高擢巍科第一英。
叩阙忿将云槛折，弹奸气使桧余惊。
文章郁郁刊千古，道德醇醇化众生。
诸葛杜颜韩范列，卓哉论定紫阳评。

南朝明

南朝明，1943 年生，辽宁省新民市人。现为沈阳文史馆馆员，中华诗词学会会员，沈阳诗词学会、辽宁省楹联学会副会长。擅长文史、诗词、古文字、书法。著有《甲骨文集联》《唐风韵语》等。

井冈山

赣北湘南别有天，罗霄亘古走蜿蜒。
个中一日惊雷起，赢得英名满世间。

登含鄱口风雨大作

五老峰高势不孤，汉阳南踞起雄图。
纠连太乙吞彭蠡，一霎烟涛似有无。

自居易草堂口占

峰北香炉古寺旁，濯缨自在小沧浪。
时人若访白司马，万木森森护草堂。

聊斋漫咏三首

（一）

希当大任有雄才，终老青衿讵可哀。
若使科名公遂意，人间何处觅聊斋。

（二）

干宝搜神似有无，黄州谈鬼亦模糊。
乃公一仗如椽笔，留取当年百态图。

（三）

鬼唱秋坟恨不平，狐鸣原为恤苍生。
一编志异传千古，耿耿民魂耀大旌。

王永葆

王永葆，1945 年生，辽宁辽阳人，早年就读于吉林大学。曾任沈阳市于洪区政协主席。有《旅途吟草》和《归闲杂咏》两部诗集行世。现为中华诗词学会会员、沈阳市作家协会会员、沈阳诗词学会常务理事、沈阳市于洪区文联名誉主席。

漫游科罗拉多大峡谷

如龙混战乱腾骧，地裂山崩百里长。
广阔襟怀容奥古，斑斓色彩记沧桑。
雄奇自是垂天画，壮丽无需赋锦章。
有幸今来圆夙梦，风光愿共五洲享。

灯　花

寄生灯火里，百炼筋骨强。
剪迫容增焕，蛾侵自灭亡。
有心消夜暗，无意占春光。
只助辛勤者，孜孜奉献忙。

咏　井

足踏寒泉里，常年阴冷欺。
心坚严守职，境恶亦安居。
不较功名显，弗烦地位低。
终生行仗义，蓄水任人汲。

拔萝卜戏咏

冷露清霜共降临，园中纳履採蔬珍。
提纲挈领轻薅葉，顺势弯腰慢撼根。
土落通身还玉貌，刀插两肋见红心。
唇开齿动声声脆，不惧风寒恶痹侵。

过华盛顿纪念碑

十年建塔缅怀谁？万古流芳一伟魁。
受任逢当征战日，辞官定在凯旋楣。
终身总统坚心拒，祖上庄园执意归。
自不凭权谋已利，实应吾辈树学垂。

雾　凇

隆冬数九降寒时，瑞雪晶冰起妙思。
冷暖交合生幻境，乾坤富丽化瑶池。
琼花最厌贪夫採，玉树长愁野日迟。
只待催春阳气转，移情大地润桑植。

崔玉化

崔玉化，1932 年生于辽宁盖州。历任共青团沈阳市委科长、中共沈阳市委处长、机关工委副书记等职。现为沈阳诗词学会副会长。著有《金秋诗稿》及其续集。

山村晨眺

雾漫天无际，露珠滴有声。

环山迷峭影，曲巷隐鸡鸣。

风倦吹烟懒，云低抑树平。

遐思腾五岳，忆梦戏蓬瀛。

梁屯一瞥

踞甸偎山蓬荜屯，如今楼厦延邻村。

沟边井沿开新厂，岗上壑间林果蕃。

泵氧方塘鳞尾跃，水冲暖舍育鸡豚。

房华巷丽楣扉锦，游子归来不认门。

登赤山

赤山苍秀碧流东，峰势突兀傲太空。

飞瀑泻银淋翠谷，行云挟雨漱青松。

鲜花点点攒芳态，彩蝶翩翩赛舞功。

赏美享幽浑忘老，攀枝戏水似顽童。

重阳笔会

骚人笔会歌萸节，茶话清音颂九州。
半世江山铭特色，双收港澳雪前羞。
蜩螗兄弟何时睦，携手同心展大猷。
待到东方龙劲舞，先贤魂慰壮怀酬。

老团干重阳联欢有感

故人喜聚乐三秋，把酒欢歌蜜意稠。
月下花前婚恋趣，噱言戏语话从头。
情抒百感沧桑事，绪结千思报国猷。
老骥何甘伏枥下，余光续热再风流。

刘先奎

刘先奎，1934 年生，湖南武冈市人，1950 年参军，1974 年转业到沈阳市医药公司工作。现为中国老年书画研究会会员、沈阳市书法家协会会员、沈阳老干部书画协会会员、柳塘诗社社员。

去东汤洗温泉即兴

初春三月赴东汤，好友良朋共一觞。
竟日微醺浴神水，不知何处是家乡。

退休感怀

退休离职不甘闲，翰墨丹青伴晚年。
吟咏抒怀歌盛世，挥毫彩绘九州天。

绝　句

半生戎马不沉沦，疾病缠身未断魂。
章草独钟多古拙，夕阳作伴共生存。

重游丹东逢战友

入朝曾恶战，归国各春秋。
白发惊重会，绿江欣再游。
登山观展列，携手忆从头。
抗美援朝业，丰功万古讴。

思　乡

遥望资江几度行，犹闻故里读书声。
鄉音热切寻归路，想入联翩觅旧情。
两鬓如霜虽老迈，一生戎马亦峥嵘。
为人处事胸怀坦，两袖清风心自宁。

刘 弼

刘弼，1935 年生于湖南省祁阳县。1951 年 3 月入伍，历任参谋、科长及师副参谋长等职。2007 年加入中华诗词学会。曾任吉林省书协理事。现为沈阳军区老战士书画会理事、研究员。

阵地家书

洞中光线暗，眠石抱枪餐。
谁喊家书到，全连挤一团。

对敌播音员

朴丫别号小惊雷，战地红梅傲雪开。
舌弹日宵摧敌志，无形杀手露天才。

朝鲜人民送别志愿军

撤军专列笛长鸣，送别人群痛失声。
跑步追车留倒影，亲情尽注幸存兵。

花甲感怀二首

(一)

湘南雪舞换戎装，四十春秋夜梦长。
立马中原光战史，横刀北地谱华章。

(二)

汗流国土江山秀，血染沙场草木芳。
最恋催人前进曲，如椽大笔画斜阳。

李树军

李树军，原工作单位辽河油田，从事过钻井、采油工程、人事管理工作，现已退休，柳塘诗社社员。

废弃井场开荒

良田育我我开荒，脱去棉衣换夏装。
多少诗词多少树，余生谈笑事麻桑。

钻台吟

（一）

放眼辽南诗入怀，激情钻杆唱歌来。
青苗舞蹈风吹奏，麻雀时时上塔台。

（二）

清冷钻台钩月陪，塔台高耸晚云飞。
潜山上古从无客，今夜霜横老钻眉。

（三）

接天大罐卸油台，气火熊熊入夜怀。
闲客渔家红地毯，酒香云醉月溜来。

（四）

爷们边外敞胸怀，百里盘山仔细筛。
照出荧光亮渤海，龙宫海底早惊呆。

（五）

月下峰头火燎关，寂寥渤海映红天。
地宫昨夜钻穿底，老迈油龙休妄盘。

（六）

夕阳如血晚云飞，丹鹤蒲滩巢穴堆。
偶发激情佳句得，雄奇旷世里程碑。

王振之

王振之，河北秦皇岛市人，中文本科毕业，曾任教师、机关干部，至退休。柳塘诗社社员、沈阳诗词学会会员、中华诗词学会会员。

定窑孩儿枕

俯卧瓷童稚趣甜，平腰做枕伴君眠。
清凉却暑当潇洒，翘楚奇珍稀世传。

马踏飞燕

骏马腾空踏燕奔，千山万水赴吉辰。
中华喜跨龙驹背，指日高飞越昆仑。

黄忠毅

黄忠毅，1933 年生于沈阳，回族。毕业于中国医科大学医疗系。退休前为解放军空军沈阳医院肾病科主任医师。现为中华诗词学会、沈阳诗词学会会员，柳塘诗社社员。

游集美鳌园

集美风情誉远扬，古香古色效敦煌。
雕廊玉柱民族韵，水榭楼台华夏光。
休讲财多轻道义，欣看侨富建家乡。
嘉庚故事传流远，名士留言万代芳。

眺望日光岩郑成功石雕

破浪乘舟鼓屿游，比邻金马镜中收。
一餐鲜薇曾欢饮，两岸同宗盼共舟。
峻岭雄峰呈巨像，龙头虎寨聚吴钩。
当年英烈成功日，光复台湾青史留。

张学香

张学香，1935年生，山东章丘市人。曾任沈阳军区后勤部工程总队秘书，沈阳市政府办公厅城乡协调处处长，市农委办公室主任，市农场局副局长。现为沈阳诗词学会会员。

晨　钓

青山隐隐雾濛濛，熟路轻车自向东。
坐爱堤边双翠柳，痴盯水上一漂红。
升竿刹那观鱼跃，入篓时分看日晴。
万事亨通须励志，功成常伴雨和风。

古稀书怀

离局退岗整十年，书报相陪过每天。
翰墨石章勤握手，强身垂钓屡抛竿。
青春卫戍羞停步，暮岁追求喜向前。
虽入遐龄千月照，犹求八法永争先。

吕福忠

吕福忠，1940 年生，山东莱阳人。曾任《沈阳政协报》副主编，现为中华诗词学会、中国楹联学会会员，沈阳诗词学会副会长兼秘书长。著有文集《赶海拾贝》，诗集《零星集》《陶然轩存稿》等。

读《哈尔滨反腐大案纪实》感赋

一案惊闻罢百官，冰城万众谢青天。
蛀虫蠡蠡蛇吞象，法网恢恢剑把关。
纪念碑前瞻尚志，石灰吟里见于谦。
狂飙漫卷阴霾扫，更盼清风荡九寰。

牡丹芍药园

欣逢端午沐芳辰，魏紫姚黄最诱人。
荀令香炉重待客，石家蜡烛再为薪。
独尊国色吟飞燕，共赏名园赋洛神。
欲向江郎寻彩笔，痴情不改寄花君。

十王亭礼赞

　　君不见，辉山毓秀，沈水飘香，候城名胜传八荒。重温清史话沧海，巡礼故宫探发祥。独尊大殿中央立，辅佐十亭两翼张。左右翼王勤参政，正镶八旗振朝纲。缘是罕王设牛录，八旗制度始弘扬。三项职能融一体，铁骑制统华夏邦。后金崛起大清建，两帝一都誉沈阳。皇帝于斯行大典，太祖太宗何辉煌。又不见，中街宝地，盛京云商，红墙黄瓦遗风彰。扫尽阴霾风雨住，两坊重立愈昂藏。抚近怀远双门护，登高远瞩新辽疆。移宫换羽福祉奠，稽古鉴今龙凤翔。毛颖遍书清宫史，陈玄尽染圣恩长。天街一展清文化，市廛两廊尽名坊。皇家礼仪逢盛世，盛京宫阙最风光。紫气东来春风赞，一宫两陵谱新章。

东风第一枝·贺神舟五号飞船载人飞行成功

　　梦想飞天，追源万户，东风第一枝见。空前壮举悲歌，英名永留遗憾。春秋复始，六百载，航天重现。问太空，两国称雄，别忘了神州健。　　神箭舞，神舟再演，杨利伟，宇航博览。素娥笑对吴刚，外来客归赤县。牛郎织女，七夕叹，从今了断。北斗邻，更近参商，向往未来无限。

张富有

张富有，1941 生。沈阳人，工程师，系沈阳词学会理事、辽宁楹联学会理事、长山诗社社友。曾获"盛京古玩城"海内外诗词大赛特别奖。

上五龙山

五龙山上白云飞，游客流连每返迟。
曙照石塘千禧至，霞披杨柳百家依。
横湖秋水波澜阔，长屿春歌寥廓思。
虎啸风生天下晓，太平盛世我吟诗。

为女儿从教十周年赋诗

巍女耕耘手自犁，逢春渎雨麦初齐。
呕心沥血启思路，熟虑深谋命课题。
细改精批起夤夜，碧荷承露捧珠玑。
赢来桂月天香远，她驾风云我入迷。

刘恩铭

刘恩铭,1942年生,原籍山东省单县。中国作家协会会员、中华诗词学会会员、沈阳市作家协会副主席、一级作家;沈阳诗词学会会长。主要著作:长篇小说《努尔哈赤》《张学良将军》等八部,诗词散见于国内报刊。

昭陵怀古

枫红橡紫映城楼, 水畔弦歌夜不休。
獬豸目瞠忠恶辨, 石驼颈引似优游。
弯弓贝勒得天纵, 乱政妖婆祸果留。
社稷兴亡存史鉴, 呼君常醒为民筹。

当代理想国

报载,东非埃塞俄比亚老农努鲁创立了一个收入平均分配,男女平等的"太阳城"式的奥拉安巴村。

小小山村愕万庐, 太阳城里树遮屋。
男从女主家和睦, 翁爱童尊互挽扶。
四百村民无贵贱, 千方沃土共耕锄。
昔人理想国重建, 现代桃源见地图。

醉花阴·忆柳永

秋雨绵绵奇梦骤，柳永窗挥袖。一阕鹤冲天，突降灾星，风月楼中瘦。 晓风冷月依如旧，街巷笙箫奏。名落可屯田，官府无缘，井畔民歌有。

张西潮

张西潮，字亦澜，号弗玄。1942 年生，黑龙江明水人，副高工艺美术师，现为辽宁省楹联学会常务理事，辽宁省诗词学会、沈阳诗词学会理事。

山海关澄海楼

名楼耸掖垣，高据控燕关。
平抑沧溟水，大开海岳天。
摩云浮蜃气，拔岸抱涛澜。
千古争雄地，纷纷游子攀。

岳阳楼

飞檐一角扼长江，万顷波涛撼岳阳。
地坼楚吴融四水，星分云梦袂三湘。
鲁滕阁榭祠堂大，范杜诗文日月长。
胜迹高悬名士笔，古今不尽好篇章。

虎丘怀古

云岩塔寺起遥岑，吴主遗踪一探寻。
玉阁芳亭林隽秀，清泉翠谷洞幽深。
谈今论古追王迹，凿壁刊石觅印痕。
砺剑池中无尽水，波澜依旧愤低吟。

浣溪沙·仙女湖

　　百顷湖光一望收，琼田玉鉴芷兰洲。回眸美女眼波秋。　　细品慢斟西子酒，长河轻驾范公舟。风云际会盛京游。

房松龄

房松令。教授。1944年生人。毕业于辽宁大学中文系。长期从事古典文学教学和中国传统文化研究。现任中华易学研究会学术委员会主任委员。

穷 经

穷经皓首老拙生，无用无名万事轻。
深谷黎明拾坠露，高楼夜暗续燃灯。
金莲九挺出云雾，玉树三株拂月星。
偶尔观棋廊庙下，却听林樾燕啼声。

忆旧游

呢喃燕子小腰身，御得东君一瓮春。
细柳临风丝剪碧，夭桃含露蕊成金。
征衣暂解关山月，怀抱未舒梁父吟。
中夜抚琴蓬荜静，多情灵鬼转相亲。

唐乂

　　唐乂，曾用名唐尧，原名唐振英，1944 年生。诗人、书法家。现为辽宁省楹联学会会员、沈阳诗词学会常务理事。

无　题

书剑生涯破世来，萧条异代不胜哀。
相逢时易相知少，楼上人怜楼下才。
信息未通心暗结，含情欲吐口难开。
比肩共步垂杨岸，风自西南漫入怀。

读近代史有感

旋转乾坤日月新，苍茫大地几沉沦。
中原逐鹿争疆土，异国屯兵竞帝臣。
历历兴亡如走马，重重忧患痛斯民。
焉能忍泪为涂炭，我亦江山一主人。

悼黄禹篇先生

（一）

幽兰屈子是同乡，楚国山川入梦长。

乱世曾经愁岁月，平生空负好文章。

家书偶向琼崖寄，诗骨独留塞外香。

四海云天惆怅望，一只鹤影下荆襄。

（二）

一羽南来三楚地，几番风雨滞辽东。

秦淮有句争传唱，沈水何人继古风。

楼阁含悲黄鹤去，音容想象白云空。

琵琶月下长相伴，好在乡音调亦同。

董　文

董文，1947年生，沈阳师范大学教授。为享受国务院特殊津贴专家、辽宁省优秀专家。中国书法家协会第二届理事、辽宁省书法家协会副主席、沈阳市文联副主席、沈阳市书法家协会主席、沈阳诗词学会副会长。出版诗集两部。

谒黄帝陵

辟开草昧起遐荒，始祖轩辕称帝黄。
三代武功平祸乱，四方文德变沧桑。
桥山青冢衣冠古，龙柏苍髯岁月长。
我上仙台三叩拜，深祈家国寿无疆。

清明祭母

噙泪山花雨后繁，不堪离合对悲欢。
茶烟一炷香风远，诗草千行韵味宽。
叩秉儿孙能自立，嘘询日夜可孤单。
坟头不忍除青草，留与严冬遮雪寒。

读颜真卿书法

新旗高蹈冠诸公，一扫二王妍美风。
宁朴无华生拙辣，握拳透爪见沉雄。
人因忠义名能久，书尚端严势不同。
最是绝伦三草稿，兰亭差可共云龙。

丹青寄兴

晴画兰花雨赋诗，雪松风竹亦相思。
书生本是多情种，喜怒翻腾墨一池。

拉斯韦加斯

闹过三更到五更，电光歌舞始潮平。
奢华世界金如土，缭乱人生浊抑清。
巨厦玄机鸣日夜，万人红眼赌输赢。
囊空我作旁观客，听罢笑声听哭声。

赠范曾

力运锥沙破九宫，飞椽豪唱大江东。
抒怀遣兴千杯酒，闭目蓬头旷世雄。
腹有诗书堪啸傲，笔惊风雨自从容。
葵心已入逍遥界，诵罢南华日正红。

水乡周庄掠影

一曲弹词醉酒家，桨声灯影忆繁华。
廊桥斑驳民风古，街巷幽深画意赊。
几篓鱼虾归钓叟，满船菱藕闹村娃。
忽听妙女飞歌处，楼角窗开桃李花。

王革明

王革明，1948 年生于辽中县，曾供职于本县粮食系统，现退休。作品散见于省、市、县地方报刊，《却尘集》系出版的专集作品。

田园乐曲

世外桃园何处求，农家小院景清幽。
菜蔬瓜果琳琅满，花架葡藤翡翠流。
鸟语晨新催梦醒，蝉鸣夜半忘烦忧。
红尘远去无喧闹，乐事清心伴晚秋。

游黄山

秀丽徽州景色幽，松石迎客几千秋。
云腾雾绕仙如至，泉涌瀑飞水自流。
西映晚霞燃圣火，东升旭日滚金球。
一时美景难收尽，愿有天缘能再游。

何若云

何若云，汉族。笔名凝乡，斋号中心斋，1949 年 12 月 6 日生。现为中国诗歌学会会员、辽宁作家协会会员、辽中作家协会主席、中国乡土诗人协会副主席。

春 雨

春阴携雨洒纷纷，旱地无声滋草茵。
远梦沉雷深旨响，劲风正气瑞云真。
清怀妙手天公意，绿水超凡莲子心。
时代瑶琴弹妙曲，骚人壮志起精魂。

赠《沿海时报》

奥运催春承重担，辽蒲文苑展新天。
大潮远梦今方醒，老县雄心岂等闲。
团队精神诚可贵，云龙志趣共高攀。
漫书近海风云事，著作人生留万年。

题虎尾兰

冬月回家看父亲，窗前虎尾最开心。
绿峰巍耸争欢气，红宇叮咛取喜金。
企盼心竹常绽翠，传承翰墨自修身。
峥嵘尚有根基稳，再展雄姿留后人。

王　诚

王诚，1949 年生，中华诗词学会会员、辽宁省诗词学会会员、沈阳诗词学会副会长。编著《中华传统诗词教程》《中华传统诗词鉴赏》；著有诗集《沧浪吟》。

暮春垂钓杂感

暖雨轻风戏锦鳞，银珠点点向湖心。
垂竿半日空空篓，不钓鱼儿只钓春。

风入松·游棋盘山滑雪场

驱车十里盛京东，犹入广寒宫。森林茂密银装裹，山峦秀，冰面玲珑。满眼松涛白浪，半坡琼玉清风。　　雪飞人舞乐融融，转瞬去无踪。欢歌笑语来何处？伴山绕，惊动苍穹。北国风光争览，世间奇景称雄。

沁园春·福陵怀古

今岁隆冬，碧尽遥天，劲舞琼英。望东临沈水，背依天柱，柏松茂密，清冢独陵。石象萧然，百单八磴，默默孤忠数百庚。隆恩殿，现碑楼宝顶，太祖幽灵。　　十三甲胄兴兵，令塞外群雄俯首听。昔剑扬天下，炮殇宁远，未成霸业，遗恨冥城。斗转星移，微霜染鬓，送目凭栏论纵横。且相问：有几多皇帝，日月同明？

么喜龙

　　么喜龙，1950 年生，沈阳人，沈阳市文史研究馆馆员、辽宁省政协常委、沈阳市文联副主席、中国书法家协会会员、国务院特殊津贴专家、国家一级美术师。在北京和美国、加拿大等国多次举行书法艺术展，多种作品被中国美术馆、辽宁博物馆收藏，有 11 种著作在人民美术出版社等处出版。

读祝允明《草书诗卷》

有明三百载，吾素仰枝山。
椽笔龙蛇走，云烟动九寰。

题徐渭《自书诗卷》

旷世有徐君，清才迥不群。
法书参柏劲，佳画绘芳芬。
端坐青藤屋，戏题白练裙。
齐璜稽首拜，门下欲耕耘。

游嵩山

偶来清静地，襟袖指清风。
红叶深山雨，黄昏古寺钟。
随缘甘淡泊，知命藐穷通。
处世心无碍，高吟万虑空。

春日郊游

春暖风和竞物华，小桥杨柳碧溪斜。
清风扑面蛙声远，一树芳菲正著花。

秋 兴

人烟疏落小渔湾，风过微微又雨还。
水上蓼蘋花绰约，霜中枫柏叶斑斓。
临池不怠仍寻累，吟咏经常始觉闲。
一自钓矶堪坐久，湖波云影望秋山。

南乡子·谒安阳殷墟博物馆

千里到中州，又向安阳访古丘。嗟叹兴亡多
少代，潋潋，眼底商河仍自流。　　龟甲记商周，
笔意刀痕雅士收。仓颉中宵闻鬼哭，幽幽，神在
三千载外游。

李景忠

李景忠,1950年生,辽宁辽中人,曾任辽中县教育局局长;现为沈阳市青少年教育办公室处级调研员,为中华诗词学会会员,辽宁省诗词学会、沈阳市作家协会理事,沈阳市诗词学会常务理事,辽中县诗词学会会长。著有《逝水流年》《岁月如歌》《潇潇心雨》诗集等。

登沈阳彩电塔

旋转周遭视野宽,凌空塔上瞰辽天。
宦情千缕难成赋,诗愫一身敢试篇。
科技激人争上进,春风励我拼桃园。
摩天倍觉心胸豁,再展轻舟挂锦帆。

咏赵州桥

神工巨匠造奇桥,洨水东流紫气飘。
百丈长虹横阔水,一弯晓月落云霄。
烟光两岸垂杨柳,灯火千家客酒肴。
隐隐仙帆何处去?闻歌赏韵颂今朝。

张庆明

张庆明，1950年2月9日生于沈阳。曾参加辽宁省自学考试，1987年本科毕业，获学士学位。现为人民警察。

千山龙泉寺

何必修行苦若僧，身临奇境即飞空。
绝天化地皆归善，不诵经书不撞钟。

青城山遇雨

人道青城天下幽，更兼风歇雨初休。
轻烟默默潜三界，秀树葱葱静四周。
殿角斜飞红掩绿，石阶曲仄隐还收。
山深林茂闻声乐，料是神仙对酒讴。

赵文发

赵文发，1951 年生，祖籍河北清河。现为辽宁省诗词学会会员、沈阳诗词学会理事、沈阳楹联学会理事、辽宁省青年诗词学会理事。

自　题

世界三千大，朦胧无限空。
我真莲里子，时沐竹边风。
浩气冲霄汉，冰心透月宫。
洁身能自省，长伴太阳红。

春日书怀

杨柳和风又一春，春光冉冉耐人寻。
清晨最是春光好，独揽春光我不贫。

有　感

披星戴月醒精神，世外桃源自在人。
风韵犹存多雅韵，身心无恙两开心。
尘间名利终如幻，梦里乾坤假似真。
独赏高山流水曲，听闻妙处有知音。

宫宝安

宫宝安，1950年生，字季兰。沈阳诗词学会常务副会长，辽宁省楹联学会执行会长。编著有《萤雪庐诗词论稿》《楹联技法拾珍》《当代百家楹联集萃》等数部，与人合作编著有《当代诗词撷英》等十余部。

沈延毅先生八秩晋三华诞以贺

辰州开巨擘，八秩正欣荣。

鹤氅披多荫，龟床支有声。

期颐墨佛菊，寿俪局仙旄。

炳蔚文渊阁，耆英立盛京。

几许骑鲸手，长人堂奥通。

画沙穿臼砚，垂露噬腾龙。

作赋亲坡老，操觚迈米公。

抑扬凭众口，魏法在辽东。

沈阳世博会武汉市知音园

会登俞伯古琴台，旧雨新知纷沓来。

仙领千秋黄鹤舞，桥衔三镇锦云裁。

衢通九省凭文轨，贤达八方恃楚材。

缔造又从江汉起，一声笛报世园开。

长沙市耕读苑

耕读苑排映雪亭，分明爱晚赋新名。
从攀七二峰衡岳，来浴八百波洞庭。
小令不谙五斗米，大夫长洒一腔情。
世园但请毛公莅，命笔何当意纵横。

合肥市环秀园

盛京指点六朝山，楚尾吴头幻眼前。
西峙蜀峰晴带雪，东流淝水舸扬帆。
中原形胜一园汇，江左人文九市圜。
孝肃桥边君驻久，为官尚敢报清廉。

水洞夜游二首

（一）

天工造化总神奇，亦幻亦真双眼迷。
软语温来她款款，磁声询去我依依。
探赜揽胜离如即，爱美寻芳即若离。
不是长青凭大勇，洪荒只恐蕴玄机。

（二）

三生无幸识漓江，集美常临影画廊。

硕彦操瓠题闽苑，小姑合卺扮新娘。

秦皇何必遣徐福，剑器犹能悟旭狂。

缩地岂如先拓水，般般羞煞费长房。

王国华

　　王国华，1951 年生于法库县，毕业于沈阳农业大学，现于法库县林业局工作，喜爱诗词并多有发表。

收　获

　　大豆摇铃玉棒歪，高粱笑靥可人怀，
　　独生子女登金垛，戏逗阿爹把月摘。

锄　禾

　　银锄并舞笑微微，紫燕在田吻露飞。
　　小憩悄听禾节长，山衔落日忘家归。

插　秧

　　块块镜明阡陌镶，满池春水映天光。
　　壮男彩担娇娘绘，绿意先勾后抹黄。

堤　榆

　　躯干直高韧性佳，深深根系固堤沙。
　　逢春莫道萌芽晚，摇落金钱富万家。

牟宝军

牟宝军,1951年生,辽宁辽中人。现为中国乡土诗人协会、沈阳市作家协会会员,辽中县诗词协会常务理事。著有诗集《七情集》。

昆明龙门

万丈绝崖一洞门,登高步步已惊魂。
奇能奇险创奇迹,圣境圣洁修圣尊。
雾远难观滇上水,臂长可挽眼边云。
休言此处龙庭小,自古曾装天下人。

读《红楼梦》

忙忙碌碌奋一生,都道勤学事竟成。
醉览红楼先入梦,感吟世态已伤情。
满园仙景何方找?半部奇书任尔评。
多少高才空落泪,只因淡笔未留名。

再到云南

斗转星移日月追,南疆万里又重回。
千峰竞秀白云舞,七彩争奇孔雀飞。
古寨新城听美调,康庄大道数丰碑。
情高欲满一杯酒,遍地金花我敬谁?

赵亚平

赵亚平，号鹤羽，1952 年生，辽宁新民人。现为沈阳大学新民师范学院副教授、新民市政协常委、中华诗词学会会员。曾出版《鹤鸣庐诗词集》《鹤鸣庐诗思录》等专著，诗词歌赋数百篇。

迎北京奥运会

（一）

希腊中华璧合时，纵横上下萃今兹。
爱琴碧浪泼文墨，泰岱苍松奉礼仪。
融汇方知云月邈，竞争始觉电风迟。
屈原荷马魂应在，联袂泉台赋史诗。

（二）

神圣传承大幕开，尧天舜日此登台。
五洲梁栋惊天起，四海波涛动地来。
民主和平新世纪，独裁征战旧尘埃。
缪斯琴韵鸽声里，破壁飞空尽逞才。

白长鸿

白长鸿，满族，曾下过乡，当过兵，从过政，后从事文艺工作，现为沈阳市文联主席。20世纪60年代开始诗词创作，80年代后在文学期刊发表作品，先后在《诗刊》《诗歌月刊》《星星》《诗潮》等刊物发表诗歌、散文、小说。

沁园春·颐和园之秋

几许心怀，偶觅闲暇，漫解扁舟。过清风十里，螺桥半壁；香飘吴苑，墨染瀛洲。画栋凝幽，松涛作浪，凭谁问，看燕山志士，怎赋风流。　　悠悠往事如钩。恰雾霭茫茫又是秋。望西山翠塔，悠悠入目；低云宝阁，隐隐牵愁。蓬岛多姿，犹然梦境，却是关河岁月稠。可曾见，那当年帝子，落日牌楼？

1975 年

从军行洮南演习

尝记少年时，灯下诵唐诗，咏得白日登山句，窗前长凝思。窗外白杨二十载，硝烟起处紫光开，戎机万里塞上来。暝色沉沉马啸啸，一片崎岖路迢迢，北风割面利如刀。背负沙石行步难，屐齿高低无深浅，途程难辨尚向前。彻身寒气凝霜脂，手足半僵忘生死，唯恐步缓误军迟。夜半行军不结营，忽闻前边号令声，三曳红绿报敌情。阵前整装气犹嘘，更闻炮声愈愈急，恨不上前把敌驱。东方泛起鱼肚白，前方将士报捷来，方觉饥肠闹不开。身疲力竭欲小憩，又闻西边敌消息，步履跟跄路更急。肩衾横枪何所求，边草天涯任去留。征人一洒英雄血，犹报家国几春秋。

1975 年

于文政

于文政，1952年生，师承中央文史研究馆孔凡章先生。研究经学、诗词理论及创作。现为沈阳文史研究馆研究员。作品录入《海岳风华集》等。

母亲节祝词四首

（一）

爱里无如母爱浓，初啼襁褓贴慈胸。
轻挥蒲扇消长夏，密补棉衣度仲冬。
半世肝肠思舐犊，一生心血望成龙。
喜看兰桂齐芳后，憔悴潜悲镜里容。

（二）

漫道须眉意气豪，夏娃功比亚当高。
春风堂北宜男喜，秋雨窗前课子劳。
常忆亲情怜鹤发，每将人欲视鸿毛。
今逢佳节怀恩泽，拜母心如跪乳羔。

(三)

儿辞膝下欲登程，几度牵裾别意萦。
离去悲伤眸忍泪，归来惊喜手调羹。
应知千里思亲意，难报三更盼子情。
鞠养不求甘旨厚，春晖寸草爱心倾。

(四)

年年佳节值佳期，敬向萱堂拜母仪。
吹火烧餐围灶日，掌灯煎药倚床时。
匆匆岁月双肩任，蹇蹇生涯两鬓知。
哺就鹰雏翎羽劲，冲霄终见搏云姿。

观李仲元法书《赤壁赋》感怀

风清云淡秋空澈，寥落晨星自明灭。
窗下谁人尚未眠？缥缃一卷缘斋阅。
缘斋漫叟仲元公，诗思书心妙不穷。
每踏辽墟动神鬼，偶挥湘管衍鱼龙。
平生素抱烟霞志，又自鲤庭受真秘。
开笥深知屈宋心，临池尽得钟王意。
公侯俊赏仰嵇康，太傅英才思贾谊。
此日真如海上鸥，当时已是人中骥。
观书似听洞箫声，苏子幽忧万古情。
赤壁矶头歌一赋，兰舟桂棹击空明。
山间月色深宵静，江上风声拂晓清。
愿侣鱼虾友麋鹿，天地蜉蝣寄此生。
李公观罢浑忘倦，似见双眸泪光炫。
推移螺盏掣獾毫，拂动鸾笺开雀砚。
案上唯看紫气流，真情一泻势难收。
槛外碧烟浮白鹤，毫端墨浪走青虬。
云移甲仗双龙阙，露湿冠裳五凤楼。
风日芳辰唐苑晓，山川佳气汉宫秋。
此际洞箫声又起，幽幽漾动江心水。
千古凭栏怨不消，一朝开卷思难止。
当年投笔愤从戎，永夜闻筒苦研史。
马涉长河落日红，雕盘大漠烽烟紫。
解甲来归尚少年，潜心坐破广文毡。
日影八砖鳌禁内，云光九陌凤楼前。
介寿松筠临七十，树人桃李庆三千。

槐庭文誉延都下，柳塞军声到枕边。
生平思罢情难述，松烟挥洒书魂逸。
驹光难挽鲁阳戈，鲸海幸留任昉笔。
世重襄阳隐后名，天怜彭泽归来曲。
醉上高楼且放眸，欣居斗室堪容膝。
百首吟笺值丽朝，一篇辩疏传佳日。
汝南月旦赞无双，辽左风华推第一。
半世辛勤铁砚磨，今宵山谷谒东坡。
北海贤才同剖玉，南金佳士聚鸣珂。
诗章典丽唐长庆，人物风流晋永和。
每扶瑶琴循古调，常看金剑纵豪歌。
恬淡生涯羡鸥鹭，纷纭世态笑龙蛇。
添香红袖鸳鸯侣，从此禅心井任波。
袅袅洞箫声渐远，砚中余墨涟漪偃。
掷笔抛书一欠伸，推窗只见朝阳婉。

于连胜

于连胜，1953年生于沈阳，中国作家协会会员、中国诗歌学会会员、中国书法家协会会员。出版《真悟集》《于连胜诗词选》《雨曲风歌》等诗集，大量诗歌在国内外报刊发表。现任沈阳市广电局局长。

观尼亚加拉大瀑布

狂涛百态状如图，群鸟千姿戏大湖。
伊口天浆挥雨练，尼头水起密云铺。
鸥穿桥底彩虹落，船入雾中景境殊。
奇美风光堪赞誉，人人到此会惊呼。

【注】

伊口：指伊利湖瀑布口。尼头：指尼亚加拉河源头。

贺新郎·老友重聚

茅台引贵气。会高朋，乡情重叙，盛京一聚。回首从前路万里，道过风霜雪雨。又红酒，香飘笑起。重提鱼瓜杯数举，珍当年，更乐有今夕。争杰秀，情壮曲。　　今时万事随人意，喜江山，日新月异，今非昔比。君子交真深百丈，心海诗情自溢。树刚健，鸿章天地。同席举杯行敬礼，福祉增，来去都如意。月明言，星光语。

胡中惠

胡中惠,笔名胡虏,1953年生于沈阳。沈阳日报高级编辑。1978年开始发表作品,先后在《人民日报》《中国青年报》等报刊发表杂文随笔近百万宇,并有散文集《一隅》、新闻评论集《报纸副刊散摭》由春风文艺出版社出版。

无 题

浪作文章说梦魂,双情两地笔端心。
男人误折章台柳,女子悲歌汉苑春。
书至真情初见泪,曲臻佳境已无琴。
莫言北域蛮荒地,胡虏今成梁父吟。

母亲节

少小难谙母苦辛,频因饥渴曳衣襟。
三餐柴米啼为水,四季棉麻指作针。
育子成材头泛雪,乳孙绕膝面浮春。
念兹不觉多羞愧,慈训无忘正我身。

少年游·元宵节

上元之夜雪封门，何处觅银轮？谜坛灯坞，欲行无路，埋首叹诗魂。　　江湖自古多风雨，难解是天文。暂定心廛，且收锐气，转瞬是春云。

江城子·海上泛舟

云高海阔戏闲鸥。小渔舟，正清秋。七八吟侣，笑逐水波流。昨夜诗情今日酒，华发叟，少年游。　　书生意气杞人忧。辨曹刘，忆毛周。旧事万千，率语解恩仇。蓦见远端风浪起，天有变，快回头！

胡有升

胡有升，1956 年生，辽宁辽中人，1976 年参军，先后在边防部队和师军机关与军区机关任干事、处长。在职研究生学历。有理论著作和散文作品《青春履痕》等三部著作出版。现为沈阳市双拥办公室副主任。

上海外滩揽胜

高阁势凌云，凭栏极远目。
明珠塔在旁，伴结擎天柱。
惊异新浦东，悬浮难比速。
外滩通五洲，百舸争流渡。

沈阳世博园

百合高塔势摩天，齐放繁花竞秀妍。
四海多来观赏客，盛京流誉史无前。

李　莉

李莉，女，1956 年生，辽宁新民市人，现为新民市委党校高级讲师。系沈阳诗词学会理事，辽宁省诗词学会、中华诗词学会会员。有诗作辑入《当代中华诗词撷英》等多种图书。

谭嗣同

变法图强敢殉身，微言大义尽经纶。
戊戌多少奇男子，侠骨铮铮第一人。

康有为

万木堂前气象氲，瀛台奉诏志维新。
可怜望帝孤臣梦，隔海烟波夜夜心。

题新民城雕荷花女

千载仙池恋望深，躬逢盛世出寰尘。
衣裁鲁缟裳裁素，玉铸冰肌雪铸魂。
朝沐丹霞迎远客，夕披紫雾醉游人。
举荷起舞邀明月，共祝家山日日新。

暮游锦江山即景

锦江山下客云游，拾磴攀梯晚雾收。
小径闲亭人散淡，高台妙境曲风流。
花从回路林边见，鸟向无名涧底讴。
绝顶登临舒望眼，华灯璀璨映天幽。

李云峰

　　李云峰,1962年生,辽宁法库人。法库县冯贝卜中学教师。中华诗词学会会员、辽宁诗词学会理事、辽宁青年诗词社社长。著有诗集《天地斋吟草》。

忆西湖游兴

亲浴风光但醉醺,别来静忆觉其神。

东君肯卖姿容否? 欲买西湖百个春。

题　松

入画几享花月伴? 吟诗每教雪霜滋。

青松虽有凌寒骨,更爱熏风暖日时!

邻里情

新绿撩春两舍栽,遮篱老树淡花开。

孤婆朽鬓薄施粉,隔唤鳏翁赏菜来。

过文明村

细雨春泥行小径，红霞飞鸟共青纱。

云浮电线山擎塔，楼闪荧屏巷簇花。

乏入凉荫童借凳，渴来小店叟捐茶。

几番舞曲融箫管，一路王家傍谢家。

秋夜自惭

东溪幽咽怅年光，欲计来程愧自量。

满腹思谋明似月，半生收获淡如霜。

寒衾妻小织圆梦，残案灯花落断觞。

幸有精神长久在，高心犹鄙蔡中郎。

刘晓宁

刘晓宁，女，1970 年生，毕业于大连轻工业学院，任职于辽宁省纺织科学研究院，高级工程师。中华诗词学会会员、辽宁省诗词学会会员、沈阳诗词学会副秘书长。

月夜摄昙花

月醒托云腮，清颜带露开。
纵能留倩影，无计蓄香来。

行香子·元夕大雪偶感

月隐银光，雪叩轩窗。上元时，沁骨寒凉。无词成句，无酒飞觞。任窗花孤，烟花寂，琼花狂。　　心事茫茫，红泪汪汪。共谁人，倾吐衷肠？愁思难寄，好梦难双，正猜君意，迷君影，忆君腔。

崔葆承

崔葆承，字静石，沈阳财经学院基础部主任。辽宁省老教授协会、中华诗词学会会员；沈阳诗词学会、辽宁省楹联学会副会长。专著有《对韵书金》《松石蓝草》等。

醉饮老龙口

玉液金樽老井边，宽襟海饮任周旋。
浮名赫利飘身后，淡月清风映眼前。
龙口吟诗摅百感，醪泉品酒醉群仙。
瑶池琼宴呼陈酿，喜捧流霞上九天。

《曹雪芹》观后

贾府宁荣浴圣恩，康乾盛世败豪门。
霜筠绿馆缘空冷，宝黛红楼梦未温。
绮妹丹凝脂砚粉，兰卿雪葬玉钗魂。
心酸血泪石头记，潦倒情痴曹雪芹。

水调歌头·登长城

　　击鼓鸣金响，剑影掩刀光。诸侯烽火烟灭，风雨洗沧桑。大略雄才嬴政，神勇龙韬汉武，旷世出元璋。血泪八达岭，霸气筑城长。　　开嘉峪，关山海，耸脊梁。神州古迹，世界遗产冠辉煌。野岭空堆白骨，宇宙奇观彩链，功罪怎衡量？哭死孟姜女，骂活秦始皇。

长生乐·沈阳棋盘山

　　捧月群星天水蓝，世外又桃源。两仙对弈，峻岭大棋盘。碧浪流云野鹤，画卷高瞻。群峦叠翠，彩墨丹青绘奇观。　　霏霏细雨，渺渺浮烟。闲情美酒游船。人自醉，小睡秀湖湾。红霞莫落西晚，宝马过辉山。

南乡子·惜别

　　月夜伴刘伶，冷煞孤灯寂寞人。酒醒长亭离别泪，沾襟。苦罢消魂苦断魂。　　旧梦忒温馨，塞北江南七彩云。二度梅花飘落去，浮沉。瓣瓣心香缕缕痕。

王 宏

王宏，笔名鸿鹄志，辽师院毕业，高级教师，省诗会会员、省楹会理事。著有《鸿鹄志诗词》。

毛泽东颂

日耀韶山灿满天，黎元顿感暖驱寒。
丰功马列开新史，大气诗书撰美篇。
坎坷鹏程穷探索，峥嵘骏业竞登攀。
平生懿范千秋馥，五卷雄文四海传。

临江仙·观《钢铁是怎样炼成的》

炮火连天挺进，杀声撼地直冲。挥刀跃马率尖兵。扶伤真战友，斩寇大英雄。 筑路合身冻馁，著书二目失明。千锤百炼铁钢成。银屏招保尔，玉宇唤雷锋。

浪淘沙·杨利伟首飞成功

大漠卷云烟，巨响惊寰，神舟五号载人船。织女银河遥祝贺，美梦终圆。 利伟正英年，奉命航天，从容玉宇探奇观。万里鹏程重鼓翼，揽月雄篇。

杨 鹏

杨鹏,字中天,号绣虎斋主人,辽宁省楹联学会副秘书长、沈阳诗词学会常务理事。2007 年被授予"辽宁省优秀楹联家"称号。作品曾在"立人杯"海内外新声韵诗词大赛中荣获一等奖。

中秋看月

怅望仲秋千百年,相思两地梦清悬。
嫦娥可解阿君意,能否寒宫再下凡。

端午感怀

寥落悲秋侍楚王,离骚一曲九州扬。
忠心难启天昏眼,傲骨何堪舌巧簧。
白起挥师哀郢日,青风随化汨罗江。
佳期每到人添喜,惟有思君欲断肠。

金 杰

金杰，亦名金劫，满族。沈阳铁路局调研员，现任世界华人联合会执行秘书长、中华易学研究会会长。1988年曾主编报告文学集《跋涉者的足迹》《闪烁的星群》。

愁 思

绝壑心怀落梦床，诗吟十载懒思量。

砂迷泪眼人无语，波荡愁思月送凉。

雪赋闲文杨柳色，风摇醉笔绮罗香。

天长地远杯中尽，一介寒衣万里霜。

无 题

弄影清明月下歌，无心虎啸逞悬河。

知音海内浮名少，老朽天涯失意多。

九夏云蒸心一寸，三冬雪润路千坡。

车回里弄关深院，落日萧萧雀可罗。

虞美人·知遇

金喉唱破天骄雪，孤馆吟风月。银灯垂暮醉丹霞，对酒当歌狂舞，落梅花。　　鹏冲瀚宇青云裂，慷慨词清切。寻他百度不还家，罕遇知音奇蕊，浸新茶。

杨小源

杨小源，1941年生人，祖籍山东历城。公务员退休。现为中华诗词学会会员、作协黑龙江分会会员、沈阳诗词学会副会长、柳塘诗社副社长。《柳塘诗词》主编。

过张学良将军别墅

楼厦如林间柳林，北陵南畔院庭深。
易寻海誓山盟处，难得天长地久心。
田野当年烟共火，江山此日友和琴。
古今爱恨联家国，留与诗人仔细吟。

国产轿车四十年

回首前尘四十年，登高渐上渐欣然。
旗开独步中南海，光耀繁星尧舜天。
已是有车多国产，曾经无路不丰田。
大城拥挤农乡阔，小轿明朝遍陌阡。

对　竹

凌云处士紫陶盆，惭愧清茶润宿根。
月上楼台筛玉影，灯移书案伴诗魂。
荷珠嫩笋昨宵泪，劲节老枝他日痕。
沃土何方无冻土，萧然掩映满烟村。

沈阳市府广场行

巍巍广厦抱，滚滚长龙绕。烁烁柱端灯，青青坪中草。悠悠天外石，灿灿金雕鸟。双双情侣游，团团群童闹。时时闻外语，阵阵听鸽哨。苍苍老沈阳，天天废昏晓。朝朝太极拳，暮暮秧歌调。默默拾废污，微微向人笑。行行重行行，依依情未了。

鹧鸪天·怀钱钟书

驾鹤长辞未复还，文章道德遗名山。半生罹难常扶病，一世钟书不爱钱。　　谈艺录，管锥编，辨风剖史溯渊源。围城万古君堪破，进出依然各本然。

李光致

李光致，笔名原竹，1927年生，黑龙江省兰西县人。曾任沈阳市总工会宣传部副部长、铁岭市科协主席等职。著有诗词选《原竹心声》。中华诗词学会会员、辽宁省及沈阳诗词学会会员和柳塘诗社社员。

游热河离宫

山光湖影映荷花，水榭楼台燕子斜。
锤磬咚咚歌盛世，热泉沥沥育奇葩。
垂簾误国怨千载，革命兴邦喜万家。
举世炎黄抒壮志，腾蛟起凤振中华。

冯昌慎

冯昌慎，女，1929年生，原籍四川省新都县。一直从事经济管理工作。沈阳市交通技术学校退休。中华诗词学会会员、沈阳诗词学会会员、柳塘诗社社员。

悼女公安局长任长霞

浩然正气贯中州，鬼魅妖魔一见愁。
万众悲声霞慢走，英名不朽世间留。

老年大学时装队

白发翁婆展艺才，蹒跚猫步上高台。
掌声雷动春潮涌，树树梨花次第开。

远　归

青壮支边去夜郎，鬓皤重聚喜如狂。
亲民政策囊中富，大梦成真老泪长。

王增利

王增利，1922 年生，山东昌邑人。中华诗词学会会员，解放军红叶诗社、沈阳柳塘诗社社员。长期从事部队文化工作，已退休。与诗友共同出版《文山集》，并有作品获奖。

谒九一八纪念碑

残历碑前万绪萦，依稀闻得炮声鸣。
本庄造事攻辽沈，少帅含悲撤盛京。
血雨流河仇汇海，腥风遍野恨成霆。
降倭伏鬼惊天地，白骨忠魂醒后生。

西安事变六十周年瞻大帅府有感

烽烟直上系学良，国恨家仇怒满腔。
兵谏西安求抗战，拘囚老蒋为兴邦。
独夫民贼设冤狱，千古功臣度铁窗。
黑水白山翘首盼，关东少帅早还乡。

文工队战友济南聚会感赋

铁军从艺踏征程，历下重逢忆旧情。

琴韵酣旋边塞月，歌喉迷落大河星。

笛扬戈壁春风柳，舞醉太行迎客松。

笑对人生甘苦路，丹心一片系长城。

陆原兄赠条幅"我是一个兵"

墨宝生辉亮我厅，良师道尽半生情。

铮铮玉律强军旅，猎猎红旗卷敌营。

弃旧音坛主旋劲，出新诗笔浩歌宏。

铭心字字千钧重，到老依然是个兵。

冯广程

冯广程，1933 年生，沈阳市人，吉林大学毕业，于五三职工大学校长岗位上退休，副教授。现为中华诗词学会会员，辽宁诗词学会会员、沈阳诗词学会名誉理事、柳塘诗社社员。

望南海

极目云涛海上生，银滩曲岸水飞声，

海鸥点点遐思起，强者平生浪里行，

咏海口五公祠

五公遭贬谪，千里放琼州。

奸佞谋私利，忠良成国囚。

谗言污史笔，圣旨损金瓯。

公道人心里，芳名万古留。

边城赋

古朴湘西镇，当今四域闻。

土居楼吊脚，苗女髻盘云。

服饰风情汇，边城文韵芬。

小街深巷里，曾住沈从文。

游张家界贺龙公园

林剑嵯峨壮此观，层岩巉石叠艰难。

披云横岭松涛猎，坠谷龙潭瀑泪寒。

双刃神威传盖世，一髭英帅誉军坛。

心胸坦荡功垂史，烟雨苍山蔚佩兰。

浪淘沙·上岷山

车绕入群山，叠嶂云烟。冰溪雪涧岷江源。险路环崖缠玉带，九曲回旋。　　青史蔚云山，好大泥丸。长征碑石纪当年。喜看岷山千里雪，壮志弥坚。

杨正发

杨正发，1933 年生，山西清徐县人。退休前在沈阳军区装备部某部任职，发表诗词百余首。现为沈阳军区老战士诗书画会会员、解放军红叶诗社社员。

朱德扁担吟

颤颤扁担弯又弯，元戎肩上井冈山。
千钧重任同甘苦，挑出江山挑亮天。

春　雨

一宵春雨洗尘埃，老树吐芳花自开。
百草茵茵铺翠毯，登枝小鸟唱歌来。

小草吟

锁沙固土度年华，绿遍山川百姓家。
五彩缤纷谁最美，无名小草伴红花。

白杨赞

青枝玉干顶天梁，薄土山丘皆故乡。
地北天南随处种，神州绿化路康庄。

纪念南昌起义八十周年

南昌火种九州燃，闪闪红星烁禹天。
万水千山排险阻，八年三载扫兇顽。
保安治乱创奇迹，斩浪降洪伏孽澜。
科技强军兴劲旅，中流砥柱固坤乾。

郭 亨

郭亨，1933年生，辽宁省沈阳市人，毕业于沈阳农学院农学专业，从辽宁省农业科学院退休，副研究员。中华诗词学会会员、沈阳诗词学会会员、沈阳市柳塘诗社社员。

忆曹诚英教授

水碧山青皖女聪，云裳浣罢下辽东。
勤勤修炼期成果，苦苦育人迷泮宫。
何故凄凉依故里，解囊济困岂囊臃。
朋侪总道曹娥苦，薄幸谁知胡适公。

【注】

曹诚英（1902-1973），女，安徽省绩溪县人，沈阳农学院教授，是三十年代获美国生物学硕士学位的第一位中国女性，胡适的从表妹。

忆江南·秋游桓仁

如画卷，映入眼帘中。红染万山枫叶茂，翻飞群雉没林丛，天地好宽容。　　风景忆，妙趣在漂流。阳朔山川差可拟，皮筏起落若空投，小艇晃悠悠。　　桓仁忆，难忘旧都城。关隘深深高万尺，旌旗猎猎古风生，世界已知名。

李永成

李永成，1934 年生于辽宁省金县，1950 年参军，沈阳军区司令部退休干部。中华诗词学会会员、红叶诗社社员、柳塘诗社社员。

新兵班班长

一壶热水暖心房，几句家常情意长。
烈日照身传走步，清晨把手教铺床。
肩披大渡虹桥彩，头顶延安宝塔光。
薪火传承新起点，熔炉百炼可成钢。

一剪梅·杂交水稻之父袁隆平

不恋繁华不爱金，心系农民，魂绕农村。稻如碧树谷如云，梦想成真，农户脱贫。　　菩萨名扬百姓尊，塑像边村，祭拜殷勤。五洲一片祝捷声，农业福神，世界福音。

王福春

王福春,1934年生,大连市人,1951年参军,任文化教员,到地方后,曾任学校教师、党支部书记、区教育局视导员、区政府教育督学室督学等。沈阳市、辽宁省诗词学会会员,柳塘诗社社员。

诗囊李贺

银蹄瘦马踏寒霜,花雨诗珠入锦囊。
笔底千篇无媚骨,豪情逸兴酿华章。

诗瓢唐求

风骚文采问何来,小小诗瓢尽入怀。
驾鹤一抛寒碧去,满江巨锦画屏开。

诗袋梅尧臣

身背算袋五湖游,琢句撷芳染鬓秋。
恭俭一生豪放笔,诗凝浩气韵长留。

诗室王士祯

有道山人韵溢新,独开玉阁动长吟。
志托四壁龙蛇走,诗浪心花醉世醇。

王尚文

王尚文，1937 年生。沈阳市辽中县人。曾在辽宁省农办、农委和辽宁省委农工部、农村政策研究室等单位工作，已退休。中华诗词学会会员，辽宁省诗词学会、沈阳诗词学会会员，柳塘诗社副社长。

归　燕

去岁辞巢别老邻，今来惊讶大楼新。
花间对语频相告，都是棚居旧主人。

重阳感怀

秋水闪金光，丰收果溢香。
菊花流雅韵，枫叶写华章。
盛事时时乐，清时事事昌。
天高风送爽，拾句送重阳。

浪淘沙·蔬菜大棚

合抱小村边，恰似银环，霞光相映笼长烟。
百亩大棚生意火，驱退冬寒。　　车辆往来欢，
买卖声喧。柿红芹绿辣椒鲜。大票源源装满袋，
老少开颜。

张长凯

张长凯，1938年生，四川人。从戎后长期从事宣传工作，曾任大军区机关宣传处长等职。在《中华诗词》《红叶》等诗词报刊发表诗词300余首。沈阳军区老战士书画会、沈阳诗词学会会员，柳塘诗社理事。

瞻雷锋塑像有感

如春微笑老戎装，把卷持戈健步昂。
忧乐萦怀观世事，恫瘝在抱问炎凉。
箴言警语光芒远，苦诉悲歌叹喟长。
不锈螺钉千古灿，为民无限永流芳。

缅怀张学良先生

暮年夏岛久徘徊，桑梓牵心步履衰。
欲探旧乡成憾梦，思瞻老冢亦遗怀。
兴黉助教酬先祖，育李培桃惠后才。
百岁流离钟故土，功臣千古誉华斋。

谒"九一八"事变残历碑感怀

凝眸历史这一篇，日寇三光顿现前。
累累弹痕仍喋血，生生雕像怒呼冤。
一夕国破辽天恨，十载家亡舜土寒。
忆往抚今铭记耻，残碑殷鉴枕戈看。

鸭绿江断桥

立地顶天江半横，风击浪卷骨铮铮。
曾披弹雨运兵将，更挺脊梁链国情。
累累伤痕仇未了，桩桩忧患又频生。
悠悠岁月恨难尽，耸峙江心作警鸣。

海峡两岸首次空中直航

自古天缘一线通，炎黄龙脉贯其中。
燕翔不逾三千秒，鹰鸷偏迟五十冬。
非是烟云遮月路，只因魑魅乱星空。
司晨唱晓鹏舒翅，直上高飞正好风。

申明春

申明春，1939年1月生于黑龙江省齐齐哈尔市。1958年3月参军，1981年转业。原沈阳建筑机械厂党委书记。沈阳诗词学会理事、柳塘诗社社员。

周恩来少年读书旧址

宏楼晓日见清晨，肃对青毡忆伟人。
极目瞻天舒壮志，倾心面壁挽沉沦。
衷怀一片都捐国，热血千钟更为民。
总理曲肱冬去尽，游人俯仰正逢春。

韶山毛泽东铜像

九脉八荒铁马驰，旌旗依旧展雄姿。
三军百战窑中令，万水千山马上诗。
韶岭竹风吟有节，湘潭松影照无私。
星移物换征人老，一片丹心天下知。

鹧鸪天·登西山望滇池

皓月谁抛下九天，龙门雾雨漫凭栏。停舟静绿千帆水，飞阁流丹万仞山。　　寻聂耳，忆先贤。长歌一曲换人间。问君谁洗乾坤净，笑指滇池碧海宽。

李凤英

李凤英，1940年生于黑龙江集贤县。集贤县图书馆馆员退休。现为中华诗词学会、辽宁和沈阳诗词学会会员、柳塘诗社社员。

初 雪

纷纷雨雪洒黄昏，洗净秋冬几月尘。
脚印深深通远去，梨花满树似新春。

武夷山观感

水碧山丹竹木苍，桂林仿佛徙东方。
奇峰六六千岩秀，溪水三三九曲长。
石壁悬棺遗梦幻，山家玉盏溢茶香。
神怡最是桃源地，风物人情似故乡。

刘天柱

刘天柱，1941 年生于沈阳，多年从事公安工作。中华诗词学会会员。

虎 照

敢炒华南虎，决非周正龙。
粉丝分两派，媒体鞠三躬。
画戳牛皮计，厅藏马脚功。
无钱舌头短，张口穴来风。

贺诗友获奖

市长征联颂世园，全球华裔尽欣然。
鸿符北上纷纷寄，紫气东来处处传。
五万丝绦牵玉虎，百余缨络缚金蟾。
区区万柳塘边社，头顶三星过大年。

鹧鸪天·浑河

九月金风送嫩寒，浑河碧水映蓝天，清波潋滟驰游艇，岩柳参差隐钓竿。　蛰唧唧、鸟关关，林间曲径任流连。年年照例禁渔令，屡见烟波撒网船。

蔡　娜

蔡娜,1941年生,沈阳农学院研究生毕业,从事科研工作,研究员,已退休。中华诗词学会会员、柳塘诗社社员。

总理邀平民代表进中南海议事

走进中南海，谦谦总理迎。
倾听底层事，品味世间声。
息息新生活，深深挚爱情。
邀民参国是，赤县政清明。

费作君

费作君，1942 年生，原籍辽宁凌海市。1962 年参加工作，先后在沈阳农学院植物免疫研究室、沈阳市奶业管理办公室等部门任副场长和主任。沈阳诗词学会会员、柳塘诗社社员。

凭吊岳飞

仰天长啸讨山河，壮烈精忠夜枕戈。
君耻未消臣有恨，横枪立马建功多。

昆明大观楼

闻名遐迩大观楼，一副长联数百秋。
往事千年心底注，滇池百里望中收。

访寒山寺

月映寒山夜色朦，客船渔火对江枫。
无缘佛道临名寺，有幸闻钟断续鸣。

嵩阳书院

嵩阳书院灿登封，并与少林同受崇。
文化中原兴盛地，唐碑汉柏各峥嵘。

梅向阳

梅向阳，沈阳人。1959 年辽宁大学毕业，中学高级教师，1995 年于沈阳 102 中学退休。沈阳诗词学会、辽宁省诗词学会、中华诗词学会会员，柳塘诗社社员，《柳塘诗词》副主编。

欣喜北京奥运圣火成功采集

雨后转晴天更朗，奥林遗址橄枝香。
娜芙激动欣燃火，罗雪端庄喜炬光。
鼓点嘭嘭祭司舞，圣歌缓缓盛名扬。
中华雄伟万邦佑，传递祥云照八方。

一剪梅·教师咏

玉器镂雕德艺馨。夙夜辛勤，白首辛勤。中华自古重诗魂。辕拜师尊，项拜师尊。　　万世师传致国殷。亦有元勋，亦有功勋。芳香九野不留痕。院校清芬，桃李清芬。

傅宝发

傅宝发，1942年生，祖籍河北省泊头市。经济师，沈阳市柳塘诗社社员。

小瀑布观感

小小悬流三尺三，疑为珠玉挂纱帘。
游人莫笑涓涓细，一样欢腾向海湾。

王文岐

王文岐，1943 年生，祖籍沈阳，沈阳棋盘山开发区工人，现已退休，沈阳柳塘诗社社员。

观女兵跳伞

那路神仙项串拆，珠飞缨荡九天排。
清云无力缤纷落，万紫千红碧野开。

管　脚

马骡挂掌刈轻蹄，大路三千任所驱。
有否为官修脚技，以防下道落沟渠。

王文忠

王文忠，1943年生，沈阳市人，先后在沈阳钢厂，煤气公司工作，现在中国鞋城经商。

柳河库房

南运河边草古斋，商家墨友不时来。
三杯下肚诗潮起，亦贾亦文书壮怀。

珠江潮

东去滔滔不复回，零丁望月觉身微。
潮生粤海千层浪，梦绕关山五鼓追。
情洒虎门别雨后，笑携江燕带春归。
相思寄与衡阳雁，魂系伊人珠水湄。

西江月·羊城思乡

古道连天芳草，东风着意垂条。叶繁树茂百花娇，越秀牵羊留照。　　凉雨轻敲小伞，鸣蝉频挠晴宵。他乡醉梦正逍遥，只恨离多聚少。

戚克明

戚克明，1946 年生，1964 年高中毕业。下乡当知青15 年，1980 年回城，在沈阳市沈河区街道办事处工作。现为沈阳诗词学会会员、柳塘诗社社员。

访戚继光故里

寻根问祖到蓬莱，修葺戚家故里开。
新瓦新砖新道路，古枪古炮古楼台。
筑墙建寨拦豺虎，灭寇平倭展将才。
父子功高昭日月，英雄遗迹万人怀。

行香子·沈阳故宫复古巡演

绿瓦红墙，紫殿雕梁。展八旗，亭列十王。
银盔铁甲，斧钺刀枪。看剑兵威，卫兵壮，列兵
强。　锣鼓铿锵，笙管幽扬。凤凰楼，遥望天罡。
一朝历史，三百沧桑。赏古城风，古城貌，古城香。

王文珍

王文珍，女，1948 年出生，中学高级教师，已退休。现为中华诗词学会、辽宁省诗词学会、沈阳诗词学会会员；柳塘诗社理事、《柳塘诗词》副主编。

看秦始皇兵马俑感赋

一呼天地动，喝令海山行。
军国魂惊梦，秦王夜点兵。

秋日五花山

天宫诗画卷，何日落人间。
蜀锦关山覆，浮云涧底闲。
蓝湖红叶戏，白练赤松牵。
道是画工醉，打翻调色盘。

杨玉林

杨玉林，1949 年生。工程师、技术顾问。沈阳市诗词学会会员、柳塘诗社社员。

南京中山陵

虎踞龙盘形胜地，山遮树掩逸仙陵。
观瞻国父安详面，追忆先贤奋斗程。
振臂疾呼除帝制，鞠躬尽瘁救民生。
未酬壮志哀辞世，华夏共和第一峰。

南伊州大学感怀

院校资深不筑墙，楼低地绿大湖塘。
三千教职欧非亚，二万学生黑白黄。
政要殊荣归故里，精英巨奖展新堂。
东床任此博研导，岳太心欢赋勉章。

画堂春·阳朔行

小舟缓缓走漓江，怡情沿岸风光。巨头吸水象鼻长，玉女端庄。　　九马谁人识得？千型醉我疯狂，神工鬼斧世无双，境胜苏杭。

忆江南·春节感赋三首

（一）

雄鸡唱，万众庆新春。鞭炮震开民富路，彩灯照亮小康村，举国共金樽。

（二）

真理在，驱散满天云。巨手劈开封闭锁，雄谋重筑国人魂，"特色"看南巡。

（三）

行开放，政策暖民心。万众勤劳争致富，高贤智慧土成金。感谢绘图人。

虞美人·雪

半冬少见云遮月，犹盼鹅毛雪。梦中含怨问苍天，何日开恩保我获丰年？　　朦胧忽觉晨光变，急到窗前看。纷飞碎玉舞清风，棉被银裘乐在不言中。

王连群

王连群，1950年生，辽宁沈阳人，高级营养保健师。沈阳柳塘诗社社员。

龙泉寺

古刹钟声如弄弦，依山随谷淌清泉。

一千峰下云霞蔚，十六景中春盎然。

张俐俐

张俐俐,女,1951年生,祖籍北京,原沈阳丝织厂行政干部,现已退休。中华诗词学会、辽宁省诗词学会会员,沈阳诗词学会常务理事,柳塘诗社社长兼秘书长,《柳塘诗词》编委。

社区灯展

猴年佳节闹元宵,塘柳轻摇伴舞娇。
灯彩缤纷惹人醉,礼花灿烂照天烧。
秧歌得趣声声慢,锣鼓深情步步高。
漫道社区无大戏,左邻右舍赶来瞧。

木卡姆艺术

天宽地阔大江源,戈壁胡杨不计年。
兴盛翩翩歌乐舞,沧桑历历鼓琴弦。
吐蕃久远原生态,华夏和谐大自然。
浸染西疆山与水,欢声笑语百花鲜。

王丽君

王丽君，女，1954 年生，沈阳华晨金杯公司退休，沈阳诗词学会会员、柳塘诗社社员。

戊子端午偶成

空阶听雨到端阳，又见檐前挂艾香。
梦觉新凉尝角黍，拾来半句入蒲觞。

江城子·祭川

蜀乡地震撼人寰，毁墙垣，裂心肝。千里巴州望断水云间。雾锁川巅千嶂暗，声噎咽，碎心弦。　　相思冰烛祭天边，恤民艰，重如山。众志成城、感奋八方援。重整山河接圣火，携手处，建家园。

李志新

李志新,男,1955年生,现任沈阳市司法局副局级巡视员,三级警监。沈阳市柳塘诗社名誉副社长、沈阳市诗词学会理事、中华诗词学会会员。

麻 雀

一朝误入网篱中,拒宠绝食死不从。
遍看世间玩鸟客,谁将此物锁雕笼?

打工者夜餐

楼间明月朗,桌上酱和葱。
抬眼观新厦,低头抿一盅。

冯松涛

冯松涛，男，1962 年生，现就职于沈阳通用机电大厦有限公司。2004 年获辽宁省"工艺美术杯"楹联大赛二等奖。现为中华诗词学会会员、柳塘诗社社员。

读《聂绀弩旧体诗全编》

深秋萧瑟绽繁英，雁叫长空次第行。
人在苦途求乐事，诗为旧律咏新声。
南山草莽明心志，北大荒歌见性情。
莫道桐琴已焦尾，泠泠一曲自清鸣。

乔迁新居

三月薰风瑶草青，喳喳喜鹊上窗棂。
新居好做桃源地，茅舍时吟陋室铭。
细雨泠泠滋小圃，华光熠熠下中庭。
择邻卜筑从兹老，笑奉严慈松鹤龄。

破阵子·象棋

汉界楚河对垒，精兵良将争雄。文相筹谋安国策，武士张开画角弓，请缨众志同。　　驰骋战车似电，奔腾驷马如龙。重炮巡河倾弹雨，老卒衔枚逆朔风。庆功酒兴浓。

袁隆平

以食为天古已然，祈求丰获万千年。
丹心化育杂交稻，绿浪翩跹高产田。
一粒种成沧海粟，半生汗溉黍禾鲜。
专家事业农家梦，乐存其中不慕仙。

邝海生

邝海生，1967 年出生于乌兰浩特。1991 年毕业于内蒙古工学院动力工程系，现居沈阳，从事汽车配件经营。中华诗词学会会员、沈阳诗词学会常务理事、柳塘诗杜社员。

再回哈尔滨

酒举云头惹幻烟，几多往事绕樽前。
何期故地重回首，一口哈啤品六年。

长相思·重返母校内蒙古工学院

山一程，水一程。重数八达岭上峰。飞车掠大同。　　梦千层，影千层。野马归途脚步轻。校园约晚风。

王文轩

王文轩，1957 年生，高级会计师，中国注册会计师，中国书法家协会会员，辽宁省书协理事，中华诗词学会会员，辽宁省诗词学会会员，沈阳市诗词学会理事，柳塘诗社副社长，《柳塘诗词》编委。

柳塘春早

拂过春风雪自消，云舒气爽柳轻摇。
山歌一曲飘湖上，款款红衣飞上桥。

作书有感

求神妙在细微间，徽纸湖毫率意连。
绝叫三声有余味，龙蛇腾起欲冲天。

核伙沟游感

驼峰隐月绕清溪，小小山乡夜色怡。
偶有顽童归牧晚，羊鞭响处鸟惊啼。

五龙山题记

叠翠青峰百嶂前，五龙摆尾现云端。

才看薄雾追虹走，又听清溪伴雨还。

山外参差僧寺小，风中断续耸碑残。

短歌飞越秋霜处，紫气灵光照暮峦。

李忠贤

李忠贤，1961 年生，辽宁黑山县人。现任沈阳 182 中学语文高级教师，辽宁省诗词学会、沈阳作协会员。参编著作有《古诗情感描写类别词典》等。

仙浴湾观潮

离家千里乐逍遥，难得出游兴致高。
拍岸惊涛来似雪，何年仙浴再观潮。

凤凰山探洞

林荫小径水潺潺，来上辽东第一山。
昔日凤凰留洞在，不知飞去几时还。

关门山即景

四面青山对酒家，涓涓溪水戏鱼虾。
鹧鸪声起归途晚，时见路旁三五花。

鸭绿江感事

太平今日岂无忧？荡尽烽烟五十秋。
江上断桥今尚在，滔滔春水恨悠悠。

小凌河抒怀

廿年如梦梦悠悠，风景依稀故地游。
无情花草应知否？小河仍绕古城流。

高 岩

高岩，女，就职于上海通用（沈阳）北盛汽车有限公司，现为中国书法家协会会员、中华诗词学会会员、沈阳市诗词学会理事、柳塘诗社社员。

咏菊花茶二首

（一）

群芳零落独凭栏，不慕春风不畏寒。
解得霜欺枝上卷，抱香犹作盏中看。

（二）

茗香几缕玉杯中，婉转升腾色渐蒙。
饮罢欲题三两句，未及卢全笔下功。

咏 雪

纷纷玉屑下瑶台，翩若惊鸿赶不开。
俄顷云消天朗后，乡城九陌绝尘埃。

谢道韫

有幸生于谢氏身，雪如飘絮特传神。
才高自古知音少，岂是王郎梦里人？

罗 丹

罗丹，1911 年生，广东兴宁人。1936 年参加革命，1938 年毕业于延安抗大。抗战胜利后奉调东北，曾任《大连日报》社长，1949 年参加中国作协，辽宁作协顾问。有短篇小说集《南沙湖之夜》《飞狐口》《战斗风云录》《风雨的黎明》等。

谒雨花台

逐鹿刀丛图大王，乾坤在手色苍凉。
沉沦岳墓空山碧，憔悴灵台夕照黄。
侠骨有知埋断戟，冤魂无地语回肠。
补天犹可当文石，一线天青奠国殇。

忆延安并酬答羊城友人三首

（一）

窑宫嶂岫洞千门，东控黄河拥塞秦。
莫道南瓜称上馔，半山灯火最销魂。

（二）

犹忆延河渡涨潮，晚闲纺线听吹箫。
春风已度关中道，欲嘱鸿媒寄柳条。

（三）

南海传来圣地踪，吟酬时节杏花浓。
诗成半睡游伊甸，延水声流入梦中。

李世刚

李世刚，笔名李落，1920 年生，辽宁铁岭人。辽宁师范大学中文系教授。整理校点明末清初小说《定情人》《鼓掌绝尘》《生绡剪》等，发表文学论文三十余篇。辽宁作协会员。

柳宗元学术讨论会即兴

鼓瑟湘灵迎柳侯，野花芳草散沙洲。
潇湘汩汩依然在，尽洗骚人万古愁。

于植元

于植元，1927 年生，山东文登县人。曾任大连师范学院院长，教授、书法家。从事古代文学的教学及古代文史研究工作。校订《后西游记》《林兰秀》，等多种著有《古代诗词研究》《书法研究》《满族文学研究》著作多种。

题曹州牡丹

国色天香压众芳，百花队里早称王。
曹州自古牡丹艳，锦绣河山锦绣装。

题黄河碑林

天宝物华世迥侍，神州孕育自中州。
炎黄苗裔中兴业，不废江河万古流！

旅顺万忠墓

血雨腥风壮且哀，万人殉国骨长埋。
江山不老雄风在，莫许神州蒙劫灰。

辽宁屈原学会口占

参天两地一灵均，文采昭然历劫新。
沈水辽天应雅集，滋兰植蕙火传薪。

赠北九州市长谷伍平

大北亭前几度游，天涯知己比邻俦。
友情能共山河久，星海长连北九州！

题奈良唐招提寺

舍身东渡传佛法，目瞽年衰志不灰。
今日我来千载后，招提寺内几低徊！

题大连开发区

辽南一角胜神工，风物山川图画中。
自古梧桐能引凤，五洲四海聚良朋！

清平乐·仲秋遥寄

山河草木，万古中华主。一统江山如锦簇，
谁作飘零客子？　　月圆花好今宵，神州欢乐陶
陶。遥寄海峡一角，亲朋隔岸相招！

王亦纯

王亦纯，大连沧海潮诗社社员。

伏 枥

东风吹断岭头云，花发边城遍地春。
绿意萦回山作带，红英灿烂玉为魂。
天连碧海沧波远，雨湿青杨翠叶新。
老骥何能惭伏枥，着鞭犹可绝清尘。

忆盱城抗战二首

（一）

山河襟带自萦回，万顷波涛接翠微。
击楫中流人共济，闻鸡午夜舞相随。
寒衣线密边防暖，战报编成羽檄飞。
血肉长城歌怒吼，淮河澎湃激风雷。

（二）

旌旗东指进淮南，万众欢腾尽展颜。
大旱云霓苗得雨，甘泉清冽饮思源。
深宵敌垒尖刀插，落日孤城封锁严。
鱼水深情无不克，歌声笑语动关山。

孟宪纲

孟宪纲（1928—1996），辽宁盖县人。曾任大连大学师范学院中文系教授、辽宁省诗词学会理事、大连诗词学会副会长、大连老干部大学沧海潮诗社副会长、辽宁省唐代文学学会副会长。

怀公木师

几番翘首望松云，永忆莲台法雨频。
解愠南风知我意，为人吹梦到长春。

得《草莱之什》有寄

一面无缘早有知，几番拍案读君诗。
心折风雨皆惊句，翘首南天惹梦思。

西安全国唐诗讨论会上

梦绕名都四十年，乘风一日落秦川。
评韩说杜幽微显，赢得诗章众口传。

鸭绿江行舟

梦回牵得几丝风，枕底江涛上钓篷。
笼面柔纱浑不动，山抛鸭绿罩蒙蒙。

雨　霁

行舟恰遇雨余天，岸柳江心夹嫩寒。
漠漠云移杂日脚，近山飞翠远凝兰。

寄羊城李汝伦学弟

人间咫尺隔千山，一面无由二十年。
岭外梅花关外雪，相思那不泪潸然。

舟出黄海作

蜩鸠应笑我图南，浊浪凌空浸袖衫。
人自沉浮舟自进，可曾海上有三山。

过始皇陵有感

草满骊山花自红，聊从瓦砾见遗风。
揭竿一鼓乌云去，垂统千秋老梦空。
破釜将军歌坝上，斩蛇帝子返新丰。
可怜唐汉同秦楚，尽在苍茫夕照中。

西安旅次怀人

梦回残夜晓风凉，旅邸怀人欲断肠。

流水落花愁漠漠，暮云春树恨茫茫。

欢情难抵离情重，诗兴常因酒兴狂。

遥望天台仙境远，疏星淡月黯神伤。

念奴娇·步仲威词长《暮春三月》原韵

茫茫尘海，叹潜流，归去来兮引退。鹿马遗行千载后，还是耐人寻味。李广难封，冯唐易老，一洒同情泪。南山黄石，问谁心领神会。　　楼小几净窗明，茶烟花影，吟咏陶然醉。高唱大江东去也，一吐胸中块垒。美景良宵，豪情款客，斗酒曾先备。举杯邀月，扣弦歌破烟水。

赵忠人

赵忠人，字诗空，1947 年生于黑龙江省呼兰县。毕业于哈尔滨市教育学院美术系。原哈市呼兰区计划生育宣传站站长。现为辽南诗社常务副会长、《辽南诗词》主编。有《萧乡雪》《梦云秋》等诗词作品集问世。

水调歌头·诗酒年华

昨夜多情雪，飘落上栏杆。枝头凝挂思絮，悱恻愈缠绵。回首斑驳足迹，顿挫抑扬声里，潇洒过中年。月缺好诗画，把酒是重圆。　　名利场，逐臭地，耻周旋。深居简出，相对红杏设吟坛。兴至不拘平仄，一任真情流泻，狂啸起波澜。蓬岛借黄鹤，天上会婵娟。

李星云

李星云，1934 年生，河北滦南人。原系辽宁省地质勘察院地质高级工程师，曾任基础地质科研项目负责人。现为中华诗词学会和辽南诗社会员。2006 年编辑出版《星云诗词选》。

游　春

斗转星移又望春，芳园美景正宜人。
红烟莫过桃林重，翠雾堪称柳岸深。
悦目唯嫌足步短，赏心不觉暮阳昏。
兴酣忘却一身累，忙趁东风续晚吟。

破阵子·咏沧桑

"四九"当年立国，曙光初照山河。满目疮痍皆乱象，兴废安民费思摩。边陲尚干戈。　　几代龙人探路，过河石块勤摸。冲破樊篱描美景，大道康庄特色多。云天发浩歌！

林辽南

林辽南，1974年生，祖籍广西隆安，壮族。曾于部队服役。现任辽南诗社副主编、中华诗词学会会员。著有《栗园集》《静斋诗话》。

秋海棠

断肠泪幻倾城貌，野院难逢工部题。
顾影流芳香细远，自随霜蝶晚来栖。

鹧鸪天·随渔轮出海有感

龙岛环游暖日曛，怡情谁厌老渔村。长风浪阔鸥声远，大野烟横暮色沉。　　闲咏景，偶垂纶，乘舟随取海宫珍。船家为指蓬瀛近，觉胜蓬瀛一点真。

姚苏丹

姚苏丹,笔名丹徒生,安徽繁昌人,1935年生于江苏镇江,中学语文教师。曾参与《当代佳联选评》《当代佳联品鉴》的编校。中国楹联学会、中华诗词学会会员。辽南诗社副社长、《辽南诗词》副主编。

《五月的鲜花》读后

四时花色富朱彤,五月如何独冠红?
志士丹心流碧血,不教榴火擅天工。

浣溪沙·辽南诗社成立庆典即兴

胜友贤师远道来,金龙湾里喜开。山欢海笑尽舒怀。　　不是诗风兴盛世,怎能遍地筑吟台。请为祖国再干杯。

姜 伟

姜伟,亦名姜苇,笔名琴龛、寿石。1974年生,祖籍大连,现任金州区文化体育局局长助理。中华诗词学会会员、辽宁省中国画研究会会员。编著有《大连百年诗词精选》等。

唐多令·朝阳霁雪

苔绿压红墙,群山映雪窗,玉玲珑,琼树银光,野老孤僧闻笑语,飞上下,雀成双。 快雪倍清凉,松鳞冷翠岗,俏梅花,更耐风霜,笛管一声吹聚散,香更远,唤群芳。

唐多令·南阁飞云

山峻路当头,云清见海洲。这楼台,霞侣曾游。黄鹤飞来邀隐去,欲挥手,挽仙舟。 林静鸟鸣幽,石龛处士修。猛抬头,一缕飞流。怀抱甘泉堪醉饮,闲弄笔,枕无忧。

〖中华诗词存稿·地域专辑〗

中华诗词学会 编

辽宁诗词卷

卷 二

王充闾 王向峰 编

中国书籍出版社

China Book Press

目　　录

第三辑

第四辑

邓立岩

邓立岩,1963年生。解放军大连陆军学院毕业,历任排长、指导员、军务参谋、高级讲师,上校军衔。2003年退役。现任某民营企业总经理、辽南诗社常务理事。

满江红·夜宿东海灯塔

碧海苍烟,飘渺处,涛声呜咽。飘渺里,信光如炬,幻霓飞泄。夜指迷津安百舸,昼驱漫雾舷旌猎。恰东风渔火锁烟波,相思结。　三十载,情如铁。征衣冷,航标爕。荏苒流光里,青丝飘雪。老友殷殷呵铁塔,古桑碧碧铭忠烈。老屋边,把酒忆当年,情深切。

浪淘沙·晚钓金州湾

浊浪掩苍穹,鸥雁藏踪。孤帆远影谑青龙。把酒闲吟邀五帝,肯论英雄?　偃棹目云松,垂钓情浓。烟波树影两朦胧。天水相连心是岸,爱恨由衷。

郎会德

郎会德，1947年生，辽宁金州人，军人出身。退休前系大连市金州区政协经济科技委员会主任。现为大连市金州区老年书画研究会常务理事、办公室主任，辽南诗社常务理事。

农家乐

银絮纷飞腊月天，农家小院喜空前。
山珍海味沽玉友，鞭炮礼花升庆烟。
业旺农丰无赋税，荷盈仓满有余钱。
请宗祭祖迎祥瑞，沐雪瘿仙分外妍。

谷长任

谷长任，笔名萧萧，1949 年生，辽宁金州人，农民。初中毕业后，自学古典文学三十余载。诗联作品多有发表并获奖。现为中国楹联学会、辽宁省楹联学会、大连市楹联学会会员。辽南诗社理事。

题大赫山关门寨古战场

雄关西锁小长城，宏峪南屏大赫峰。
乱石排空呈万状，飞泉贯峡破千青。
藤崖苔堞忆征伐，丹叶紫花似血凝。
但愿人间无再战，险门唯供旅游行。

二十九军大刀队夜袭日寇

满腔忠义满腔仇，飞渡重峦越激流。
骤起杀声天地振，疾旋霜刃虎狼愁。
频年怒火凝神臂，数百凶倭丧鬼头。
勇士英风传万代，大刀劲曲壮千秋。

【注】
此战斩敌五百余，作曲家麦新为此谱《大刀进行曲》。

滕玉君

滕玉君，1953 年生，辽宁大连人。中华诗词学会会员、全球汉诗学会会员。现任辽南诗社副社长、《辽南诗词》副主编。现为金州区国税局主任科员。

秋游广鹿岛

海岛渔家待客勤，生虾猛蟹敬嘉宾。
芳醪未饮人先醉，乡土民情比酒醇。

行香子·庐山

峻石凌空，飞瀑惊鸿。这庐山，鬼斧神工。烟腾岚起，绕寺缠峰。正飘如絮、白如雪、薄如绒。　　三贤世外，五老云中。常相伴，仙侣诗朋。含元抱一，万化归宗。愿道长存、情长在、日长东。

纪长征

纪长征，本名长茂，字远丰。1936 年生，大连金州人。原区图书馆馆长。现系中华诗词、全球汉诗学会会员，辽南诗社社长。出版《长旅心歌》诗集。

谒承德魁星楼

半壁山途客似流，魁星拜谒有心求。
天开文运生梁栋，地划疆陲立五洲。
始祖功勋垂万古，先贤业绩炳千秋。
斗南学子前程远，科海轻舟占浪头。

鹧鸪天·主席踏险挥令旗

主席风尘赴什邡，亲临险地察民伤。灾情幕幕心如绞，生命时时挂断肠。　　查映秀，访绵阳。率军抢险气高昂。奇灾大难难难倒，万众齐心战震荒。

高广文

高广文，男，1944年生，辽宁省辽阳市人。1963年应征入伍，曾任团副政委等职。1985年转业到民航大连机场，历任党委副书记、党委书记，2004年退休。大连诗词学会会员、中华诗词学会会员。曾任大连国际机场史志主编。

念奴娇·喜迎奥运

奥林匹亚，取圣火，世界文明呵护。锦绣中华迎奥运，万里河山欢舞。文印生辉，福娃情溢，鸟巢精心筑。北京新貌，载承千古风物。　遥想勇士长春，敢"单刀"赴会，忠心铭录。众志成城传火炬，更记珠峰一幕。百载期期，今朝圆梦，华夏腾飞路。五环旗下，世人和睦相处。

沁园春·太空情

皓月当空，熠熠群星，万古夜明。引文人智士，观星咏月，痴情向往，胜境天庭。玉兔金蟾，吴刚桂树，寂寞嫦娥织女情。一轮月，启太阴历法，节气分成。　茫茫宇宙今行，飞船起，一冲万里腾。太空迎新客，"神七"身影，尖端科技，遥控行程。敬业精英，无私奉献，心系航天志永恒。新构想，建设空间站，更胜鲲鹏。

周庆昭

周庆昭，1938 年生，江苏省灌云人。1960 年大学文科毕业，曾在中学任教师、主任、校长，退休定居大连。江苏省、大连市、中华诗词学会会员，《灌云诗刊》副主编。著有《爱莲居吟草》一书。

参观鲁迅纪念馆

纵马刀丛垒，挥毫奋一生。
文坛伐鬼魅，黎庶献深情。
浩世寻真谛，宏篇秉赤诚。
百年聆教益，铁骨响铮铮。

咏汉阳俞伯牙琴台

肠断汉阳水，水滨泣诉幽。
幽弦垂碧泪，泪雨汇清流。
流尽人消影，影孤琴碎丘。
丘旁芳草怨，怨载大江秋。

大连百年赞

辽渤弯头坠宝珠，滨城开放跨神驹。
五洲宾客争潮汐，四海车船闹港途。
奇出绿茵幽市貌，巧成华厦热天衢。
赢来佳誉传寰宇，胜似青春百岁都。

施鸿湘

施鸿湘，1931年生，辽宁省庄河市人，原广西军区副参谋长。参加辽宁省军区大连老战士书画会"枫叶诗社"、大连市老年书画研究会"金秋诗社"、中国人民解放军"红叶诗社"。诗作在国内报刊上发表过。

瞻仰红军突破湘江纪念园

湘江碧血英雄泪，猎猎红旗先圣巍。
壮烈史诗昭后世，堂前凭吊酒盈杯。

沁园春·老兵新传

一代忠良，阅尽沧桑，历经浪涛。记骋驰沙场，枪林弹雨，运筹帷幄，武略文韬。卸去征衣，让贤退位，两袖清风日月昭。人依旧，尚淡清蔬糗，何肯逍遥。　　胸怀广宇洪潮。欣皓首，风华志未消。颂夕阳似火，荣昌盛世；嫣红姹紫，怡乐陶陶。骐骥新征，雄风当在，翰墨琳琅抒彩毫。同携手，在玉皇顶上，再绘琼瑶。

高学敏

高学敏，1930 年生，山东省莱阳人，内科主任，参加大连市中国老年书画研究会"金秋诗社"、辽宁省军区大连老战士书画会"枫叶诗社"、解放军"红叶诗社"。

秦始皇陵观感

祖龙宿此数千秋，功过是非青史留。
统一江山传万代，同文华夏固金瓯。
阿房宫内嫔妃怨，兵马俑旁黔首愁。
最是秦皇刑役苦，陈吴举义覆孤舟。

时继典

时继典，1929 年出生，山东省文登市人，原中国人民解放军第二一二医院副院长，参加辽宁省军区大连老战士书画会"枫叶诗社"、大连市老年书画研究会"金秋诗社"、中国人民解放军"红叶诗社"。

纪委全会公报

山外青山楼外楼，养廉自律永无休。
清风入袖身心爽，识破糖衣不上钩。

咏古柏

古柏生来骨气刚，凌风傲雪斗寒霜。
枝繁叶茂含苍翠，铁干擎天永世昌。

吕若曾

吕若曾，1922 年生于安徽阜阳县，1940 年 2 月参加新四军。曾任沈阳军区前进歌舞团团长、原旅大警备区文化部副部长，1983 年离休。现为大连市诗词学会和大连市沧海潮诗社顾问、大连老战士枫叶诗社社长。诗词作品曾在全国和军队一些刊物发表，部分作品获奖。

欢歌改革开放三十周年

群山吐翠舞翩跹，大海欢腾碧浪翻。
卅载城乡翔彩凤，万民喜乐上眉尖。
创新花朵迎春艳，特色旌旗映日鲜。
更有神舟鸣广宇，壮哉瑰丽美家园。

江城子·晚霞

晚来偏爱满天霞，艳如花，美无瑕。五彩缤纷，潇洒舞罗纱。尽显丰姿怀壮阔，迎夕照，笑暮鸦。　　情深气盛吐光华，暖千家，最堪夸。辉染河山，景色四时佳。万类欢欣昂首唱，同雀跃，共腾达。

童登庆

童登庆，1931 年生于四川雅安。1949 年 12 月参军，曾任沈阳军区炮兵教导大队副政委。现为大连市诗词学会会员，沧海潮诗社、金秋诗社社员。

熊岳望儿山

妪立悬崖上，心飞大海边。
春晖焉可报，只盼早团圆。

古稀故乡行

万里归程转瞬间，家园今日已非前。
乡邻故旧几人在，论岁偏多是长年。

庆祝新中国成立六十周年

岁月悠悠己丑临，欢歌劲舞庆生辰。
雄鸡鸣唱惊中外，华夏兴邦喜万民。
除弊创新催骏马，改革开放胜鹏鲲。
环球来日谁摘桂，齐赞东方得道人。

周玉春

周玉春，1945 年生于辽宁省鞍山市，1961 年参加中国人民解放军，从侦察参谋岗位上转业，从国家安全部门退休。有《心音集》诗歌专著行世。

写诗获奖感悟

平生快慰事，莫过愿心酬。
画意诗情里，此当无外求。
年年诗作起，一步一层楼，
不老真道心，随缘性永留！

郑 岩

郑岩，男 1926 年生，山东诸城人。第二军医大学医疗系毕业。沈阳军区大连医学高等专科学校教研室主任、教授。现为中华诗词学会会员，辽宁省书法家协会会员，大连市诗词学会顾问。

述 怀

老来心境乐悠悠，何虑霜花洒满头。
兴味昂然诗趣涌，书情激越墨香留。
晓窗读史思如海，灯下观书心有忧。
掩卷抚胸多感叹，风云变幻看春秋。

周广梁

周广梁，1934 年生，江苏灌云县人，原沈阳军区装甲兵技术部副部长，中华诗词学会会员，大连老年金秋诗社社长，大连市诗词学会常务理事兼诗词活动指导部部长，《大连诗词》、大连诗词报副主编。

神六归来

心系长空若许天，杯中酒满彩屏前。
牵肠最是回归夜，万户千家不肯眠。

抗战胜利六十年

回眸七七忆烽烟，日寇狰狞若眼前。
前事之师当记取，有人拜鬼复年年。

沙宝明

沙宝明，字子狂，1947 年生，辽宁省瓦房店人。辽宁沙宝明律师事务所主任，大连市诗词学会会员、理事等。

咏　志

半世风霜事未成，朝朝暮暮梦龙腾。
如今始展鲲鹏翼，海阔天空任纵横。

游太阳岛

泛棹松江上，滔滔万里流。
船朝江下驶，人在画中游。
曾进兰亭阁，还登夕照楼。
湖山入幽处，仙境比瀛洲。

王慎文

王慎文，1947 年生，原籍大连金州区，大连市诗词学会会员。作品曾在《大连诗词》刊登。

偶　成

寒风日暮季冬晴，缺月云开一线明。
落日远山江舞雪，飞涛月影棹舟行。

疏　影

疏影枝头一朵红，暗香醉韵古风中。
千秋诗赋长吟诵，绝唱流年伴月空。

春日偶书

古松渐翠冻冰溶，草木方青春意浓。
愿梦海棠风送暖，难思残叶雪飞中。

郭凤朝

郭凤朝，1936年生，辽宁义县人，海军大连老虎滩干休所原所长。中华诗词学会、中国楹联学会、辽宁省楹联学会会员，解放军红叶诗社社员。

望金门岛感怀

当年待命预登台，眼望金门思绪开。
美帝侵朝燃战火，问君何日燕归来。

故乡行

寒窗攻读义州城，往事依稀感慨生。
朝望福山观石窟，暮听凌水泻涛声。
重游故地寻残梦，喜会亲朋叙旧情。
我爱家乡风物美，长留思念赴新程。

张本义

张本义，字子和，号松斋，1950年生。大连图书馆馆长，中国书法家协会理事、学术委员会委员、中国书协大连创作中心主任。中国古代文献研究会、中华诗词学会理事，辽宁省诗词学会副会长，大连市文联副主席，大连市书法家协会主席，辽宁省政协委员。

秋登岱顶观日出

金风荡尽曙前星，九曲黄河天际横。
五岳独尊吞万古，豪情泛蠹寄沧溟。

山阴得句

旧迹千年久未湮，兰溪桥上已销魂。
白云潭影今犹是，晋宋清风何处寻。

大黑山唐王殿重修工竣

唐王殿起底如何，观者如云论不颇。
古刹依然夕照返，高棠怕有烈风摩。
卑沙城上前人泪，点将台边野草娑。
遍倚危栏极望眼，江山胜处感怀多。

拜谒金顶山刘江庙

金顶山托殿宇擎，云腾雾重掩雕甍。
川原矗者见真武，日下千秋志广宁。
故垒依稀夕照里，残碑落寞手抚平。
惊天鼙鼓今何在，东海涛翻昼夜彭。

【注】

庙在金州城东，明初刘江曾于此平定辽东倭乱。

四十初度

忽惊不惑叹斯夫，毁誉穷通笑我驽。
磨杵青莲知用力，临池逸少未成书。
虚名纵有又何喜，实利宁无也自如。
但使乡邦文脉在，百年史笔任乘除。

题冷旭先生秘山隐逸图卷

暑中夜值图书府，对面山林蝉聒谷。楼外不寐人鼎沸，更有车过声毂毂。案上新书无心观，遑论凌乱堆公牍。泚笔濡墨频放下，奈何明日催文笃，拊髀自怜叹劳苦。里仁主人送图来，展卷金风涤心斋。秋山隐逸反其意，芥蒂一洗绝尘埃。经年倦看新画卷，画师多为俗人擅。罔顾古法率意作，图形造影风韵澹。孰知辽海冷子旭，笔走龙蛇如飞电。笔法墨法交辉映,写出羲皇山水面。羲皇山水今已老,春木秋风任凋零。君不见,卷中句,只堪图画不堪行。巉岩累累叠嶂起,偶见石侧茅屋倾。茅屋尽破人皆去,遍寻卷内无身形。板桥已颓不可过,下有湍流益汹汹。漱石枕流嘈嘈远,不辨向西复向东。山木赤立少翠色,松柏遁入杂树丛。杂树槎枒如利剑,间有荆榛凝霜淞。云耶山耶谁人晓,故实只在虚无渺渺中。或谓郑子耕谷口,不见田亩尽藜莱。或谓陶令采菊地,不见南山东篱排。或谓谢公高卧处,不见屐齿上苍苔。或谓支遁买印山,晋宋清玄未可猜。逸兴子猷叹路险,宴园太白罚酒谁?秋山虽好如可居,皂帽辽东安复归?聚讼纷纷难解道,秋声方赋雨雪霏。自古佞说归去来,山空争用掩柴扉!枉负盛名千百载,东山硈溪节操亏。人海茫茫焉用隐,事业名山不复悲。卷尾烟波浩渺处,混然涵虚承光辉。苦短人生功业久,安可误入此山作刍狗?长卷读罢推窗牖,阑干星斗日夜走,左氏有言三不朽!

元韵和王充闾先生大连图书馆七绝二首

(一)

青鸟白云分外明,诗吟海畔动秦青。
何期振起如椽笔,小写歌台大写情。

（二）

惜时自古不为贪，是竞分明俯仰间。
莫羡辽东才八斗，原来奥义在书山。

【注】

先生曾以《白云青鸟》美文揄扬我"白云吟唱"，其情何其殷也。
又，秦青乃秦时名歌手。

悼植老于师

菩萨心肠叔度怀，卷施碧草绿云台。
缘何驾鹤倏然去，绛帐空馀弟子哀。

大连图书馆百年馆庆感赋

事业名山旷古情，而今我辈复添增。
曾经风雨百年梦，更著身家一世荣。
渐旧图书惊已老，焕新人物慰平生。
白云岭下长松起，满目栋梁连海明。

孔宪宝

孔宪宝，1932 年生，辽宁省大连市人。曾任中共大连市委老干部局副局长；现任大连市诗词学会副会长、沧海潮诗社副社长。荣获特等奖和"爱国诗人"等荣誉称号。

四十三届世乒赛中国健儿勇夺七冠

士气扬眉意兴高，中华儿女俱英豪。
单争双斗囊取冠，布阵排兵仗略韬。
数载卧薪偿宿愿，今朝振臂显风标。
功成此战虽堪喜，常胜不衰途正遥。

西部大开发

一经规划展宏图，西部开发万众呼。
有序平衡生产力，各方配合起良途。
人才博采奠基础，科教先行创业初。
商旅聚资连四海，纪元新页古今殊。

王　叶

王叶，笔名秋叶，女，1934年10月生于辽宁彰武。1950年考入军校，毕业分配在空军做文艺工作。南开大学读书期间，参加"南开大学诗社"活动；后又考入辽宁师范大学外语系英语专业本科读书。高中英文教师。

大连红妆骑警

蓝天碧海衬银装，黄绶白盔异彩扬。
跃马策缰惊凤舞，挥鞭阔步赛龙翔。
英姿展市添神韵，飒爽巡疆谱乐章。
阆苑滨城多美景，红妆骑警誉乡邦。

沁园春·奥林匹克运动会在京举行

邋遢相牵，遥想当年，抑郁寡欢。赴全球奥运，一名勇士，孤军奋战，怎奈辛酸。试看今朝，鸟巢场馆，举世倾心拭目瞻。国威振，颂山欢水笑，舜日尧天。　　华人雀跃无眠。劲狂舞、烟花爆似年。任乾旋坤转，复兴盛世，大军受阅，气势昂然。凯奏国歌，国旗高展，喜泪花收溅也难。北京美，纵笔摹心绘，奥运神传。

李永利

李永利,1952年生,辽宁省辽阳市人,满族,高级经济师,大连市西岗区工业局主任,中华诗词学会、辽宁省诗词学会、大连市诗词学会会员。

金缕曲·瞻仰刘长春像抒感

悲壮先驱业。念当年、单刀赴会,其情何烈。欲雪病夫嘲诟耻,身手追风逐月。怎奈是、仰天恨烈。耿耿萦怀强国梦,纵尘缘作尽泉台接。端像座,凝眸切。　　鹏抟龙跃神州阔。傲而今、风骚引领,五环旗猎。慷慨燕京迎万国,击壤钧天云遏。珠峰炬,寰球照彻。盛世扬眉当笑慰,众健儿豪迈英姿发。牛耳执,献魁杰。

满江红·知青四十年感赋

似水流年,淘不尽、知青岁月。记当日,旌旗麾指,水重山叠。广阔驰思鸿鹄志,作为激荡青春血。又怎知、升斗几多愁,农家切。　　锄禾午,珠汗裂;披荒漠,残襟屑。把劳筋苦志,地球填缺;往事如烟都过了,风吹雨打难磨灭。到今来、修远历何难,从无怯。

于润昌

于润昌，辽宁台安人，1924 年生。1948 年参加革命，曾任解放军文化教员、高中教师，被评为省先进教育工作者、县劳动模范，从台安县委宣传部离休。中华诗词学会会员。著有《兰窗梦笔》诗选和《年节与诗》一书。

喜迎千禧年二首

（一）

腊梅初绽又迎春，今岁迎春格外亲。
人喜金瓯完赵璧，国逢大庆定乾坤。
辉煌业绩沙成塔，绚丽河山土变金。
放眼未来花似锦，神州正自起鹏鲲。

（二）

日正中天月正圆，国兴家庆两相连。
中西同贺逢新岁，老幼齐歌跨纪元。
伏案难知千载后，昂头莫忘百年前。
万民脱却饥寒苦，更信前途蔗境甜。

刘士宽

刘士宽，号若愚，1930 年生，辽宁省盘山人。退休前供职于大连市中国工商银行，主任科员、经济师。现为中华诗词学会会员、大连市诗词学会副秘书长、大连市沧海潮诗社副社长，有《宁远轩诗抄》刊行。

春日庭园即景二首

（一）

楼高拥绿草萋萋，艳艳新花彩蝶迷。
留去闲谈人坐久，往来觅哺燕飞低。
幽通曲径芳园秀，面拂微风小鸟啼。
游赏惜归烟景美，流霞晚照落虹霓。

（二）

锦羽朱唇亦艳妆，逢迎尤赖巧舌簧。
能言善解学人语，耍嘴装腔不自量。
尽日啄馀香稻粒，终身栖寄贵门堂。
此生媚口为娱主，百鸟喳喳论短长。

刘永亮

刘永亮，字明远，1938 年生，山东莱州人。沈阳矿务局机械工程师。大连老年书画研究会金秋诗社社员、大连诗词学会会员。作品曾在各种诗词书刊上发表。

赞　牛

于人多益莫如牛，奉献终生无保留。
负轭牵车辗冰辙，弓肩犁地转田畴。
长年默默吞干草，竟日源源产奶油。
无悔无尤甘尽瘁，殒身捐骨志方休。

咏　煤

梦为梁栋盼参天，身共地球经变迁。
崖塌山崩遭万劫，尘埋石压历多年。
脱胎换骨凭生死，开矿凿岩终见还。
精魄燃烧天下暖，灰渣犹可制方砖。

姜泽华

姜泽华，1934 年生于山东荣成，原任机车厂经济师，现为大连市诗词学会会员、大连市沧海潮诗社社员、大连市老年金秋诗社副社长兼秘书长、《大连诗词》副主编，中华诗词学会会员。

秋上八达岭长城

横贯燕山气势雄，蜿蜒屹立傲苍穹。
高台烽火狼烟灭，一览秋光醉叶红。

秦兵马俑

鲸吞六国建秦朝，举世称雄霸业豪。
没入黄泉还布阵，千军万马亦逍遥。

紫　藤

铁骨虬枝满架篷，紫花串串露娇容。
群芳纷谢春将去，犹有浓香惹蜜蜂。

宋吉仁

宋吉仁，1943 年生，山东省莱阳市人，中国工艺美术家协会会员，辽宁省工艺美术大师。世界教科文卫专家组织成员。作品参加历届全国性书画大展，多次荣获金、银、铜奖。

沁园春·西湖

晴览西湖，雨览西湖，雪览西湖。这四时佳处，各臻其妙；一春绝境，风韵独俱。嫩柳秾桃，靓男倩女，映带湖光雅意殊。名贤并，数千年唐宋，曰白曰苏。　　相宜西子堪如。浓和淡均称好装束。有红荷映日，妖娆为画；飘香丹桂，烂漫成图。柳浪听莺，平湖赏月，最爱一山小而孤。重游日，望无边景色，醉眼模糊。

杨海城

杨海城，女，曾任中文教师。主要从事《辽宁教育》《鸭绿江》《电子统计》《大连大学学报》等期刊编辑工作。退休后参加大连沧海潮诗社。

试 衣

老妪今年已古稀，女儿强遣换新衣。

抖飞襟袖翩翩蝶，犹似花开年少时。

徐志勤

徐志勤，女，1934年生，吉林省延吉市人，离休干部。毕业于中国医科大学专科班。曾任大连市中医医院副主任医师；现为大连市诗词学会会员、沧海潮诗社社员。

庆香港回归十年

东风送暖瞬十秋，港九回归始自由。
丹桂香飘四海乐，荆花笑伴五星俦。
梦圆华夏群歌党，珠璨香江众口讴。
两制新规欣胜利，兴邦特色固金瓯。

盛美礼

盛美礼，男，1932年生，辽宁省大连市人。曾任中共大连市委党校副校长、市委组织部副部长、市委老干部局局长等职。现为中华诗词学会会员、大连市诗词学会会长。

旅顺万忠墓

甲午风云战帜扬，敌人侵似虎狼狂。
山城父老怒潮涌，古镇平民怨恨长。
腐败朝廷惟忍让，凶横帝国更嚣张。
丧权辱国史存鉴，华夏子孙当奋强。

周民潮

周民潮，1927 年生，江苏省如东县人。原解放军第 46 野战医院副政治委员。中华诗词学会、北京诗词学会、大连诗词学会会员。著有《周民潮诗词散曲选》。

江城子·悼念胡耀邦同志

长街十里泪汪汪。弹痕伤，荆蓁创。六十春秋驰骋各疆场。无畏无私真话讲，抒民意，为家邦。　　六年平反日繁忙。救忠良，志刚强。立党为公，万众赞声扬。正气清风真典范，好公仆，永难忘。

尹华龙

尹华龙，1933年生，湖南洞口人。原大连机车车辆有限公司职工思想政治工作研究会常务副秘书长，高级政工师。离休后入大连诗词学会、大连沧海潮诗社。

星海广场观焰火抒怀

冲天焰火绣芳菲，灯树银花燕子归。
风景大连诸事好，迎春笑脸放歌飞。

喜赋"神七"问天

探测星空指令颁，神舟展翅善攻坚。
三贤驾艇书宏志，一秀出舱逾险关。
人类航天开大步，中华科技战犹酣。
惟询寰宇新鲜事，共拓资源抵广寒。

陆效成

陆效成，1925 年生，江苏涟水人。曾参加抗日、解放、抗美援朝战争。转业铁路系统任局、厂领导工作，1985 年离休。系大连诗词学会会员、厂老干部诗书画协会会长。

"神七"问天

轰鸣直上傲苍穹，首次出舱游太空。
华夏精英揭奥秘，同耕河汉共繁荣。

迎接党的十七大

花笑旗扬映碧空，全民喜庆党丰功。
当年烽火燎原势，今日神州遍地红。
经济振兴惊世界，飞船腾跃舞苍穹。
宏观发展明方向，天下和谐求大同。

徐国权

徐国权，1926 年生。江苏省南通县人。原江苏工学院办公室主任。中华诗词学会、北京诗词学会、大连诗词学会会员。著有《客中诗草》《海天轩吟草》。

鞍山鸣笛

车抵鞍山夜色苍，惊心气笛动愁肠。
今宵十市齐鸣警，牢记当年失沈阳。

徐景森

徐景森，1942年生，大连市普兰店人，原大连市政协科教文卫体委员会副主任、巡视员（正局），现任大连市诗词学会副会长。

喜迎奥运

成真百载梦，奥运北京承。
昔日孤鹰志，今朝万虎能。
福娃迎圣火，华厦点神灯。
撼树蚍蜉丑，环球誉我兴。

颂党的"十七大"

东来紫气兆丰登，百业突飞日上蒸。
社会和谐康泰路，领航发展圣明灯。
与时俱进千秋祉，众志成城万载兴。
待到强邦方略践，神州大地更欢腾。

谢谷林

谢谷林，男，浙江绍兴人，1928年生。曾任中学教师、校长等职。离休后任大连市《教育志》编辑。现为大连市沧海潮诗社、大连诗词学会、中华诗词家联谊会会员。

颂邓小平

英杰伟哉邓小平，人民儿子赤心诚。
功高盖世万民泽，德厚流光百代声。
特色蓝图腾国运，回归宏略创新成。
中华崛起擎天柱，青史永垂日月明。

重阳节登高

中秋过后又重阳，群老登高庆福祥。
万里长空晴日丽，四方幽谷菊花香。
民安国泰物丰阜，家足人欢体健强。
相祝廿年再聚首，小康全面乐无疆。

周季华

周季华，1924年生。安徽东至人，肄业于燕京大学，毕业于天津达仁商学院，来大连后任大连市委党校文化教员、中学教员，现离休。中华诗词学会、辽宁诗词学会会员。大连诗词学会顾问。

除　夕

检点平生又岁除，经年能读几篇书。
乡情浓似金樽溢，诗思当须雨露濡。
放眼纵观新气象，回眸难忘旧征途。
喜看葭管灰吹尽，迎得春风草木苏。

纪念邓公百年诞辰

扭转乾坤沥胆肝，哲人巨手一挥间。
改革开放新思路，重教兴科起俊贤。
能屈能伸真上智，三伏三起挽狂澜。
推行两制香江复，功盖神州入史篇。

冼天沙

　　冼天沙，原名贾国范。1937 年生，吉林省梨树县人。毕业于东北师范大学历史系。历任中学教导主任、校长。中华诗词学会会员，已出版《冼天沙诗词集》。

摊破浣溪沙·南雁春归

　　落雁春归意带新，冰消寒尽梦撩魂。香伴小楼成昨事，醉相吟。　　细雨经风人颜瘦，长别更觉忆沉沉。尘世有情应似玉，泪纷纷。

丁孟杰

丁孟杰，女，大连诗词学会、长白山诗词学会会员，中国民间中医师、代理咨询师。

逸情黑土彩云飞

欣梦柳园骚占魁，奇葩神韵唤魂归。

毓秀白山呈大气，逸情黑土彩云飞。

卢淑朵

卢淑朵，女，79 岁，副主任医师，1987 年离休。1997
年参加老干部大学学习文学和书法。现是沧海潮诗社社员。
大连市诗词协会会员。

岭上小憩

岭边幽静绿茵添，大海沉沉隐见帆。
远看山峦添秀色，近观水面浪花翻。
微风吹过飘香气，美味佳肴佐素餐。
翁媪齐声欢笑语，流年金色去难还。

王国川

王国川，号华川幽客，山东烟台市人，中华诗词学会会员，东北长白山诗词学会副会长，长白山诗词报总编，大连市诗词学会副会长，大连市诗词报总编。

沁园春·花约

漫步芳林，欣妩群葩，妙悟媚姿。恰东皇相约，春风御赐；阡堤柳畔，旖旎神飔。水榭楼台，温馨悠荡，碧叶霓裳袅娜枝。凭栏伫，许真情寓意，抒吐遐思。　　娇花拂影灵犀，诱无数游人逸兴滋。赞牡丹华绽，杜鹃叠锦，玫瑰娇艳，莲子凝脂。篱菊风骚，蕙兰素雅，松竹凌霄劲节差。倾心醉，伺百妍媲美，闹我痴迷。

王树理

王树理，男，1936年生，辽宁人。任东财大教授，《审计大辞典》分主编、省注审师副会长，甘井区政协副主席，著有《北方明珠赞》《东北抗联英雄谱》等。

中华腾飞颂

改革历经三十年，天翻地覆换新颜。
迎来奥运嫦娥舞，特色中华绘锦篇。

赏冬牡丹

谁剪牡丹三九香，梦魂疑是在仙乡。
修高悄许东风令，绰约新姿笑媚娘。

王广标

王广标，1929 年生，辽宁营口市人。主任医师。参军入军医大，离休干部，曾任大连市卫生防疫站党委书记等职。系中华诗词学会会员。

秋　韵

天高气爽韵声敲，澎湃心潮逐浪高。
稻谷风吹腾细浪，经霜枫叶落如潮。
菊黄遍野花独秀，红果盈山香四飘。
万里晴空鸿雁过，诗情画意用心描。

鹧鸪天·改革开放三十年

虎跃龙腾发展求，鲲鹏展翅跃神州。小平指引明方向，气势如虹贯斗牛。　　行改革，定佳猷，沧桑巨变世无俦。振兴经济人长寿，国富民强震五洲。

刘淑香

刘淑香，笔名曹卉，女，辽宁省瓦房店人。1976 年随军转业到大连辽宁纺校工作至退休，先后参加大连市诗词学会、沧海潮诗社。

蒲公英

不猜贫富只随缘，嫁到天边也不嫌。
宝马香车皆不爱，轻风载我舞蹁跹。

刘　晟

刘晟，字朝蜀，1943年生于大连金州，祖籍山东蓬莱。现为大连市、辽宁省楹联学会常务理事、中国诗书画研究会研究员、大连市诗词学会会员、中国炎黄词学会会员。

沁园春·海

老铁山情，金石滩缘，翡翠波澜。极长天接际，约看蜃现；九重瑶港，络绎楼船。鸥去客来，霞舒云卷，日丽风清春正酣。曾惊睹，那云忽涌墨，浪起波山。　　　沧桑多少连翩。度劫难洪荒愈觅源。感生身父母，殷殷濡染，迟来宝典，叹误韶年。夕拾朝华，名随野草，血脉犹皈黄与炎。未相忘！唯厚德载物，代代清泉。

刘丹宸

　　刘丹宸，1931 年生。原大连军区政治部副主任；现为中国老年书画研究会、大连老年书画研究会会员，枫叶诗社副秘书长。

清　明

清明杨柳绿盈盈，燕子双飞体态轻。
丽日和风春色美，鲜花敬上祭灵英。

王英才

王英才，1936年生于山东省海阳市，高级工程师，政府机关退休。曾任水利建筑设计院院长。大连市诗词学会会员。

万年欢·庆祝十七大召开

舜日尧天，看中华上下，万众欢颜。十月金秋，高空气澈晴暄。招展红旗沓乱，十七大、铭载新篇。京城聚、代表三千，共谋社稷萦牵。　　昌言治国方略，换届举元首，行使通权。国计民生干系，秉政摩肩。指点宏图旨远，理宇内、立党中坚。殚精虑，致富忧贫，嘉福人间。

佟 奇

佟奇，女，大连市儿童医院副主任医师，离休干部。大连市沧海潮诗社、大连市诗词学会、中华诗词学会会员。

海上焰火

火树银花绽海空，澄波彩染透龙宫。
虹光星雨亮华夏，今夜应和那夜同。

沁园春·战冰雪

一月南疆，失序苍穹，乱点素妆。看冰封大块，雪凝经脉，归程无计，路断衡阳。银线摧折，乌金滞阻，灯尽光消入大荒。艰难际，取八方壮士，鏖战风霜。　　抗灾意志如钢，举国力，郴州奏凯忙。赞长沙英烈，唐山赤子，军民警干，齐吐芬芳。不死雷锋，仁心吉贵，陋室春风暖客肠。深思量，愿天人合一，玉宇绵长。

洪淑娥

洪淑娥，女，1955 年生，辽宁大连人。大连诗词学会、长白山诗词学会会员。

春游旅顺

云横碧海领长空，白玉登临景不同。
两岸青山拖虎尾，千年古井锁蛟龙。
鸡冠堡垒迷魂阵，后石樱花恋爱风。
绿满小城城映水，乡关似锦揽春红。

施启圣

施启圣，籍贯湖南省长沙市。1956年参军后在空军长期从事文化教育、宣传报道工作。1982年转业至大连市第五建筑工程公司，任党办主任、纪委书记等职，高级政工师。2006年参加大连市老年书画研究会金秋诗社及大连市诗词学会，为会员。

市长迎新纳谏

开门纳谏庆新年，关注苍生采诤言。
代表畅谈抒肺腑，高官听取悦容颜。
市民利益当为首，政府蓝图必置先。
群众知情能做主，和谐春意暖心田。

清平乐·赞高玉宝

光荣称号，革命青春葆。战士作家旗不倒，
牢记防骄戒躁。　　不顾离退年高，心系祖国花
苞。致力校园辅导，古稀再创功劳。

孙修高

孙修高，1953年生，辽宁省大连市人。大连市作家协会会员、大连市民间文艺家协会理事、大连市诗词学会理事。诗联作品及传略收入《类编中华诗词大系》等多部诗集辞典中。

滨城飞雪话牡丹二首

（一）

春色先期映日斜，繁枝如护紫云霞。
但知富贵花中有，好把吉祥送万家。

（二）

风啸愁开半壁窗，牡丹仙子解罗裳。
美人谁论开迟暮，花佣偏能斗雪霜。
足伴涛声来墨客，杯衔酒令入诗囊。
高谈千古离奇事，剪剪寒潮话武皇。

西江月·咏冬日牡丹

醉问窗前月姊，闲听户外风姨。上林烧毁牡丹枝，一贬红黄绿紫。　　不见蜂争蝶至，且观木接芳移。催花使者舞天姿，尽在诗心笔底。

关世辉

关世辉，1954年生，辽宁瓦房店人，锡伯族。现为中共瓦房店市委宣传部副部长、辽宁诗词学会会员、大连市作家协会会员，瓦房店市作协副主席、瓦房店市诗词学会副会长。先后出版诗集《云淡风轻》和文集《徜徉岁月》。

过周庄

韶华半百到周庄，依旧童心任放狂。
湖畔迷楼寻墨客，池边厅阁看江乡。
双桥神韵称联袂，三足佳肴竞品尝。
不尽慨叹忘复返，只嗔落日照沧浪。

复州古城遗址

颓垣断碣几经年，半段城墙映眼帘。
墨瓦青砖入墙里，垆泥黄土作耕田。
残门无语徒兴叹，古塔临风亦未言。
往事不堪回首问，月移花影听啼鹃。

刘嘉圣

刘嘉圣，字步云，号抚云阁主人。1963 年生。辽宁瓦房店人。现任瓦房店市广播电视局局长、党委书记，瓦房店广播电视台台长，辽宁省诗词学会会员，瓦房店市诗词学会副会长兼秘书长。

正月十五日夜风暴潮

雨雹冰雪漫天风，横扫辽南摧百城。
无奈逞雄今夜去，笑闻鸿雁北归声。

西湖印象

秋色苏堤柳浪平，遍看西子不闻莺。
断桥虽映湖光好，粉黛岸旁殊有情。

乌镇即景

垂波绿柳寂无声，远近氤氲烟雨濛。
枕水人家身侧过，轻摇橹桨走乌篷。

董延利

董延利，1952 年生，辽宁瓦房店人。瓦房店市诗词学会理事、辽宁省诗词学会会员。

贺新郎·蒲松龄故居

土瓦灰墙古。更那堪、仙妖已去，鬼狐难睹。庭院深深深几许，何处天宫地府？屋檐下，感怀旧主。刺骨悬梁终未第，叹不能官场弄巨斧。鬓染雪，志难谱。　　写妖写鬼为情苦。愿人间、男耕女作，燕飞蝶舞。刺虐刺贪因义愤，扳倒衙门重树。墨似血、挥毫当弩。不曾为官荣一日，有《聊斋》一部传千古。今何往，可回否？

满江红·嫦娥一号

月到中天，正夜半、霜重露莹。河两岸、苍凉空阔，缥缈无声。广袖依依连故土，玉兔娇巧盼归程。叹瑶池、碧阁伴青纱，人冷清。　　乾坤转，天地行。群英起，志成城。遣凡间臣使，纵揽苍穹。掠地神舟观山海，经天小妹绕月萦。待他年、斟酒聚广寒，抒别情。

孙凤洲

孙凤洲,1944年生,辽宁普兰店人,原大连灯具厂副厂长,现退休,瓦房店市诗词学会理事,辽宁诗词学会会员。著有《小草集》。

大连国际服装节

盛时佳节到滨城,溢彩流光展画屏。
旗衬云霞映楼厦,裙连渤澥舞霓虹。
人潮欢庆商潮涌,花海缤纷车海平。
送爽金风吹不尽,明珠璀璨广闻名。

大黑山远望

独立滨城第一峰,江山如画缀长虹。
潮生潮涌汪洋雪,云卷云舒寰宇风。
天地悠悠成代谢,古今漫漫变时空。
欣逢盛世放声唱,崛起中华正运通。

陈连科

陈连科，1956 年生，营口人，高级政工师，现任瓦房店轴承集团公司工会干部。中国楹联学会会员，辽宁省诗词学会会员，瓦房店诗词学会理事、副秘书长。

元宵夜感怀

岁月悠悠两鬓斑，几多辛苦几多甜。
复州河畔凌霜雪，岚崮山巅钟蕙兰。
鹰隼入云腾万里，骅骝得路跃千山。
分明已岁鹏翔北，放眼昆仑不怯寒。

贺李老师八十晋二

历尽沧桑八二春，鹤颜矍铄笑乾坤。
坚贞晚菊傲霜雪，遒劲苍松蔑莽蓁。
树蕙滋兰培杞梓，耕耘播雨铸诗魂。
晚生喜作南山颂，冀望期颐再举樽。

吕纯刚

吕纯刚，1930 年生，辽宁瓦房店人。原瓦房店市第二十二中学校长，瓦房店市诗词学会副会长。

修　志

参修镇志历三年，安个头衔副主编。
日访老人寻旧梦，夜提秃笔写新篇。
追根溯本多方考，纂稿修辞几度研。
喜见志书今问世，千秋史话永流传。

广场散步

年来渐感人濒老，心未甘休鬓已秋。
驽马岂思抛旧栈，老年犹自恋西畴。
莘莘学子音书切，济济朋侪情意稠。
人际相关心已慰，微躯此外复何求。

吴庆江

吴庆江，1930年生，辽宁瓦房店人，满族。中学高级教师、辽宁省诗词学会会员、瓦房店市诗词学会会刊《瓦房店诗词》编委。

惜 春

竟日蜗居不觉春，蓦然扶杖杂花纷。
神驰北国山叠翠，浮想南疆稻漾金。
橐驼缓步沙涛浅，紫燕低飞草色深。
当效古人游秉烛，莫负东君一片心。

吊抗日烈士

弱冠从戎国运艰，捐躯哪怕裹尸还。
沈城炮火卢沟月，林海旌旗太岳烟。
淞沪悲风留史册，台庄喋血壮河山。
万千英烈应含笑，纪念碑前吊者繁。

于景深

于景深，1957年生，辽宁瓦房店人。现为瓦房店市六中高级教师、瓦房店市诗词学会理事、辽宁省诗词学会会员。著有诗文集《校园的春天》《学苑霜叶红》《学海归航》等。

看母亲

驼峰松岭思归客，老树临风望我回。

喜鹊晨来枝上叫，白云午过院空飞。

孝亲怕读陈情表，占运惧闻荐福碑。

借得春风才一缕，长留山里不须归！

沁园春·咏春

万里神州，日丽花红，一宇碧空。看山川簇锦，晴光淡荡，江涛澎湃，五岳青葱。喜鹊登枝，云霞出岫，燕剪东风春正浓。挥椽笔，画天香国色，鬼斧神工。　　和谐社会兴隆，教华夏崇高气象雄。喜东南沿海，特区精彩；高原雪域，天路开通。月桂嫦娥，蟾宫贵客，探测工程架彩虹。齐心力，为共同富裕，攀越高峰。

王福升

王福升，1936 年生，辽宁岫岩县人。原瓦房店市第六高中副校长，中学高级教师。现为瓦房店市诗词学会理事兼副秘书长、会刊《诗词辑丛》编委、辽宁省诗词学会会员。

腊梅香·赏梅

屹立桥边簇簇荣，铁骨铮铮，豪气恢弘。寒风着意泛轻盈。睿智腾升，神韵腾升。　　梅蕊人心相映贞，凝视情倾，暗表心声。山川脉脉尽春情。春色纵横，诗意纵横。

行香子·大棚感赋

枯树风鸣，河水冰横。趁冬闲，郊外闲行。大棚比比，令我心惊。有春苗绿，夏苗翠，壮苗青。　　为霜露结，致雨云腾。高科技，事事都成，富民政策，弥满乡城。看人来扛，车来送，客来迎。

王新一

王新一，1952 年生，辽宁瓦房店人，原大连市拖拉机制造厂副厂长。现为瓦房店市诗词学会理事、辽宁省诗词学会会员。

龙门汤聚会

同窗数友赴龙门，借得清波涤俗尘。
戏水还如年少貌，端杯尽是半生人。
躬耕垄亩经三载，往事依稀近四旬。
正气一腔终不改，相约再聚健康身。

山居有感

寡欲清心远市尘，清风朗月伴柴门。
千杯美酒迎知己，一盏香茗解醉魂。
宦海般般无竞意，书山座座有登痕。
凭君莫话桃源事，此地如同世外春。

段志东

段志东，字朝阳，1971年生，辽宁瓦房店人。瓦房店市诗词学会理事、辽宁省诗词学会会员。

霜天晓角·无眠

冰河月照，漫洒银辉耀。放眼寒天夜色，星光暗，云烟渺。　　尊残酒少，抚琴弦断恼。拔剑横空做笔，诗情纵，梅枝笑。

早春怨·本意

如雪梅残，飞红零落，一片阑珊。亭外斜阳，梨枝寂寞，春水愁涟。　　行人闲棹征帆。向何处、云涯海天。血醑滔江，风流千古，诗瘼花间。

满江红·雪

长剑寒光，直奔向，玉龙喉穴。横锷处，甲鳞飞落，惨嚎声裂。猖虎惊魂低稽首，奇花怒放银妆叶。好男儿，立志当凌云，争豪杰。　　横槊酒，歌迎月，旋醉影，人生悦。破云涛雾海，残阳如血。煅日铸钩行仗义，开山炼石寻天缺。踏险峰，无限好风光，千江雪。

赵云积

赵云积，又名赵云集，1946 年生。辽宁瓦房店人。原瓦房店市博物馆馆长。现为中国楹联学会会员、辽宁省诗词学会会员、瓦房店市诗词学会理事。著有《半知书屋诗钞》。

清　明

梨花雪后又清明，绿发村头翠接城。
霁月追风云断续，斜阳弄影树阴晴。
无声细雨渠溪涨，有意轻烟柳絮横。
酣睡荒原谁唤醒，平芜远近唱牛耕。

除夕感怀

日历新翻换旧符，庭前爆竹醉屠苏。
相逢冷暖连朝宴，回看浮沉半壁书。
检点为人无媚骨，承欢绕膝有珍珠。
任其岁月如梭去，兀立斜阳一丈夫。

刘子棠

刘子棠，笔名尚木，1945 年生。辽宁台安县人。原瓦房店市林业局科长。现为辽宁省诗词学会会员，瓦房店市诗词学会理事、副秘书长兼会刊《瓦房店诗词》编委。著有诗词专辑《鉴心集》《枫叶集》。

喜读十一届三中全会公报

公报言明九亿心，神州上下尽欢欣。
宏图绘就千秋业，决策精神万古存。
莫论强酋称盛世，喜观华夏又逢春。
是非明断航标定，再鼓雄风一巨人。

台安张老延明恩师来电

故园来电道新声，喜辨师音忆旧容。
半世春秋弹指去，小康岁月巧书逢。
天翻地覆沧桑变，国泰民安禹域兴。
遥祝先生身体健，南来作客话腾龙。

刘子学

刘子学，1940 年生，辽宁瓦房店人。原瓦房店市委老干部局局长兼市委组织部副部长；现任瓦房店市诗词学会会长兼会刊《瓦房店诗词》主编、大连市诗词学会理事、辽宁省诗词学会会员。著有《吟草偶拾》《岁闲漫吟》。

游镜泊湖

苍松翠柏漫山稠，飞瀑甘泉石上流。
霞蔚朝看红日艳，天高晚眺白云幽。
光浮碧落开心镜，影下清潭晃玉楼。
深浅波纹时荡漾，翻腾滚动浴春秋。

游松树水库

四面峰峦叠翠屏，一泓碧水载船行。
百花竞放向阳艳，万木峥嵘迎日升。
倒影楼台沉玉镜，微风艇首卷旗旌。
优游泛在画图里，百首诗篇难尽情。

李瑞芳

李瑞芳，1928 年生，满族，辽宁瓦房店人。原瓦房店市教师进修学校教师，现为瓦房店市诗词学会副会长。曾出版个人诗词《浪沙集》《沧粟集》。

春　意

人生能见几回春，寻得桃源欲问津。
急雨打门斜片片，轻风入夜点频频。
月移花影姗姗去，绿透窗纱鼎鼎新。
年逾古稀心未老，乘槎可上揖仙人。

九　日

又逢佳节梦魂牵，独上高楼望远天。
征雁长鸣云出岫，霜林染醉叶迎寒。
己无亲属何思念，不怕秋风未着冠。
满首茱萸凭乱插，东篱采菊见南山。

盖长青

盖长青，1944 年生，辽宁瓦房店人，瓦房店市人大常委会副主任，退休。瓦房店市诗词学会名誉会长，偶有诗作见诸报端或收入汇编。

满江红·汶川大地震

华夏罹殃，春光里，山崩地裂。望蜀北，死伤无计，世间残绝。旗下半杆云洒泪，笛鸣长野风呜咽。最难禁，骨肉断肠时，心流血。　　无天道，人有节。兵马动，群情切。八方急救助，抗衡一决。壮举翻腾东海浪，真诚唤醒西江月。怎了得，昂首转乾坤，从头越。

念奴娇·神七航天

旻风送爽，令云消雾散，天随人意。入夜九泉红火处，神七腾空张翼。三骏同舟，遨游琼宇，一展英雄气。挥旗仓外，又夺华夏先例。　　极目晚照余晖，银鹰铁骑，大漠风光异。越障开屏着陆时，举国欢腾不已。好梦常圆，相邀明月，牵手银河系。待天宫竣，与君同醉星际。

阎世忠

阎世忠，1948 年生，辽宁瓦房店人，满族。原瓦房店市人大主任；现为中华诗词学会会员、辽宁省诗词学会理事、瓦房店市诗词学会名誉会长。2005 年出版个人诗词、楹联作品集《清风集》。

题邓小平画像

卅年革故域容新，塞北江南捷报频。
昼可横肩担海岳，夜能举手拭星辰。
挥师斥地雄千里，率众回天力万钧。
规划小康同向富，人寰共沐五湖春。

西江·嫦娥一号发射成功

紫陌牧归桑里，长空雁阵清秋。水吟林静鸟寻幽，风景这边独秀。　　玉兔蟾宫倚桂，嫦娥古镇凭楼，一声呼啸去神州，华夏万方乐奏。

第三辑

鲁 森

鲁森，1920年生于山东省濮县，1938年参加革命。曾任民运工作团团长、县委书记、冀热辽日报总编辑，赤峰市委副书记，热河省委常委、宣传部长，鞍山市委书记、市政协主席，辽宁省顾问委员会委员等职，现为鞍山诗词学会主席、千山诗社社长。有作品《路歌》出版。

正气歌

中华男儿血，当为祖国流。
血流山河在，头断志不朽。
先贤屡训诫，先烈多楷模。
一旦临吾身，何需寸踌躇。
但愿后来者，永踏斯血路。
更望旧山河，早日得光复。

延安整风歌

马列主义者，务养气浩然。
是气贯日月，肝胆自超凡。
乐在天下后，忧在天下先。
志大征途远，无私天地宽。
整风结束日，修养新开端。
百年直进取，旦夕三省严。

老有所为

日月飞驰宇宙间，人生百岁指一弹。
苍天赐我贫身健，休把有为视等闲。

太原之歌

三晋烽火烈熊熊，自由鲜花血染成。
山川田园兼战场，男女老少农亦兵。
中外奸敌小丑类，胡兰左权大英雄。
世事沧桑俱往矣，先烈永活民心中。

山城夜色

高山平顶月朦胧，鸟瞰起伏灯海城。
光浪欢腾峦壑上，壑峦悉没浪光中。
银河岁岁无新貌，灯海夕夕改旧容。
更喜钢花飞舞处，通天彩练气如虹。

悬空寺

悬空高寺真大度，长期共存最佳处。
一殿三祖释李孔，异源同流佛道儒。
八方三教皆兄弟，四海一家多民族。
慕古忧今抬望眼，海峡何日变通途？

周　伟

周伟，1920年生，湖南省长沙市人，曾任鞍钢设计研究院轧钢设计室主任，高级工程师。著有《卯泉诗稿》。已故。

赠同仁

艺苑争芳赞轧钢，日新月异不寻常。
机分坯板线型管，材具槽圆扁角方。
大厦非其无建树，国家赖以奠康强。
诸君天下凌云志，万紫千红绘彩章。

张 羽

张羽，上世纪三十年代参加革命，曾在周恩来同志身边工作，后任鞍钢集团公司党委书记，已离休。

回延安

驱车回延安，一别四十年。
峥嵘岁月事，历历在眼前。
登上宝塔山，幽情浮心田。
人乘黄鹤去，山河亦改观。
莫叹人生短，鸿毛与泰山。
延安诸伟人，精神万代传。

张未然

　　张未然，女，1929 年生，辽宁开原县人，曾任鞍山市委宣传部长。辽宁省诗词学会理事，鞍山千山诗社成员。

江浙行遣兴

一帆烟雨一帆风，不尽青山伴我行。
雁荡龙湫惊素练，天台隋刹慕名僧。
文山遗迹江心岛，史阁孤忠杨柳城。
慷慨悲歌情未已，海天佛国看潮生。

过扬州

久慕维扬景色幽，也从京口渡瓜洲。
偏怜瘦俏西湖水，仰望平山居士楼。
萤苑成灰失废址，琼花摇雪自风流。
高楼夹道通衢过，古老扬州起大猷。

重游千山

十载乌蒙客，杜鹃照眼明。
碧莲清夜梦，香雪故园情。
重睹芳华日，欣逢宿雨情。
龙泉极远目，山色伴松声。

丁卯谷雨偶成

（一）

江南属孟夏，北国正春光。
梨蕊千山白，柳丝万树黄。

（二）

难忘五月血，岂叹满头霜。
留待诗情在，临风唱大江。

陈作波

陈作波，1924 年生，湖南湘乡人。曾任鞍钢钢铁研究所教授级高级工程师、全国轧钢学会轧辊学委会学术秘书。鞍山市铁东区人大代表。著有《白云诗稿》。

黄山观云

云海苍茫缥缈，峰浮点点仙岛。
乘风欲去三山，只恐归来天老。

第一次全国科学大会召开有感

山岛朦胧港口深，遥天半壁曙光侵。
传呼快舰迎红日，破浪青溟碧海心。

张绪兴

张绪兴,1925年生,天津市人。鞍山市第一中学语文教师、千山诗社社员、鞍山诗词学会会员。曾主编《千山诗词选》。

周总理逝世二十周年

四害猖獗日,北斗落中天。万民丧考妣,十里恸长安。大厦折梁栋,航船厄险滩。板荡识砥柱,奋臂挽狂澜。四凶一网尽,历史启新篇。改革奠大计,开放致荣繁。   繁森树模楷,惩腐倡勤廉。三峡宏图起,京九一脉穿。港澳归指日,提前现两番。巨龙初破壁,环球刮目看。廿年辞故国,魂魄总萦牵。擎旗有来者,英灵慰九天。

沈敏根

沈敏根，1927 年生，湖南省湘乡县人，原鞍钢机修总厂设备科科长，高级工程师。著有《结绳诗词选》。已故。

缅怀王老国章

学识超群品德纯，专家行列数斯人。
维修网络开先路，技改运筹遗后昆。
译著不图名与利，抚孤掏尽爱和恩。
殷勤参政披肝胆，亮节高风耀士林。

水调歌头·岳麓抒怀

枫叶红岳麓，碧漪荡湘江。睽违四十年矣，梦里诉衷肠。最忆湖南革大，云集五千学子，历史写新章。马列精培育，国事勉匡襄。　　应分配，春三月，整行装。长沙一别，骋驰关外马蹄忙。陶醉钢花铁水，誓扫一穷二白，华发笑沧桑。尽瘁重工业，绵薄慰家乡。

刘景瑞

刘景瑞，辽宁台安人，1928 年生。1948 年参军，中南军政大学毕业，离休后回台安，为县文联顾问。有诗集《柳营诗草》行世。

谒少帅故里四首

（一）

参观故里仰先贤，少帅仙乡在九间。
屋宇重修张氏第，村居未改旧庭园。
如梭岁月催人老，驹隙光阴瞬百年。
桑梓亲朋恭贺寿，擎杯祝福望香山。

（二）

水水山山自古今，将军百岁寿高钦。
关东易帜安邦志，兵谏西安护国忱。
每向风云窥壮举，几从烈火认真金。
凭他千口说功过，不改忠怀一片心。

（三）

金戈铁马说当日，故国河山望眼中。
往事追踪参旧馆，百年雷雨仰高风。
门前井水泉犹冽，院后披枝枣尚红。
父老萦思张少帅，几回把酒论英雄。

（四）

白山黑水好关东，福寿赢来百岁躬。
半世恩仇家国恨，一生萍迹雨风中。
远观沧海天无际，静对香山梦几重。
何日将军归故里，高歌奏凯乘长风。

张咏秋

张咏秋，生于 1928 年，湖南湘潭人。原任鞍钢集团公司高级工程师，著有多部冶金学术著作。爱好诗词创作，现为千山诗社成员。已离休，享受副市级待遇。

谒抗战纪念馆

一往轻生死，丹心照碧空。
关山崇浩气，日月耀英风。
琼馆怀先烈，苍松忆故雄。
年年春到早，烂漫血花红。

浪淘沙·迎香港回归

英鬼血盆张，一片凄凉。家贼琦善种祸殃，
迫使则徐含恨去，梦断愁肠。　　一纸了忧伤，
气吐眉扬。百年奇耻此朝偿。今日紫荆花正艳，
颂我炎黄。

周国忠

周国忠，字墨虬，笔名周楠，1929 年生于辽宁，文学、工学双学士，曾任鞍钢技术中心高级工程师。中华诗词学会会员、辽宁省楹联学会理事、鞍山楹联协会副会长、千山诗社理事。著有《楠庐吟韵》《楠庐文存》。

大海礼赞

纵目总无垠，狂涛欲撼云。
才铺千顷玉，又皱万叠银。
击浪欢腾马，吞舟跃锦鳞。
大哉沧海水，亘古浴星辰。

西湖雨后即景

湖上遥峰浴欲消，水天溶碧更娇娆。
烟笼葛岭迷孤塔，雨洗苏堤冷六桥。
渔火乍添红一点，荷塘初涨绿三篙。
黄昏伫立情何俏，眉月无言挂树梢。

西江月·咏怀

半世情钟文史，一生心系风云。萧斋格物自修身，困显穷通未问。　　从势争如从理，求知胜似求人。小窗独坐乐长吟，啸傲虚名才俊。

徐广兴

　　徐广兴，1930 年生，辽宁省鞍山市人。1948 年参加工作，曾任鞍山市总工会秘书长。千山诗社社员、鞍山诗词学会会员。

槐香路

十里槐香曲径幽，八年寒暑画中游。
桑榆不碍诗情重，携侣白头韵自悠。

千山诗社二十年贺

骚坛盛会聚群英，众友吟哦韵味浓。
旖旎清幽寻妙句，诗心不老笔生情。

刘素荣

刘素荣，女，1932 年生，1948 年参加革命，现为中共鞍山市委离休干部。鞍山老年书画研究会会员、千山诗社社员。

游龙头山庄

盛夏山庄一日游，诸君到此更何求？
吟诗垂钓观佳景，仙境回归云水悠。

观云南石林

群峰壁立入云端，利剑穿天锷未残。
百态千姿争秀色，任人昂首赏奇观。

符显声

符显声，1936 年生，辽宁省海城市人，高级政工师。历任中共鞍山市委组织部干部处副处长、鞍山市总工会财贸工委主任等职。炎黄诗词学会会员、千山诗社社员、鞍山诗词学会会员。

山中农舍

碧水青山树万重，小楼独隐绿荫中。
欢腾溪水宅旁过，更喜坡前一片松。

荷塘观趣

风吹碧水闪银波，宿雨残留滚泪荷。
彩蝶翩翩花弄影，蜻蜓点点叶扇活。
浪翻红鲤圈涟漪，跳跃青蛙食觅捉。
趣景痴观忘知返，夕阳不觉落山坡。

汪 蛟

汪蛟，1938 年生于辽宁省昌图县，曾在鞍钢等企业任高层管理者，高级工程师。著有诗集《春风吹上嘉峪关》、旧体诗词集《清风集》。全国冶金文艺协会副主席、鞍山市文联副主席、鞍山作家协会副主席、鞍钢文联主席。辽宁省文联委员、辽宁作家协会会员。

纪念建党八十五周年

浩歌谱就共和曲，血肉筑成万里城。
八十五年开创路，伟人三代有新承。
尧邦万众开新宇，禹甸群民致景行。
笑看风云华夏涌，神州大地凯歌兴。

沁园春·鞍钢

霞曙风云，电闪雷鸣，春满钢城。望钢花千里，怒放天外；红旗似海，尽染长空。几代相期，十年求索，万众齐心抖长缨。喜今日，看凤凰涅槃，重振雄风。 往昔岁月峥嵘，赖伟人三代指航程。激改革活力，龙腾虎跃；改造硕果，旧貌新容。孟泰精神，崇伦速度，传人万众勇攀登。望未来，进强强五百，大业飞腾。

戴喜东

戴喜东，1934年生，海城人，三鱼泵业公司董事长，辽宁省作协会员，业余从事诗文创作，在多种报刊上发表，亦有专著出版。

古今感悟三首

（一）

诸葛聪明智慧多，奈何偏遇一刘阿。
风秋五丈人何在？凭吊英雄涕泪沱。

（二）

郑燮为官特执著，躬行正道不循阿。
名言一句传千古，难得糊涂耐揣摩。

（三）

人生于世几春秋，成败得失不自由。
且得不芜方寸地，安然回首慰双眸。

文　畅

文畅，本名邢德昶，辽宁省海城市人，曾任中共鞍山市委常委、市委秘书长、市人大常委会副主任。中国作家协会会员、辽宁省散文学会顾问、鞍山作家协会主席。国家一级作家。著有《山水人情》《国宝灵光》，《心痕思缕》等著作多部。获东北文学奖、辽宁文学奖、全国第三届冰心散文奖等。

游沈园

沈园柳老尚吹绵，池上覆苔映碧莲。
粉壁犹存钗凤咏，花期已谢陆唐缘。
板桥履印伤心迹，绿水波涵痛泪澜。
爱侣偏逢狂悖母，悲情千古感凄然。

赠祝乃杰学兄

学府相知结弟兄，青春路上比肩行。
诗书共读求深解，义理同标见至诚。
创作每成相与赏，忧烦忽扰有扶擎。
峥嵘岁月足堪惜，种下终生不了情。

江城子·女儿赞

著文妙手诉衷肠，暗思量，不张扬。默默求精，一意列头行。访友拜师勤研读，面憔悴，仍图强。　　飘香翰墨盈闺房，俭梳妆，爱书香。惟乐笔耕，书卷慰爹娘。最是女儿堪爱处，思进取，谋高翔。

沁园春·观海

碧海翻涛，击鼓鸣鼍，雪浪冲天。望天涯地表，红云漫抹；岸边堤畔，水打沙滩。嘶啸长风，雷鸣电闪，天际雄鹰任舞旋。顶逆境，有搏击大志，撼动青山。　　从来沧海人间，喜群雄含笑踏狂澜。看舵师魂魄，气吞万里；豪杰胆识，石壁洞穿。睿智书生，开掘盛世，敢立涛头赋伟篇。人生路，多惊涛风雨，强者心欢。

李国征

李国征，笔名下蹊，现在鞍钢集团公司工作，中华诗词学会会员、中国楹联学会会员、鞍山作家协会副主席、千山诗社副社长。先后出版旧体诗词集《芜茗斋小酌》《芜茗斋长短句》及多部长篇小说。

自嘲兼和江夫

鸿儒且莫笑白丁，陋室林泉亦畅情。
寄意小舟飘细雨，扬怀大野慕长庚。
前生根底寻因果，半世忧欢付笔耕。
一晌贪眠夕照晚，吟茶松下未休停。

为校友录题照

风华昨日梦中还，执手今朝泪欲潸。
笙管不眠沈水夜，人生快意大辽天。
擎杯几叹初知命，挈子方惊又少年。
鸿运乍开前路阔，躬行奋斗莫愁难。

浣溪沙·和书法家董洋先生

无意青词不羡仙，相约把酒烂柯山，总将世事作棋观。　木屐踏春人未老，一函论语养心宽，东篱梅畅梦方酣。

张熙臣

张熙臣，笔名承瑜，1942 年生，辽宁省海城市人，曾任鞍山市人民检察院党组副书记、副检察长。中华诗词学会会员、鞍山作家协会会员、鞍山诗词学会会员。著有诗词作品集《源泉激心声》。

深圳赞

春风拂煦自京天，深圳特区掀巨澜。
顷刻消失一旧镇，须臾崛起万新山。
卉花遍缀路街畅，霓彩普辉夜市欢。
更有高新科技网，日新月异总当先。

周开基

周开基，笔名湘舟，1933 年生，湖南省望城人，曾参加抗美援朝，后任鞍山市果品公司副经理等职，被国际汉语诗歌协会和中华词赋学会授予"终身成就奖"。

回故乡访雷锋旧居

少壮从戎别望城，弹指匆匆四十龄。
莫道雷锋人去远，可学精神在永恒。

齐晓阳

齐晓阳，辽宁省辽阳市人，与共和国同龄，多年从事宣传文化工作，有杂著四本。有国家二级编剧。

东　山

山在城之东，不知几多重。绵延三十里，翠接莲花峰。莲花有清韵，路远难相拥。奔波红尘里，忧烦与日增。口渴思吞海，师老困围城。有笔烦签字，无钱愁支应。每惧荒于嬉，板凳冷方宁。疲惫归家晚，品字当品茗。南窗对闹市，叫卖不绝声。北窗搓麻将，赤膊斗输赢。莫名纷争起，秽语夹腥风。夜半难安枕，晨起东山行。东山多槐树，间杂两三松。荒径隐犹现，白云散复凝。花落疑蝶舞，叶动觉有风。更喜小松鼠，跳跃来相迎。万类竞自由，何况一苍生！心定尘埃落，胆张目愈明。无须寻桃源，不羡陶朱公。胸藏十万卷，身迎八面风。问谁非过客？山是主人翁。我行我素矣，对此足怡情。吟罢发长啸，红日正东升。

王湛宽

王湛宽，笔名司空见，生于 1948 年，辽宁省锦县人。曾任鞍钢日报记者、责任编辑，中国楹联学会会员，鞍山作家协会会员，鞍钢楹联诗词学会秘书长。著有《湛宽文集》《湛宽诗草》《湛宽词作》《湛宽联语》。

一剪梅·知青情结

插队当年庙宇乡，背了行囊，抛了书囊。挥锄斩草试锋芒，笑对朝阳，懒对斜阳。　　月下荷塘会小芳，倾诉衷肠，忘却饥肠。忽闻调令泪成双，情系农桑，无奈沧桑。

浪淘沙·刘翔奥运夺冠

雅典耀星光，田径鸣枪，高栏短道又飞翔，年少追风谁与共，天下无双。　　赛事总繁忙，颠倒阴阳，征途跨越许多长，只为五环歌一曲，义勇威扬。

周林

周林，1949 年生，祖籍山东，有插队、当兵经历，曾为鞍钢公安处及钢都分局高级警官。中华诗词学会会员、辽宁作协会员、鞍山诗词学会副主席、鞍钢楹联诗词学会主席。著有《槐荫诗词》《槐荫札记》《槐荫联选》等。

记 雪

夜半窗前景致殊，静时观赏雪如芙。
一轮玉照随蟾动，万点星光映锦浮。
冬雨寒凝雕翡翠，月晖温润衬珊瑚。
惜无诗友同临此，唱和推敲共奉觚。

戊子末寄兄弟

钢城索句叶初黄，岁尾酬君寄短章。
杯水曾温寒腹暖，兵歌或励少年狂。
百花艳吐谁惟俏，一木清吟尔独芳。
虎帐长离封剑印，犹珍兄弟叙衷肠。

满江红·为三舰出航壮行

世界清平，通商贸、如荼如火。惊突变、盗幡纷至，劫船掠货。海匪贪婪生大恶，流民啸聚怀心叵。倡正义，焉可壁前观，无追索？　遣铁甲，新戟荷。虽远涉，谋除祸。昔郑和六度，倚天操舵。浩瀚汪洋长剑砺，泱泱华夏威名播。指日间、看我抖长缨，匪狂破！

董 洋

董洋，1953年生于辽宁鞍山，现在鞍山钢铁集团工作。2001年以来，曾有《初艮斋墨迹选》《初艮斋散文选》《初艮斋诗词选》《初艮斋诗歌选》出版。

咏 烛

一点微星照壁沉，眼花犹伴泪光昏。
从今夜烛迎风举，不到百年不死芯。

戊子立秋感怀

读文久慕韩荆州，壮岁心轻万户侯。
素以平生归淡泊，肯将春色赋风流。
瞻程感念怀知已，生子应当羡仲谋。
篱叶萧萧终待落，时还伏枥卧吟秋。

踏莎行·赠梦醒君

梦欲南天，情开尺素，流觞曲水无寻处，雪消岁早未销魂，春红初染桃花渡。　　舀取江河，吸滋雨露，只求沉醉香如故。今朝有酒且随君，明朝万里丹山路。

王延绵

王延绵，1953年生，辽宁海城人，现任鞍钢总经理助理。自上世纪八十年代初开始发表诗词作品，曾出版旧体诗词集《延绵诗稿》。现为中华诗词学会会员、中国楹联学会会员、千山诗社副社长、鞍钢楹联诗词学会副主席。

眉山道中

远山屏紫黛，近野菜花黄。
薄雾塘间起，清风树下凉。
竹遮白舍暗，梅点绿溪长。
小镇酒旗引，东坡名肉香。

【注】

四川省眉山县，苏东坡祖籍此地。有菜名"东坡肉"。

白玉塔

罪证立山巅，浪翻渤海怒。
二枭争裂撕，万众遭杀戮。
日寇表功碑，中华耻辱柱。
登临刺我心，血涌贯双目。

【注】

白玉塔位于旅顺口，状如炮弹，系日俄战争后日本人修建的表功碑。

献给鲅鱼圈建设者

鲅鱼圈畔巨帆起，直下五洲八万里。
南海携挥塞北云，北陬播洒辽南雨。
熔炉百炼铸群英，数万愚公大点兵。
号子一声神力动，太行移去王屋平。
巨石填落沧溟底，岸锁蛟龙狂浪宁。
山海经今当改写，九霄精卫愧无声。
送别酷暑朔风吼，两载人催日月走。
猎猎旗飘霜雪惊，轰轰足踏星辰抖。
塔吊舞臂抚青天，耀目弧光衬紫烟。
千仞高炉拔地起，百寻广厦臂相连。
尘埃未见随风去，水湛天蓝芳草碧。
灿灿铁流绘彩图，铮铮钢板美如玉。
科学发展立排头，四海弄潮竞自由。
万众同心创伟业，鞍钢来日更风流。

桂枝香·登虎山长城

秋深乍肃，有徙雁南飞，萧瑟凋木。古阙接天剑势，虎山独步。揽得江野三千里，水平铺、鸭头深绿。紫峦苍远，云烟漫漫，露凝舟驻。　　想金汤、横疆锁渡。忍雪暴霜侵，健卒长戍。怎奈虫蚀柱朽，庙堂倾覆。颓垣冷寂湮荒草，叹蹄痕戟影遗处。故堞西向，当年曾见，柳条边麓。

周　禹

周禹，笔名雨舟。1953年生于辽宁省辽阳县。现任鞍山高新技术产业开发区管理委员会副主任，中文学士，工程硕士。2004年出版词集《周禹词选》。鞍山市作家协会会员、鞍山市诗词学会副主席。

水调歌头·再游三峡

　　带雨走重庆，向晚别渝州。顺风顺水漂下，惬意荡悠悠。船压山光云影，水载斜阳晓月，千里放轻舟。截后大三峡，今日再来游。　　大蓄势，大动脉，大江流。恢弘霸业，无尽风雨写春秋。多少吴帆魏舰，几许纤夫栈道，拍岸问曹刘。浩荡奔流去，千载不回头。

行香子·游江西龙虎山

　　云锦秋风，竹筏渔翁。画屏开、景致无穷。蟠桃濯水，棺木悬空。惬行山水，搜龙虎，笑雌雄。　　丹霞赤壁，柔波玉带，长流水、仙羽常丰。千年朝圣，一道归宗。谒仙人观，天师府，上清宫。

鹧鸪天·槐花吟

夏日千山百木憨，吟怀渐老落英添。赏花阶下闻香醉，听雪庭前伴梦酣。　　蜂眷恋，蝶痴酣，鹧鸪一串怨何堪。醒来盘整槐花韵，留点清风在雅坛。

金缕曲·槐花雅韵

浓郁温香雪。舞翩跹、梳翎白羽，缀枝清蝶。紧簇花团垂玉树，倒挂银铃承接。沁肺腑、心舒意惬。不与芳菲争美艳，有风来、满地铺鳞屑。一串串，似情结。　　一生清白留谁说？晚春时、柔情绽放，雅怀层叠。国色天色诚堪颂，不似槐花清洁。念去去、依依惜别。散碎云笺常入梦，待来年，再把槐魂挟。莫负我，窗前月。

许家强

许家强，1954 年生，现在鞍钢集团公司工作，任鞍钢实业集团股份有限公司监事会主席、工会主席。中华诗词学会会员、中国楹联学会会员、鞍钢摄影家协会主席，受聘为高校客座教授，与友人合著旧体诗词集《七子吟》。

水调歌头·国庆五十年

华夏五千载，璀璨五十年。一星两弹初试，巨笔绘鸿篇。石壁西陵正垒，等到高峡湖镜，江海绿如蓝。港岛米旗落，含露紫荆妍。　狮猛起，雄步健，看人寰。东西偶冒狼烟，南北贫富悬。欧美缘何强悍，竞去蟾宫折桂？科技宝灯燃。电掣昆仑立，回首看云翻。

沁园春·神舟七号

展翅神舟，鸟瞰环球，放眼问天。数神七神气，三人比翼，出舱取物，巧释星旋。举世心牵，志刚舱外，素裹红旗映宇环。初学步，算蹒跚几里？一万八千！　飞天梦幻千年。想寂寞嫦娥、早悔寒。盼强弓后羿，再发奇箭，蟾宫小驻，星海梭穿。玉兔吴刚，牛郎织女，相伴巡天返故园。当如愿，乘月光起舞，桂酒开坛。

沁园春·北京奥运

火种传承，雅典北京，怒放圣光。慨百年三问，苦寻梦想，一朝答案，圆满辉煌！鸟巢莺歌，群英荟萃，奇迹频飞水立方。金牌亮，耀五星旗赤，义勇高昂！　　轻舒画卷端详，有万里河山、锦绣藏。绘和平世界，和解两岸，和谐社会，和意绵刚！球小精雕，大球怎写？妙笔点睛华夏强！休停眼，看雄鸡报晓，浓墨新章。

戴尔宝

戴尔宝，1955 年生，辽宁海城人，海城市王石乡职业学校教师。辽宁省诗词学会理事、辽宁省青年诗词社副社长兼秘书长、海城市诗词学会副会长。有《紫云集》《绿风集》等多部的诗词专集行世。

湖畔月夜

湖水清清夜色暝，船无笑语柳无风。
月光满地无人拾，都付莲花香霭中。

江南夜棹

举棹青山远，行舟绿水长。
叩舷惊鹜起，垂钓羡鱼翔。
耀眼水云影，扑鼻荷月香。
寻芳迷去路，回首夜茫茫。

辽宁青年诗社在沈成立

三月果阳和，乾坤嘉气多。
苞红将蝶阵，杪绿欲莺歌。
管弄南湖曲，弦翻北国歌。
沈城添雅客，风景费吟哦。

忆江南·冰峪英纳河

冰峪景，神妙巧雄奇。秀岭参差青翡翠，澄潭错落碧琉璃。能不惹情痴？

王新民

王新民，笔名远方，生于 1934 年。教授级高级工程师，曾任中国第三冶金建设公司总工程师、副总经理。辽宁省作协会员、鞍山市作协名誉委员、鞍山市老年文学学会副会长。出版散文集《远方的河》、诗集《远方诗词》等。

访张学良将军雪窦山幽囚处

烟花四月访溪口，雪窦山峦雾正稠。
古刹听禅随夜散，高台对弈伴云流。
西安兵谏功卓著，青史深镌名姓留。
少壮生平唯率性，人格图式耿千秋。

致考古学家

手扶残垣断壁，脚踏枯河废墟，白骨堆前常着迷，与魂对饮对弈。　　甘守旷古清寂，不追时尚潮汐。历史长河通复淤，犹能找到真迹。

许香凝

许香凝，女，1958年生，辽宁省鞍山市人，辽宁大学中文系毕业，中国政法大学研究生毕业。现为鞍山司法局政治部副主任、辽宁省美学学会理事。有散文、杂文、诗词作品和文艺评论与论文在多家报刊上发表。

闻山松韵

气象森森势有声，危岩耸立显峥嵘。
风摇似水拂清浪，雪落如花着碧琼。
云去音希情隐默，雨来韵作意回萦。
沧桑历尽青依旧，何得人生如此能。

千山雾雨

雨雾弥山秀影藏，嫣红姹紫迹浑茫；
天公作美随人愿，一线云开展万芳。

幽谷梨花

玉骨冰肌素抱怀，东风早绽万枝开；
仍存数朵无凋意，苦守残春待我来。

禅寺夜经

春山空静鸟林栖，银汉西斜影半移。
灯火梵经寻古刹，殷殷此岸觉迷离。

霁月新天

雨过山林草木新，中天霁月似冰轮；
今宵梦宿嫦娥馆，桂影蟾华醉了人。

仙台遥望

仰天驰意望棋台，未作仙游不了怀；
五岳仍留一岳梦，凌空绝顶待重来。

温　和

温和，号牧天，1958年生，山东青州人。现任鞍山作家协会副主席、鞍山书法家协会副主席、鞍山市文化局副局长。

洛阳牡丹

无声静自开，香气随风来。娇艳妩媚影，欲摘亦徘徊。凝脂透富贵，不向帝王开。傲有铮铮骨，不愿上高台。一团团烈火，一簇簇洁白。嫩绿如竹翠，淡粉似霞彩。赏心兼悦目，亦可入药材。杜康一壶酒，闻香入心怀。花气使人醉，何日亲手栽？

沈　园

沈园池水静无苔，花落楼台复又开。
春柳依依随律动，吴歌阵阵旧人来。

三味书屋

春水乌篷小巷深，读书三味始知真。
一桌一椅今还在，只有琼花忆故人。

金　宝

金宝,1969年生,辽宁台安人,鞍山市铁东区教育局局长。吉林大学古籍研究所历史文献专业博士研究生。著有《清风集》《云水集》《古调新歌》。现专攻《诗经》。

罗　湾

饮罢西湖饮太湖,仓桥深处卖青鲈。
桂花塘下多莲子,舟过罗湾月色无。

浣溪沙·绍兴

城北城南皆病魂,可怜春色已三分。花腮柳眼逐波纹。　　只好夜深轻入梦,无端风起乱开门,雨声渐远雁声闻。

刘春辉

　　刘春辉，1935年生，辽宁省辽阳人。上世纪六十年代起，在鞍山市委、市政府等几个部门工作。1995年从鞍山市政协副秘书长职退休。鞍山市诗词学会和千山诗社成员。著有近体诗集《党魂颂》和《中华魂·诗赞三百名流》。

中秋抒怀

（一）

玉盘清冷溢寒光，半世隔离几断肠。
未弃前嫌人已老，百年羞愧见炎黄。

（二）

华灯齐放夜初长，对月举杯品蟹黄。
酒入愁肠情最苦，魂游孤岛觅同乡。

（三）

岁月无言白发增，佳肴难进数繁星。
风摇枯叶纷纷下，故旧飘零半死生。

（四）

沉沉长夜未成眠，对壁凄伤泪暗弹。
离散聚来应有日，缘何祈盼复年年？

于立志

于立志，1950 年生，现在鞍钢集团公司工作，曾任副处长等职。鞍山市作家协会会员、鞍山诗词学会会员、鞍钢演讲朗诵协会副主席。著有《企业常用文体写作》《历史人物诗咏》等。

锦绣鞍钢

曙晖潋滟岁元新，万紫千红耀眼频。
火凤涅槃舒彩翼，鲅鱼磅礴炳奇勋。
魂牵金瀑织绮锦，情系华章呈赤心。
破釜争雄难忘却，壮哉航母数当今！

【注】
鞍钢于 2008 年在营口鲅鱼圈港新建钢厂并已投产。

赠友人

秀比南国玉芙蓉，风华女子最诚衷。
品德蕴含荆山质，神采不逊梅雪容。
肝胆从来持峻节，剑眉哪肯屈顽凶？
孝悌无疆花涌泪，感怀肇于旖旎中。

丛 丹

丛丹,女,1940 年生,辽宁凤城人,满族,曾任中学俄语教师,后在民革甘肃省委宣传处工作。

西江月·植树

几度雪消高岭,连番雨润苍苔。好春时节树新栽,掘破四山烟霭。　　异日千章梁栋,今朝数寸根荄,亭亭林表送青来,想见绿荫如海。

杨春蓬

杨春蓬，辽宁省海城市人，1942年生，毕业于鞍山市教育学院，海城市孤山中学高级教师，现已退休。海城市诗词楹联学会会员、中华诗词学会会员。

雨歇游凤凰山

雾海云涛锁峻峰，高岩绝巘竞峥嵘。
天成地设凤凰洞，鬼斧神工马足坑。
碧叶微滋千树翠，娇莺偶啭一腔情。
寻幽曲径兴难尽，烟雨迷蒙送返程。

悼汶川"禹风诗社"六十六诗友

肆虐恶魔祸北川，惊闻噩耗痛心酸。
诗朋罹难鹃啼血，词友星沉鹤唳天。
遗志岂无他辈继，瑶章自有后人谈。
诸君云路宽心去，李杜遗风万古传。

田作文

田作文，1936年生，辽宁海城望台镇仙里村人，退休前为鞍山市海城师范中文高级讲师，现为中国楹联学会会员、海城诗词楹联学会副会长。本人倡用新韵，所写旧体诗皆用新韵。

感时吟

花黄叶落尚思春，何况老人不老心。
日历初开新画面，时针还指旧知音。
珍惜每个象形字，检点自身胆固醇。
潇洒几斤浮肿肉，保留一点精气神。
欲求彭祖千秋岁，除却巫山一段云。
体态全凭心态好，名声更比掌声亲。
世风多变天冷暖，脸色略观月晨昏。
卖文糊口张之洞，沽酒抒怀龚自珍。
荷戟彷徨真壁立，临渊呐喊亦深沉。
退而能止进而取，忍者应知适者存。
快马失蹄无坦路，熟粱醒梦有清晨。
集资每入乾坤套，凭耳难分真假闻。
受众仿佛仪仗队，应声毕竟捧哏人。
图钱反以前途渺，视力何唯利是尊。
忙碌录出繁体字，闲聊撩起送穷文。
可疑位重伤风骨，不信言轻败甲鳞。
奇事怕猜一与万，真情难料寸和分。
平空照见华南虎，突兀爬出蚁力神。

但愿天天能水净，可惜每每被烟熏。

大人屡计小人过，百姓常遭一姓侵。

叶韵兼听窗外事，掌勺只顾手边盆。

当仁不让无求奖，见义勇为岂惜身。

偷税款爷能放胆，润花夜雨要瞒人。

轮班家里吃白粉，隔宿台前点绛唇。

蔚蔚蓝天蓝蔚蔚，茵茵绿地绿茵茵。

眼前美景识凶险，饭后洁牙砭古今。

浑是司空成见惯，无须掌故解迷津。

诗联本可知民意，法律才能定世心。

惊闻彭水谤诗案，幸有传媒美藻芹。

社会和谐听广韵，人文发展颂新春。

劝君莫奏前朝曲，随我时习现代音。

稳稳当当停脚立，平平仄仄引吭吟。

张久瑞

　　张久瑞，1940 年生，辽宁省海城市牌楼镇牌楼村农民，中华诗词学会、鞍山诗词学会、海城诗词学会会员。有作品在《中华诗词》上发表。

嘉兴南湖红船

南湖船上聚群英，点亮神州第一灯。
星火燎原声势烈，运筹帷幄指航程。

八一建军节

南昌起义大旗飘，子夜枪声震九霄。
从此长缨民握有，大军到处霸权消。

赵巨武

赵巨武，1944年生于辽宁海城，曾于军营磨炼多年。现为中国楹联学会会员、临溟诗词楹联学会副秘书长。著有《联韵书香》。

忆江南·临溟好

临溟好，市井换新颜。路畅车驰商有信，楼高人悦夜无眠。梦寐笑声甜。　临溟好，荒野变良田。免税除捐民众喜，宵衣旰食谷仓圆。心顺手不闲。　临溟好，黎众弄笙弦。年迈阿婆歌靓美，妙龄少妇舞翩跹。喜悦胜当年。　临溟好，风畅百花妍。水暖春江鸭戏水，泉青野草鹤鸣泉。美景赛江南。

王立金

王立金,1954年生,辽宁海城人。现为中华诗词学会会员。海城市诗词学会副会长。诗论《柳河诗引》获中华诗词发展研究会"中华诗词发展杰出贡献奖"。

楼下老妪

年近八旬未掩华,平明坛上总栽花。
把春留住分邻户,一份芳妍属自家。

西江月·与台安诗友共韵白云山

举目峰林若盖,回眸峦浪犹裙。猿攀蛇步险登临,多少危崖如阵。　　两邑风流联唱,一程岭树偕吟。白云山上响云飞,漫载辽天新韵。

马守荒

马守荒，1950年生，海城市人。中学高级教师，曾任海城五中教务主任；现任海城市教育系统关工委秘书长。为中华诗词学会会员、海城诗词楹联学会副会长、海城市作家协会会员。著有《同反义词手册》一书。

新中国六十周年

一唱雄鸡举世瞻，江山如画百花鲜。
神舟发射嫦娥乐，氢弹试成黎庶欢。
香港回归成旧事，澳门迎迓谱新篇。
国强民富小康奔，实践科学发展观。

忆江南·海城河畔影

河水碧，倒影映长虹。几叶飞舟盈惬意，数竿垂饵钓轻松。古邑沐春风。

刘洪亮

刘洪亮，辽宁海城感王人。曾任村党支部书记，电子电力技术员。中华诗词学会、中国楹联学会会员，鞍山市楹联学会常务理事，海城市诗词楹联学会副秘书长。

千山梨花

树树枝头花放千，香飘十里众争观。
雪山起舞云遮地，银海扬波浪涌山。
仙女撩纱游客醉，大佛垂目省人间。
君来万次终无悔，胜驻瑶池百二年。

诗人节志咏

道义担肩兴社稷，弥经力作壮国魂。
踏歌辞海折仙桂，吟诵风云泣鬼神。
爱洒山河宏大志，胸怀天地著雄文。
一心锦绣抒豪气，畅咏神州万代春。

李毅耘

李毅耘，辽宁海城人，1945 年生。高中毕业后下乡务农四十余载，曾几任村官，从事农村基层工作。中华诗词学会会员、中国毛泽东诗词研究会会员、海城诗词楹联学会会长、《临溟诗词》主编。有诗词选集《苦耘集》《痴爱集》等行世。

解放军赴汶川

天兵十万下西川，抗震救灾解国悬。
驱犬废墟寻幸命，擎鹰峻岭送伤员。
都江水涨通东海，堰塞湖高垫北天。
巴蜀含悲迎柱石，军民重塑锦江山。

有感江南暴风雪

携手军民抗巨灾，神州十亿巧安排。
强输电网暖流动，力导交通线路开。
北斗传情情化雪，南江除害害难回。
且看佳节闻佳讯，阵阵春风荡恶霾。

张世民

张世民，辽宁海城人，1948 年生。1971 年起任海城市马凤镇文化站长、党委宣传委员，1991 年调入海城市财政局工作。现为中华诗词学会会员、鞍山市作家协会会员。

抗震救灾赞总理

汶川强震动京城，戴月披星蜀地行。
脚踏余波奔险境，眼含热泪慰孤星。
躬身瓦砾呼生命，援手学童慰涕零。
多难兴邦齐奋进，辛劳激起万民情。

刘素洁

刘素洁，女，笔名白玉、如雪。1950 年生于辽宁海城。海城市档案馆副馆长兼史志办副主任副编审。现为中华诗词学会会员，海城诗词楹联学会副会长。有《素玉集》行世。

悼念诗长王世顺先生

鸿儒辞世恸临溟，失却梁材大厦倾。
廿载吟坛擎赤帜，一城秀士仰尊名。
短笺难书诀别恨，铁笔何堪哀挽情。
顺叶随君成万古，诗成孰与仄谐平。

清平乐·中秋残奥会

玉蟾驰目，喜看升平舞。绚烂烟花盈夜树，华夏风流独数。　　才辞奥运宾朋，又迎残奥精英。今夜歌飞四海，五洲共庆昌平！

沁园春·重阳忆旧

　　九九重阳，馥桂摇金，满地菊黄。正西风凋敝，寒蝉声远；梧桐叶落，明月流霜。北雁南飞，清秋千里，遥望关河揉寸肠。凭谁问，有满怀愁绪，菊韵无行。　　时光一枕沧桑。忆往昔青春岁月狂。效兰亭结社，花期际会，轻吟漫咏，曲水流觞。把酒临风，春秋家国，检点襟怀词笔香。流连处，更筝弦入耳，笑语琅琅。

孙 生

孙生，笔名：秦风，海城人，毕业于哈尔滨艺术学院。现为中华诗词学会会员、北京诗词学会会员、《中国诗人大辞典》编委会特约编委。

吉林市夜观雾凇

隐隐红装柳下人，冰宵玉界仝琼林。

繁灯一夜花千树，却引诗魂逐月魂。

苏州郊游

一路幽篁上晚亭，南湾碧水小舟横。

桥头问酒花溪醉，梦里和仙奔月空。

雨中西湖

翠柳氄氄欲化烟，空濛细雨润三潭。

悠悠画舫轻如梦，错认西湖作广寒。

白菊花

银妆绿帔焕馨香，潇洒天辉素蕊藏。
栩栩琼姿幽望月，婷婷倩影静思乡。
冰肌亮节冰清烈，玉骨高风玉质强。
宛若西施含笑立，逸仙倜傥不争芳。

杨国桓

杨国桓，1954 年生于辽宁海城。中华诗词学会会员、市诗词楹联学会常务理事、海城市硬笔书法家协会副主席。

满庭芳·北京奥运会开幕式

万众欢腾，银花火树，暗淡天上月宫。百年宏愿，今夜梦成行。舒展东方画卷，呈翰墨，汉韵唐风。欢歌舞，太极茶艺，迷醉五洲朋。　　群英燃圣火，炎黄后裔，满注激情。健儿骋赛场，立业建功。不料天灾地震，生死共，志在中兴。同携手，摘金夺冠，捷报漫京城。

王海婴

王海婴，又名王海英，1958 年生于辽宁海城，当过工人、教师，现供职于辽宁海城市兴海教育办。中华诗词学会会员。

新中国甲子大庆

一从开放改革兴，物质精神两共赢。
亘古何曾免农税，万民颜笑唱心情。
高天铁路飞青藏，现代嫦娥访月庭。
新景谐声惊世界，千帆竞举看峡平。

观央视鉴宝节目感赋

玉器青铜景泰花，沧桑历尽世争夸。
三皇五帝非遥远，四海五湖有际涯。
结伙八强横掳掠，奋争百载艳阳霞。
文明历史成一脉，华夏千秋绽绮华。

宗占智

宗占智,1947年生,辽宁台安人。原任中共台安县委常委、县人武部部长。中华诗词学会、中国毛泽东诗词研究会会员,著有诗词《弹心集》、新诗《浪吟集》,创办并主编《辽河新韵》,现为辽宁省台安县诗词学会会长。

祖国颂

常对荧屏读大千,时闻喜讯乐心田。

卅年改革经风雨,一曲讴歌入史篇。

协力同奔康富路,和谐共创美家园。

东风浩荡宏图展,傲我中华世纪坛。

人民大会堂观赏毛泽东诗词演唱会

一篇咏雪壮台新,时序逢辰祭国魂。

影视回播光史册,名家义演吐清音。

声声悦耳闻丝语,幕幕倾心绕梦痕。

高唱东方红一曲,大堂金壁锁龙吟。

登黄山

团队出征登碧峰，崎岖漫道任攀行。
云梯步步需君试，天路悠悠验尔功。
淋雨袭来增险阻，迎风激越惯豪情。
光明顶上逢幽客，回眺莲花锁雾中。

参观中国军事博物馆

走进军博慨万端，硝烟已逝载流年。
相随尽解炎黄史，深感心流幸福泉。
改革方知强故国，把酒不忘忆往贤。
凝神注目航天展，壮丽江山多彩鲜。

闲居赋

八载休闲近酒杯，兹从今始禁成规。
清心布韵连吟句，信手挥毫伴笑眉。
面带春风人不老，门临旭日室生辉。
幽怀续写尘寰事，珍惜时光勿浪飞。

崔蜜山

崔蜜山，1954 年出生，辽宁省台安县人。1970 年入伍在航空兵服役，现任台安运输公司办公室主任。辽宁省诗词学会、中华诗词学会会员。著有《梓岩集》。

一剪梅·稻丰收

稻浪飘香激浪掀，风舞株旋，雀跃争衔。稻丰千顷蔽平原，云海飞仙，稻海飞镰。 几度秋成好梦圆，富了康年，喜了坤乾。劲歌群舞醉农颜，仓满金元，惠满心田。

踏莎行·蛟岭营区小路

跃上松峤，蹚出水蓼，藤缠树掩羊肠道。身轻独胆壮山行，拳长吓退熊来扰。 绛果香香，黄花窈窈。岩泉舞链银珠跳。登枝玉鸟唱丰华，摘云岭上情痴了。

踏莎行·晨练赏春

翠柳含烟，黄杨落雨，藏羞嫩蕾蓬枝坠。荷风鸟语闹新园，衔来喜事从头叙。 步履轻盈，罗衫飘逸。摇肢醒脑陶诗句，骄阳拨雾映春晴，白云绿草连天碧。

闫中青

闫中青，1928 年生，辽宁台安人，曾任台安县报总编、县文化局长，现任台安县诗词学会副会长、《枫叶集》主编、《辽河新韵》副主编、中华诗词学会会员、中国毛泽东诗词研究会会员。有《钟清诗词集》行世。

游千山

巍峨叠障景斑斓，蜿蜒峰开万朵莲。
滚滚人流凌绝顶，滔滔林海满云间。
仙台古刹香烟袅，猿跳鸟鸣醉客欢。
积翠芳踪留倩影，风光入画胜群山。

满江红·颂西部大开发

开拓西疆，中枢策，当空霹雳。声令下，万千兵马，执鞭直抵。鼓响号鸣犹战场，龙腾虎跃如添翼。勇向前，不畏苦和难，传奇迹。　　挖珍宝，东送气。还草木，战戈壁。我炎黄崛起，只争朝夕。斗转星移抒壮志，改天换地多殊绩。看今朝，阅尽九州荣，人心喜。

沁园春·登万里长城

极目无垠，万里鹏程，气贯彩虹。更冲开海岳，永封北国；关山固锁，大展雄风。伟迹奇踪，蜿蜒如画，倍显炎黄众志诚。横空卧，似长龙飞舞，笑傲寰中。　　中华千古奇功。忆往昔雄关血筑成。历诸侯争战，狼烟烽火；防胡威壮，御虏豪雄。依旧风光，旅游胜地，赏景登临寄客情。抬望眼，喜城垣内外，更显峥嵘。

沁园春·游览西湖

旖旎西湖，百鸟争鸣，万卉竞荣。看雷峰落照，三潭印月；荷莲映日，灵隐疏钟。花港观鱼，断桥残雪，楼阁参差挺碧空。风光美，喜景怡人醉，画意诗浓。　　湖光秀色神工。入佳境看谁倍受崇。有东坡妙喻，乐天雅咏；岳莹启迪，报国精忠。秋瑾坟碑，名传巾帼，先哲为人目睹凝。心欢悦，览千秋胜迹，格外从容。

董忠涛

董忠涛，1953年生，辽宁省台安人，台安县政协委员，辽宁省台安县公安局国保大队队长。辽宁省诗词学会会员、鞍山市作家协会会员、台安县诗词学会副会长兼秘书长。

情　思

青山绿水草萌茫，松挺柏垂雁北航。
刺骨寒风梅吐艳，湖边倩影柳丝长。
菊香秀丽家乡好，竹叶温馨海防强。
醉里挑灯观宝剑，风云岁月引诗行。

春　分

春分一到雨绵绵，荡涤风尘万树鲜。
花蕾萌芽思柳絮，枝条呈绿待芦尖。
莲荷败叶浮波上，鱼蟹身姿泥水间。
九面玲珑成事业，四时锦绣有蝉娟。

张学良旧居赋

初闻少帅降台安，茅草旧居盖有年。
宅后花繁瞻枣树，堂前井涌仰甘泉。
依稀古柳童年忆，浩荡丰功众口传。
文物多含怀旧事，丹心一曲写江天。

梨花赋

春风送暖染千山，遍野丰姿雪色般。

怒放梨花新雨细，呢喃燕子碧空翩。

贵妃漫舞千姿秀，黛玉寻魂百态妍。

蕊艳芳香蜂采蜜，迷人景色涌诗澜。

王洗尘

王洗尘，1972 年出生，辽宁台安人，号沐心斋主。现为台安县文化馆创作员、台安县文学艺术联合会秘书长。著有《洗尘诗钞》。

立电视天线杆

入园惊起两三鸡，蹑足休来踩韭畦。
桃李婆娑人种植，栋梁正直我提携。
擎天一柱齐红日，陷地双足染黑泥。
喜有荧屏舒望眼，笑看南北与东西。

农家秋日

脱尽黄金粒，收完碧玉瓜。棚中蔬菜吐新芽，又是春风细雨遍天涯。

渔　女

归去也，舱满笑声多。一艇冲开千顷浪，双篙激起万重波，唱彻捕鱼歌。

鹧鸪天·农家即事三首

（一）

橱散清新几卷书，壁悬淡泊数轴图。吟诗月下何妨醉，对弈花前不怨输。　　樱烂漫，柳扶疏，邀来细雨润庭除。已栽碧绿虚心竹，更铲篱边恶草无。

（二）

四面桑麻野径斜，蝉声燕语透窗纱。潜踪已捉伴眠蝶，蹑足休惊似睡蛙。　　深植柳，浅栽瓜，尤留隙地种奇花。暮栖飞燕双身影，晓隐潜龙百姓家。

（三）

紫燕无由觅旧庐，黄花有意护新居。小楼不见财神像，四壁遍悬科技图。　　邻翁问："上网无？真知才是护身符。"三姑欲寄求师信，侄女已邮电脑书。

刘永广

刘永广，1938 年生，辽宁台安人，中学高级教师，任教于台安高中，已退休。著有《刘永广诗文选》。中华诗词学会会员、台安县诗词学会副会长、《辽河新韵》副主编。

祝杭州湾跨海大桥胜利建成

弯弯曲曲一条龙，摆尾摇头意欲腾。
海上长廊时隐现，凌波美景亦朦胧。
车流来往穿梭过，游客观光不了情。
巧手红心托日月，上天下海自从容。

欣赏文学写作班学员作品集

信手闲翻月似钩，诸多往事伴书流。
两年硕果枝枝满，一座丰碑字字优。
不惮黄昏滋雅兴，但思引笔荡心舟。
权当健脑增君寿，敝帚自珍何所求！

翁妪合唱《让我们荡起双桨》

甜蜜歌声响课堂，犹闻碧水泛轻舡。
小船摇荡多童趣，老骥随波少断肠。
金曲悠悠温嬉戏，秋声瑟瑟起彷徨。
夕阳难作青春志，唱首儿歌好梦长。

李　朋

　　李朋，1930 年生，山东省龙口市人。原辽宁省台安县政协主席，已离休。现为台安县诗词学会、辽宁省诗词学会、中华诗词学会会员，台安县《辽河新韵》诗刊顾问。著有《李朋诗词曲集》一部。

【双调】凌波曲·彭德怀元帅诞辰一百周年

　　临危血战井冈山，立马横刀西北天。援朝抗美征前线，闻风敌胆寒。忧时忧国心田，庐山谏，出万言。肝胆照人寰。

【中吕】山坡羊·咏雪

　　容姿花俏，春将来报，满天飞落神工造。路迢迢，舞飘飘。冰心一片丰年兆，化作甘泉归燕闹。来，也悄悄，去，也悄悄。　　银装一概，清气自带，天兵天将来天外。送洁白，净尘霾。千红万紫春光待，灭尽毒菌虫孽害。地，也免灾，人，也免灾。

【中吕】山坡羊·北京奥运观感

　　非凡隆重，空前会盛，绝伦开幕中华颂。久魂萦，国昌隆。百年期盼今圆梦，喜在九州心目中。你，也感动，我，也感动！　　人文科技，综合国力，成功举办褒声溢。庆丰盈，喜佳绩。金牌赛场排头立，奥运精神结友谊。国，也争气，人，也争气！

常占寰

常占寰，1936年生，辽宁台安人。台安县教育局退休干部。现为中国毛泽东诗词研究会、中华诗词学会、辽宁省诗词学会会员，台安县诗词学会副秘书长，《辽河新韵》诗刊编委。

沁园春·新中国六十周年抒怀

十月金秋，日丽天高，气象万千。喜龙游广宇，坝拦三峡；西疆开发，奥运凯旋。西气东输，南流北调，特色神州捷报传。民心畅，展宏图大业、硕果空前。　　邓公理论承传，看十亿炎黄斗志坚。正群情似火，龙骧虎步；小康路上，勇往直前。城市繁荣，乡村富庶，社会和谐众笑颜。迎华诞，正千帆竞发，再谱新篇。

鹧鸪天·重阳节感赋

莫叹霜天百卉僵，苍松翠柏耐天长。登临高处观枫叶，漫步篱边赏菊黄。　　鹰展翅，雁成行，古稀翁妪爱重阳。金风送爽人陶醉，尤羡秋花晚节香。

鹧鸪天·咏煤

顽石趾高踞上层，尔埋深处不吭声。胸怀日月恢宏志，气贯长虹火热情。　　千户暖，万家明，燃烧自我放光能。乌黑外表心肠好，献爱人间最笃诚。

园丁颂

敬业园丁术有方，精耕细作铸辉煌。
晨曦踏露培桃李，晚暮披星育栋梁。
沥血输才为国富，呕心播智促民强。
不愁容镜增白发，但喜黉门硕果香。

张　烈

张烈,1918年生于辽阳。1945年10月参军,1957年转业,1992年离休。至今写出三部小说,一部诗集。是抚顺市枫林诗社、辽宁作协、中国作协会员。

改革开放感吟

改革开放辟新路，披荆斩棘谋新生。
牢抓经济强国梦，科技兴国路恢弘。
僵化封闭失生机，葬送事业断前程。
与时俱进闯天下，波澜壮阔举世惊。
卫星探月慰嫦娥，深宫寡居寂寞情。
神七升空探太空，舱外行走窥苍穹。
地震灾情泪如涛，全民救助呼声高。
扶贫济困新村建，迁入新居乐陶陶。
百年梦想今实现，奥运第一题金榜。
东亚健儿人刮目，开幕大典雄风长。
西藏改革五十秋，百万农奴喜心头。
封建势力尽摧毁，改天换地歌声稠。
铁路通藏举世惊，科技攻坚爱国情。
现代文明驱落后，雪域高原迎黎明。
经衰寒风卷欧美，房产泡沫酿灾难。
信心丧失弃宠物，呼我伸手渡难关。
中国大地春料峭，科学发展巧安排。
抗旱除灾人心稳，大地丰收笑颜开。

柳 枫

柳枫,1919年出生于山东黄县,今龙口市。七七事变前后,作为中学生积极参加学生抗日活动,于1938年参加八路军。1952年转业,先后任抚顺市文化局局长、市人大常委等职务。抚顺市枫林诗社创办人,现任名誉社长。

贺陈前诗集出版

闻君历下干休村,几度春秋晓与昏。
未在蒙山埋忠骨,何曾济水洗诗魂。
赏心秀句翻新意,刻骨佳篇忆旧痕。
若待百花争放日,大明湖上酒盈樽。

乡 思

六十年前别故园,暮云春树鬓毛斑。
遥闻闾里添新貌,骋目乡梓忆旧颜。
柳絮纷飞南岭上,梨花怒放北园边。
当年顽少同游者,可有几人再敢攀?

致巴南冈

我居塞北君江夏，一别耄龄难再逢。
夜草檄书三烛尽，日操末事两心同。
家徒四壁忧廊庙，国运日隆三径通。
冷雨涛声思战马，和风丽日盼飞鸿。

抗震救灾咏

虞舜唐尧已久遥，和谐华夏数当朝。
汶川地震千年遇，抗震救灾全国潮。
世界捐资传友谊，全民竭力阻山摇。
胡温一线抚丧痛，仁者爱人碑永牢。

张　侃

张侃，1919年出生于河北省永年县，1938年6月在延安参加革命。建国后曾任抚顺市经济计划委员会副主任、抚顺市委宣传部部长等职。现任抚顺市诗词学会会长、抚顺市枫林诗社顾问。

反扫荡

烽火弥天匝地红，马啸炮吼破长空。
村村处处自为战，男自英杰女亦雄。
战罢归来夜几更，山村寂寂少人行。
风吹老树声如诉，雪压长天路半明。

南征途次滦水桥头留别延珊

风卷旌旗露满刀，移山倒海属英豪。
隆隆炮队障烟柳，滚滚钢流压石桥。
立马吴山擒虎豹，投鞭湘水断波涛。
凯旋奉命归来日，再解蟠花旧战袍。

哭周恩来总理二首

(一)

五十年来盖世功，红旗高举亚洲东。

赤忱肝胆光如日，金石遗言耀彩虹。

(二)

揽被披衣哀思寄，慈去梦回醒已迟。

廿年九见真荣幸，今日断肠难作诗。

赞枫林诗社

枫林诗社小诗坛，慰老年华寄意园。

不爽相约长聚会，追求进取似童年。

互帮互助殷情洽，乐世乐时心底宽。

益寿学文获巨果，枫林明日色更丹。

王振海

　　王振海，1920 年生于河北省赞皇县。1938 年 5 月参加革命。曾任中共抚顺市委副书记、中国煤田地质总局党委书记等职。1982 年离休后任抚顺市诗词学会顾问、抚顺市枫林诗社名誉社长等职。

恒山感怀

恒山主卧在浑源，更有金龙峭壁岩。
寺庙悬空增险峻，危楼对峙引登攀。
神工巧布成奇境，鬼斧移裁展丽颜。
锦绣山川多战地，平型歼寇壮雄关。

天山瑶池

远望高峰挂雪川，山间云水绿荫连。
昔传王母多宾客，今日宾多更胜前。

述晚情

烽火征尘卅四秋，献身革命忆从头。
而今霜鬓体犹健，余热生辉力往求。

痛悼老领导郭峰同志

惊悉老友噩耗，心中难抑悲戚，革命路上同行，怎忘峥嵘过去。初识太行冀西，一起抗日游击。你先升编主力，后到第一分区。我改人民武装，相依更加紧密。你虽知识分子，近人十分平易。爱护工农干部，激励战友士气。今日虽然永别，精神令人永记。

怀念张海天

沥胆披肝六十年，忠贞不渝一生缘。

浩然正气存青史，风范闽南耀海天。

李惠

李惠，1922 年出生，河北省保定市人，1937 年 10 月参加八路军，曾任辽宁省抚顺市副市长。

过洞庭湖

极目江天一望赊，碧波激荡逐澜花。
杨钟草莽高风骨，蒋李当朝丧国家。
破碎山河重锦绣，凄凉大地化桑麻。
欣欣甲板迎曙色，莽莽君山映彩霞。

【注】

杨么、钟相，南宋洞庭草莽英雄。蒋李，蒋介石、李宗仁。

登岳阳楼

冥空如晦岳阳楼，俯瞰洞庭满目秋。
淫雨迷朦含蓄日，荻花漫洒笑渔舟。
希文舍己忧天下，蒋氏殃民国耻留。
易暴披荆开世纪，摩霄换斗改神州。

登海南榆林港

涉足临极顶，投身云海间。

胸高万事阔，眼放五行宽。

峻岭嵯峨处，岿然山海关。

边陲天险固，海盗妄垂涎。

一支抗暴英雄谱，百曲壮歌血泪篇。

奋起狂飙吹海立，驱逐鬼蜮涌资源。

元旦书怀

英华各领风骚去，更有才人世代传。

大任欣托易力手，长缨笑付息兹肩。

辞官未忘鹄鸿志，离职非同壁上观。

补漏拾遗仍尽瘁，拓开异域效余年。

省老年乒球赛

乒坛耆宿聚山城，皓首雄姿竞夺英。

闪展腾挪挥大板，风驰电掣走流星。

双强抖擞扣杀猛，四座惊嗟防守能。

不计锦标求乐趣，讴歌更唱夕阳红。

申奥成功

全球竞技尊夺冠，膜拜神杰崇力源。

东亚病夫人不齿，版图骤溃国无颜。

雄鸡一唱白天下，猛醒睡狮抖劲肩。

奥运称强金灿烂，国旗义曲掌声繁。

申呈东道凭国力，手握魁元靠领衔。

百岁难圆翘盼梦，京华决胜五环悬。

由　翙

由翙，1925年生于山东淄川。1947年投身革命，1952年到1953年到东北师范大学学习，毕业后先后任本溪市第二中学校长、本溪市体育局副局长、市老干部大学校长。

咏　荷

出泥不染立清池，不与百花争艳姿。
待到春归炎夏日，幽香致远占天时。

悼周总理

周公仙逝去，举世吊雄才。
泪雨连天涌，民声动地哀。
英名传宇内，功业耸轩台。
黎庶甘棠爱，梅花岁岁开。

怀念彭德怀元帅

举义平江震九垓，朱毛喜得栋梁才。
长征万里先驱将，统领百团清战霾。
挂帅援朝功业建，和平花树坂门栽。
生民常忆铮铮骨，阵阵雄风卷地来。

李光宇

李光宇，辽宁铁岭人，1927 年生。曾任师范院校教师和领导，市社会科学院特邀编辑，辽宁省文学学会理事、市理事长、市诗词学会副会长。现为抚顺市老干局枫林诗社顾问。有文艺理论教材和论文出版。

老梅赞二首

（一）

老树生花香愈浓，消寒岂为报春功。
芬芳落地持真色，不向东风讨绿红。

（二）

冷艳凝香战酷冬，弓身曲干一枝横。
生平不悔花开早，唯唤春来百卉荣。

秋夜思

久坐枫林秋气深，飘零红叶促归人。
十年未觉南台梦，一病难登老社门。
无悔投身袭旧路，那堪俯首断诗魂。
夕阳留我八旬外，再写三千白发吟！

红叶吟

似花并非花，秋晚见光华。待到天凉后，红透满山崖。甘当林中叶，不做庚后花。爱花诚非错，惜叶更可嘉。大爱无偏倚，无叶岂生花。时序分先后，并非贵贱差。无须捧霜叶，红于二月花。

读《柳枫书法选》

笔作桅杆纸作船，神游瀚海一诗仙。毛锋抖擞云龙起，剑器浑脱天地旋。醉舞银钩翻东海，横挥铁划斩昆山。操觚之际心手应，行云流水走中天。婉转劲健大摇臂，婀娜多姿舞翩跹。枯润浓淡分五色，疾徐轻重巧连环。十面埋伏隐中现，草蛇灰线断若连。龙潭虎跳拔山力，雄鹰起落爪攀岩。摇摆腰身鱼翔水，勾连首尾雁落滩。八字长文一笔书，叱咤风云真雄健。挥腕运肘神光闪，中锋侧笔俱通玄。不拘怀素狂，不逊张旭颠。笔落青山起，砚开生采莲。遥想当年战蒙山，文治武功两求全。夜草军檄三烛尽，晨驱战马斩敌顽。沂蒙山水硝烟散，大明湖上唱易安。老来著书如得子，功成业就笑逐颜。诗笔峥嵘格高雅，春华秋实字句鲜。南山结社龟鹤舞，携手共建翰墨缘。

茉　莉

百花各有爱，茉莉我独夸。身洁白如雪，骨瘦显清华。平凡远妖媚，风范追典雅。馨香飘遐迩，无声走天下。不慕姚黄贵，岂畏魏紫牙。可堪争国色，天香第一葩。身微无粉黛，蜂蝶自不狎。洁身能自好，无意求闻达。开花不结子，花落无牵挂。朝夕凋谢去，生命似流霞。逝者犹奉献，遗芳可入茶。三嗅馨香泣，老杜空嗟咤。何必徒挥泪，且待来年发。若做多情客，常品茶中花。

胡 健

胡健，1936 年生于浙江黄岩，1951 年从戎。近六十年积稿为《录心集》。

读任绍德斥公款吃喝诗有作

傲世公车饭店排，山珍海味叠餐台。
肚皮权作珍馐桶，免费吃喝爽歪歪。

读《离骚》吊屈原

沅湘涉渡觅英王，魂断唯求在楚乡。
鞭电驾虬驱凤驾，羲冠杖剑愤民殇。
路长漫远何求女，水阻山重美政茫。
狐死首丘终故土，誓从彭咸继沉江。

王凤鸣

王凤鸣，生于 1944 年，抚顺市抚顺县人。毕业于锦州师范学院中文系。先后从事教育、宣传、林业、农村政策研究等工作。出版《忆海思帆》和《情漪》两本诗集。

抗震中抢险大军

地动山摇震未消，大军夺路气温高。

攀崖越堑月星戴，石滚渊深生死抛。

瓦砾堆中搜生命，死神掌里救同胞。

人民子弟真情献，血染军旗猎猎飘。

任绍德

任绍德，字梦轩。1944 年生于辽宁省新民县，毕业于吉林大学中文系。副研究员。退休前长期从事宣传工作和高等师范教育工作。有《梦轩诗文集》出版。

再会吉林大学窗友

客岁同窗聚，今宵喜再逢。
烹茶真味爽，酌酒旨香浓。
促膝聊诗韵，推心话世风。
明朝山水隔，期会梦乡中。

永安桥新姿

横架通南北，沧桑历百年。
长桥卧龙伏，斜塔竖琴悬。
盛世呈新貌，繁花织锦团。
万民歌永庆，一水冀安澜。

赠光宇老师

二十年前初识君，文才超轶见精深。
园中园里佳联对，高尔高巅警句吟。
治学忘忧求灼见，论诗协律度金针。
同仁同道为师友，巨笔生花我望尘。

读《绿绮芟芜》答李惠前辈

十五从戎未惜身，南征北战建奇勋。
尚文执教声名显，读史明经风雅存。
琢玉探骊求博识，让功远利见精神。
自强耄耋犹伏枥，忧国忧民忘苦辛。

劲　草

任他畴野与园庭，寂寞无言滋蔓生。
铁铲芟薙根尚健，路人踩踏叶还青。
不须呵护凌寒雪，甘忍摧骣负恶名。
罹难频年等闲过，逢春昂首又争荣。

读《旅途吟草》寄永葆兄

光阴飞逝又逢春，对月无眠怀故人。
早岁同窗随旧梦，比年诗友结知音。
相期曾望嘤鸣久，分袂那堪念思深。
细品词华犹晤语，迢遥千里共长吟。

程显好

程显好，1946 年生于辽宁省本溪市。副主任药师。辽宁省作家协会会员、辽宁省散文学会会员、抚顺枫林诗社会员。

燕汉长城

幽燕紫塞卧山颠，落日余晖照汉砖。
记否当年驰铁马，犹留残迹守高湾。

清御道

浑水长流御路边，古榆夹道势参天。
昔时清帝祭先祖，蔽日罗旗响辔銮。

雁鸣湖二首

（一）

雁鸣湖里山如黛，水绿波平柳似烟。
小伫怡然开画眼，扁舟载梦到江南。

（二）

山峦绽翠云舒卷，日暖风微万物苏。
曲径迷茫侵草色，林荫处处掩松庐。

赵广远

赵广远，1946年生，辽宁建平人。退休前在抚顺市广播电视系统工作，为主任记者、电视台台长、广播电视局副局长。有诗词作品集《飞声沉响录》出版。

水调歌头·心曲

不羡骋私勇，袖手意平衡。惊流险浪曾渡，万事荡襟胸。今看淡云闲远，偶系情丝几缕，心与少年同。浩浩长江水，依旧只流东。　　风和畅，旗旆舞，正晴虹。千帆济水，多少好汉气峥嵘！万里长征探步，应怕滑车坠马，无憾笑谈中。天地大经纬，胜理是英雄。

贺新郎·草

野草今何物？遍天涯、为春铺绿，一生清苦。杂姓芜名皆草草，羞见寻根问祖。但遣意、皇天后土。放任春风权擅宠，教李桃、夭媚行无度。天堕落，倩谁补？　　记得原上离离赋。惹勾栏、馨香艳冶，迄今犹妒。寒暑不惊荣与辱，叵耐无人呵护却难改、这番情愫。待有一声春吆喝，尽萋萋、历历迷人处。红几许，绿为主。

杜尚明

杜尚明，1948 年参加革命，1952 年在辽西省团校东北团校学习，同年调入抚顺团市委任干事。后任矿区团委干事、宣部部长，西露天矿党委副书记，机械厂工会主席。

深 秋

层林尽染秀峰稠，溪水寒光昼夜流。
畏冷蛇虫寻隐洞，南飞鸿雁啭情侜。
山花凋谢叶红现，百亩金黄一望收。
万物今随秋色变，赤心运笔颂神州。

长岭访农家

妪翁长岭访农家，缓缓晨风送早霞。
雨霁群峰洁镜碧，露滴百草滚珠华。
黄牛处处耕阡陌，稚子时时逐犬鸭。
夜宿山村幽雅静，两三灯火亮邻家。

初 春

深冬已去新阳转，二月杏花闹雪寒。
雨润群芳争蕾艳，东风催柳吐芽欢。
浑川澹澹银波细，峻岭森森草木鲜。
心旷神怡添雅兴，媚春撩我醅诗篇。

八声甘州·游李家山

久居城内赴外闲游，气爽已清秋。起伏林岗秀，高矬万木，逸兴难收。黄柞青松荟萃，残照染山头。旷野生金色，美好神州。　　偕伴侣登山乐，策杖峰顶上，心喜悠悠。视山川峻峭，天际翠烟浮。金风轻，叶枯黄退，不用忧，冬去又复柔。流年逝，不能回转，愿落晖留。

王志彦

王志彦，1948生于辽宁铁岭县。本科学历。曾任科长、处长等职务。出版个人诗词集《蓟辽诗稿》。诗词曾获中华诗词金爵奖，"中华诗词贡献奖"。现为抚顺市枫林诗社社长，中华诗词学会会员，中华当代文学学会常务理事、副秘书长。

谒汤阴岳飞庙

刺字精忠铸国魂，挥师跃马靖胡尘。

凯歌曲曲朱仙镇，天日昭昭武穆心。

卖国皆批秦相耻，偏安谁解宋王因。

沧桑岳庙铭殷鉴，爱我干城动地吟。

登嘉峪关

久爱长城壮，终攀嘉峪山。

雄关横大漠，鼓角震祁连。

烽火连秦月，旌旗蔽汉关。

登临知警惕，胡马欲窥边。

祭拜袁崇焕墓兼赠守墓者佘幼芝女士

陵园潇潇雨，凭吊增肃穆。守墓佘女士，慷
慨颂元素。单骑阅边塞，请缨蓟辽赴。勇略排众议，
宁远坚城筑。购炮毙番酋，挥师悍虏逐。清宗反
间逞，崇祯昏愎误。磔帅毁长城；明祚亡愈速。
乾隆代昭雪，沉冤百年度。神州换新天，民族正
气足。祠庙令保存，领袖有批复。盛世乾坤朗，
重修将军墓。把酒酹忠魂，边陲长城固。

参观铁岭银冈书院周恩来纪念馆

柴河绕龙首，云飞醉翁楼，铁岭春色暖，银
冈书院游。赠砚传佳话，教诲记心头。誓为中华起，
甘当孺子牛。　　抱病理万机，四化早运筹。讲
解感肺腑，总理风范留。功绩山川在，日月照千秋。

拜读《晨崧诗词选》感怀

志壮椒山赋大江，宫商妙曲万千行。
德高自逊诗坛仆，骏骨丹心国粹扬。

回乡探亲纪行

翻山涉水大青行，陶醉芳淳故里风。

乍见儿童羞稚脸，久暌尊者辨霜容。

人丁兴旺多才俊，家事纷繁话锦程。

把酒承包联产庆，丰收景象醉亲朋。

刘丰田

　　刘丰田，满族，1949 年生，辽宁新宾县人。高级讲师，抚顺市东洲区党校退休教员。作品散见于《中华诗词》及各地诗词刊物。

作客山村同学家有记

冒雨驱车访友家，真情未阻路途遐。
四间瓦舍安居乐，一架图书任意夸。
林下细辛摇翠叶，园边春韭藿新芽。
笨鸡野菜时鲜味，美酒醇香脸泛霞。

咏沈抚新城新居

时尚乔迁远市栖，田园宁静不闻鸡。
高楼栉比无车扰，绿树荫生有鸟啼。
夜望晴空天际月，霁看旷野水边霓。
心泉欲寡清浮躁，静涤胸襟钓浅溪。

入　伏

伏头小雨爽心扉，晴望云山衬幕帏。
坡岭花葵金灿烂，田园蔬果绿葳蕤。
双双紫燕衔泥去，一一黄蜂带蜜归。
热暑炎天珍惜过，平衡气血待秋晖。

夏日晚凉

乘凉广场涌人潮，舞蹈秧歌放眼瞧。
朗月东山云影淡，微风南浦鸟声娇。
华灯初上辉河汉，乐曲才谐辨笛箫。
唯恐夜深天露重，姗姗归去静寥寥。

游大伙房水库养殖场

时尚双休返自然，一家三代聚湖边。
烟波深处桃源静，云雾林中氧气鲜。
玉照多姿存数码，野餐随意禁炊烟。
心灵暂憩红尘远，夕赏飞霞彩满天。

听小区广场民乐队演出

拨弦吹管木琴操，开场先弹步步高。
乐曲含情音婉转，掌声致礼意辛劳。
红歌悦耳心潮沸，劲舞传神气势豪。
丝竹悠悠驱暑热，小区三夏乐陶陶。

王 烛

王烛，原名王振武，1952年生于抚顺市，毕业于沈阳师范学院中文系，研究生学历，高级经济师。任抚顺市投资策划中心主任。

杜甫草堂

草堂何处著风流，节亮千竿锦水头。
庐小有情思大庇，位卑无日忘民忧。
九州板荡歌中愤，百姓萍漂笔底愁。
诗圣万年公占却，境高天下第一楼。

谒白居易墓

一世终为原上草，荣枯隐显两相揉。
讽时少壮直折剑，度势老残曲作钩。
浑沌可悲升太傅，认真应叹贬江州。
西湖犹喜白堤在，不憾香山化古丘。

永遇乐·抚顺战犯管理所

空寂碉楼，巍巍老狱，望中犹忆。伪帝溥仪，东洋战犯，此处初羁集。疑摹"瓮"典，相还牙眼，夜半魇惊魂魄。月凄照，寒蛩心绪，秋深满地霜白。　　胸襟宽大，以德报怨，人道关怀囚敌。武部床前，管员背上，感愧唏嘘泣。春风化雨，自惭行秽，甘就人民绳墨。算今古，再生之地，独标伟绩。

【注】

抚顺战犯管理所位于辽宁省抚顺市内浑河北岸，高尔山下。一九五〇年六月国家司法部根据毛泽东主席和周恩来总理的指示，将辽宁省第三监狱改为抚顺战犯管理所。一九五〇年七月，中国政府依据《波茨坦公告》、纽伦堡国际军事法庭、远东军事法庭有关处理第二次世界大战战争罪犯之规定，根据中苏有关协定的条款，开始正式接收由苏联政府移交给我国的在侵华战争中被苏军俘获的犯有破坏和平罪、战争罪、违反人道罪的日本战犯共计982人，伪满洲国战犯71人。之后，又陆续收押了在国内解放战争中被人民解放军俘获的犯有战争罪的蒋介石集团战犯354人。

水调歌头·乒坛王楠

志折蟾宫桂，挥拍竞风流。冠军廿四勋绩，当世孰能俦。临战稳如山岳，天性将军风度，攻守善筹谋。突变相持线，一剑便封喉。　　常青树，神针铁，主沉浮。遍登绝顶，身历百战志犹遒。心系百年梦想，勇参北京奥运，绝唱动神州。身退留余韵，光彩照春秋。

孙雪峰

孙雪峰，号岱东居士，1963年生于抚顺，现为中国通俗文艺研究会会员、辽宁省散文学会会员、抚顺市作家协会会员、抚顺市枫林诗社成员。著有散文集《感念真情》。

夜闻秋虫

夜深窗外几秋虫，唤我童心飞草丛。

人到中年多旧梦，奈何日夜水流东。

许华凌

许华凌，网名傲雪寒梅、华峰凌云。1964年生，硕士学位，高级职称，中学教师。2005年支教青海省玛沁县，任教育局教研室副主任。

平顶山惨案遗址

残阳如血泪纷纷，翠柏苍松祭怨魂。
点火焚尸尸不灭，崩山掩罪罪犹存。
富民当走和平路，强国应栽仁爱根。
教训深深须谨记，邻邦友好惠儿孙。

题《冰凌花》图

众香国里最堪奇，浪蝶狂蜂浑不知。
嫩叶陶然冰结日，艳花灿烂雪飘时。
志存高远梅羞比，心守贫寒松不欺。
莫道孤芳知己少，我今泼墨为君诗。

水调歌头·抚顺浑河夜景

一水穿城过，两岸共清幽。彩桥飞架南北，灯火万家楼。且喜桨声烛影，偏趁凉风习习，乘兴泛扁舟。不慕桃源客，此地自风流。 渔火远，霓虹灿，月光柔。亭中水畔，童叟乐聚笛声悠。坐侃天南海北，笑览通明夜市，曼舞伴歌讴。不觉沉迷久，归去又回眸。

李化锋

李化锋，1968 年生。1989 年毕业于抚顺师范学校，先后在抚顺市新抚区北台小学、抚顺城街道、新抚区委组织部工作。1902 年到抚顺市育才小学任校长。

汶川周年祭

再寄哀思向汶川，一枝一叶总相怜。
残垣不老花依旧，晓月还升人未圆。
又见娇莺栖树暖，何来玉梦绕堂欢。
人间天上难幽会，浊酒三杯酹屋前。

咏梨花

赏花时节到砖台，如雪梨花四月开。
村外流溪报春暖，山间素影伴青来。
蜂飞蝶绕恋琼蕊，客往人来怜玉腮。
莫道清芳颜色少，只因心淡远尘埃。

端阳节感怀

青山五月槐花秀，竹外柴门艾草香。
醉里夕阳听燕语，梦中弦月向端阳。
龙船尚载千年水，屈子仍怀万古殇。
心有诗书三百卷，一声天问满潇湘。

桃 花

醉里桃花玉梦长，半依娇赧半依霜。

今朝雨润八千树，自此风摇三界香。

都说蓬山栖岛主，何来巷陌弄轻裳。

一枝一叶寻根去，不借流溪送落芳。

水调歌头·为祖国祝寿

华夏齐欢庆，各族舞蹁跹。五湖四海同贺，恭祝母亲安。遥想当年旧事，羸弱饥寒儿女，不觉涕涟涟。夜半子规叫，泪血满云幡。　　殷雷响，惊万物，啸长天。千年梦醒，东方欲雨起龙蟠。奇丽江山依旧，滚滚波涛故我，风景似先前。从此刀光去，春色满人间。

于雪棠

于雪棠，1972 年生。女，辽宁抚顺人。东北师大中文系教师、博士研究生。辽宁省青年诗词社社员。著有《当代散曲》《古诗名句今用辞典》（合编）等。

咏 鹤

仙风不屑并鸡栖，洗羽高鸣日色移。
每向行云独奋翮，何曾顾影自怜姿。
出尘好做昔人骑，入世能为寿者师。
长恨乘轩违已愿，可堪群小费猜疑。

【中吕】喜春来·四时小景

春

杏花雨洗千林面，杨柳风吹四月天。纸鸢振翼破春寒。诗思远，飘上彩云间。

夏

蝶飞扰乱庄生梦，柳绿指新喜雨亭。芳花行蕊醉游蜂。听夏果、荷叶载蛙声。

秋

穿云旅雁生秋韵，出谷流泉奏好音。红霞飞落染霜林。石作枕，酣卧小乾坤。

冬

冰封霜满夕阳渡，干耸枝横水墨图。寒空辽远雪峰孤。茶漫煮，勤读古今书。

董珈言

董珈言，抚顺市育才小学，六年一班学生。

诉衷情·毕业留言母校

忆曾舒柳伴花娇，梦远念昨宵。师恩学友难忘，昔日已迢遥。　　天朗朗，笑声飘，泪悄悄。静湖微影，云映夕阳，往事陶陶。

张　帆

张帆，抚顺市育才二小，五年二班学生。

长相思·雨景

　　雷满空，云满空，大雨瓢泼气势雄，庄稼露
笑容。　　来匆匆，去匆匆，雨过天晴见彩虹，
山村喜气盈。

方未艾

方未艾，1906 年生，辽宁台安县人。作家。1933 年曾到列宁大学学习。曾任新疆学院、兰州大学，山东大学俄语教授，西北文联、甘肃省文联副主席。辽宁省诗词学会、本溪诗词学会、本溪市作协顾问。

赠田师傅矿工

不爱繁华不爱花，一生终日傍山崖。
身劳地下三千尺，煤暖人间万户家。

戈壁夜行

星明残雪月明沙，人影婆娑驼影斜。
行至夜深希犬吠，每疑丛树是人家。

朱 光

朱光璧，1906 年生，东北大学毕业。长期从事教育工作。曾为本溪市政协委员、本溪市文联委员、本溪市诗词学会顾问。

山乡春晚

帘外寒轻燕子飞，池头草绿小鱼肥。
啁啾岩雀呼晴日，烂漫山花映晓晖。

刘大康

刘大康，1914 年生，本溪钢铁公司教育处教师。

读《聊斋》寄怀

愤世文章读聊斋，花仙木怪任安排。
青衿未解登龙术，白发方舒绣虎才。
有节有情何须辨，是狐是鬼莫疑猜。
无边往事风飘絮，珠玉篇篇笔下来。

高节操

高节操，1918 年生，辽阳县亮甲乡人。辽宁省作家协会、戏剧家协会会员，本溪市文联委员、市作家协会顾问，省诗词学会理事、本溪市诗词学会常务副会长。与杨彦合著《小草吟啸集》。已故。

山居杂兴

松岭逶迤草屋低，嫣红满户夕阳西。
门前汲水寒冰化，山后拖柴雪径迷。
日暖篱边鸡沐土，条柔树上鸟争枝。
行将绿意无边际，人事何能不可期！

本溪市树垂柳

插枝撒絮即成苗，植干亭亭五尺高。
有雨当年争吐翠，无风夏日总垂条。
托身寄意笼衍水，送客牵情忆灞桥。
莫道温情常脉脉，也因风雨泛狂潮。

关门山夹砬沟纪游

山水双幽夹砬沟，初冬落木喜欢游。
天成一线林虚掩，水曲千湾断续流。
翠柏白桥来眼底，微风丹叶上人头。
人生暂短乾坤大，何必待春又等秋。

市花天女木兰二首

（一）

性自清寒体自娇，山乡倩女祛尘嚣。
芬芳原不逊梅韵，烂漫惟思效雪飘。
本可献身成艺器，更堪济世作香膏。
奇才艳色何能隐，况值湖山苦相邀。

（二）

芳容如玉玉无暇，深壑幽林早寓家。
月下多情邻素女，山中结伴友梨花。
身家名贵谁人识？品质清芬不自夸。
今请芳踪来市苑，心灵相许兴无涯。

《邓小平文选》第三卷出版

天聪神笔巨龙吟，染点江山处处新。
雨露无私泽万物，人间何地不逢春。

本溪湖吟

湖小源深藏洞中，淫霖酷旱总清盈。
花香室雅何须大？盆景秃山论俗灵。
六月炎炎无暑气，三冬隐隐有涛声。
岩镌古赞辽东胜，煤铁今昭世界名。

本溪赞歌

嫦娥启户遽惊呼，何事辽东景大殊！
遍地人烟如蜃吐，满山楼阁胜仙都。
状林厂矿临河立，蛛网交通遍地铺。
回忆吾将眠片刻，人间换了本溪湖！

丁佳连

丁佳连，1932 年生，江苏涟水人。曾任本溪市诗词学会常务副会长兼秘书长、《本溪诗词》主编。著有《毓秀斋诗稿》。

本溪水洞

登舟览洞画行中，六里廊厅富丽宫。
挂剑垂矛惊鬼斧，雕牛塑象叹神工。
银山碧水藏仙境，玉殿琼楼隐佛容。
异笋奇葩迷醉眼，无穷妙趣谢天公。

本溪关门山

坝锁烟封水曲弯，两峰对峙把门关。
横天巨态黄山貌，拔地雄姿桂岭颜。
林海千重迷醉眼，平湖万顷映层峦。
飘香天女留人恋，胜境登临世虑删。

本溪铁刹山

铁刹攀登逸兴浓，峥嵘万象荡心胸。
洞吞古庙生灵气，峰吐苍松傲碧空。
墨寄悬崖增壮景，文雕峭壁展恢宏。
云光八宝开仙境，九顶奇峦势竞雄。

秦德忱

秦德忱，1935 年生于辽宁省庄河县。1960 年毕业于辽宁大学中文系。自 1960 年始，先后在本溪市教育学院、本溪市二中、八中担任语文教师、教导主任、校长等职务。多年先后创作诗词作品 300 余首。

秋　兴

气爽天高塞外游，水山风物映心头。
黄花满地香盈袖，红叶遍山看绿洲。
翠柏丰姿伴岭岫，青松流韵绕清秋。
眼前胜境迷人醉，天若有情明岁游。

吉林北山

古刹晌钟声，天高秋月明。
北山栖鸟叫，近处天籁鸣。
峡谷清泉浅，川邦绿野平。
闲人游庙宇，僧侣在读经。

踏莎行·春韵

紫燕翻飞，白鹅耸立。肥鸭戏水湖波碎。娇花嫩草吐芳菲。东风细雨南山翠。　　碧水清清，人声鼎沸。游船荡漾歌声脆。帅哥靓妹一何多，欢声笑语情如醉。

张白冰

张白冰，1941 年生，辽宁桓仁人。笔名白冰，字爽园，号无为斋主人。退休前任县委政法委副书记。中华诗词学会会员、郁灵诗社名誉社长。编著诗词《无为斋吟稿》等。

上元观灯二首

（一）

上元灯节忒开心，千载传承直到今。
燃炮燃鞭燃鼓乐，放灯放火放金银。
鱼灯余利池中摆，门烛祥和门上陈。
光焰满天花满地，秧歌小曲逐时新。

（二）

上元灯火闹匆匆，十二生肖街巷中。
伏虎卧龙驮宝贝，金牛玉马傲苍穹。
亦蟠亦立悠悠貌，如踞如飞栩栩容。
五彩缤纷民意暖，山城俏丽醉春风。

读袁枚诗话偶得

美人背倚玉栏干，惆怅花容一见难。
苦口感召终未转，痴心欲调素描看。
朋侪最厌常常少，图画须求淡淡然。
诗赋妙皆孩子语，真诚莫失稚童言。

往　事

当年今日雨丝丝，长白山行揽胜时。
一路风光诚可贵，两人默契更相知。
天池春暖深深意，瀑布溪流比比诗。
神女有闻终未见，红裙伴我赛仙姿。

野庆福

野庆福，1943 年生，辽宁桓仁人，满族，中国诗歌学会、辽宁省诗词学会会员。曾任县科协秘书长。著有《无待轩诗稿》《无待轩记》等。

登老秃顶子山

云海苍茫魂魄扬，神怡心旷愿如偿，
涛翻浪卷千秋韵，不负登临走一场。

咏夜来香

月色朦胧点点黄，熏风煦煦送芬芳。
请君莫道闲花好，愈到深秋愈放香。

游笔架山

不斋不戒不参禅，佛在心中本自然。
笔架山前抒感慨，临风把酒醉尧天。

富察得升

富察得升，满族，1946 年生于辽宁桓仁，原名富德生。有诗词百余首发表，另有长篇小说《风雨葫芦峪》《五女山演义》，报告文学集《托起辉煌》出版。现为辽宁省诗词学会会员、本溪市作家协会会员。

报告文学《托起辉煌》付梓

一卷书成泪数行，残俦感我写文章。
扶筇采访嫌足短，俯榻疾书喜夜长。
自力典型须奖掖，图强模范待弘扬。
真心关爱平民事，欣看虬松作栋梁。

暮登长山岛三元宫

浩渺清波一巨舟，扶梯轻步上樯楼。
晚风卷起千重雪，落日召回万点鸥。
宫观森森居士少，浴湾荡荡美人稠。
蓬莱仙阁何须觅，长海三元得意游。

于学志

于学志，自号馥尘，1946年生于本溪县碱厂镇，辽宁教育学院中文本科毕业。历任本溪县文联秘书长、县报社总编辑等职。市诗词学会副秘书长、省诗词学会会员等。

登铁刹山

踏雪攀松谒铁山，仙踪道观远尘寰。
乾坤正气丹炉暖，铁刹青天峭壁寒。
八宝藏形幽洞内，九峰聚会彩云间。
黄庭颂里闻钟磬，只认秋冬不记年。

大石湖初夏

三叠瀑布四潭湖，五月风光一卷图。
落瓣夭桃随碧水，含苞天女避青庐。
寻芳草径闻雏鸟，弄影磐溪羡小鱼。
野宴方嫌兼味少，撷英集萃佐杯壶。

李广武

李广武，1947年生，原本溪市政协副主席、市诗词学会名誉主席。出版有《自然化我》《理襄书法集》《李广武诗词选》。

秋游大石湖向晚

无云何故水流霞，一夜浓霜万树花。
惊艳仙眸星上早，夕阳不去落农家。

辽　砚

乾坤灵秀聚人间，紫气东来绕玉山。
逸韵天成托妙手，苏门文比歙辽端。

清平乐·华山极顶望西安

苍龙亮角，振臂同飞鸟。紫雾红云托日小，
万里秋光正好。　　峰头遥望长安，同学年少翩
翩：道义雄风塞北，文章秀水江南。

范春晖

范春晖,本名王云骅,生于1947年,祖籍江西省玉山县。字子游,别署燕东布衣,醉墨轩主。辽宁省诗词学会会员、本溪市诗词学会理事。

和毕彩云《无题》原韵

魂梦迷离情亦真,锦笺览罢久凝神。
临风咏絮诗才敏,踏雪飞鸿印迹新。
世路难期平似砥,灵台自可净无尘。
春潮禹域掀天涌,勉做浩歌搏浪人。

汤沟纪游

靖宇石边思肃然,将军百战志弥坚[①]。
挥师壮气吞倭寇,决策雄心补汉天。
血共汤泉同激涌,情萦笔架久留连[②]。
镌碑建馆怀英烈,永励后昆奋祖鞭。

【注】

① 汤沟山脚下有一块巨石,当年杨靖宇将军曾在此研究作战部署,因此被称为"靖宇石"。
② "笔架"指汤沟山的笔架山。笔架山上立有抗联西征纪念碑。

六州歌头·新中国六十周年颂

　　神州胜概，春意惹微醒。风雷骤，旌旗壮，角催征。总心倾。回首辉煌路，图强志，凌霄汉；蘑云怒，银星唱，海寰惊。笑傲梅花，雪压冰封际，铁骨铮铮。更红羊劫后，火凤涅槃生。崛起千城，纵豪情　　喜荆莲绽，珠还浦；圆奥梦，冠群英。星探月，舟飞宇，太空行。运筹赢。异域维和役，交口誉，是雄兵。山可塌，地可裂，志难更。伫看钢花炫彩，田畴美，五谷丰登。愿千秋万岁，亿众乐升平。国泰民丰。

高 虹

高虹，原名孙高虹，生于 1947 年。退休前任辽宁省桓仁县国土局局长。爱好诗词、书法、绘画。本溪诗词学会、辽宁省诗词学会会员。

咏人字瀑

紫壑朱峰挂碧泉，飞流直下瀑声喧。
遥观撇捺神功在，教我如斯立地天。

王迪生

王迪生，号真吾，1950 年生，清逸轩主人，祖籍辽宁省本溪县。原任《本溪房地产》杂志主编。现为辽宁省诗词学会理事、本溪市诗词学会副会长兼秘书长。

咏　荷

何须择浩渺，偶也笑峥嵘。
淡染一池绿，轻装万点红。
寒归虽槁隐，暑至又葱茏。
天地绝争意，安然碧水中。

丁亥元宵大雪即事

尺许春宵雪，弥深好润田。
五三旋复降，十五喜缠绵。
只要农夫益，何惜市路艰。
休辜好瑞兆，催我懋毫端。

题天女木兰

平生喜润亦择山，窈窕高洁入霭岚。
阔叶梳风别百木，瑶葩沐露异千莲。
质如细缎镶淡蕊，形若琼杯透碧颜。
笑隐繁林犹景仰，芳馨映丽烨人间。

临江仙·题仙榆湾

　　碧水清山栖胜域，柳榆仙态雍容。镜湖楼宇嵌玲珑。幽隅芳草蔚，曲径入葱茏。　　远逸尘嚣陶净土，醉余游钓其中。赋闲如此乐融融。世间名利事，可笑枉争雄。

卢玉龙

卢玉龙，号微言。1954 年生，祖籍山东莱州。现任辽宁煤矿安全监察局政策法规处处长，兼任《辽宁煤矿安全监察动态》及辽宁煤矿安全监察局政府网站总编。

深秋赏枫

鹅黄嫩绿三春景，怎及千红万紫秋。

最是漫山霜染处，丹枫如火触人眸。

祖本源

祖本源（1955-1985），笔名含息，辽宁省开原县人。生前系沈阳矿务局林盛煤矿工人；擅小说，工诗韵，系本溪"百花诗社"主要发起人和领导者之一。

题 菊

秋深菊色傲，葩卉已临衰。
藐送千妍去，欣迎独苑来。
孤娇妆落野，一品树高台。
我素如花质，霜来更自开。

和海思 (二首之二)

不弃东山在，频来守烛亲。
毫轻心事重，砚老泪痕深。
念我年年苦，知君夜夜心。
门前休卧柳，鹰隼愧栖阴。

致兴雨

自始乡山上，来开并蒂枝。

几曾含脉脉，谁奈落迟迟。

湖水陈焉酒？心花醉亦诗！

相期何处是，天海共鸣时。

送邢君远归

离去飞鸿入旧林，别来愫友笑沾巾。

烟波海内千江水，芳草天涯一脉人。

阆苑常华终幻影，凡心不老即青春。

诗魂但与君为侣，北渡佳风带往音。

徐 恺

徐恺，曾用笔名恺子、白丁、墨乞等，1955 年生于本溪。现在本溪广播电视报社工作；本溪市作家协会会员、"百花诗社"社员、诗词学会副会长。

奥运二百米蝶泳冠军刘子歌

清波翡翠竞巾帼，娇女山城有子歌。
似箭如梭压宿将，一池碧水照姮娥。

雪中徒步乡野路遇

落寞无言迎迓迟，殷殷怒染两三枝。
雪中犹有红梅绽，一缕相思似旧时。

临江仙·关门山临仙瀑

峪冷泉幽闻碎玉，蓬壶别有玄天。松风壑月自鸣弦。春深花似血，秋嫩叶如丹。　　最宜人时应把盏，平生几度当年！一帘诗酒一婵娟。心空苍鹤去，欲淡野云还。

王志华

王志华，1955 年出生于辽宁省本溪市。现任本溪市南芬区政协副主席、区文联主席、本溪市诗词学会副会长。出版有《我思我写》。

游少林寺望嵩山

紫气团团罩少林，清风几缕洗禅心。
黄河高唱千秋曲，嵩岳横吞万里云。

永安三道沟避暑有感

山青林静素云飘，溪冷流寒酷暑消。
鸟解幽情蝉解语，岚施逸态柳施娇。

清平乐·金秋感怀

山巅极目，岭际凝芳露。一夜清霜千里覆，染就丹枫万树。　　时光又入三秋，而今未见苍头。任我川原绣画，挥毫不尽风流。

张全国

张全国，1956 年出生于湖北宜城。本溪市诗词学会理事、《本溪绿报》主编。出版有《森林本溪》等图书两部。

冯大中《苍松图》

龙骧虎步跃青空，大气恢宏任纵横。
冯子挥毫多异彩，丹青老辣万年松。

写墨荷有感

信手随心染墨荷，长毫幻化意滂沱。
胸中具象由情取，翰落犹惊鬼唱歌。

王占元

王占元，1956年生，铁岭市西丰县人，现任本溪供电公司机关管理部主任、机关党委书记。正品诗社成员。

桓龙湖抒怀

群峰葱绿嵌明珠，漫渡清风醉夏湖。

万顷粼光知水远，千层余浪荡波逐。

不因往日安全稳，哪有今朝意境舒。

笑看山河无限美，澄怀随想尽连浮。

清平乐·雾凇

冰凌挂树，不顾春枝怒。一夜温霜蒸漫镀，万柳千条玉铸。　　辞除烦事昨宵，心怡赏景情高。神绘山川秀美，江天万里妖娆。

江崇生

江崇生，1956 年生于辽宁省桓仁县，1984 年毕业于辽宁大学中文系，先后在桓仁团县委、党史办、文化馆从事文史编辑及文学创作。

望天洞

沉浮人世久徘徊，隐入幽冥不自哀。
钟乳颗颗千载泪，石英朵朵九莲台。
岩浆血脉山中走，蓓蕾心香石上开。
荣辱修得身外事，神游天地老庄来。

张树伟

张树伟，笔名松韵，满族，1956 年生于吉林省集安市。现为辽宁省桓仁满族自治县人民政府法制办公室主任。中华诗词学会会员、本溪市作家协会会员、郁灵诗社社长。有《山情水韵》诗词集。

望海潮·桓仁县城胜境

关东名胜，长白余脉，江城日见繁华。滴翠淌珠，依山环水，安居三万人家。堤路御洪沙。现太极八卦①，玄妙无涯。琼阁仙楼，民族特色绽奇葩。　　层湖曲绕诚嘉，有霜染红叶，池满莲花。东岭虎威，袁门举子，市中游赏参娃②，贾客俱嗟讶。朱蒙源日孕，五女烟霞③。地利天时占尽，斯城占尽最堪夸。

【注】

① 太极八卦境：哈达河与浑江成太极图形，据此建县城时将县城建成八卦城。

② 市中游赏参娃：此间传说人参变成胖娃娃常到县城闹市游玩。

③ 传说河伯神公土柳花受日光照射生朱蒙。五女山古有五女屯兵其上，故而得名。

暮秋行

叶落林疏秋已长，乡行日暖久徜徉。

山洇浓墨出图画，水弄轻弦奏乐章。

无语田园胸坦荡，含情草木意深藏。

若非慧眼识风景，每令佳篇弃野荒。

孙 诚

孙诚，号听雪轩主人，1957年生，辽宁宽甸人，满族。本溪市档案局局长、研究员，本溪市诗词学会会长。撰写诗词700余首，出版《兰台吟啸集》《听雪轩吟稿》《董鄂氏人物传略》等。

费扬古

军刀似雪马如风，护国安邦一柱撑。
平叛湘滇无锦帐，戍边瀚海有龙旌。
用兵原是将门种，处事犹存君子风。
昭莫多前林草茂，至今华夏忆长城！

庆香港回归

回归一曲国颜开，浩荡东风任剪裁。
海岳欢歌云浪立，鲲鹏振翼犬虫哀。
百年奇耻铭人骨，两制妙筹启未来。
遥望南天频展卷，功高岂止上云台！

泰山挑夫

往昔书曾载，今番亲自瞧。

不知身历苦，但问日多高。

泰岳当屈首，英雄信折腰。

兴亡千古事，风雨一肩挑。

沁园春·周恩来百年诞辰

放眼淮安，翔宇翩翩，旷古一周。忆良宵惊梦，音容宛在；大河掩卷，伟绩铭留。虹赋瑶台，云歌华诞，帝女姮娥舞练绸。高碑矗，令衡嵩仰止，龙虎低头。　　毕生奋斗何求？为崛起中华争自由。展雄才大略，鹏冲万里；高风亮节，日照千秋。总理邦家，运筹时事，俯首甘为孺子牛。谁曾是，唤身旁儿女，应遍神州！

江城子·大连知青回访有感

知青记忆欲收藏，约张王，下浑江。聚首席前，未语泪千行。四十春秋何变化？人未老，鬓先霜。　　一声汽笛向东方。别高堂，赴桓乡。热血青春，都付治蛮荒。待众回城君永守，欣巨变，著荣光！

单德忠

单德忠，1958 年生，河北省玉田县人，现任本溪市南芬区科技局局长。本溪市诗词学会会员。

五月游大冰沟

风凉气爽涧流湍，山路幽深起雾岚。
谁道冬春难共色，花芳林翠赏冰天。

槐林随笔

春来物润满庭芳，雨后空新沐艳阳。
独处槐林花似雪，无需风送自飘香。

孙举刊

孙举刊，1958 年生，满族，现任桓仁县党史地方志办公室副主任。

寒　窗

昨夜窗前制画屏，芭蕉叶对腊梅生。
高堆玉屑苍山雪，喜鹊遥追布谷鸣。

张 杰

张杰，号穆禅斋主，1958 年生，籍贯辽宁本溪市。南芬区小学教师，本溪市诗词学会会员。

春 归

潺湲碧水绕城乡，遥望山青近却黄。
拂面微风皆笑语，梳枝细雨尽文章。
金乌伴鸟歌声婉，玉兔催蚕议论忙。
景映心田生画意，花开境地化诗狂。

吴景荣

吴景荣，1961 年生，本溪市人，现就职于本溪市南芬区司法局。

山　菜

大山慷慨赐春蔬，凉拌热焯风味殊。
野宴开余多冷储，餐桌一幅大丰图。

山　村

清景咔咔数码收，老乡持看乐悠悠。
妪翁眯赏啧啧叹，不意咱村咋恁牛！

陈明智

陈明智，1962 年出生，民盟本溪市委办公室主任，本溪市诗词学会理事。

独行五首

（一）

朝辞古寺独行早，暮宿蓝溪如倦鸟。
细雨他乡入梦时，谁言天意怜幽草？

（二）

东君款款御风来，驿路梨花几度开。
又见晴川飞白絮，轻吟归燕独徘徊。

（三）

照影清溪柳梦遥，山泉为我作醇醪。
闲情几许何须问，曳杖迎风过小桥。

（四）

久慕潇湘一钓舟，独行世外自清遒。
金风又染霜林醉，莫道天凉好个秋。

（五）

漫凑闲诗类野僧，何妨吟啸独行行。
千山万水留鸿爪，弄墨斋中未了情。

孙吉春

孙吉春，笔名子矜，号鉴心斋主，1963 年出生于辽宁省桓仁县。中华诗词学会会员、辽宁省诗词学会会员、本溪市诗词学会理事、郁灵诗社副社长。著有个人诗词专集《鉴心斋诗稿》。

路宿农家

霜秋正抹一天霞，夜宿清溪翠麓家。
九月当时枫似火，染天染地染红鸦。

五女山

建都绝壁数奇雄，曾是朱蒙唱大风。
云国巍巍嗟鸟道，天池湛湛映花红。
幽荣五女传佳话，翠黛一江凝碧虹。
何是当年横槊处？豪情共我上飞峰。

周健

周健,笔名文轩。1965 年生,本溪市人。本溪师范专科学校数学系毕业。现任本溪市明山区教育局副局长兼明山区教师进修学校校长、明山区诗词曲协会副会长。

桓仁江边偶得

一点星光两盏灯,漫江春水四人行。
青烟缭绕情何处,江畔北桥看浪生。

初 春

雨霏春色渐,鹤舞蕴空灵。
谁会青山意,只闻涧水声。

李 禾

李禾，1948年生，本溪市诗词学会理事。

水调歌头·延庆杏花风光

桃李芳菲韵，难掩杏花天。岚清雨细风暖，万树竞相妍。雪泻妫川滔浪，霞涌燕山铺锦，芳谷醉莺喧。喜沐杏花雨，北国赛江南。　康西情，漓江梦，翠松山。风光旖旎无限，览胜尽开颜。暂憩人间仙境，清爽夏都避暑，陶令有新园。多少游春意，援笔赋华篇。

念奴娇·步云山风景区

步云凌顶，顿开襟，一览风光无限。秀水青山舒画卷，花海溢香流艳。绿树屏风，莺啼翠谷，响瀑飞虹练。人间仙境，嫦娥回首惊羡。　石磨世界奇观，寓人文智慧，意涵深远。畅浴天泉，情尽处、疑是华清新苑。烟渚龙潭，泛舟霞霭，莲舞波光幻。临川椽笔，亦难书此娇粲。

康鸿伟

康鸿伟，1966 年生，辽宁桓仁人。1986 年毕业于鲁迅美术学院，现任桓仁满族自治县侨联主席、文化局副局长。

赞　荷

解衣泼墨任涂鸦，莲叶莲花点露华。
毕竟污泥能不染，临风摇曳玉无瑕。

刘庆友

刘庆友，别署路明王氏，生于 1966 年，籍贯辽宁海城。本溪市诗词学会理事。诗赋与现代诗歌总集《月光集》发表于起点中文网。

山村冬日

天上琼花傍梦回，人间白雪倚风飞。
遍铺暖絮山何幸，新绘彩翎雉正肥。
斫木取柴前岭险，凿冰求鲤后潭危。
农家四季得闲少，生计殷勤日日催。

张满波

张满波，1966年生，笔名瘦竹，号求缺斋主人。毕业于沈阳师范学院中文系，现供职于辽宁省本溪八中。著有《语言食谱》。

唐多令·落花

昨夜满庭霜，秋花梦不长。溢芳时，心已荒凉。多少情丝空缱绻，风乍起，月迷茫。　　清瘦亦清狂，残花零落香。问情根，沉默何妨。待到冰河融化日，重把酒，话青黄。

张士海

张士海，字海石，满族，1968 年生，辽宁桓仁人，桓仁满族自治县党史地方志办公室编辑、余江诗社理事、郁灵诗社副社长、《郁灵诗词》副主编、著有《桓仁通史简表》。

咏五女山山城

孤崖独秀耸云空，今古奇观一脉通。
邹牟公侯称霸业，纥升骨岭话同盟。
沸流击水显神勇，卒本开疆舞劲弓。
二代王都留胜迹，三增国祚话祥龙。
喜逢盛世登名录，彪炳千秋颂雅风。

孟令财

孟令财,1968年生于辽宁省本溪市南芬区。现任本钢(集团)矿业公司南芬露天矿党委政工部部长助理。

咏天桥沟

岭峦漫步觉深幽，林海碧波浪咏秋。
静看枫栌无墨画，风清林染鸟歌柔。

侯世忠

侯世忠，1969 年生，满族，现在桓仁满族自治县人民法院工作。

八声甘州·小桂林纪游

看青罗一带，似无心，蜿蜒走画屏。伴长天云淡、山鸟鸣幽、劲松荫浓。夏日骄阳似火，草木却葱茏。难得水如碧，罗列诸峰。　　闲来轻舟稳泛，倩诗俦啸侣，击楫前行。纵湍流似箭，喧嚣复从容。趁晴明，骋怀游目，同绿波，叠嶂沐轻风。留连处，停舟石壁，听水泠泠。

邢燕来

邢燕来，1971 年出生于桓仁县。中华诗词学会会员、桓仁郁灵诗社副社长。

山居吟

映日梨花似雪晴，小桥夜赏满天星。
时人多被浮华累，未解山居梦亦清。

五女山山城怀古

一方名胜屡寻游，壑险峰奇境最幽。
草木不知兴废事，烟波尽洗古今愁。
飞升何处悬遗冢，零落江边剩土丘。
战事早湮空记影，巍然残垒自千秋。

牧 归

黄犊傍母膝，陂野径逶迤。
古木山阴老，流莺涧下啼。
村头烟袅袅，牛背柳依依。
信口吹新叶，归蹄路不迷。

宗冠旗

宗冠旗，1973年生，桓仁人。中华诗词学会会员、长白山诗词学会理事、佟江诗社理事、桓仁郁灵诗社副社长。现就职于辽宁省桓仁县西江发电有限公司。

二〇〇五年纪事

焦聚煌煌世界东，图强禹甸气如虹。
喜除农税亲黄土，笑放神舟探碧穹。
两岸同赢来访际，八荒共盛运筹中。
保先惩腐民心振，长伴雄风舞巨龙。

六州歌头·游五女山

群山览遍，游此觉奇鲜。寻磴道，攀云栈，陡峰寒，欲摩天。峭壁悬千丈，凭空起，惊神眼：风无定，云舒卷，似天仙。异朵奇松，费尽丹青意，招惹人怜。看山中物象，五步一诗篇，纵目临渊，颤心弦。　　叹狐仙洞，天池水，经风雨，忆斯年。兴亡事，恩和怨，散如烟，掷云间。城记朱蒙志，开王业，策长鞭。传五女，行大义，铲凶奸。千载风华依旧，浑江水，哺育英贤。有雄心万丈，豪气敢争先，再上峰巅。

邵立姝

邵立姝，又名立书，满族，辽宁省桓仁县人。现为桓仁满族自治县劳动和社会保障局退休干部。辽宁诗词学会会员、辽宁省青年诗词学会理事、桓仁郁灵诗社副社长。

重阳节游桓龙湖

九九忽添雅兴稠，游湖更喜弄轻舟。
鱼游碧水微波起，霜染层林烈火留。
既爱千山秋叶好，何伤百卉艳容收。
青松送我凌寒骨，独醉桓仁自在秋。

访抗联密营

攀登寻迹顶双层，深入丛林访密营。
当勒悬崖鏖战事，应书大将抗倭情。
一抔黄土埋忠骨，万曲松涛唱大功。
翠谷红旌辉映处，曾留人吼马嘶鸣。

英亚子

英亚子，本名于晓光，本溪满族自治县文化馆馆员。

无　题

（一）

轩窗独坐自潜神，户外无关世事纷。

昨晓兰亭和露写，今宵菊谱带霜临。

已从乐府寻佳句，又向花间索妙文。

半世光阴书卷里，何曾愿为梦中人。

（二）

已知梦幻莫当真，仍向洛川觅洛神。

夜里宓妃绰约现，醒来踪影了无痕。

渡将斯水无舟楫，预眺巫山有断云。

一刻春宵终觉短，失魂落魄有骚人。

吴彦卿

吴彦卿，本溪县史志办主任、县文联副主席。出版个人诗文集《吴彦卿文选》。

春　日

房前劲草掩柴扉，谁伴斜阳送晚晖。
一树桃花犹未放，芬芳留待主人归。

春　耕

五月山乡早得春，桃花蘸水一溪云。
窗前停雨逢当午，炊熟家家唤耪人。

张笑波

张笑波，1909 年生，辽宁法库人。原丹东师专讲师，丹东诗词学会顾问。著有《张笑波诗选》《张笑波词稿》。

咏　菊

独傍东篱劲节标，不香不艳有清操。
一从深受陶公宠，列在花中品最高。

秋夜书怀

已惯离家久，天涯又是秋。
寒砧敲客泪，明月动乡愁。
身世风前柳，萍踪水上舟。
思亲人不寐，征雁过南楼。

书　怀

桃李皆成树，春来发几枝。
繁花香细细，嫩叶绿迟迟。
礼乐千秋义，宣尼百世师。
杏坛今日暖，歌咏及良时。

感　事

城池宫阙旧江山，几度沧桑换世间。
祸乱百年临沈水，风云万里度榆关。
常教乐事成悲事，竟把愁颜作笑颜。
有志男儿须报国，从戎当效古人班。

感怀有作

十年浩劫悲秦火，君子何须叹运穷。
陶不折腰无媚骨，鲁甘俯首有高风。
凤凰山下松栖鹤，鸭绿江边浪打鸿。
花满门墙桃李笑，一生乐事杏坛中。

醉花阴

自问一生何所有，浪迹天涯久。往事上心头，
是是非非，识得人情透。　　清风两袖归来后，
痛饮娱心酒。陋室住闲身，送往迎来，都是渔樵友。

吴文周

吴文周，1910 年生，辽宁辽阳人。曾任丹东师专讲师，民进丹东市委顾问、丹东市政协委员、丹东市诗词学会顾问。

赠别毕业同学

（一）

三载光阴弹指中，骊歌一曲各西东。
人生聚散寻常事，益友良师处处同。

（二）

欣逢盛世复何求，重教尊师情意稠。
桃李迎人花满树，好山好水在前头。

杨友直

杨友直,1927年生,辽宁桓仁人。曾任丹东二中高级教师、丹东诗词学会副会长。

回故乡口占三首

(一)

归来故里已无亲,日月依然照此身。
三十六年漂泊客,儿童误认异乡人。

(二)

同学相逢惊鬓雪,卅年阔别苦相思。
最钦虽老不知老,犹吐春蚕未尽丝。

(三)

沿街栉比耸层楼,无复当年瓦砾稠。
市井繁荣风俗美,辉煌光景豁吟眸。

游虎山明长城有感

五月风光绿满岑，初游古迹幸登临。
边墙屹立思明室，要塞森严护国林。
追昔抚今增百感，丰衣足食胜千金。
遥望沧海兼怀远，一统江山旷世心。

欢迎台湾诗人何南史归里探亲

卅年鱼雁怅萧然，归里亲朋喜欲颠。
春树暮云情切切，江东渭北意绵绵。
葱葱旧国瞻佳木，粲粲艺坛闻雅弦。
不尽相思凝一语，高吟月是故乡圆。

步韵敬和叶元章吟长《七十抒怀》

我亦浪游赢鬓华，余年江畔喜安家。
琴棋书画诗为友，苦辣酸甜咸作茶。
看破红尘知足乐，慰怜慧眼老来花。
幸今度日无忧虑，不计前劳不自嗟。

六旬晋五抒怀

绛帐生涯愿已酬，归休杂感涌心头。
常闻桃李成佳木，久事菁莪育俊俦。
顺逆如烟云北去，是非若梦水东流。
春风又绿花千树，喜看芬芳遍九州。

自　得

自适自娱知自得，闲居每喜觅诗讴。
任凭人事塞翁马，犹爱生涯孺子牛。
白发频添增寿考，红心屡掬写春秋。
晚年但享天伦乐，此外微躯何所求。

路　地

路地，原名傅云生，满族，1928 年生，辽宁岫岩人。曾历任地工成员、部队参谋、文艺杂志主编等。丹东市文联编审、中国作家协会会员、中华诗词学会会员、丹东诗词学会顾问等。著有诗集《绿纱窗》《淡淡的紫雾》等。

政协会纪实

漫道吾侪鬓发白，常思国事泪盈腮。
如今除害人心喜，跨马追风动地来。

自　勉

有道修成人自往，乐音乍起自婆娑。
老来精细增烦恼，不及粗疏快意多。

张 垒

张垒，1929 年生，山东人，曾任丹东市电视台总编辑。丹东市诗词学会顾问。

中朝友谊桥

钢骨雄风震远东，一桥飞架两江城。

当年弹洞今犹在，不尽波涛寄友情。

李敬信

李敬信，1930 年生，辽宁岫岩人，中国作家协会会员，辽宁作协理事，曾任《鸭绿江》编辑部主任、《满族文学》和《中国谜报》主编、丹东市政协常委。有短篇小说集《想不到的事》《风雨旗》。

甲午海战古战场感怀

海战硝烟遮碧空，百年炮响耳犹鸣。
银鸥盘舞桅杆上，青蟹横穿舰砾中。
时去时来天地变，潮消潮涨古今同。
英雄虽殁精神在，有口皆碑唱大名。

王茂玉

王茂玉，辽宁东港市人，1931 年生。曾任中学高级教师、丹东诗词学会副会长。

纪念抗战胜利五十周年

满天捷报八方扬，万里神州喜若狂。
处处笙歌歌胜利，人人笑语语辉煌。
功酬仗剑诛凶逆，史载抛头守土郎。
应上凌烟图节烈，千秋昭示国魂昌。

"九一八"事变

侵略烽烟起沈阳，当年痛事费评章。
人民突祸红羊劫，政府偏教倭寇狂。
纵敌已侵三省地，引狼又夺"四行"仓。
金瓯破碎谁之罪？历史今医代过伤。

"七七"全面抗战

数年敌忾爆卢沟，抗敌男儿豪气遒。
旧恨新仇心上聚，远羞近耻血中流。
横刀立马倭头砍，斩将搴旗国土收。
十大洛川纲领策，指挥华夏战顽囚。

平型关大捷

平型大捷灭倭狂，惊世威名天下扬。

八路健儿豪气壮，三千小鬼哭声长。

号称无敌牛皮破，貌似难摧纸虎装。

一战昆阳知必胜①，铁流滚滚逐豺狼。

【注】

① 昆阳之战是汉刘秀率义军击败王莽所部，是著名的以弱胜强的战例。

敌后游击战

中央失地我军收，大略英明游击筹。

草木皆兵埋十面，叟童咸甲伏千沟。

夜攻暮袭鬼心颤，碉破堡翻倭命休。

八路军威扬四海，功勋盖世耀千秋。

百团大战

百团大战绩辉煌，外惩东夷内惩降。

打破囚笼倭寇策，戳穿妥协蒋家囊。

五千里路除妖气，卅万雄师逐恶狼。

灭敌凶狂匡世谤，朱彭震世伟名扬。

康达昌

康达昌，1935 年生，辽宁凤城人，满族，哈尔滨工业大学教授，博士生导师。1960 年毕业于哈尔滨工业大学。现为中华诗词学会会员。

清　明

北地踏青时尚早，新增假日爆人潮，
纸鸢莫忘清明祭，千里春风一梦遥。

扫祖墓

从来古语未欺人，隔代真情爱更深。
憾事莫如亲不待，祖恩欲报恨无门。

岁末致友人

说道增年即减年，缘由悲乐不同观。
人生修短聊乘化，更喜落霞犹满天。

王振纲

王振纲，山东蓬莱人，1944 年生，1969 年毕业于辽大中文系。退休前任丹东市政协副主席，现任丹东市诗词学会会长、丹东市红楼梦学会会长。

驻朝大使武东和过路返京

毕生外事久跻身，转瞬朝都逾五春。
半岛风云常在眼，五洲忧乐总关心。
壁间龙啸疑剑影，笔下潮生荡诗魂。
今日功成应共喜，燕京又是月华新。

河口小岛忆旧

树绿花红烟水长，渚洲重睹惹思量。
伊人何在轻歌杳，昨梦随风到绿江。

齐天乐·断桥夜景

楼台高耸凭观览，断桥华灯耀眼。一缕柔风，半轮月影，如画鸭江北岸。春晨夏晚，想舞步婆娑，歌喉婉转。倚遍栏杆，游人此地乐忘返。　　南窗几度风雨，依稀如昨日，硝烟弥漫。四处弹飞，半江桥断，抗美战歌声远。往昔云散。看今日繁华，花明柳暗。把酒向天，唤嫦娥作伴。

临江仙·大鹿岛春日即景

拍岸轻潮软浪，染山绿树红花。南归雁队影横斜。徘徊云霄久，留恋未忍发。　　红瓦白墙楼阁，寻常百姓人家。寻仙何必到天涯？秦皇今倘在，徐福弃乘槎。

清平乐·赠友人

芳华今睹，脉脉衷情诉。浩渺心涛归底处？一任鸭江流去。　　轻歌乱我心弦，无眠秋夜阑珊。对酒昨夕如梦，回眸一笑相牵。

鹊桥仙

南湖柳嫩，东陵草软。帘外双飞紫燕。撩人天气半晴阴，俏姿影，桃花人面。　　才填雅韵，初成时调，风送弦歌婉转。相逢客里月华新，酒酣处，荷兰村晚。

谭树中

谭树中，字梦初，号孤松，1937 年生，辽宁盘山人。中华诗词学会、辽宁诗词学会会员，丹东诗词学会理事。作品散见于多种诗词典籍。

辽河畔乡居

还乡勤奉父，畅饮合家欢。久叙天伦乐，高歌盛世安。树摇三径翠，花放一窗丹。北国芳林广，东篱沃圃宽。　　归禽鸣婉转，飞燕舞盘桓。陈谷盈秋囤，鲜鱼佐晚餐。茶残辽水竭，酒足大洼干。脱却贫穷帽，春浓不再寒。

毛泽东主席诞辰百周年寄怀二首

（一）

韶山红日照金瓯，夏禹秦嬴逊几筹。
吴楚秋风惊宇宙，沁园春雪震寰球。
雄文五卷经天典，真理千篇纬地谋。
举国今朝怀领袖，情同湘水共悠悠。

（二）

导师华诞日升天，一代英明北斗悬。
手托春秋筹国祚，心存今古转坤乾。
中原逐鹿神驱鬼，牧野分牛党赐田。
历尽人间寒与暖，丰功伟绩史空前。

郑成功

虎胆将军忠义身，重收宝岛胜前人。
版图完整山川秀，海峡安全屿浪新。
北望中原怀故国，东驱外寇拯黎民。
合当祭祀焚香拜，一代英雄万代神。

退休归来

归来每觉一身轻，忘却征程路不平。
玉碗醇浓陈麹美，泥壶茶淡古泉清。
豪情未自胸中泯，雅兴常从心底萌。
莫道人生如梦幻，长空雁过尚留声。

张家敏

张家敏，1937 年生，辽宁庄河人。丹东制药厂职工。

杜鹃花

雪满深山冰满江，冲寒先喜报春光。
红为铁骨一腔血，绿是诗魂万缕香。
入室千秋争艳丽，临窗百朵竞芬芳。
时人识我高风度，选作市花登大堂。

采　药

暮雨滂沱晨转疏，携囊荷铲喜初伏。
山川一片呈新色，童叟五更拔绿珠。
紫盖茸茸风里伞，红冠艳艳雨中菇。
茯苓益寿驱邪恶，嫩菌鲜蔬宜下厨。

许亨行

许亨行,朝鲜族,1938年生。丹东市朝鲜族中学校长,高级教师。

中朝友谊桥

长桥倒影卧清波,不忘当年激战多。
友谊正名情凝血,和平竞逐喜飞鸽。

耿吉兰

耿吉兰，1939 年生，山东阳信人。1963 年毕业于北京师范大学中文系。丹东市广播电视局主任记者、丹东市诗词学会理事。著有《丹东地区古今楹联评释》等。

国庆四十周年有感

孩提十岁方知国，一瞬五旬未下鞍。
且愧笔耕收获少，书山原自有新天。

张今越

张今越，1939年生，辽宁法库人。曾任黑龙江省肇东市委党校副校长、辽宁省财专党办负责人等职。丹东市诗词学会常务理事。

浪淘沙·悼念周总理

天地起悲声，日月无明，声声哀乐更伤情。举世人人齐下泪，慨叹由衷。　　四海建奇功，青史英名，披肝沥胆尽忠诚。梦里依稀常相见，潇洒姿容。

万志新

万志新，回族，祖籍河北，1939 年生。中华诗词学会、辽宁省诗词学会会员，丹东诗词学会理事。作品散见于多种诗词典籍。

咏菊四首

（一）

东篱菊绽正芳时，一抹轻妆弄俏姿。
玉润金香迷淡月，娇秋秀影惹人思。

（二）

寒秀迎窗入砚池，吟金咏色笔飞驰。
幽香若在催花赋，淡艳风情似旧时。

（三）

香沉月夜亦情持，篱畔霜华冰冷姿。
唯冀秋来烘暖日，须臾花影上瑶池。

（四）

白驹过隙几多时，终抱幽情恋旧枝。
佳色阑珊思不尽，挥毫重著冷香词。

满庭芳·鸭绿江秋景

疏柳阴清，瘦花香冷，汀洲偷换炎光。金风西起，杨柳亦飘黄。菊影丹枫衬映，江堤艳，又著新妆。凭栏眺，鸭江如练，征雁逐斜阳。　　黄昏升淡月，渐来倩侣，对对双双。漫江畔寻幽。意蜜情长。翁媪强身习武，刀光闪、撞击铿锵。怡情处，环城伫望，灯火正辉煌。

包泉万

包泉万，蒙古族，1940 年生，辽宁凤城人。1964 年毕业于辽大中文系。曾任丹东文联副主席。著有散文集《春的遐思》等。

菊花二首

（一）

云阳鱼雁梦常萦，闲立江边待月升。
喜见黄花无媚骨，欣逢红叶有深情。
孤芳自此休歆玉，圃露而今已润荣。
何日东篱夕照美，悠然采菊醉山风。

（二）

东篱把酒月朦胧，醉里看花梦里行。
诗意远随归雁尽，鱼书稀到恼蛩鸣。
霜开枕畔应含泪，露冷窗前已咽声。
人比黄花轻几许，寒烟衰草宿深情。

王庆生

王庆生，辽宁丹东人，1941 年出生。中华诗词学会会员、辽宁诗词学会会员、丹东诗词学会理事。著有《裙华阁吟草》《分韵对仗词语选编》。

自　愉

独处山居趣逸哉，菊间松下任徘徊。
塞翁失马焉非福，南郭滥竽惭不才。
竹叶未因经雪落，梅花端为报春开。
吞霞吐彩栖尘外，笑看人间戏一台。

诗友小聚

谒师归访友人居，把酒闲吟共拈题。
拙句牵强成笑料，慧心养晦透灵犀。
岂求头脑临场敏，但使觥筹每日提。
虽悸猜枚浮大白，别时依旧醉如泥。

和孔凡章先生迎春曲

小街振柝月三竿，窗印冰花谕腊寒。
昼夜紫毫兼独运，晨昏黄卷续前看。
坦然行世清吟乐，率尔操觚合辙难。
人笑予痴予亦笑，谋篇含咀瞩星阑。

丁亥除夕念江南雪灾有思

乱抛玉屑满皑皑，不恤苍生惊九垓。
寒气施威伤国步，热肠仗义拯民哀。
肥猪巧窃中孚去，黠鼠甘携大壮来？
寥落情怀何所寄，遥望星汉默禳灾。

己丑迎春杂咏

骀荡春风入酒醇，微醺老物忆前尘。
曾攻科技艰辛极，又拥诗书形影亲。
复礼修缘多克己，闻鸡起舞老遗民。
甘居物外谁如我，气定神闲友凤麟。

李双和

李双和，1942 年生，辽宁彰武人。1966 年毕业于辽大外语系。曾任中共丹东市委副书记。丹东诗词学会名誉会长。

丹东师专十年校庆志贺

十年辛苦未蹉跎，绿水白山桃李多。
汉室倘无三杰助，刘邦难唱大风歌。

杜新元

杜新元，祖籍山东海阳，1943 年出生于辽宁东港市孤山镇。中华诗词学会、辽宁诗词学会、丹东诗词学会会员。其诗书画作品入编多种典籍。

赋岳阳楼

滕王高阁舞筵休，黄鹤楼头陟旅愁。
若砺忧民忧国志，劝君独上岳阳楼。

卢沟桥印象

火灭烟销数十霜，卢沟晓月睹兴亡。
伤痕狮子时惊视，日出东瀛带血光。

辽宁宽甸青山沟秋游记兴

清秋筇杖点苍苔，枫火满川荧眼开。
敢爱江山吾作主，形骸放浪此中来。

答友人兼评诗坛当今

雅颂非同古道醇，诗骚难继愈悲辛。
篇长无句歌无韵，语短不文律不循。
虚妄朦胧多怪诞，矫情梦呓竞畸新。
千腔一调随俯仰，那得阳春泣鬼神。

说　贪

煮酒一杯闲品斟，但观影视说和珅。
大贪业是君王佐，奸佞言为仕宦钦。
暴敛资财家敌国，深藏城府欲熏心。
蝇营事败惊残梦，青史无名野史箴。

青玉案·植树

升平宜植千千树，保水土，调风雨，凝碧
中华千嶂路。无涯尘净，黄河图出，戈戟何须
舞。　　染青寥廓歌金缕，大白频倾欲何去。万
绿迷人期共度，留吟风物，赏心更在羌笛声吹处。

念奴娇·题画

以观沧海，翩思绪，遥接千年风物。水自滔滔，波影荡，碣石山前云月。魏武挥鞭，纷争乱世，勋业随烟灭。平生休说，浪涛拍岸堆雪。　　壶酒还酹心潮，忖渔樵醉语，几分幽咽。世事沧桑增感慨，偏唱西窗词阕。落日沧波，舟帆归一点，翳云重叠。风流何在，漫言今昔时节。

韩　英

韩英，1944年生，黑龙江富锦人。丹东市第三医院主治医师。

山居即景

（一）

山川叠黛树披花，薄雾如烟漫海涯。
布谷几声惊幻梦，晨曦一线透窗纱。

（二）

头顶青山脚踏城，绿江如带月朦胧。
槐香阵阵催春暖，归雀啾啾话晚晴。

马文光

马文光，1945 年生，丹东市广播电台记者。

宿九江

雨润窗前千岭绿，风澄楼外一江清。

沙鸥上下翩翩舞，舢舨弄潮任纵横。

林中兴

林中兴,1946年生,丹东市广播电视局副局长、主任编辑,丹东市诗词学会理事。

锦江渔村

十月金风动晚秋,芦花飞舞逐江流。
犹闻渔调牵帆起,浪谷波峰弄小舟。

妙香山观奇

九天垂下一条绫,平地忽生万仞峰。
云碍绿枝飞不起,雪居山上看花红。

高树宝

高树宝，1951 年生，山东广饶人。曾任丹东市总工会宣传部长、辽宁省唐代文学学会副会长，丹东市诗词学会副会长。

忆江南·丹东好

丹东好，话说鸭江头。春意盎然千点绿，柳丝垂水戏沙鸥。涌浪放歌喉。　　丹东好，话说大东沟。润树泽花飞细雨，佳宾醉卧海鲜楼。夏日解千愁。　　丹东好，话说凤山秋。风唱密林摇古木，清泉激石作鸣流。归去乐悠悠。　　丹东好，话说锦江游。女子有情生百媚，男儿回首竞风流。踏雪到山陬。

张玉春

张玉春，1950年生，宽甸县人。现为中国诗歌学会会员、中国散文学会会员、中国报告文学学会会员、中国《中华风》杂志社记者、长白山诗词学会常务理事、佟江诗社副社长，其作品曾先后获得中国世纪大采风金奖、全国冰心文学作品大赛金奖。

李香君故居感怀

粉墙黛瓦一空楼，紫帐红帘半掩愁。
玉陨香消人已去，名存节在气仍留。
秦淮河畔梦牵影，夫子庙前情入仇。
烈女犹存亡国恨，化成烟雨也风流。

游姑苏寒山寺

初临古刹寒山寺，听罢钟声知盛衰。
燃起炉中香一炷，仰望殿上佛三回。
只思清静几时有，不问荣华何日来。
暗淡红尘今看透，拜求净水洗心埃。

苏小小墓

断桥未断香已断，枯骨虽枯名不枯。
常共吴山望北斗，总随烟雨绕西湖。
一双泪眼滴心恨，万缕情丝伴影孤。
可叹红颜多薄命，原来痴女太糊涂。

游苏堤春晓夜得梦悟

欲访东坡西子来，莺歌燕语绕亭台。
依稀杨柳携风舞，如幻桃花蘸水开。
未对婵娟夸艳美，只评吴越说兴衰。
叹将往事从头忆，方悟妖颜是祸灾。

夜游珠江所寄

抚膺举目伫船头，把酒诚邀月共游。
不借天光寻浪漫，只凭夜色看风流。
霓红未照腮边泪，迷翠却遮心底愁。
回首梦中悟三界，恍如烟海望空楼。

咏天华山青龙涧

飞流穿涧若龙腾，幽谷长吟彻野鸣。
有似狂涛随势走，宛同骤雨伴雷声。
浪花卷起千堆雪，波影摇牵万仞峰。
漫步泉边诗百首，激情润笔有神风。

赫丛青

赫丛青，女，1951年生于辽宁凤城。辽宁青年诗词社副秘书长、中华诗词学会会员、丹东诗词学会理事、丹东电台主任编辑。出版《华夏巾帼名人诗传》《满乡扬柳枝》等诗集，曾获"老龙口杯诗词大奖赛三等奖"。

咏鸭绿江

浴过仙姝水亦香，鸭头绿色染清江。
至今碧浪流波处，犹话当年洗绿装。

农家剪彩

鞭炮连声唢呐高，小楼新立绿山坳。
童儿扯起红绸带，笑倩支书动剪刀。

访蚕村

六月蚕村访物华，一程鸟语一程花。
山翁遥指柞林碧，隐隐红墙三五家。

赶春汛

红杏映江谷雨天，威呼来去似梭穿。
鳌花肥美鲤鱼跃，一网收来一网鲜。

秋　忙

人起鸡鸣马踏霜，三春不似一秋忙。
偷闲唯有中天月，犹照农家夜上仓。

采山菊花

笑趁金风九月八，姗姗觅向野芳发。
人儿娇美篮儿俏，采得秋山第一花。

顾 伟

顾伟，1956 年生于沈阳，辽宁省诗词学会会员，现任民进丹东市委秘书长。

中秋二首

（一）

瑟瑟金风落日斜，山间红叶胜春华。
无缘梦里相揩泪，有恨江中独泛槎。
流水情长宜奏曲，高山意重好传筎。
何时共饮中秋月？妙笔飞出无数花。

（二）

等闲白了少年头，花盛花飞一叶秋。
人慕虚荣生悔恨，天贻契友去忧愁。
碧霄由此无孤雁，沧海从兹跃众鸥。
天上人间一胜景，晓霞万里映神州。

秋色赋二首

(一)

气爽秋高山外山，鹊鸣蝉叫紫蓬间，
轻风拂叶萧萧响，一片金黄映碧蓝。

(二)

炊烟暮起远山苍，错把他乡作故乡。
遥看东天初露月，又将金野镀银霜。

秦　箫

秦箫，女，1969 年生于辽宁宽甸，现任宽甸县文化馆创作员、宽甸县诗词学会副会长。

题李清照

莲藕何须驻野塘，舟行鸥鹭几回肠？
婉约绝唱终成梦，无尽幽思似水长。

兰　花

独占窗前一抹香，姿颜鲜蕙为谁芳？
兰心点染君心处，恪守清名缀素妆。

浪淘沙·残秋

霜露偃蝉鸣，枫叶凋零。清秋诉尽寂寥生。
衰草逐风游旷野，遁迹销声。　　几度息难成，
线断风筝。凄凄雁叫倩谁听？流水残花缘已尽，
冷冷清清。

采桑子·落叶

　　春光展尽枝芽瘦，影绰帘栊。醉舞清风，欲得倾城绽艳红。　　参知翠叶芳菲事，顿觉皆空。休怨苍穹，荣枯尽在一年中。

第四辑

高　坦

高坦，约为 1904 年生，锦州州人。《锦川石诗词选》收录诗作二十五首。

纪念辛亥革命七十周年

盈盈碧水绕台湾，祖国江河本一源。
同是炎黄亲胄胤，并非胡越不相关。
思家应有还乡梦，怀友愁无缩地鞭。
但愿双方能聚首，双十灯下话巴山。

看影剧《屈原》有感

艳妻煽处正司晨，噂沓盈庭聚佞人。
似有孤忠心似水，怎堪群小口销金。
舌锋说士摇邦本，乱命庸君背善邻。
事业未成留正气，弥沦两大永芳馨。

田方平

田方平，1912 年生，锦州工商联组委。

悼儒弟

痛重悲深往事牵，相依度苦境何堪。
人无尺寸息身地，家有长积债似山。
志欲读书生计窘，心急求职路难攀。
穷愁将去人遂去，体血熬干泪不干。

佘象乾

佘象乾，1916 年生，辽宁北镇人，锦州诗词学会顾问。

重阳诗会和张冷石先生原韵二首

（一）

早已归田脱客袍，今朝重九又登高。
欣逢陶令闲情重，徒羡刘郎诗兴豪。
红叶凋零飘作雨，松声集聒响为涛。
吟诗也似兰亭会，限韵分题各运毫。

（二）

残生早已敛行踪，饮酒登高值九重。
紫塞烟凝停过雁，青松风动舞虬龙。
江郎才尽赢人笑，杜老诗雄愧我庸。
望海堂前同觅句，观音阁上喜相逢。

陈铁镔

陈铁镔，1917 年生，辽宁铁岭人，1939 年毕业于吉林高师，1940 年毕业于大同学院。锦州师范学院中文系教授。

雨中游萨尔浒山

再上重峦瞰古城，登临谁忆旧诗名。
山花历乱红成阵，涧水澎淘绿有声。
赫燿灵威今讵在？苍茫缔构已新成。
盘桓九曲泥涂滑，始信人间路不平。

王鸿业

王鸿业，1919 年生，名德昌。辽宁新民人。曾任锦州市图书馆副馆长等职。辽宁省诗词学会理事，主编有《锦川石》《凌河烟雨》等诗集。有诗集《潢南集》行世。

登重修岳阳楼二首

（一）

蠹立城头俯洞庭，地连粤汉客频经。
凄泠瑶瑟千秋怨，螺髻君山一点青。
重构栋梁存旧貌，广征诗画入新屏。
浮云缭绕出天半，长映湖湘如日星。

（二）

燕公初建子京修，千古巴陵说此楼。
专制王朝多劫火，人民时代补金瓯。
洞庭春色连湘浦，行旅秋帆下鄂州。
我欲登临无奈老，台胞乡梦更悠悠。

锦州八景新咏 (选二)

古塔昏鸦

悠悠九百有余秋，辽代浮屠今尚留。
八面庄严镌法相，四方礼拜祈神庥。
回翔夕照鸦千点，斜挂遥天月一钩。
历尽沧桑兴废日，断檐残顶待重修。

紫荆朝旭

不共他山斗险峰，苍苍滴翠锦城东。
扶桑焕彩霞初映，旭日升腾雾半笼。
流水一湾凝宿碧，列车满载破空蒙。
名归八景诚无愧，早入前朝诸志中。

呈萧军

未识尊颜久慕名，松筠高节傲公卿。
救亡抗日双肩重，指海凌云一笔横。
驰骋中原游子意，弥留病塌故乡情。
自怜鄙陋惭趋谒，潦倒辽西愧后生。

癸亥书怀并寄长白山诗社

末水何曾逊洛水，白山更自胜香山。
寿星银烁垂平野，雏凤清音度汉关。
祀近黄羊感时序，岁逢甲子喜循环。
地殊不碍人求友，惟惜春来鬓发斑。

苍山观海

一径遥通积翠巅，攀登直上似升仙。
绿阴如洞跻千磴，极顶凌虚俯二川。
石壁丹书夸妙笔，层亭琉瓦覆朱椽。
晴明季节凭栏望，沧海微茫接碧天。

述　怀

半炉活火漏声迟，午夜挑灯译古诗。
满面春风皆故友，个中辛苦几人知。

长白山诗词创刊

潇湘桔柚洞庭柑，三楚骚人咏正酣。
崛起通都绍古绪，也教塞北似江南。

高永全

高永全，1927 年生，原锦州市文化局局长、锦州市诗词学会顾问。

渔歌子·夏日二首

（一）

绿树浓荫夏日长，红莲香醉蝶蜂忙。披晓露，步康庄，繁花野照好时光。

（二）

久雨初晴眺远楼，鸣蝉初上树梢头。听鸟语，喜芳洲，长风万里送渔舟。

牵牛花

红红紫紫绿油油，绕绕缠缠满架头。
雨雨风风全不怕，开开谢谢到深秋。

孟宪雍

孟宪雍，1927 年生，笔名溪水，辽宁凌海人。锦州市教师进修学院副教授，中华诗词学会会员。著有诗词集《青溪集》等。

鹧鸪天·贺学院民盟支部成立

相唤耕耘桃李馨，伤夷共话泪涔涔。神州龙跃千帆竞，赤子星奔万事勤。 追往日，望卿云，友直友谅友多闻。齐操吴榜绝江海，同驾飞舟上月轮。

柳文浦

柳文浦，1928年生，笔名林荫，吉林农安县人。曾在国家和省级报刊发表诗歌等作品。

光辉历程

一九四九举世惊，百万雄师入燕京。
席捲金陵儿皇梦，埋葬蒋家小朝廷。
七亿苍生跟党走，重开天地辟鸿蒙。
掀天揭地从头起，工农携手组新盟。
征途漫漫人心奋，披荆斩棘气势雄。
到处春色飘翠柳，海阔山青展新容。
文化也曾煎恶梦，三中全会重起程。
如今中华声威壮，国泰民安寿无穷。

常喜书

常喜书,1932年生,锦州人。曾任锦州师专中文系副教授。锦州市诗词学会副会长。与人合作主编《凌河烟雨集》《锦水清波集》等大型诗词合集。

浣溪沙·村行

村社家家气象新,严妆老媪唤鸡豚。连楹彩画栅栏门。　　责任归田春雨暖,菘荞遍布雨泽匀,重逢几见寿眉颦。

观音洞刺玫

观音洞外刺玫开,廿载无人闲绿苔。
一自新开风景点,驱车联袂看花来。

北　镇

古镇幽州北塞雄,河山拱卫气恢宏。
旧城遗堞何由见,双塔巍然耸碧空。

夏日咏怀

廿年毫管怅封尘，此日重拈寄兴深。
国事民心争写尽，风涛浩瀚入长吟。

游闾山

一入名山引兴长，何须烟雨极衡湘。
登临大阁欣身健，赋得梨花觉韵香。
十里松涛云漠漠，一盆圣水玉琅琅。
撩人更有桃花洞，携酒敲枰趁晚凉。

胡 华

胡华，字涩之，号楚国男子，1934 年生于湖北武昌，1949 年参加中南部队艺术学院，1951 年入朝参战，离休前是锦州市群众艺术馆副研究馆员。锦州《未名诗笺》主编。市老干部诗词协会副会长、锦州诗词学会顾问。著有《月皎吟》《诗书襟袂集》。

赠台湾诗友

壬午年端午，以《未名诗笺》主编名义宴来自台湾高雄鲲岛诗社社长周鸣岐先生，口占一首助兴。

乐乎客自宝岛来，凌川琴樽宴朋侪。
风尘仆仆说长短，岁月邈邈忆兴衰。
南国红豆果已实，北方勿忘花正开。
南岸骚翁多酬唱，诗笺好作古琴台。

蝶恋花·忆亡友小梅

战友小梅十三岁牺牲在朝鲜战场，余亲手葬她于金达莱花下。近日在旧物市场，觅得一张当年我与小梅同台共舞的旧照，思绪万千，感慨不已。

待放梅桩枝折断，未展英姿，无奈芳魂散。异国他乡谁作伴，杜鹃遍野红鲜艳。　　魂绕梦牵劳往返，何处珍藏，旧照容颜淡。白发青丝昏眼看，梅花三弄声声慢。

忆江南·乡梦

霜晨晓，乡梦正微鼾。秋到凌川河浅岸，难忘故里采莲船，候鸟应知寒。　　他乡老，花季梦犹残。黄鹤楼前同戏水，龟山结拜土堆坛。能不忆华年。

鹊桥仙·锦州紫荆旭日

东来紫气，闻鸡早起，惊叹锦城变易。登山放眼几回看，却难见、当年痕迹。　　生离死别，春花秋实，聚散终非人力。一场浩劫梦醒时，仍然是、紫荆旭日。

小重山·虹螺晚照

虹螺山在城西，傍晚时作仰盂状衔日，射光恍忽，莫可端倪。

日落虹螺是故乡，蓦然知误了、好时光。客居凌水已秋霜。桑榆晚，夕照扫西窗。　　天道有行藏，横空当礼让、莫争强。金乌玉兔瞰沧桑。君不见，顺则寿而康。

浪淘沙石棚松雪

石堂即观音洞，东洞如室，西洞如堂。

崖下炼金丹，棚内谈禅。几多俗子欲升天，汉武秦皇今孰在，误了先贤。　　三友各凭栏，今昔吟坛。新声旧曲绕山旋。松雪唱酬风雅事，疑在仙凡。

李达宇

李达宇，1934 年生，辽宁开原人。曾任教于锦州市教师进修学院，著有《心远斋诗抄》等。

锦州颂

滚滚风烟渺，秋槐满邑苍。
河清山影碧，塔峻燕声长。
城古凤高矗，港新龙远航。
英灵安热土，含笑慰辉煌。

沁园春·丹园

舞浪流银，叠翠松山，世外风情。目东桥波卧，蜿蜒伏起；西桥悬索，横雾凌空。紫燕栖洲，雪鸥鸣岸，振翼蜻蜓绕画亭。堤漫漫，展疏林如带，钓影蒙胧。　　凭栏一眺如屏。更俯首，小园天趣盈。赏璞石竞异，野芳争艳，葡萄垂露，槐爪游龙。静守书城，骋神寰宇，日月星辰运转宏。清和世，继千秋风雅，纵笔今胸。

邱德富

邱德富，1939 年生于闫山。

咏菊二首

(一)

卜居山麓故城西，每到重阳花满畦。
院圃排除狂蝶闹，芳丛打逐乱莺啼。
风经闾巷留香永，月映金英含露低。
我在云间闲散惯，开樽觅句对君题。

(二)

摇落群芳岁序更，窗前簇簇绽新英。
西山红叶壮秋色，北雁轻喉报晚宁。
投笔频看黄艳冷，开樽喜对紫云晴。
冰心铁骨居安稳，富贵由它趋洛城。

李履正

纪念汶川地震一周年

汶川地震适期年，哀痛依存方寸间。
每忆天灾心尚割，追思逝者泪常潸。
铭心总理黎民系，永志三军救庶还。
灾害无情一方难，人间有爱九州援。
爱心煦煦深情暖，义举频频厚意绵。
更有灾民诚可敬，宛如赤子素心捐。
挺胸直膂兴生产，忍痛含悲建故园。
荡扫废墟起大厦，涤清污秽造新田。
禾苗初绿茁茁壮，工业新潮滚滚掀。
异地移民千户喜，新房栉比万民安。
村村驿站通公路，处处景区客涌泉。
"什么都没"翁媪泣，华居敞朗满堂欢。
川人奋举回天帚，霾瘴驱除大地暄。
骀荡春风一载返，嫣红姹紫百花鲜。
汶川丽日山披翠，巴蜀晴光天更蓝。
岷水滔滔歌义士，长江滚滚唱英贤。

锦州港颂

卧海依山面锦湾，吞金吐玉物流遄。

天车林立千吨起，宝藏盈装百渡船。

输跨五洋寰宇惠，旗飘四海友情传。

辽西东蒙捷航线，兴市龙头港逾前。

褚光宇

褚光宇，1945 年生，辽宁锦州人。历任锦州市人民政府市长、中共锦州市委书记等职。多有文章、诗词、书法作品在省及国家级报刊上发表。新著《桑梓情缘》一书由辽宁人民出版社出版。

游香山

西山四季尽芳容，十月炉峰气势雄。
开国双清帷幄处，济时百代运筹功。
霞萦别苑楼依旧，霜染黄栌色愈浓。
遥望归鸿天际去，静宜园里寄征程。

访潭柘古刹

九峰拥立半山中，宝刹苍颜溢古风。
千载离宫寻印迹，参天松柏慕葱茏。
久经风雨知华夏，历尽沧桑喜大同。
感悟兴衰更替论，久安正道在民生。

秋夜遣怀

半窗月色意融融，思绪随云入远空。
披挂不知华发染，赋闲犹系弄涛声。
绵绵松岭迎朝旭，澹澹凌波映锦容。
自省流年赊尽事，乐观滨海大潮腾。

锦州湾即兴

群英踏浪大潮腾，兴市高歌动锦城。
深沪鸣锣牛市上，日韩争渡万商盈。
园区鱼跃千姿媚，商港鸥翔百业亨。
十载临风凝众志，共偿夙愿请长缨。

御街行·天安门观瞻

天安丽日琼楼上，胜境凭栏望。画梁朱柱架
飞檐，凤翥龙腾浩荡。旌旗猎猎，赞歌嘹亮，万
众丰碑仰。　　金瓯玉宇山河壮，两岸祥云涨。
风帆四代领航向，一派和谐盛况。科学发展，雄
韬伟略，尽展新形象。

吴 勉

吴勉,锦州人,曾任锦州市文化局副局长,现任锦州诗词学会会长。有《吴勉诗词集》出版。

纪念锦州解放六十周年

黎庶悲吟苦海深,雄师靖难扫妖氛。
茫茫辽沈挥长槊,猎猎旌旗跃大军。
西柏坡前施妙策,石头城内降灵神。
杀声撼地掀沧海,烽火吞天卷赤云。
围锦歼援扎口袋,切喉割脉断兵邻。
关门打狗狗无路,弄瓮捉鳖鳖有坟。
血染荆山浸草木,尸横凌水掩霜林。
生擒剿总范司令,活取戎头廖上人。
一转战局惊日月,两分态势定乾坤。
红缨指处阴霾散,万里关东玉宇新。

黄河颂

黄涛滚滚下西天,万里雄风万里烟。
华夏民族龙血脉,东流大海起涛山。

贺党的十七大胜利召开

乾坤朗朗走惊雷，万里神州喜气吹。
四海精英谋伟业，一堂赤子报春晖。
中华崛起筹长策，禹甸图强振国威。
世界东方擂战鼓，炎黄环宇驭龙飞。

登太行山

座座高峰耸碧空，石为风骨气如虹。
当年烽火连天际，抗日英雄忘死生。

谒杜甫墓

汨罗吊罢祭平江，烟水茫茫草木长。
诗圣孤坟愁日月，骚风遗韵荡潇湘。
百年涕泗悲家国，千古文章感上苍。
泪雨滂沱拜我主，招魂一曲动幽篁。

夜游宫·谒辛弃疾墓

西风挟雨铅云密，群峰都在烟波里。野径无
人空寂寂，拜稼轩，漫悲歌，寻墓地。　　荒冢
依山壁，君前叩首声声泣。不尽幽思难自抑，想
词龙，大英雄，有骨气。

孙丹林

解语花·赏日本静冈县平和公园

平和苑内，日上三竿，才见阳春景。叹为胜境。无暇顾、百卉竞相争宠，无人惹弄；空怀那闺房春梦。伊始知、生众芸芸，惟有情难懂。　　独是樱花澹静，却美而不媚，端庄俊冷，瘦身枝硬；轻妆抹、粉面衬出红颈。佳人初醒，惊退了、采花魔影。但愿得、馨馥香波，总在人间涌。

八声甘州·帽山感怀

望弥弥漫漫帽山云，奇形似宫銮。问神楼仙馆，玉童金女，可否交言？四野又萌绿意，脱掉旧衣衫。杨柳身姿挺，竟干青天。　　我欲率然询赐：使苍天若老，汝子何年？叹春时短暂，岂止在凡间？猛回头人流涌动，看远方高树渐阑珊。诚然是枯荣轮复，莫苦苍颜。

长相思·忆故人

　　桃花开，杏花开，惟有心结尚未拆。相思锁在怀。　　新燕来，故燕来，檐下空巢生藓苔。但君入心怀。

2008 年清明

沁园春·看国庆阅兵感怀

　　盛喜中国，甲子生辰，吹遍祥风。望长城内外，国旗猎猎；大江南北，紫气盈盈。金水桥边，长安街上，海陆空军气势宏。谁能信，换步枪小米，成此威容？　　银镰金斧神明。劈开了关山处处通。想先烈流芳，玉成广厦，血凝化碧，伟铸长城。锻就一支，文明劲旅，气概非凡震九重。拭目待，看无敌天下，唯我雄兵。

赠书法家宋保民

　　源远诗书两不分，枝条各异竟同根。
　　攻读万卷须如境，奋笔千回始有神。
　　贾岛推敲筛响语，伯牙勾抹觅知音。
　　高山流水犹萦耳，最是文人相互亲。

采桑子

　　台湾阿里山森林蓊郁古朴，不仅有生长三千年之久的"神树"，且有汉武帝时期的桧树，被称作"汉武树"：

　　千年古树今仍在，直挺苍穹。穿越时空，天外犹吟未了情。　　炎黄裔子一宗室，两岸根同。共与枯荣，万代千秋唱大风。

2009 年 4 月

观河南内乡县衙大堂楹联感怀

劲起秋风爽内乡，官衙院落留墨芳。
何年金帖先贤志，几任青衫古道肠。
竹简有文书是否，口碑无字辨阴阳。
但将百姓挂心腑，上善如流日夜长。

沁园春·锡林郭勒草原

　　碧野无边，天镜澄泠，宇宙清明。望羊群远影，飘飘蠕蠕，皑皑雪玉，灵动眸中。抚心海，荡波涛万里，汹涌难平。　　神追骏马驰骋，掠美景草原嵌仙宫。瞻上都遗址，清清冷冷，大汗世祖，犹现雄风，逝水无情，千年去也，淘尽黄沙识英雄。蓦里间，问回音古壁，谁写汗青？

白俊山

白俊山，满族，生于 1945 年，辽宁省凌海人，曾任锦州市人民政府地方志办公室调研员。大型诗词专集《古今诗人咏锦州》执行副主编，并有多首诗词相继入选国家级出版社出版的大型诗词集中。2004 年获首届"炎黄杯""海尔杯"诗词优秀奖。

辽西抗日义勇军颂

当年日寇掠辽西，万众揭竿举战旗。
舞棍挥刀齐呐喊，携枪跨马共搏击。
凌滨处处传捷报，壮士时时染血衣。
义勇高歌惊世界，不堪外辱尽称奇。

游锦州北普陀山

洞阁湖亭相错织，山川草木展新姿。
幽深涧底印寒月，浓郁林间铺玉墀。
绿隐石阶登望海，柳垂水榭映泓池。
奇观美景如仙境，整旧营新在盛时。

采桑子·游山东蓬莱

海边寻觅入仙迹，岛上石雕，胜景多娇，鸥燕盘飞戏浪涛。　　琼楼玉阁接天际，崖上云飘，海市妖娆，万种神奇伴大潮。

浪淘沙·游锦州笔架山

仙路划波涛，天下奇桥，潮升潮落似龙蛟。鸥燕飞旋嬉碧浪，海阔天高。　　笔架耸云霄，盘古逍遥。神奇壮美彩霞飘。诗友偕游抒雅兴，泼墨挥毫。

临江仙·赞白衣战士

五月梨花如雪，飘飞遍染山林。白衣素手捧丹心。抗击非典病，舍命向前拼。　　护理奔波忙碌，除魔经历艰辛。同窗医患似真亲。江河流未尽，日月著功勋。

邱相国

邱相国，满族，1950 年生，辽宁省北镇市人。1969 年应征入伍，1988 年转业，曾在锦州市政府办公厅、市政府地方志办公室任处长、副主任等职；现为办公厅调研员。曾参与主编《古今诗人咏锦州》等书，有古体诗词《雪鸿吟草》等专集行世。

千秋岁引·张作霖墓园感事

驿马穿坊，鸧鹒示瑞，挂印封侯惹人醉。修园拓陵十六载，靠山面水千秋贵。炸皇姑，魄儿散，梦儿碎。　　家祭欲究仇寇罪，易帜又流沦陷泪。捉蒋西安泣神鬼。明幽暗囚半世纪，功高日月应无悔。旧坟新，汉卿远，何时酹？

永遇乐·观音洞山

郊外青屏，峰前朱阁，传道播法。通海灵湫，千年松雪，春去桃花下。林梢蝉叫，泉中水响，头顶缆车飞跨。上鸡冠、凭栏四望，江山如诗如画。　　救脱耶律，观音显圣，演绎前辽佳话。多少民族，开边守土，联袂兴华夏。贵卿吟咏，名儒题刻，不过一时潇洒。看今日、乾坤扭转，人民叱咤。

一剪梅·辽代八塔

八塔八峰一线成，龙舞苍穹，光耀苍穹。风格迥异匠人功，高矮不同，开头不同。　　佛祖平生渡众生，出世光荣，逝世光荣。千年风物万年程，法也凌空，教也凌空。

定风波·辽代祭坛

跃马挥刀忆契丹，灭金掠宋祭闾山。兵败城摧如月落，惊愕，碑陵寺塔悼千年。　　石像石坛依旧在，蒙霭，一朝兴废百朝观。世事苍茫人事渺，查考，举族湮灭更堪怜。

【注】

辽代祭坛，位于河洼村东北的小观音阁石头城。辽军出征多在此祭闾山，山石上的佛龛、佛象，插旗用的石臼俱在。

宋丽君

　　宋丽君，女，1950年生，锦县人。毕业于锦州师范学院中文系。曾为锦州市图书馆直辖部主任、锦州师范学院党政办公室主任。、锦州市诗词学会秘书长、辽宁青年诗社副秘书长。

怀　远

星汉西流独倚窗，月光如洗照空床。
千般思绪难成寐，心伴浮云到远方。

赠　夫

凄迷风雨叹孤单，子夜长吟难入眠。
几度离愁思念苦，日出日落似隔年。

漓江游

微波叠影碧溶溶，浥水拂山列画屏。
宝镜虚涵花树动，仙云徐领彩舟行。
凝红缀绿撩蜂舞，泻翠垂珠惹鸟鸣。
了却漓江乘棹事，贪欢泯我恋乡情。

华清池感怀

华清池水溢清辉，众口纷纭议贵妃。
十载承恩凭俏丽，一身专宠妒蛾眉。
行宫雨打梨花泪，栈道铃传蜀地悲。
千古是非谁定论？马嵬啜泣动心扉。

游乐山

乐山买棹过乌尤，老绿凝红近暮秋。
日色佛光临九顶，涛声松影伴书楼。
浪淘千古风流尽，词漫三江墨迹留。
锦绣中华多胜境，云帆点点别嘉州。

夏 溪

夏溪，1952年生，曾经做过中学教师。1984年到锦州市志办，是《锦州市志》副主编和《锦州年鉴》副主编，现任年鉴处处长。

夜雨清晨

雨后清晨空气鲜，霞光初照宇楼间。
草坪映日露滴闪，花朵迎风笑展颜。
满目晴和温暖地，无边光景艳阳天。
升平年代众生福，观史可知今日甜。

学写格律诗感悟

一字难求苦觅词，为达意境费冥思。
名家况且双流泪，我辈疏才愧浅知。

北国三月

河流解冻柳梢青，燕雀归来结伴行。
钓者垂竿风凛冽，只因难舍羡鱼情。

马明昕

马明昕，1952年生，辽宁北镇人。曾任锦州市教科文卫工会主席。为中华诗词学会、辽宁省诗词学会、锦州市作家协会会员。曾主编庆祝锦州解放四十周年诗歌散文作品集《祖国颂》。

丙辰清明二十年祭

四五惊雷撼九州，忽然竟届廿春秋。
雷声隐隐今犹在，雾海茫茫昨已休。
几处熙熙同荐邓，一城攘攘共怀周。
中华历史人民写，热血丰碑颂自由。

悼吴祖光先生

当年文曲降凡尘，艺界从兹有戏神。
巨擘妙书人世事，名优绝唱上穿音。
花为媒介佳人意，正气歌声壮士心。
一代宗师仙逝去，何时风雪再归人？

长相思·悼邓颖超主席

风萧萧，雨潇潇，暮雨西风落叶飘。悲歌上
九霄。　　东岳高，西岳高，仰止高山邓颖超。
功勋日月昭。

【中吕】山坡羊·文庙遐思

秦砖汉瓦，离骚风雅，莘莘举子皆屈贾。走
龙蛇，有公车，先师膜拜你不能假。影壁森森人
迹寡。官，也下马；民，也下马。

【双调】折桂令·河畔人家

女儿河河上人家，为甚人家？苍翠清嘉。户
括窗含：紫荆朝旭，古塔昏鸦。　　霞光中琉璃
亮瓦，华灯里摇曳枝桠。薄雾轻纱，夜半更深，
隐隐鸣蛙。

张福成

张福成,1946年生,辽宁黑山县人,曾任黑山县文联干事。《黑山诗词》主编。

海南寄内书束

遥　思

辗转椰林已数旬,鱼沉雁杳欲迷津。

南来有怅心中我,北望无怜陌上春。

花径忍看莺作侣,晴宵不盼月成轮。

一将彩影重温梦,更醉南疆缱绻人。

梦　返

不似高唐梦梦圆,依稀你我骋辽川。

煤都夜宿风飘雨,渤海帆张浪卷天。

诗笔清喉双胆照,瓜田机案一情牵。

凌波正摄鸳鸯影,忽被莺啼破好眠。

收　函

锦书入手岂黄粱,未读先教醉一场。

泪裹心声呈硬骨,情怀热浪寄柔肠。

半生坎坷唯君解,终日伶仃怨我狂。

聊摘天涯红豆赠,信当珍重待归郎。

嘱 托

题红举案未曾酬，海角飘零寄语羞。
茹苦休悲柴米计，循贞且忌利名谋。
遒松总笑寒天雪，噪雀徒讥孺子牛。
正大光明长系腹，纵然贫贱也风流。

归 音

槟榔子满木棉开，报汝归期莫费猜。
腊鼓催春须备酒，元辰入户即呼孩。
流连妙曲由余诉，衣帽新潮任尔裁。
各载悲欢同一醉，共将喜泪再盈腮。

陈文杰

陈文杰，女，1954年生，辽宁黑山人。锦州师范专科学校副教授。锦州市诗词学会理事，有诗词集《听雨轩诗草》行世。

北普陀山禅院品茶

小坐精庐里，游尘得净除。
香茶和露煮，野鹤傍林居。
日暮秋烟紫，霜轻红叶疏。
心随云物远，可是悟禅初？

鲁迅三味书屋

老屋开三味，幽情忆后园。
雨催青竹翠，风动野花喧。
早慧源真趣，严师感旧恩。
迅翁文尚在，读罢太销魂。

谒苏小小墓有怀

但凭才调著西泠，累土千秋宿草青。
此日白堤多宝马，信知无处觅娉婷。

二〇〇四年中秋寄楠儿

四载中秋在异乡，于今更阻水天长。
岭南梦绕人千里，塞北情牵雁一行。
每启云窗传远讯，漫开兰阁共清光。
衣单且莫临风久，月上瑶天正晚凉。

过李清照故居

画阁清容逸若仙，潇潇翠竹护阶前。
云烟满地迷三径，词赋千秋出一泉。
频锁愁眉悲故国，暗噙热泪序残编。
应怜才调兵尘里，肠断斜阳南渡船。

徐长鸿

徐长鸿，1954 年生，号无虑山人，辽宁北镇人，中华诗词学会会员、北宁青岩诗社社长。有诗集《枕石庐诗稿》行世。

挽张鸣岐同志

（一）

强市康民展大才，哪堪一去赴泉台。
云飘路渺无消息，父老失声唤不回。

（二）

救难临危不惜身，爱民肝胆自轮囷。
几多官吏迷歌馆，愧对涛头张使君。

青岩寺春游

灵岩秀气甲闾山，寥落风光若许年。
却扫劫尘还胜迹，不教断碣付苍烟。
路盘岭上青蛇绕，寺建云中翠嶂连。
庙会更当春暖日，酒旗高挂杏花天。

古寺奇松

云锁青岩岩锁松，涛声满壑似吟龙。
苍鳞映月披霜雪，劲骨迎风伴寺钟。
高节堪携三径友，贞容不受五株封。
寒来暑去应无憾，四季葱茏遮碧峰。

白 玫

白玫，女，1954年生，内蒙古哲里木盟人。1970年参军入伍，在部队任过演员、创作员。1981年转业到锦州合成纤维厂医院工作，曾任副院长。辽宁省青年诗词社常务理事。

纺织女工

何时织女落机台？手挽银河滚滚来。
撒向人间都是锦，新花满目向阳开。

耕 耘

踏碎冰霜苦觅春，春来怎敢再沉沦。
蝶飞蜂舞花深处，酿就芳香慰世人。

咏 菊

濛濛细雨含秋意，润透新株缀院庭。
露打柔枝香更烈，霜侵纤梗绿尤萌。
群芳只爱争春色，孤蕊偏怀耐冷情。
今古才人心不倦，年年对影唱诗声。

忆王孙·春到科尔沁

春来北地水如银，骏马飞腾一路尘。芳草芊芊见牧群。乐津津，富伴新歌入万门。

忆江南·送夫赴云南前线有作

思难断，泪洒战车前。壮士喟喟低嘱咐，男儿岂为一家欢？志在扣林山。

王晓光

王晓光,1955 年生,锦州人。曾任锦州市通讯器材综合经营处主任。锦州市诗词学会会员、辽宁省诗词学会会员。

无 题

秋轩晚倦梦回迟,醉眼朦胧看雨丝。
旧友客中星散尽,谁堪月下共谈诗。

夜宿笔架山

笔锋霭霭入青云,浪鼓潮钟起寺门。
近海鱼多归舵晚,依稀灯火闹沙村。

王晶玉

王晶玉，1971 年生，锦西人，辽宁青年诗社社员。

浣溪沙·怀客居沪上友人

青鸟殷勤探省期，小园又是落花时。南窗风雨有谁知。　　几许愁丝萦沪上，一番幽梦绕辽西。垄头又是子规啼。

刘怀武

刘怀武，辽宁省美术家协会、中华诗词学会会员，锦州市民间艺术家协会副主席，市政协委员。

北普陀山

久慕名山此日游，石棚古道自寻幽。
春莺一曲游人醉，惊落斜阳半掩楼。

笔架山

已近黄昏兴更佳，碧波万顷月笼沙。
群鸥一唱风挟雨，与我同舟戏浪花。

登黄山天都峰

自古黄山无坦途，紫云斜过嶂天都。
横天绝壁苍茫里，余亦悬攀兴不孤。

九门口抒怀

长城迤逦锁中州，浩浩风沙朔气遒。
霞彩苍茫观落日，横毫醉写大千秋。

白信光

白信光，字乐亭，1931年生，河北乐亭县人。十四岁参加八路军，参加过抗日战争、解放战争、抗美援朝。1966年8月离职休养，时为师作训科长。现为中华诗词学会、辽宁省诗词学会会员。出版有《乐亭诗存》《白信光诗词选》。

抗日战争胜利五十周年感赋

（一）

往事追怀百感生，独尊我党气峥嵘。
微微宗脉强藩望，赫赫权奸卖国声。
三路挥师穿敌脏，一肩御寇做干城。
漫漫苦夜红光闪，窑洞灯前百万兵。

（二）

踪迹难寻梦渺茫，关河纵骑未曾忘。
山旋风雪不眠夜，草尽根芽久断粮。
号咽一声悲友别，枪鸣几阵送胡丧。
光阴弹指人将老，未死还留报国肠。

（三）

五星旗帜耀晴空，故国欢欣入大同。
武运几何胡世虐，神谋持久鬼途穷。
八年逐虏一江绿，十载完瓯四海红。
五秩春秋陵谷后，环球正起九原风。

（四）

年轮半百意怡然，血雨腥风岁月迁。
一代英雄藏史卷，八方故事入清弦。
常看船渺太空远，独坐楼高沃野宽。
老矣老兵老骄傲，大圜重现汉家天。

高允贵

高允贵，笔名牧云客，生于 1936 年，辽宁省黑山县人。原任辽宁省北关实验学校副校长。为黑山、辽宁、中华诗词学会会员。出版《牧云斋诗词》一书。曾获"浮瑶仙芝"杯国际诗词楹联大赛二等奖。

黑山荷花

一望烟霞何日留？羲皇唤醒亦摇头。

消闲不向花千树，吟啸还邀月一钩。

绽蕾捧红二人转[①]，扶风摇落武当秋[②]。

多情不负黎民愿，远播清风绕玉楼。

【注】

① 黑山为东北"二人转"发祥地，已被国家定为非物质文化遗产保护项目。

② 武当派开山鼻祖张三丰为黑山人，青少年时在莲花湖习武悟道。

夜飞鹊·三峡神女

长绸宝光闪，雯影山根。飞舸似剪裁裙。丹霞傅面启纱帐，招徕三岛嘉宾。明珠缀江上，锁千秋云雨，再造乾坤。移星绣日，夺瑶池，共赏氤氲。 灵物隐形何久，重举禹王旗，终现真身。神力凭君猜想，金刚百变，匡世扶轮。一声太息，众仙家，拇指齐伸。镇山囊中物，雕虫小技，岂敢同论。

张喜宽

张喜宽，1936年生，辽宁省黑山县人，退休前任黑山县政协文教办主任。出版《颐年诗草》诗词集、《萍踪漫记》散文集。编辑《黑山文史资料》十集。辽宁省诗词学会会员、黑山诗词学会顾问。

黄　河

浪裹黄沙不计年，奔腾咆哮怒山穿。
千重巨障八方阻，一变长龙九曲旋。
日月经天终按律，江河归海本依然。
鲧公枉费千般力，亘古洪流永向前。

游　湖

长庚信步绕园堤，遍野清新万物移。
月破云开花弄影，风吹雾散柳摇枝。
喧嚣闹事俗尘远，寂静芦纱宿鸟迟。
渔火参差光数点，满湖胜景尽成诗。

长　城

腾峦驾雾入苍茫，绵亘东方万里长。
尾扫金沙裁瀚海，头依碣石饮汪洋。
烽台烟雨藏陈迹，墨客云潮觅锦章。
漫道骄龙惊世举，神州焕彩更辉煌。

李树新

李树新，辽宁省黑山县人。1947年生，曾于1976年参加援藏工作，后在县政府机关工作，主任科员退休。有传统诗词300余首。

访兰泥泡文明村

傍水依山瓦色新，寻常巷陌溢清淳。

问茶无备瓜消暑，答客有音鸟代人。

风物还疑君子国，时空不似武陵春。

话题方引农家喜，婚典谁家礼炮频？

刘剑秋

刘剑秋，1943 年生，辽宁黑山县人。中学高级教师、中华诗词学会会员。

赞刘长春

家亡国破恨难消，敢向云空射大雕。
百载深仇凭海立，一腔怒火向天烧。
扬眉誓洗病夫耻，临阵犹存龙子骁。
独举大旗惊四海，单刀赴会美名标。

陈云林访台

雨霁飞蜺瑞气生，长儒壮举势恢宏。
高端一笑寒流退，两岸三通海浪平。
梅鹿千年寻故祖，熊猫万里赴云程。
萧墙止衅随民愿，竹帛新篇写共赢。

冯景贵

冯景贵，1938 年生，辽宁黑山人。辽宁大学中文系毕业，1964 年参加工作，曾任黑山县县委宣传部副部长。出版诗集《点滴集》。

悼周恩来总理

十里长街动地哀，灵车欲去又徘徊。
擎天大厦折梁柱，济世宏图失相才。
四海同悲狂鬼虐，三山齐唤卧龙回。
今宵总理身何在，可见白梅处处开。

采桑子·回乡

驱车一路风光好，四野飘香。秋到家乡，大豆高粱收割忙。　　蓝天燕舞翻空影，闪动斜阳。惹动诗肠，兴至高吟阵阵狂。

张志忠

张志忠，1950 年生，辽宁省黑山县人，曾任黑山县木材公司副经理。黑山县诗词学会会员。

观雨听箫

风送箫音唤雨声，隔窗故曲久低鸣。
书山有柏难栖鹤，砚海藏鲲未化鹏。
苦忆牵魂华胥梦，堪怜伴泪老翁情。
霓虹一抹桑榆照，秋色犹存菊满庭。

刘尚达

刘尚达，1942年生。曾就职于学校、工厂及政府机关。2002年于黑山县工委退休。黑山县诗词学会会员。

醉翁亭

默立云头何所伤？心怀日月感沧桑。
尘风曾染酿泉净，苦雨常侵佳木芳。
千古青峰留绮梦，一湾春漾濯愁肠。
回眸天下龙腾水，遍洒桃源满故乡。

念奴娇·登黄鹤楼

烟波江上，晚霞楼外散，绮窗衔月。多少春光秋色老，留与骚人嗟别。芳草萋萋，晴川历历，尽把沧桑阅。矶望黄鹤，道花归恨芳歇。　　不记风雨当年，鎏金绘彩，一洗红尘劫。举目平湖三峡丽，天上人间城阙。清倚东风，神州去处，芸沁殊香阔。谪仙无墨，天工待撰新说。

庞荣和

庞荣和，1935 年生于辽宁省黑山县，小学高级教师，曾任小学校长。退休后开始写诗，作品时有发表并曾在大赛中获奖。

神舟五号

改革腾飞赤县天，酒泉神箭载人旋。
英雄有志遨云汉，红日生辉照碧川。
宇宙科研催硕果，中华青史谱新篇。
今朝开辟通霄路，可望攀登天上天。

鹧鸪天·赴友邀赏浮瑶仙芝茶

天赐仙芝下翠微，云程一路溢芳菲。茗芽不愧金牌主，四海扬名载誉飞。　青玉案，紫金杯。细斟漫啜月如眉，蟾宫仙子推云看，惬意何人带笑归。

张贵一

张贵一，1944年出生于辽宁黑山。1965年参加工作，从教四十年，2004年退休。现为黑山诗词学会会员。

戊子岁尾感赋

冻雨无伤华夏面，震妖虐后筑新椽。
巨人丰韵依然在，小丑疯行已告穿。
奥运终圆一纪梦，神舟又上九天旋。
和谐丽景人心向，万众欢歌迎翌年。

郭振海

郭振海，辽宁省新民县人，1939年生。中学高级教师退休，现居黑山县。黑山县诗词学会顾问。著有诗集《夕窗拾梦》。

北京奥运·吊环

云途通九霄，遥见双藤挂。矫捷上猿猱，轻盈展图画。　　悠悠走祥云，翻空白鸟下。落地人生根，鼓掌雷声炸。

王玉林

王玉林，1938 年生于辽宁省黑山县。中学语文教师。曾荣获内蒙古"成吉思汗杯"国际诗词楹联大赛二等奖；黑龙江省"古莲杯"全国诗词、歌词大赛三等奖。中华诗词学会会员。

牧马女

碧草蓝天千骏发，风嘶蹄奋踏平沙。
白驹红影云中燕，频举银竿套落霞。

赛　马

平野无垠旗映天，人潮花海跨鞍鞯。
流霞点点争高下，驾驭春风频著鞭。

赵贺龙

赵贺龙，1944 年生，辽宁省黑山县人，高级教师，曾任中学校长。现为县诗词学会会员、老龄诗社社长、《荷乡文艺》杂志编委。

绿草吟

茫茫披大野，风雨自悠然。
一任千芳艳，敢争万绿先。
高阶无举步，小径总牵缘。
寒重心难改，情萌正雪天。

老　钟

身衰灵齿钝，难改故年情。
一任沧桑变，相随日月行。
悠悠无倦怠，步步尽精诚。
报主长怜意，应时尚一鸣。

夏荣普

夏荣普，1949 年生，辽宁省黑山县人。黑山县李屯乡党委书记、县委办公室副主任、县交通局党委副书记，副局长。离职后加入县诗词学会。

临江仙·为客运站重建而作

仙子重来桑梓，新妆淡雅从容。明眸环望路重重。胸襟怀远邑，袍带系三农。　　日夜关山飞度，同行携手东风。天涯客旅最情浓。驱车催野绿，一路与莺逢。

孟令广

孟令广，1954 年生于北镇市。黑山第一建筑公司工人。因受父亲熏陶，自幼酷爱古典诗词。在黑山建县百年诗词大赛中，作品《小城新貌》曾荣获二等奖。2004 年加入黑山诗词学会。

改革开放三十年

征轮险阻路重寻，万里神州貌变深。
水绿山青藏富路，镰锋锤重动欢音。
卫星接踵凌天宇，铁路交叉坼歧岑。
世道安澜家国盛，邓公恩惠印民心。

王玉袖

王玉袖，1943年生，辽宁省黑山县人。曾任县总工会副主席兼县政协常委。锦州市职工作家协会理事。

游长白山天池

天池仙境踏云来，七月雪花飘入怀。
山下汗淋游客苦，世间冷暖两分开。

李硕夫

李硕夫，号苦李，1941 年生于辽宁黑山。1967 年毕业于沈阳师范学院政经系，后多年从政，历任镇长、副局长等职。酷爱诗词、书法。著有诗词作品集《硕子吟》。

登蛇盘山即兴

雨后惊山近，尘清草木真。
登高知目远，云浅雁痕深。

刘海洋

刘海洋，1966 年生，满族，辽宁省黑山县镇安乡人。辽宁省教育学院汉语言文学专业大专函授毕业。曾任初中语文教师，现任镇安乡司屯小学校长。

赠白老

金戈铁马战烟临，喊杀声中未断吟。
春草常惊池梦醒，营灯总伴雅思寻。
笔开芦荡征帆远，心逐关河劫火侵。
有幸识荆麾下客，程门肃立雪痕深。

王　根

王根，1964年生，辽宁黑山人。锦州永新工艺品公司总经理，高级经济师。中华诗词学会会员、辽宁省作家协会会员、黑山县文联副主席、黑山县诗词学会会长、《荷乡文艺》总编辑，著有《王根文集》《新旧体诗创作指南》；与人合著诗文集《且歌且行》《甲骨文与苦咖啡》。

黑山烈士陵园谒贺庆积将军墓

辽沈鏖兵战火连，回思往事泪潸然。

熊熊火海熬焦骨，滚滚硝烟冲燥田。

纵马将军挥戈上，横刀壮士奋壕前。

满园忠骨欣安慰，指战员归一地眠。

于锦州市人大会议中过生日

经商创业数年过，几度扬帆历险坡。

又绘宏图今聚锦，同描美景再吟歌。

舒眉畅想前程远，携手何愁歧路多。

一任芳华随意去，襟怀报国志常磨。

史济坤

史济坤，1962 年生于辽宁省黑山县，现供职于黑山县文学艺术界联合会，任副主席兼秘书长、《荷乡文艺》主编。加入辽宁省诗词学会、中华诗词学会，现为黑山县诗词学会副会长。

烽火台遐想

昂首伫峰峦，时光过眼看。
烽烟知战乱，篝火论家寒。
万里关山阻，三年竹信残。
羡今声讯广，随处报平安。

秋　叶

洒落飘零己未忧，焉能赋我许多愁。
春来绿点妆山翠，夏至青垂映水柔。
干壮根深心所愿，雨浓日炽意何求。
寻常一世终无憾，乐把残身润沃畴。

〖中华诗词存稿·地域专辑〗

中华诗词学会 编

辽宁诗词卷

卷三

王充闾 王向峰 编

中国书籍出版社
China Book Press

目　　录

第五辑

刘宁宁

刘宁宁，女，1977年生于辽宁黑山，大专文化，现在黑山县教育局招生考试办公室工作。中国写作学会中小学作文研究会会员、锦州市作家协会会员、《荷乡文艺》编辑。

咏石榴花

清和日丽放新葩，丹玉争妍染晓霞。
遍洒胭脂招蛱蝶，尽收红豆寄天涯。
香魂万里迎骚客，瑞色千株醉画家。
莫道群芳娇欲语，谁如火炬五洲遐？

刘长虹

　　刘长虹，女，1975年生于辽宁黑山，1994年毕业于锦州师范学院，现为黑山县教师进修学校语文教研员。锦州市作家协会会员、黑山县青年诗社社长、《荷乡文艺》编委。与人合著诗文集《甲骨文与苦咖啡》。

龙湾水库

卧虎藏龙绿色深，莺商蝉角荡琴音。
轻舟载曲崖边过，独自销魂小桂林。

别　思

多愁落叶惹愁心，秋雨潇潇独抚琴。
蜡尽空余千点泪，花残岂念一株芩。
孤鸿云外缘何叫，新曲床前为底吟。
多少相思风搅碎，冥冥拾取又盈襟。

李 帅

李帅，自署饮河。1974 年生。黑山县第一人民医院医师。中华诗词学会会员、黑山县诗词学会副秘书长、当代书画家网站站长、《荷乡文艺》编辑。有诗歌、书法作品在报刊、网络发表并获奖。

夜 读

每遇吟朋恨不如，想来缥帙久荒疏。
抬头更愧临窗月，夜尽还思窥我书。

野 钓

烈日炎炎倦意稠，青荷小伞借凉求。
一竿佳饵随他去，不管鱼虾可上钩。

小轩会友

瘦影昏灯两映窗，无花无酒论诗忙。
休言陋室棚檐矮，老杜文章涌草堂。

李晓博

李晓博，1948 年出生于河北省昌黎县，1949 年冬随父母迁徙辽宁省黑山县定居。曾担任中小学教师、文化站长、县文联秘书长、县报社文艺副刊编辑、乡人大主席等职务。现已退休。锦州市作家协会会员。

林 雀

快语从心自在讴，天宽地阔胜王侯。
山中岁月莺为侣，海上心情鸥作俦。
求得秀林迎曙色，追随佳日至清秋。
由他紫禁风光好，肯向宫墙绕一周。

春 感

郊原春响喜萦怀，四季回声雨又来。
不待三畴成嫩垄，且填九畹绘灵台。
暗香醉里出兰梦，高趣神来纳我财。
顾念无多无块磊，索居山野晓蓬莱。

陈　慧

陈慧，笔名轶青，1956 年生于辽宁黑山，高级政工师，现任黑山县卫生防疫站副站长、工会主席。中华诗词学会会员、黑山县诗词学会副会长。

观　瀑

奔腾挂壁性披猖，夺路鸣雷震险冈。
只把人生当此境，豪情一泻向东洋。

字画偶得

长绳系日意峥嵘，无法之中至法生。
成趣天然参妙化，岂容规矩碍真情。

郝 英

郝英，笔名瑛子，女，1971 年生，辽宁省黑山县人，现在联通公司任职。爱好古典诗词、武术，曾在报刊上发表过多篇诗词作品。中华诗词学会会员、锦州市作家协会会员、黑山县诗词学会秘书长。

落 花

小院连宵雨杂风，娇英携恨别枝空。
相怜相媚春欢里，怀玉怀香蝶梦中。
几日情浓藏昼夜，瞬间缘尽散西东。
落红遍地无心扫，多少闲愁理不穷。

高阳台·黄昏游龙湾水库

碧水飘金，娇云布彩，微风画艇徜徉。燕转鱼翻，轻鸥几点沉扬。烟霞万顷休虚设，倩谁来、状此风光。笑渔翁、只管天天，鱼蟹装筐。　　夕阳退尽周天暗，叹人生似此，一霎辉煌。好景堪怜，匆匆去后难藏。韶华不为人人驻，莫蹉跎、辜负红妆。念过鸿、万里征途，山水茫茫。

韩耀刚

韩耀刚，斋号静轩，1970 年生于辽宁黑山，中国散文学会会员、中华诗词学会会员、辽宁省作家协会会员、黑山县作家协会主席、《荷乡文艺》社社长。著有散文集《驿动的思绪》，与人合著诗文集《且歌且行》《甲骨文与苦咖啡》等。

春节感怀

每逢春节忆童欢，步入中年知岁难。
肩扛手提圆陋俗，亲来友往怕寒酸。
应酬麻阵一场病，结账计薪三季殚。
锣鼓喧嚣心绪乱，明朝学费望儿叹。

游龙湾水库

众友相邀十里塘，微风扑面柳荫长。
一潭碧水瞻云幻，数片轻帆伴鸟翔。
卧石闲翁垂钓慢，缘堤骚客捡诗忙。
夕阳游倦赢吟懒，野席欢歌泛羽觞。

曹 霞

曹霞，女，回族，1972年生，辽宁黑山人。1991年参加工作，就职于黑山县计划生育局，任美工。酷爱诗词、书法、绘画艺术。黑山县诗词学会副秘书长。

自 省

利欲场中几暗明，输赢成败怎书评。
曾凭佞口逢迎到，反落虚夸媚俗名。
情似菰蒲难破浪，身如鸢纸误游程。
百经世事清恬守，遁入高楼欲检行。

谢迎新

谢迎新，女，笔名雨初，1973 年生，辽宁黑山人，现供职于黑山县利民社区居民委员会。酷爱诗词、绘画，为锦州市作家协会会员、黑山县作家协会副秘书长。

虚假广告

不老仙丹遍地开，真真假假费疑猜。
秦皇空盼身先死，徐福方回药晚来。
可叹阎罗将失业，堪欢庶子更无灾。
忽闻电视揪心诉，多少冤魂赴夜台。

忆江南·思容

盈盈月，千里探妆红。休怪天涯生妒意，此中娇靥逗春风。怎不醉姝容。

范又先

范又先，1956 年生于辽宁省铁岭县（今铁岭市），1980 年在黑山县农村信用合作联社工作。爱好文学、体育、中医，著有《养生百篇》。中华诗词学会会员、辽宁省诗词学会会员、黑山县诗词学会副会长。

蜜　蜂

风吹春草地，霞染碧蓝天。

结对寻香去，单飞掠粉还。

群恋劳体瘦，万蕊耗脂蜷。

欲改人间苦，何思得一钱。

白　云

自在身形变不休，骑山跨海欲何求。

飘身天际蓝图绘，影落人间暑气收。

乐使残身凝喜雨，愿闻耕者笑金秋。

平生莫问家何在，地北天南一任游。

吕公眉

吕公眉(1912—1999),原名吕能宗,辽宁盖州人。散文家。一生主要从事教育,亦曾做过编辑。离休前执教于盖州市教师进修学校。中华诗词学会会员,曾任营口市诗词学会顾问。

重来营川有感之一

此行犹忆旧风华,三载依依客作家。
拄杖重来人已老,又披风雨看藤花。

读王充闾《柳阴絮语》之一

微喻婉讽见文情,如听弦歌识政声。
萧瑟宦囊馀典籍,未妨终始作书生。

过营川访诗人汪聪不遇

何曾咫尺是天涯,争奈缘悭莫自嗟。
别后流光君记否?上元灯火到槐花。

南归车过白旗小站

客路风花过眼频,几曾回首触前尘。
乡音渐熟家山近,小驿孤灯亦可人。

岁除感怀二首

（一）

向晓茅檐净扫尘，残年又度岁时新。
浊醪未饮心先笑，身在孤寒八百人。

（二）

落拓人间二十年，谁从闾巷识颠连。
政通始信民风朴，解向先生馈彘肩。

谈立人先生以《春草集》见赐赋此以谢四首

（一）

高旷丰神飘逸姿，雪窗静夜读清辞。
使君才思如春草，绿到天涯总是诗。

（二）

太息津门日照红，今人直蹑古人风。
我惭头白耽诗句，输与先生五字工。

（三）

年时风骨自铮铮，宦迹何曾浼令名。
第一人生擅辞赋，未妨老却庾兰成。

（四）

依旧还来澹泊身，簿书无复羁诗人。
他时过我柽阴下，白酒红鱼莫笑贫。

李 冀

李冀(1920—2001),笔名北田,河北省肃宁县人。曾任中共营口市委副书记、市人大常委会主任、市政协主席。营口市诗词学会顾问。著有诗集《历史的音响》。

晚 晴

自育杏桃花已红,蝶游蜂舞到前庭。
几番新霁斜阳里,漫步小园欣晚晴。

登西炮台咏怀

偶翻营史惹沉吟,浪起沧溟有恶云。
长戟长矛难锁国,洋枪洋炮几惊门。
苟安屈膝皇家策,敌忾同仇万众心。
吾辈登临舒臆日,莫忘故垒葬忠魂。

张家翰

张家翰，1928 年生，辽宁复县人。曾任盖县熊岳高中校长。

游望儿山

谁冶岩浆铸巨钟，巍然屹立小城东。
沧桑入眼人间变，父母煎心天下同。
未必看山登五岳，何妨揽胜上孤峰。
倩谁挥动如椽笔，点染辰州画意浓。

丁礼云

丁礼云，1930年生于大石桥。统计师，退休干部，中华诗词学会会员，营口诗词学会理事，著有《晚晴诗稿》。

依韵和刘征先生《过南京感旧》

寻迹人生说莫愁，韶光荏苒水东流。
功高可上凌烟阁，才大能登五凤楼。
欣看神童骑白鹤，闲观老子驭青牛。
人间天上凭驰骋，来去行踪任自由。

杂　感

文人豁达忌相轻，自古名贤载德声。
学浅才疏休钓誉，德高艺湛自留名。
未经板凳十年冷，难破文章一语惊。
欲上琴台无雅韵，高山仰止听瑶筝。

回赠李葆国先生

辞多豪放蕴情深，公事为人献赤忱。
常向民间搜古艺，情倾韵海敞诗襟。
攀登泰岳参梁甫，游览漓江访桂林。
雁荡山头赏飞瀑，犹闻流水伯牙琴。

蝶恋花·支边

调令明晨北国去。九曲长龙，送我边疆路。从此滨城无觅处，映眸一片白桦树。 岭峻天寒知几度。千里松涛，直上青云翥。岭上安家听翠羽，韶华热血春常驻。

马庆邦

马庆邦，1954 年生，辽宁大石桥市人，现任大石桥市三道岭水库党办主任。

小桃红

春帘挑处见倾城，亦吐亦含皆是情。
淡淡胭脂抹面俏，徐徐香馥绕人行。
武陵源里苍生笑，雅韵庐中老酒擎。
满院矜持风解意，临窗送入一枝横。

捕　鱼

两岸青峰缀酒家，涟漪碧水戏鱼虾。
鹧鸪声里归舟晚，满载鳙鲢趁日斜。

王宁

王宁，1962年生，辽宁省营口市人，字静远，号寒墨轩主。营口市诗词学会副会长。现任营口市国税局高新区分局副局长。

如梦令·感事杂言

（一）

听说检查团到，快向餐厅通告。酒至半酣时，汇报典型炫耀。蛮好，蛮好，领导点头称妙。

（二）

名目巧为开会，游遍山川之最。携伴放言欢，难得丽人同睡。玩味，玩味，公款省咱消费。

（三）

宝马坐为需要，吃请焉能迟到？携伴舞罗裙，胖瘦我看正好。欢闹，欢闹，就爱莫名其妙。

（四）

巧取国家财富，偷税不分朝暮。账表做文章，更用洗钱捐募。天怒，天怒，等待法威严处。

王世贤

王世贤，1925 年 12 月生，辽宁铁岭市人。营口市诗词学会顾问。曾任中共营口市委常委、副市长，离休前任营口市第九届人大常委会副主任。

营口市老新闻工作者协会成立大会感赋

笔底波澜涌未停，擎云心事伴潮生。
诗文疑处终成悟，忧乐关头最有情。
傲骨长存何所惧，寒梅俏立总无争。
沙场驰骋虽云老，伏枥犹思万里程。

王宝纯

王宝纯，1931 年生，字雁涵，号辰守，辽宁省昌图县人。营口市诗词学会顾问。曾任营口市委书记、锦州市委书记、营口市政协主席。离休前任辽宁省政协常委。有《王宝纯书法集》行世。

清平乐·忆辰州

当年春早，结下情多少。田埂路边闲说笑，遍识乡亲父老。　　悠悠岁月如云，而今两鬓霜侵。心似清河夏水，又长又远又深。

江城子·故乡行

轻车五月柳风晴，出滨城，故乡行。四十三年，白发鬓边生。老辈亲朋余几个，询路客，不知名。　　忽惊新貌列云屏。茂林横，杜鹃鸣。玉米田间，欣看麦青青。更喜村屯兴企业，生意好，日蒸蒸。

王树远

王树远，笔名秋苑，1941 年生，大石桥市人。营口市诗词学会会员。曾任营口市教委副主任。

上海松江方塔

方檐秀角俏玲珑，独许英风识九重。
烦恼空陈云界外，小桃傍影趁晴空。

安阳殷墟

冷露幽花晓岸残，青铜甲骨逸思宽。
声来枕上三千岁，墟落何曾买笑欢。

王恩良

王恩良，1933 年生，辽宁省瓦房店市人。营口市诗词学会理事。退休前任营口盐场宣传部长。

本溪水洞

高山底下卧深潭，暗窟深流几万年。
造物因何生水洞，阿谁遣尔入壶天。
舟行冥海如虚境，梦渡银河似逸仙。
今古奇观名胜地，赏心悦目乐陶然。

王振一

王振一，1943年生，辽宁省大石桥市人，退休前任大石桥市教师学校高级教师。营口市诗词学会理事、大石桥市诗词学会副秘书长。

登老轿顶

突兀起鸿蒙，飞来天外峰。
崖高泉溅玉，叶密鹿藏踪。
挥袖白云外，入眸苍浪中。
乘兴凌极顶，移步广寒宫。

三道岭水库

大坝蓄长流，重峦巨鉴收。
波清沉晓月，浪涌荡层楼。
紫笛和鸣犊，红鳞惹疾鸥。
兴来呼韵友，携酒唱渔舟。

游成都杜甫草堂

日出携良友，怡心谒草堂。
蓬门无觅处，花径有遗芳。
人至屋迎客，风来梅送香。
前贤思广厦，后世诵名章。

秋　韵

秋呈五色竞斑斓，溪水清澄寥廓天。

映日棉桃初挂雪，迎霜枫叶乍流丹。

半坡金果香三里，一路鞭花响满川。

最爱农家篱下蕊，遍凝香气到樽前。

林则徐

硝烟大火起东南，利炮坚船视等闲。

可叹庙堂堆弱骨，堪悲英杰谪边关。

天山无意囚骐骥，伊水有情歌雪莲。

起落坦然怀社稷，名标青史颂先贤。

送葆国赴京

莫言此别误林泉，胜景还须览大山。

良骥逢时千里跃，好风起处一帆悬。

离情当效宦游客，酌韵自归鸿雁传。

洗耳瑶台听鹊语，亲调玉液待君还。

艾 思

艾思，1934年生，辽宁省盖州市人。营口市诗词学会理事、大石桥市诗词学会副秘书长。退休前曾任大石桥市中学校长、文化馆长、书店副经理。

高阳台·香雪

一段神飞，三分魄逐，盈盈都落谁家。目骋思凝，疑其天地精华。诗潮几许无端去，费评章、花也非花。紫霞边，著色皆空，成相无邪。　　何时可尽卢公意，学怜花意笃，剪练缝裟。一片冰心，一番妆扮仙葩。翠禽正引辽东鹤，拂嫩寒、勃勃生荑。赖双株，白使心澄，香助情赊。

高阳台·为第六届亚冬会雪上健儿喝彩

携手飞琼，兼来弄玉，届时恍若仙村。玉笛轻吹，垂天袅袅梅魂。赛场织就云罗绮，洁无瑕、浩浩无垠。约吟朋，气夺南华，韵压西昆。　　仰观童叟兴高处，竞飞驰翻转，出彩标新。铁血男儿，伴之潇洒红巾。五星耀宇歌声沸，搏百年、今日称尊。个中情，畅至淋漓，拼尽醪醇。

左文华

左文华，1942 年生，大石桥市人。营口市诗词学会理事。退休前任营口师专副校长。

营口楞严寺公园

山成万簧有奇功，一夜飞来何处峰？
汇水作湖生细浪，造林植树起清风。
山非泰岳堪凭眺，水似西湖亦荡胸。
自是家乡山水好，一般明月两般容。

参观海州露天矿有感

万顷煤田人力开，层层石级似楼台。
矿车不作回旋入，那得乌金滚滚来。

咏菊二首

（一）

人道春光似酒浓，菊花偏是醉秋风。
重阳佳节清霜后，也似梅花吐蕊红。

（二）

色似朝霞初照日，颜如桃李笑春风。
平生藏蓄一腔血，愈是经霜愈见红。

王庆瑱

王庆瑱，1942年生，辽宁新金县人。营口市熊岳高中退休教师。中华诗词学会会员、营口市诗词学会理事。

望儿山慈母馆

烟柳春晖五月天，离离寸草浸堂前。
择邻刺字千秋颂，络绎游人仰古贤。

访　友

绿烟深见两三家，畦菜茵茵泥径斜。
枝雀惊飞因犬吠，门开一树海棠花。

归州桃乡

十里红云十里春，莺歌柳陌曲通津。
桃花源里无王税，不是秦时避乱人。

田再耕

　　田再耕，号一介农夫，1953 年生，辽宁凌海人。营口市诗词学会会员。

九寨沟树正瀑布

天高云影静，壑窄树阴幽。
素练千条落，清溪一径流。
婵娟声不远，裙履影还柔。
九寨深闺女，青山永好逑。

积石山黄河大桥

石岩披紫褐，大碛括苍烟。
绿浪连东海，红霞迎远山。
清澜何缱绻，柳絮故缠绵。
试问奔腾水，何时送客船。

白云生

白云生，1938 年生，黑龙江省阿城县人，营口市诗词学会顾问。退休前任老边区科委主任。

纪念抗战胜利六十周年寄慨

北大营

两代屯兵翼虎虓，一朝闻变怯如猫。
遗营弃垒谁之罪，拱手关东寇愈嚣。

平顶山

村民失国等沙虫，发指人皮野兽疯。
血泊当头惟振臂，揭竿义勇啸林丛。

卢沟桥

血火烽烟隐辙痕，雄狮聚首唤英雄。
墩梁长载山河恨，怒吼声悲壮晓昏。

狼牙山

刺破青天驭紫霞，英雄碧血化山花。
长留浩气吞云岫，砥柱尧疆镇鬼邪。

冯定庵

冯定庵（1912—2005），号四省斋主，辽宁省北镇县人。营口市诗词学会顾问。离休前任营口市政协副主席。

大连疗养感怀

桃红桂郁艳阳天，拂面柳丝听夏蝉。
家务纷纷烦乱绪，政闻则则喜频添。
苦无利刃除荆棘，惟有丹心挽逆澜。
何日愚公钢铲握，荡平路上四重山。

冯金田

冯金田，1932 年生，辽宁大石桥人。退休前任大石桥市计委主任。营口市诗词学会理事。

迎 春

东风送暖山南绿，大地回春岭北迟。
征雁凌空催斗转，杜鹃遍野报农时。
铁牛旋转田畴舞，辽水欢腾雨露滋。
春早人勤开富路，惠农国策万民知。

苦菜花

（一）

苦菜花开朵朵黄，喜居盐碱水洼旁。
狂风骤雨多罹难，谷瘦丘贫不感伤。

（二）

杂草丛中一淡妆，花儿绽放且无香。
群芳圃里羞为伍，木讷平庸貌不扬。

（三）

居处说来愁断肠，几经风雨与炎凉。
肥田沃土休涉足，免受摧残遭祸殃。

（四）

体壮根深生命强，春雷唤醒着新装。
别离野岭荒原地，移进大棚温暖房。

（五）

绿色佳肴益寿长，何寻丹药效秦皇。
无名小草今非昔，一夜高登大雅堂。

曲世福

曲世福，1928年生，辽宁省复县人。营口市诗词学会会员。离休前任营口市公安局副局长。

忆华年

白首忆华年，辽天弥烽烟。敌我拉锯战，鬼蜮闹嚣喧。破晓驱妖雾，公安重任担。剿匪挖敌特，反霸并除奸。　　巧捕黑蝴蝶，智擒东霸天。枪决并肩王，痛打岁八千。西水捉帮鳖，蟠龙获匪官。网布金钱岭，夜袭迷镇山。　　营川驰捷报，战地芦花妍。英烈情永驻，浩气壮大千。后来当奋进，接力再加鞭。

吕富森

吕富森，1940年生，辽宁盖州人。营口市诗词学会理事。退休前为工商银行熊岳办事处经济师。

渔家乐

（一）

十里槐堤十里沙，浓荫深处有渔家。
桃花掩映画楼角，袅袅炊烟煮蟹虾。

（二）

傍海依山映短墙，落霞飞鹜海天长。
钓竿收起高高挂，树下渔翁卧夕阳。

（三）

沙滩浪静系归舟，对语夫妻上阁楼。
今岁鱼虾收入好，明朝咱俩逛杭州。

朱　彦

朱彦，1956 年生，辽宁海城人。现任大石桥市公用事业管理处工会主席。中华诗词学会会员、营口市诗词学会副秘书长、大石桥市诗词学会副会长兼秘书长。

国庆登蟠龙山感赋

潮涨潮消六十年，满城杨柳又新翻。
划圈人爱海中岛，载客舟游尘外天。
紫叶半江谁作剪，红茶九点火如山。
陶唐本是风云地，一片东风好种田。

夏二首

（一）

云涨云消今又开，小园何事被春差。
兰池漫点蜻蜓水，晴叶半遮莲女腮。
好看一山夕阳远，闲听十里鸟声乖。
西厢有梦呼不得，只待清风明月来。

（二）

桃花并与雪花飞，燕子声中几度梅。
未剪南山三径草，早听北国一江雷。
随钟随鼓看星转，飘雨飘风待季回。
若向云边寻白鹭，今年自比去年肥。

藤

莫怜竹柳对溪垂，也爱新花此日开。
一架光阴爬又满，半山红日照难来。
虽然风少能消热，亦怕云稀不打雷。
七月炎炎谁寂寞？一团蒲伞自徘徊。

冰峪沟

东风十里到山根，一片白云沾我身。
袖角留香还有意，溪头要渡已无津。
路深不见赤松子，花重难寻青鸟痕。
几树欲开因地远，隔江袅袅忘红尘。

五女峰

天门开处看天工，一片明珠挂眼中。
疑是秦烟锁碧水，谁知汉岭架飞虹。
胸藏八卦乾坤转，袖舞半江风雨空。
驻足路深寻玉女，遥情不见满坡松。

鸿

拔羽向西风，归期何太匆。
朝朝云泽梦，万里挂襟胸。

农 家

自从农家十八九，身上衣服脚下土。
梦里依稀稠岁时，秋风吹后割南亩。
日沉寒露湿单衫，月落青霜衣未补。
玉米刚发连穗吃，青稞才绿带根煮。
太子河潮两岸急，千家老幼刨红薯。
三村平地起波涛，房倒屋塌去何处。
昨夜洪峰推浪来，坡头坝顶人攒数。
兔死犬亡鸟悲哀，草烂泥屋死老鼠。
大涝隔年必丰收，川台两岸多粮黍。
弯腰流汗当斜阳，赶马装船摇大橹。
一寸光阴一寸金，几何明月几何苦。
忽然村外野华开，一派新黄见远渚。
往事不堪绕梦云，临窗回首叹今古。
高声角号向云开，迟到惊鸿满秋浦。
缕缕紫氲扫废墟，迢迢碧落浮白曙。
长忆稼穑知恋谁，水流花谢朝复暮。

任 民

任民,笔名金鹰,1933年生,天津市人。中华诗词学会会员、营口市诗词学会顾问,高级编辑。离休前任营口日报社副总编辑。有文集《橄榄小集》《辽水西流》。

沁园春·香港回归

百载沧桑,遥想当年,鸦毒化灰。恨庙堂昏聩,良臣被黜;连番挨打,英帝施威。警世钟鸣,常思国耻,亿万炎黄岂可摧?新天换,唤同胞勠力,经济腾飞。   时分倒计迎归。念两制兴邦举世稀。赖港人聪慧,实行自治;霾清翳去,香岛增辉。民主寰中,纵情歌舞,赛马如常骛骥追。自由港,汇财源汩汩,紫蕾芳菲。

华云忠

华云忠，1929 年生，营口市诗词学会会员。退休前在营口市结核病防治所工作。

念奴娇·国庆有感

横流沧海，有多少，立地顶天人物。举国同仇，亿万众，筑起铜墙铁壁。五岳呼风，三江唤雨，国耻终昭雪。龙传禹域，人人慷慨豪杰。　　领袖效法愚公，激流浩荡，重把征途越。沙场曾栽生命树，阻挡西风凛冽。国士图强，清廉刚正，永葆青青发。神州天地，和风晴日朗月。

刘士俊

刘士俊，1943 年生，号步云人，笔名驷骏，盖州市人。营口市诗词学会常务理事。退休前任营口市文化局党委书记。

浪淘沙·西炮台

兀自傲尘埃，旧炮残台。唯与大海诉情怀。终古苍茫风雨里，岁月谁猜？　　往事叹阴霾，血沃蒿莱。几多壮烈几多哀。一响春雷山水绿，故垒花开。

齐天乐·贺神舟五号载人飞船凯旋

酒泉大漠秋阳曝，悬心霎时电钮。丽日三竿，神舟五号，拔地凌虚游走。茫茫紫宙，任出世飞船，跻身群斗。索寞姮娥，解颐舒袂破僝僽。　　地球村落来客，叩瑶池问鼎，惊梦王母。幻境天章，上苍奥秘，一日从教看透。壮哉华胄。又将出杨门，气冲霄九。奏凯迎归，举樽呼美酒。

刘大心

刘大心（1925—1996），字又宸，大石桥市人。营口市诗词学会理事。离休前任营口市高中校长。著有诗集《绿洲集》。

水龙吟·吊西炮台

久居难遣闲愁，怅然独上西郊路。依稀石道，断桥晦迹，犹存老树。甲午悲风，马关奇耻，一言难诉。事过经百载，民仇国恨，烽烟散，荒台故。　　翠流忽吞归渡，眺沧溟，瞑飞天暮。征帆点点，溽风吹发，落霞孤鹜。望断长城，龙头遁海，空留游处。独潸然下涕，故人问我，几时消侮！

刘生礼

刘生礼，1949年生，辽宁盖州人。营口市诗词学会理事。曾在芦屯阀门厂工作。

九日偕友访墨野山居

（一）

常念东皋叟，相期叩白云。
天澄明物性，露净涤心尘。
携手临秋色，登高近古人。
悠然神会处，醉顾莫辞频。

（二）

秋水移青黛，山回一院孤。
红尘新至友，墨野老耕夫。
乐以烹村蕨，酣犹把玉壶。
东篱霜菊在，或有古津无？

刘连军

刘连军,1963年生,辽宁盖州人。营口市诗词学会副会长。中学特级教师,东北师大特聘硕士生导师。现任营口市鲅鱼圈区教文体局局长。

沁园春·鲅鱼圈

响水奔流,渤海春潮,拍岸逐澜。望墩台古塔,昏鸦遁远;林泉山海,鸥鸟留连。古镇果香,渔村蟹美,唐迹仙踪尽悠恬。临日暮,看新钢大港,灯火无眠。　　望儿慈目情传,沐神井灵光月满湾。建繁荣都市,繁忙口岸;和谐社会,开放前沿。一代风流,励精图治,破浪乘风鼓远帆。三十载,见云间海市,世上桃源。

刘成华

刘成华，男，1960 年生，辽宁庄河市人。大石桥市文联秘书长。营口市诗词学会理事、大石桥市诗词学会副会长。

春

梅花挥手杏花开，风剪新芽雨润苔。
河畔前头烟柳处，一声燕语报春来。

珠江夜色

霓虹闪烁迷人眼，窈窕波光湿客衫。
问道鱼龙何处舞，珠江醉倒白云边。

刘品毅

刘品毅,1963年生,辽宁新宾县人,营口市文化局副局长,营口市诗词学会副会长兼秘书长。

黄垭口

原始生态何处是,大石桥市黄垭口。
山自巍峨水自流,树自成阴石自瘦。
花香蝶舞恁烂漫,峰生岚烟云列岫。
壮志会当凌绝顶,脚踏三县读宇宙。
山下诗人山上仙,何必蚁游仿古秀。

刘秋烈

刘秋烈，1952年生，辽宁省营口市人。营口市诗词学会理事。现任营口日报总编辑、社长。有诗集《或者悲欢》、新闻学专著《新闻美学探索》等出版。

临海读旭日

生就英雄气，腾腾带水燃。
推行霞世界，煮沸海春天。

长城登游

万里长龙驾碧烟，东翻西舞上青天。
游人喝彩心情好，我自沉吟意绪煎。
大宋刚为元代取，明宫转眼摆清筵。
从来强国雄风自，何必劳民造大砖。

刘振文

刘振文，1946 年生，辽宁省盘山县人。营口市诗词学会常务理事。退休前任营口市公共汽车公司副总经理。

秋宿石门野寺二首

（一）

枫红染遍石门山，寺远钟声暮霭间。
先客未归新客入，也同明月伴僧眠。

（二）

蒲榻下临溪水流，清风摇枕一斋幽。
青灯僧影伴香火，卧听经文久未休。

江海峰

江海峰，1928年生，辽宁盖州人。离休前任大石桥市物价局局长。中华诗词学会会员、营口市及大石桥市诗词学会顾问。

临江仙·游北京故宫

名利场中评逐鹿，皇王数得强横。纵观历代数衰兴，谁人真万岁，往事似烟轻。　　宫阙依然频易主，沉浮多少豪英，去留荣辱个中情。春秋太史笔，难得细分明。

沁园春·登三道岭水库

大坝凌空，锁住苍龙，岁乐稔丰。畅登临送目，群山环抱，平湖无际，烟水迷濛。鸥点轻波，鱼吹细浪，柳绿桃红春意浓。听今日，遍库区流域，笑语盈盈。　　如潮往事盈衷，最难忘，天灾肆虐凶，叹年年水旱，田荒岭瘦，声声涕泪，室罄人穷。筑库调洪，甘霖遂愿，改了河山旧日容。东风劲，看万山竞秀，一片葱茏。

汤其武

汤其武，1926年生，辽宁大石桥人。离休前任大石桥市政府办主任。中华诗词学会会员、营口市诗词学会常务理事、大石桥市诗词学会顾问。著有《谷云轩诗稿》。

重登老轿顶四首

（一）

壁劈千寻隔晓昏，霭岚深处鸟啼频。
迎秋叶落霜侵木，入夏桃开花袭人。
足踏苍苔如蹈絮，身登绝顶恍乘云。
风光无限堪怡目，一览群山倍爽神。

（二）

遥看峰谷翠林昏，春晓子规啼益频。
山菊开花堪惹蝶，幽兰凝露甚宜人。
峰高时见鹊追鹞，岚退还观风逐云。
一步登天三界外，身飘碧落恍成神。

（三）

云蒸霞蔚日何昏，峰谷幽深风雨频。
虽逊白山巅积雪，不输岱岳雾遮人。
谷苍时见莺鸣树，岭峻常观雁裂云。
俯瞰群山如斗笠，凭空放目亦怡神。

（四）

雨打疏林坳里昏，风催宿鸟觅巢频。

山间不见撷菇女，岭上还留放牧人。

醉卧峰巅观远壑，闲穿谷底赏流云。

今登轿顶清幽处，敢笑瑶池宴上神。

免除农业税感赋和李葆国先生

升平盛世自谐和，物阜民丰福祉多。

岁岁纳粮成往事，家家额手赋韶歌。

征银自古凭公夺，刮地从来填欲奢。

一改陈规除旧弊，国强方敢创先河。

抗战胜利二十周年忆虎石沟万人坑

粼粼白骨弃荒丘，虎石阴霾岁月稠。

莽莽川山无日色，寥寥村寨驻倭酋。

共荣空惹忠魂泣，王道徒遭碧血流。

触目伤怀嗟往事，居安勿忘旧时仇。

许德彬

许德彬，1971 年生，盖州市人。营口市诗词学会理事。营口市委宣传部文艺科科长。

白洋淀抓蟹

芦边灯火似流萤，远近人声夜未宁。

把把抓来皆是笑，满天风露正三更。

孙立堂

孙立堂，1930 年生，河北省清河县人。营口市诗词学会顾问。离休前任营口市政协副主席。

子年说鼠

鼠之为物，昼伏夜出。行为诡诈，最是阴毒。怨恨光明磊落，喜欢黑暗洞窟。　　鼠之为物，丧心病狂。妄尊属首，自封为王。糜食千家酒肉，竞营大洞巨仓。　　鼠之为物，食欲极张。噬人衣物，毁我农商。嗜欲贪婪无度，自诩手段高强。　　鼠之为物，性妒而险。传播病疫，肆意污染。窃盼大厦倾危，散布天地要变。　　鼠之为物，害非等闲。群起攻之，合力围歼。人人立志灭鼠，保卫红色江山。

孙国尊

孙国尊，1962 年生，辽宁北镇人。大石桥市金鼎公司总调度长。中华诗词学会会员。

读《朱德传》纪念朱德逝世三十周年

南天烽火照神州，缔造长城巧运筹。
扬帜井岗呈壮举，挥戈华夏展宏谋。
三江浩渺胸襟广，五岳巍峨方寸收。
戎马平生何所愿，红旗猎猎为君酬。

清明节

古来何事祭清明，拙笔疏才问典经。
一夕功成霸天下，几回梦醒念残羹。
丹心不向春风怨，碧血犹为社稷凝。
枯柳应知夫子意，伴伊日夜诉衷情。

孙临清

孙临清，1944年生，辽宁盖州人，高级教师，曾任教于盖州市教师进修学校。营口市诗词学会副会长。在辽宁"老龙口杯"、河南"嵩山杯"、中华诗词学会"华夏诗词奖"等奖项中获奖。

秋游营口西炮台并参观甲午战纪念馆

满目蒹葭肃气侵，低徊废垒感难禁。
寒沙埋掩忠魂血，碧浪滚翻游客心。
馆列风云铭痛史，台登今古豁吟襟。
未销铁骨炮堪试，犹向海天鸣怒音。

癸未秋小游营口楞严寺

境接红尘亦洞天，清幽层院小流连。
向来风景多归寺，老去情怀始近禅。
婀娜柳丝垂槛外，庄严法相谒堂前。
浮生半日凭闲遣，消受秋声带晚蝉。

阜新大清沟水库即事

横拦秋水碧无垠，洗尽千年大漠尘。
短笛远吹知放牧，小舟轻荡见游鳞。
苍茫万顷林如海，疏落孤村草似茵。
谁把江南移塞上？风流应数治沙人。

中州行

中州风物久倾慕，惜哉未踏中州路。青鸟一日忽来招，梦过邯郸更南赴。山川瑰丽古都城，名胜古迹无穷数。我来只寻中华魂，何暇漫游效鸥鹭。不须古寺谒少林，禅意武功飞法雨；不须中岳览奇峰，松柏深深云海护；不须登临广武山，吊古斜阳伤汉楚；不须策杖访中牟，太息曹袁战官渡；十省通衢素有闻，迩来商战聚群贾。高楼林立闪霓虹，我亦不奈红尘舞。问余何所之？驰心奔向黄河浦。万马嘶鸣天上来，一掬将饮先拜母。旋趋黄帝轩辕丘，炎黄子孙寻根处。创奠华夏千载之文明，海峡两岸同胞到此谁不酹始祖！闻说诗圣此诞生，欲招诗魂缅杜甫。茅屋秋风广厦思，朱门酒肉斥民蠹。老病孤舟憔悴身，苦吟不作闲情赋。低徊何处最关情，二七广场塔高竖。当年风雨暗如磐，京汉罢工掀壮举。英雄施洋林祥谦，慷慨捐躯无反顾。为语金樽歌舞人，应对先烈有所悟。中华魂兮代代传，中州遍种焦桐树。

睹树长思裕禄公，风沙曾印艰难步。问苦蓬门心连心，往事翁妪皆能诉。星移物换又沧桑，公仆精神更重塑。中州魂，中华魂，斯魂一脉传千古。如今改革开放涌大潮，更仗中华魂去开新宇。黄河九曲向海流，嵩山巍峙穿云雾。中枢擘画绘蓝图，禹甸腾飞致富庶。葱茏佳气郁九州，催人豪情万斛寻妙句！

邓小平文革在江西故事读后

一剑曾挥百万师，丰城弃置更何之。
社中狐鼠横行日，海外风云欲变时。
腹绘蓝图常踯躅，胸藏丹悃任栖迟。
旗擎马列神州富，都仗元戎此苦思。

赠　内

何须下岗泪如丝，已惯艰难与世宜。
廿载风霜勤稼穑，几年星月赶梭机。
白云苍狗惊频幻，暗柳明花或可期。
犊鼻当垆君忒老，卖瓜婆且试为之。

晚过北京菜市口

摩空商厦闪霓光，底处低徊吊国殇。
百日风云凄惨惨，千秋诗赋莽苍苍。
回天无力书生恨，洒血甘心侠骨香。
欲借谁家豪宴酒，临街一碗酹浏阳。

丁亥秋送小女就读吉林大学二首

（一）

送汝长春负笈游，秋风扫却去年愁。
无边晴翠丹山路，一片弦歌泮水楼。
报国应存鸿鹄志，读书莫只稻粱谋。
拏云漫谓澄霄碧，学海还须苦泛舟。

（二）

绕膝廿年兹远离，牵肠犹是倍依依。
生涯琐细须能理，世路艰难要识机。
莫念家贫为缩食，应随天冷解添衣。
常将电话平安语，来慰萧萧白发稀。

读李汝伦先生《紫玉萧集》

先生风骨太峻嶒，一卷灯前识性情。

块垒塞胸诗有胆，珠玑咳地玉留声。

心中忧乐关家国，笔底波澜记晦明。

莫谓英雄真末路，玉萧吹引鹤鸾鸣。

孙恩良

孙恩良，1924年生，辽宁省海城市人。中华诗词学会会员、营口市诗词学会理事。离休前任营口市林业局副局长。

邓公百年诞辰感言

尽扫阴霾万象新，东山再起又逢春。
扶倾厦赖擎天手，致富功归改革人。
润物无声沾雨露，图强有术展经纶。
折冲樽俎湔奇耻，拨乱兴邦仰北辰。

西江月·咏神舟五号飞船

地动山摇雷震，巨龙破雾穿云。风驰电掣九天奔，看我神州奋进。　　十月酒泉戈壁，橘红烈焰飞喷。千年梦想始成真，国运邦威大振。

孙镇远

孙镇远，1939 年生，字鑫锡，笔名金真，山东省蓬莱人。营口市诗词学会理事、中国民间文艺家协会会员。退休前任营口市群众艺术馆副馆长。

桂林伏波山抒情

拜谒伏波吊马援，千秋浩气贯南天。
边陲讵许兴烽火，卫国如今又凯旋。

杨士首

杨士首（1924—1997），原名杨世守，湖北枝城人。中华诗词学会会员、营口市诗词学会理事。营口师专副教授，著有《古汉语同实异名词典》。

辽滨晚眺

西流辽水映斜晖，锦缎红罗伴鹭飞。
岸柳摇风听悄语，回廊舞袖话佳醅。
弥津舸舰来寰海，满座宾朋举玉杯。
念念心潮随浪远，重洋潢洞接幽微。

随军赴朝途中

甫罢南征未下鞍，提缰转旆过榆关。
金盔映月丹心暖，铁马嘶风白水寒。
岂畏狼烟吞北斗，何惊烽火噬群山。
狂飙顿卷鸭江浪，百万雄师擎剑看。

抗日战争胜利五十周年感言

(一)

卢沟晓月起风雷，五十年前恶梦回。
锦绣江山凌寇焰，恢宏竹帛付寒灰。
中原喋血旌旗奋，险塞交锋战鼓催。
祝捷倾杯歌舞夜，忍思白骨遍山隈。

(二)

雾锁神州映日开，东风赤帜启贤才。
乾坤紫气弥八极，禹甸霞光耀九垓。
孰忍扶桑妖再起，岂容鬼蜮梦重来。
炎黄意气凌霄汉，急挽天河洗浊埃。

九江新火车站建成及京九铁路全线通车抒怀

鄱阳激滟水泱泱，簇秀匡庐锁大江。
叩石鞭山经夏日，横桥接轨越秋霜。
玉虹匝地长蛟舞，碧汉扬波彩鹬翔。
最是辉煌新站处，赢来万马起腾骧。

杨曦光

杨曦光，1948 年生，字芸生，号补拙居士。营口市人，营口市诗词学会理事。营口人民广播电台编辑。

归校园

校庆声欢追卅载，故人故地喜重回。
鞠躬弟子怀春雨，握手先生夸俊才。
往日淳风相忆起，儿时趣事入谈来。
同窗得聚发奇想，可否还童再列排。

读邓颖超致中央信

（一）

素将生死视平平，十载之前早写明。
归去唯余风两袖，行行拜读震心旌。

（二）

岂为丧葬破陈风，滴水能观七彩虹。
执著尤珍公仆意，长求饱暖庶民同。

(三)

未许亲朋借重名，襟同总理自廉明。
不肥眷属肥天下，道是无情最有情。

(四)

英豪难得守初衷，阅历生平尽可风。
坦荡一函千古秀，襟期未愧并周公。

李正歧

李正歧，1943年生，辽宁盖州人。营口市诗词学会会员。熊岳高中退休教师。

教师节感赋

金风送爽鼓喧喧，佳节欣迎二十年。
劫后犹思缩颈尾，逢时且看展眉颜。
人才能断贫穷路，科技初开富裕泉。
馀热甘将桃李壮，杏坛永作唤春鹃。

槐乡行

飞蜂引我入槐乡，挤挤挨挨树满梁。
雪覆虬枝透髓冷，霜封老干沁心香。
美禽匝木翔还止，松鼠撩人现又藏。
童子悠闲牛背坐，响鞭小曲牧斜阳。

李庆洪

李庆洪（1926—2006），辽宁盖州人，盖州第一高中高级教师。中华诗词学会会员、营口市诗词学会顾问。有诗集《莆莪馀吟》行世。

怀古二首

（一）

精忠报国一元戎，抱恨黄龙未饮终。
还我山河挥墨处，壮怀更铸满江红。

（二）

半点也无民族魂，名为汉相实胡臣。
莫须有竟刑无罪，义愤儿孙愧姓秦。

李纯青

李纯青，1932年生，辽宁大石桥市人。营口市老边区退休教师，营口市诗词学会理事。著有《庭院人生》出版。

忆红军飞舟强渡大渡河

路迢迢兮秋雨凉，大军已越金沙江。铁流任纵横，星驰安顺场。大渡河水啸，荡荡宽百丈。骇浪滚天雷，湍濑翻巨蟒。陡岸屹堡垒，守敌布火网。云黯飙风骤，天堑鬼神愁。红军敢惜身，攻坚劲更遒。十七勇士猛，冲锋架飞舟。弹雨卷狂澜，炮火压孤船。拼死逐恶浪，强渡占险滩。机枪手榴弹，倾盆捣前沿。白刃挥溅血，穷寇心胆寒。红旗看猎猎，刘湘抱头蹿。烟雾弥漫处，乘勇斩雄关。回首春秋七十载，吾辈知否长征难。号角声犹在，思今感百端。

李春祥

李春祥，1952年生，营口市人。营口市诗词学会理事。在营口市委机关印刷厂工作。

非典期间有感

流年有厄灾劫生，造化何意苦生灵。
一点星火南国起，转瞬燎原入帝京。
萨斯肆虐猛于虎，惶惶人心渐无主。
尚无妙方去顽疾，罹者已入泉下土。
防患未然在今朝，草药口罩几脱销。
手洗三回犹未净，说话二丈不嫌遥。
忽闻有客疫区归，举报隔离紧相随。
待得拆去藩篱日，一番欢喜一番悲。
国家重视拨巨款，新修医院小汤山。
辛勤研治昼复夜，彻底切除传染源。
抗非一线感白衣，耿耿丹心志难移。
只为千家长聚守，宁惜一家暂别离。
寄语流毒休猖狂，众志成城勇莫当。
信道人间存大爱，长城内外正春光。

李继先

李继先，1953 年生。大石桥市盼盼集团工人。大石桥市诗词学会会员。

小 贩

长年卖货小桥边，饱饮春秋苦辣酸。
不计何时更甲子，只知随季换棉单。
晨霜上货孤身冷，夜雨回家野径艰。
浊酒一杯轻入梦，老妻灯下数零钱。

就业歌

踏车卖货乡间路，小利难辞步履艰。
肩上春秋担雨雪，眼前买卖趁炊烟。
三更上货鱼虾好，初鼓回家腰腿酸。
苦调成歌灯下作，一杯老酒慰心宽。

李葆国

李葆国，字源村，1951 年生，山东省武城县人。高级政工师。大石桥市、营口市诗词学会会员，中华诗词学会学术部办公室主任。

青龙山即景

白屋青岩下，石坪溪径前。
垂黄老梨树，疏栅锁羊栏。
扁豆半墙紫，秋风满院闲。
柴扉叩无应，崖顶一声鞭。

秋登慕田峪长城

迭宕峰峦一剑裁，雄关飞度塞云开。
九霄谁筑连城垒，千古几多匡世才。
但使秋风染霜鬓，不教征骨没蒿莱。
苍山远望枫红处，故戚将军布箭台。

谒卧龙岗

龙岗兀立野云飞，依旧草庐人未归。
翠竹犹思疏剑影，焦琴静待拂尘徽。
功成三顾传佳话，义冠两朝垂史碑。
鹤唳松林声不尽，秋风一揖到门楣。

中秋乘月色读常德诗墙

霓映云楼水映墙，荷汀柳岸漫笙簧。

一江月色千秋画，百代风流十里墙。

尘海几曾空霸业，桃花依旧恋刘郎。

谁乘佳句弄清影，直挟桂香和墨香。

红螺寺

莺啭流泉绿涨深，石桥仄径过藤荫。

老松不老红螺角，清磬长涵大吕音。

阁外行藏时失古，禅前语气故通今。

山亭可待飞觞会，独倚栏杆望竹林。

贺当代诗坛五老荣获首届终身成就奖

鸿愿欣逢盛世道，金杯光照蓟门秋。

飞觞曲水喜成阵，执斗华山欣共楼。

且倚门墙看桃李，漫将甘苦说沉浮。

吟坛更筑身犹健，檀板铿锵未肯收。

丙戌端午节前与兄长对饮于辽滨酒肆

辽河独对一轩开，把酒临风何快哉。

几片白帆排岸下，一帘碧浪隔滩回。

柳风无意乃真意，杏雨闲怀是旧怀。

阵阵槐香人欲醉，纷纷花絮入诗来。

李敬东

李敬东,号玉竹轩主人,1937年3月生,辽宁省盖州市人。中华诗词学会会员、营口市诗词学会理事。营口首钢机械厂退休干部。

缅怀沈延毅先生

高山何处挹清芬,空仰兰台翰苑文。
底事临摹多感慨,平生未得立程门。

骑自行车发送会刊感言

路途坎坷不辞难,数载风尘积锈斑。
且喜链条常转活,翻怜轮带久磨残。
凌霜早出霞盈把,空腹迟归月罩鞍。
老骥奋蹄时恨短,欣迎红日对青山。

李德泰

李德泰，1941年生，辽宁省大连市人。营口市诗词学会常务理事。退休前任营口市文化局副局长。

哭辰守公并序

宝纯同志十分关心文艺事业，倡导兴办营口戏校、锦州戏校，培养出许多戏曲人才，尤喜书法诗词，为广大群众和文艺界人士所称道，今遽永别，痛何如之。

斯人乘鹤去，萧萧辽水寒。欲哭眼无泪，长歌动地天。忆昔音容貌，凛凛气宇轩。襟怀坦荡荡，为政崇清廉。心系民疾苦，足迹遍营川。平生重义气，顺逆皆等闲。琴棋诗书画，趣雅艺多兼。临池笔不辍，青灯照无眠。农喜千钟粟，我耕一砚田。雄强承遗韵，朴拙归自然。尤爱京昆艺，心血灌梨园。倡导兴戏校，国粹启后贤。春风乘化雨，艺苑百花鲜。民族稀世宝，光耀天地间。盛世寿自高，二竖苦摧残。夺我护花人，彼巷何无言！把酒酹滔滔，千言凝笔端。思君情切切，悲痛裂肺肝。

辛成哲

辛成哲，1941 年生，辽宁开原人，朝鲜族。营口市诗词学会理事。曾任沈阳工业大学副教授／沈阳中兴现代技术开发公司经理。

枫　叶

霜风冷漠带秋寒，万木凋伤俱索然。
任尔施威频吼叫，挺身红叶染青山。

怅　望

青山翠树掩村楼，远客归舟忆不休。
故土亲人影渐远，离情碧水两悠悠。

忆　母

当年忍奉粗粮饭，愧对娘亲泪两行。
盛世今朝家境好，难能请母美馐尝。

沈玉秋

沈玉秋，女，1945年生，辽阳县人。营口市诗词学会副会长。退休前任营口市鲅鱼圈区教委主任。

望江东·寄在日留学女儿

涛涌波翻水乡渡，眺不见、东京路。相思只有对心语，笑风雨、不能阻。　　海滩福字描无数，托新月、载将去。算来到日是三五，又恐怕，有云雾。

鹊踏枝·梦母

百日魂游应驾雾，祭日归来，莫忘回家路。落尽桃花春欲暮，篱边犹抚亲栽树。　　庭院厨房频眷顾，牵念儿孙，恸问平安否？生死依依期再聚，忽然梦觉寻无处。

定风波·圆明园

郊野圆明园址边，豪门误进转心烦。及见废园仇恨涌，心痛，残肢断体不堪看。　　莫笑游人喜留字，知耻，几多爱国好儿男。读罢低眉生万绪，忧虑，清除腐败莫空谈。

沈而寂

沈而寂，1941年生，辽宁省盖州市人。营口市诗词学会副会长。退休前任营口市农业发展银行副行长。

贺神舟五号飞船载人航天成功

（一）

散去纤云一碧澄，神舟首作太空行。
归时未忘同相许，再会蟾宫奏管笙。

（二）

箭作羊毫纸为天，真情健勇写诗篇。
辽西才俊披秋色，驾驭神舟天外还。

读《良桐》一文有感

惜矣良桐质，成琴竟梦空。
人间容拙匠，美韵自然穷。

青玉案·游关门山闻释山名

名山故事催人悟，昔贫困，神施富。得利愚民无限度，偷金私贾，仙人震怒，移石封门路。　　如今山水荣朝暮，客至门开赏泉树。试问萦怀都几许，作人清白，立心仁恕，笑在枫红处。

张 伟

张伟，字学峰，网名南山草堂。1978年生，辽宁省大石桥人。现供职于辽宁省大石桥市宏源印刷厂。营口市诗词学会理事。

文君叹

一时帘后错听琴，竟使姻缘风雨侵。
未悔身家空四壁，何期词赋值千金。
花开君作怜香客，名就谁余化蝶心。
若是真情天不负，世间岂有白头吟。

秋日登高

苦战霜风满地花，惟愁冷雨再相加。
伤心已恨长空雁，落魄还闻老树鸦。
惨淡荒山生暮霭，凄凉薄日入残霞。
夜来怅望人寰处，哪点灯光是我家？

菊

万紫千红皆看尽，平生萧瑟几多时。
偏于晚节催寒蕾，更向清秋展傲姿。
非是标新充雅客，只缘怀旧忆陶诗。
素心惟愿归篱下，不问霜来早与迟。

雾　淞

睡眼初开惊问询，水晶世界幻还真？
一朝紫气凝寒树，万类琼花出上林。
岂向风前飘作雪，独从日下化为云。
羡君也是人间客，却使冰心不染尘。

端午吊屈原

角黍飘香艾叶新，苍天洒泪祭灵均。
高才不入昏君眼，浊世难容屈子身。
千载荒流多有恨，一杯薄酒岂招魂。
他年若返轮回路，只怕又成独醒人。

张玉赋

张玉赋，1937 年生，营口市人，笔名愚夫，号淡泊居主人。营口市老边区人大常委会机关退休干部。营口市诗词学会理事。

咏丝瓜

攀援行曲蔓生乖，百态千姿笑满腮。
细雨如丝深浅润，繁花似锦夏秋开。
含情硕果垂枝下，拂面香风引客来。
不与群芳争靓丽，甘居小院净尘埃。

张永林

张永林，退休工人，营口市及大石桥市诗词学会会员。

沈阳北陵抒怀

金瓦红墙倚翠帏，英风竟日锁重扉。
榆关戎马羁南牧，宝顶栖魂望夕辉。
神道犹垂杨柳绿，方城已去帝王威。
干戈未靖胸中事，尽付隆山土一堆。

山乡春早

椰风北渡暖营州，雨沛山溪碧水流。
绿柳垂绦憩白羽，绯桃绽蕾染红楼。
燕翎舞动云天梦，草色烟涵阡陌头。
最是田家喜春早，一犁新土梦金秋。

诸葛亮

龙卧深渊志在天，报君知遇弃林泉。
切时宏论三分策，为相殊勋一代贤。
德著七擒泽泸水，功亏六出叹祁山。
未兴汉室空遗恨，泪洒秋风五丈原。

昭君出塞

欲借和亲祈久安，须眉固国愧红颜。
紫台缘尽君恩远，彩旆风翻朔漠寒。
雁阵横秋惊绝色，乡思寄梦叩家山。
心期毡帐胡笳冷，一曲琵琶拭泪弹。

张延杰

张延杰，1923年5月生，河北省望都人。营口市诗词学会顾问、辽宁省诗词学会会员。曾任中共营口市委副书记、市长。离休前任营口市第九届人大常委会主任。

插　秧

村姑遍野逞英雄，巧手栽秧快似风。
转瞬田间全变绿，丰收莫忘女儿功。

一剪梅·渔民欢歌

骋目初登望海楼，远有渔舟，近有渔舟。喜看海产又丰收，堆满码头，乐在心头。　　渔业繁荣政策优，捕捞不愁，销售不愁。渔民赶海展歌喉，撒网风流，富更风流。

张会喜

张会喜，1954年生，辽宁大石桥人。现任新民村党支部委员。中华诗词学会会员、营口市及大石桥市诗词学会会员。

参观辽沈战役纪念馆

枪林弹雨漫空倾，炮啸长空大地惊。
碧血丹心攻险隘，雄威虎胆克关城。
五更夜尽残星落，一唱晨来旭日升。
黑水白山忠烈骨，今朝洒泪祭精英。

长　城

岭上堞楼连大荒，摩云横断北天霜。
风临芊草胡杨绿，霞落雄关瑞气扬。
举目穿云千里外，飞龙凌宇万山翔。
青砖高垒三边远，铁壁今朝九域康。

张如升

张如升（1908—1994），号自怡轩主，辽宁盖州人。中华诗词学会会员、营口市诗词学会理事。著名农民藏书家。著有《衡泌斋诗草》。

苇林雪霁

骚人自苦赋蒹葭，芦荻花飞似雪花。
极目难穷连海国，置身浑欲到仙家。
风吹残絮飘无影，月霁青光白更加。
四海升平风物好，不闻塞上起悲笳。

暮秋感怀

小院蜗居昼掩门，菊花开绽一盆盆。
古书闲看难消闷，往事回思易断魂。
屐印阶苔留旧迹，雪泥鸿爪记新痕。
白云苍狗霎时变，梦里寻诗夜已昏。

张其祥

张其祥，1943 年生，山东省荣成县人。营口市诗词学会会长、辽宁省诗词学会副会长、中华诗词学会会员。退休前任营口市政协常务副主席。《望儿山诗词五百首》《旧体诗词二千年作品选》等书主编。

瞻延安

梦系延安五十年，而今夜宿凤凰山。
残窑旧月吟前曲，宝塔新灯颂后篇。
领袖雄姿延水志，军民战影陕原天。
后生不晓当年事，圣地风光岂等闲。

望儿山忆母四首

（一）

少小望儿山下瞻，常思石母向谁怜。
春来风绿辽南柳，趣数山花缀塔间。

（二）

二十从戎母送行，鞋衣破处对灯缝。
夏阳初照征鞍影，挥手无言促战程。

（三）

壮岁归来意气扬，妻娇子幼未思娘。

秋风夜雨惊寒梦，愧感霜晨母嘱装。

（四）

阅尽沧桑了热肠，椿萱墓上月凝光。

征帆漫旅思归夜，一瓣心香吊母堂。

玉龙雪山

圣山千载卧银龙，飞雾浮峰淡转浓。

秋日云杉莺戏水，斜阳碧草蝶追蛩。

冰川黑白分江远，干海绿蓝怜日红。

蜀藏风光多诡丽，半为炎夏半为冬。

梦幻九寨

少年童话老尤新，九寨沟前梦竟真。

是水皆蓝光彻底，有山便峻雪遮身。

喷珠泉瀑橙还紫，错节根枝曲复伸。

欲尽奇观天下水，只须来此长精神。

古沙州

重阳寻访古沙州，遥望阳关色已秋。

落日黄沙驼影动，澄空碧水塞声悠。

莫高窟里飞天舞，新月泉中塔影浮。

更得鸣沙山上望，胸襟万里不知愁。

张国发

张国发，1930年生，辽宁省营口市人。营口市诗词学会理事。高级工程师。离休前任营口市磁性材料厂副总工程师。

记三道沟村五十年前事

讯传大军莅，拂晓将攻城。户户暗夜待，不闻战马鸣。盼急出户望，已满子弟兵。悄依残墙憩，冷餐红粱饼。众心岂能忍，炊火酬粥羹。知贫拒不受，粥热情意盈。千说万复劝，方纳一片诚。列队悄然去，支前随军行。战胜支前归，聚询战火情。言及伤员事，闻之皆心惊。有伤破肠者，无怨无悲声。伤口溢粥水，犹言功未成。留有红粱饼，求其代回赠。微偿乡情谊，长眠心方宁。饼上尚沾血，此情动苍冥。闻者声泪咽，言者泪纵横。

陈 怀

陈怀（1915—1991），字铁辛，号晚晴楼主，安徽庐江县人。书法家。历任营口市第五、六、七届政协委员，中国民主促进会营口师专支部主任委员。营口师专副教授，营口市诗词学会顾问。有《铁辛手书诗词选》等行世。

赠充间同志

风高月黑乱飞沙，徒步来寻野老家。

墨沈满床堆故纸，清泉一盏试新茶。

敲诗未许妨吟兴，顾曲还惊梦笔花。

博雅如君钦素养，衰年何幸接英华。

赠陈默同志

旧读新诗笔有神，清词丽句欲为邻。

敲来工拙希前哲，吟到沉浮为后昆。

冷眼常观尘外事，热肠难得个中人。

相期结社裁佳句，共祝长年颂北辰。

洗　笔

一盏清泉洗秃毫，久经污染墨难消。
炫才悔作生花梦，灭顶惭推苦海潮。
漫说刚柔能共济，须知黑白不容淆。
请君从此归箱箧，铁臂银锄学体劳。

春　感

谚说三寒间四温，寒温交替叩蓬门。
枝头初孕堤边绿，小苑才消雪后痕。
论世知心能有几，挥毫写意兴犹存。
老妻絮语诚难却，抱膝何妨送晓昏。

送政弟归台北、平弟归武昌

五年三度唱骊歌，浪迹萍踪奈若何。
台海归航机影急，汉江返棹楚山多。
慰情重订来年约，快意深期两岸和。
四十一年鸿雪感，此生常愿醉颜酡。

戊辰中秋病榻吟寄台湾兄弟

中秋国庆紧相连，丽日同悬两岸天。
窗外柳丝未憔悴，床前蟾影正团圞。
南归已慰黄泉泪，东去犹痴破镜缘。
来岁燕云重聚首，老龙头上踞雄关。

游黄山之麓感赋

回龙桥傍白龙桥，龙头俯饮虎头高。
紫云插天云影过，天都峰在天之腰。
攀登蹬道动千级，道旁怪石如人立。
古松挐云三百年，繁枝不畏枯藤缠。
下临深涧水流急，行人争观人字瀑。
飞泉缕缕天上来，俯视何止三千尺。
泉清濯足冷彻心，洗耳不闻尘世音。
桃花源里今何在，问津渔人今有几。
辛劳堪敬伐石工，挑砖负石登尖峰。
我来深惭腰脚软，攀援只在山之坎。
拔海不过七百尺，一步一歇气不属。
黄山奇景无穷数，山灵笑我怯且懦。
我乞山灵休笑人，得寸进尺非我素。
敬谢黄山期再来，急流勇退智者怀。

清平乐·送春

雨丝风片，斜掠双飞燕。芦苇青青波潋滟，绘就春光淡淡。　　送君海角天涯，忍听百啭黄鹂。挥手一声珍重，难消万种相思。

金缕曲·国庆四十周年抒感

四十年间事，一桩桩阴晴圆缺，眼前心底。翘首天安门楼上，举世共聆太誓：告中国人民站起！卷地狂飙黑云暗，更无端噩梦连宵悸。苦雨急，万花弃。　　四凶专横重门闭，谪牛棚，劳监改教，伐肤剔髓。一代风流成粪土，知识而今有罪。臭老九，顿遭捐弃。石破天惊三中会，靖妖氛日月光华丽。千载业，逐征骑。

破阵子·丁卯中秋寄台北四弟阖家

连日纷传喜讯，和风吹暖寒流。金马台澎联大陆，别恨离愁一旦休。乡音分外柔。　　纵有千难万阻，终须意合情投。锦绣河山今胜昔，崛起中华宿愿酬。月明同倚楼。

陈宗久

陈宗久，女，1932年生，辽阳市人。营口市诗词学会会员。退休前任营口市机电设备公司科长。

回乡探亲望白塔有感

久别聚襄平，暑中细雨零。寄舍窗映塔，儿时事牵萦。　　寻蛙荷叶下，竹马踏草坪。伤花因挖菜，捕蝶绕塔行。　　丛中偶得杏，必先敬神灵。趣浓忘日下，恋闻紫燕鸣。　　啼鸦犹知晚，急归见灯明。更有娘亲唤，永忆慈母情。

郜育诚

郜育诚，号尹峨居士，女，1939年2月生，辽宁大石桥市人，中华诗词学会会员、营口市诗词学会副会长。营口人民广播电台主任编辑。

访诗人吕公眉老师

夫子庭前树，霜秋子愈红。
朔风歌白雪，炎日锁苍穹。
不厌柴门小，偏怜酒味浓。
烹茶吟素月，凤至笑梧桐。

忆营口解放

朵朵红云直向东，方今犹忆炮声隆。
大军横扫孤城外，残匪惊逃浊水中。
失德朝歌云暗暗，阜民岐岳日瞳瞳。
百年葱郁辽滨柳，血沃娇花意更浓。

赞 菊

去去烟波千万重，五洲沾沐九州风。
天涯得宠黄花媚，朔漠应飞枫叶红。
有道阳张七色锦，无端雨匿半规虹。
中华百卉多劳动，尽染全球烂漫同。

鹧鸪天·虎跑泉

　　泉冽松阴竹亦修，仙师卧石虎为俦。昔年故事因何起？此地游人有趣求。　　天不雨，水如油，山僧入梦虎行丘，醒来不见凶凶虎，一缕清泉汩汩流。

旅顺老铁山灯塔

　　铁山灯塔何时建，镌刻一八九二年。邀请夷狄为设计，法兰西与英吉利。塔立巍巍巅，明灯照海天。　　天海沉沉更悠悠，蓬莱方丈与瀛洲。塔后峰腾虎奔走，塔前波碎龙嘶吼。大雪狂风迎扑来，搅浑琼片从天漏。　　渊深澹澹惊魂胆，轩辕辟域何辽远。无限空寥无限意，于此焉能不太息。长太息，生豪气，春秋令我痛回忆。　　万忠墓，鬼呜咽，滔滔辽水恨无歇。血浸沧溟淹齐鲁，日月潭哭鱼遭劫。吁嗟乎，塔上灯，原知尔来千里明，缘何不照庙堂清！

范雪莹

范雪莹，女，1978 年生，营口市人。营口市诗词学会理事。现任营口市邮政局会计。

张国荣周年祭

（一）

金枝玉叶枉婆娑，楚霸虞姬两奈何。
遍洒红莲成泪雨，伤心无处觅哥哥。

（二）

昔嫌寂寞谪凡世，今倦尘嚣归玉楼。
醉里怜花风月老，纵横四海一回眸。

（三）

又是春寒四月天，无情芳草碧年年，
绮怀几许都销尽，宁忍相思付断烟。

次韵黄仲则绮怀四首

（一）

新月如眉薄雾轻，榴花照眼暗还明。
焚笺初剩三分暖，断笔空临一字情。
宝鼎沉烟愁砌就，珠帘飘雨泪攒成。
低徊廊下殊惆怅，想象温柔私语声。

（二）

一身侠骨蕴清灵，窥罢偷扶曲曲屏。
却自筵前说懵懂，何曾人后减丁宁。
柳裁别恨折还长，茧是相思抽未停。
欲借婵娟聊共影，哪堪无月又无星。

（三）

微整云裳闲倚望，只知春闷不知伤。
颊飞浅浅胭脂色，盒散纤纤豆蔻香。
座上无人名小玉，眼中若个是潘郎。
重帘掩抑风流态，错认桃花半面妆。

（四）

小案残烟袅袅生，谁家素手试银筝。

牵侬思绪迢迢远，断我柔肠寸寸成。

醉酒愁听名士语，惜花独重女儿声。

沉吟若解弦中意，和踏轻歌月下行。

郑日清

郑日清，1949 年生，辽宁盖州人。退休前在营口市鲅鱼圈区海东供销社工作。营口市诗词学会常务理事。

登滕王阁

高楼上切九重天，瞩下洪都缀绿毡。
一脉江涛分野郡，万艘舸舰入云烟。
鸣鸾佩玉歌声寂，画栋雕梁诗序镌。
莫谓风流俱粪土，谁人事迹似当年？

中秋节登燕子矶

御碑亭枕大江流，万里河山一望收。
栉栉台隍横碧野，纷纷樯橹过芳洲。
兴衰莫论前朝事，忧乐当存今日筹。
白下高天金气爽，层林霜染又中秋。

党学谦

党学谦，1948 年生，盖州市人，号嘤鸣轩主人。辽宁省诗词学会理事、营口市诗词学会第一副会长。退休前任营口市人大常委会副秘书长。有诗集《自注嘤鸣轩诗稿》、专著《诗词同韵》出版。

抗战胜利六十周年感言四首

北 伐

虎视狼贪瓜豆剖，强兵割据日纷嚣。
今朝兄弟初携手，战旆高扬贺胜桥。

抗 日

山河沦陷一年年，犹事阋墙萁豆煎。
禹甸谁能识大义，细看释蒋抗倭篇。

台岛回归

一声光复变旗旌，甲午波涛方始平。
岁月不居人易老，朝朝听命小朝廷。

期　盼

港澳归宗垂简册，汪辜会面绝音尘。
遥思孤岛寒潭畔，谁是三番合作人。

感事二首

（一）

两世枭雄据海东，回銮霸业久成空。
家山香火谁人继，赖有贤孙认祖宗。

（二）

打破坚冰两岸行，翩翩信使访神京。
任他阿扁耽春梦，难阻寻根赤子情。

惜鸟四首

（一）

每疑造化独钟情，几世修来仙骨轻。
不与众生争碧野，敢凭双翼探青冥。
喉清堪惹管弦妒，目锐总教蛇鼠惊。
装点晴空添画意，九寰生态赖平衡。

（二）

关雎吟罢总难忘，风雅开篇第一章。
瑞现宝鸡邦国永，礼成奠雁室家香。
携鸾跨凤事幽杳，子鹤妻梅情久长。
愁听鹧鸪消永夜，子规啼罢泪沾裳。

（三）

物我相安乐复歌，嘉禽惠我感良多。
间关曲奏欣除害，橄榄枝衔更伏魔。
灵鹊登枝报芳讯，大鹏展翅慑妖鼍。
呢喃檐底双双燕，也似鸳鸯泛爱河。

（四）

杞忧时恐祸端临，羽族濒危示警吟。
馆阁庖厨烹紫凤，报章舆论惜珍禽。
啁啾犹听乞怜语，律法终颁爱鸟音。
长句推敲惭未稳，但期同秉护花心。

钱中业

钱中业（1907—1991），号钟野氏，辽阳市人。营口市金牛山诗社理事。离休前任营口市运输公司会计。

千山仙人台

恣情放眼界，来登仙人台。
渤海归帆望，长城越野开。
浮云绕膝散，峭壁侧身偎。
妙景移心境，悠然破俗埃。

学习焦裕禄事迹感怀

伟哉焦裕禄，胸怀有大度。接任兰考县，即将雄心树。立志除三害，决使穷变富。飞沙寻风口，亲自作笔录。 壮志方脱颖，恶病苦二竖。垂危问水患，未将病情述。弥留病榻间，尚嘱治沙术。死请埋沙丘，长此英魂驻。 吾习其事迹，深感如泣诉。兰考何不幸，失此顶梁柱。愿秉县政者，援此为借箸。

徐仁政

徐仁政，1934 年生，辽宁复县人，字化宣，号云台山人。退休前任营口市中级人民法院副院级审判员。营口市诗词学会顾问。有《云台近体诗存》出版。

春日漫兴五首

（一）

遥望南天不见家，长空雁叫日西斜。
老槐莫怨春来晚，二月盆兰已著花。

（二）

剪剪春风阵阵寒，尚留残雪护墙边。
小楼寂寂无人至，唯有多情二月兰。

（三）

往年此节草葱葱，今岁清明雪始溶。
身上冬衣尚未减，长街却绽小桃红。

（四）

胜日踏青郊外游，欲寻昔日蓼花沤。

眼前栉比高楼起，不见春塘水乱流。

（五）

春眠软榻觉更长，夜半醒时月入窗。

未得相邀来作伴，莫非天上亦凄凉。

农电风采

河水清清柳色新，东君不负克勤人。

架杆灯亮深山屋，开路车通远岭云。

铁塔冲天信息网，农机赛曲杏花村。

高楼叠起古城外，极目前头万木欣。

徐庆生

徐庆生，1954年生，辽宁昌图人。营口市诗词学会理事。营口市外贸局退休干部。

承德避暑山庄

一炬圆明凝国恨，山庄独剩旧行宫。
小桥飘洒江南雨，大漠吹来塞北风。
满汉精英挥鬼斧，康乾妙构夺神工。
名膺十美当无愧，锦绣山河配彩虹。

金牛山怀古

辽南考古爆奇闻，头骨金山忽现身。
深穴幽居天日见，寒灰兽骨影踪存。
源宗华夏炎黄子，名并北京周口人。
史册于今添一笔，营川观旅喜逢春。

高延春

高延春，1951 年生，营口市人。营口市诗词学会副会长。市政协常委兼经济委主任。

忆上山下乡

岚崮山前初立家，乡亲灯下话桑麻。
山村僻小容宾客，溪水澄清戏蟹虾。
万点寒鸦衔北斗，一帘残月照南瓜。
漫言野径荒凉地，春到篱边有杏花。

曹辉

曹辉，女，1978 年生。在大石桥市图书馆工作。大石桥市诗词学会会员。

卜算子·遥寄

谁借半生缘，我种相思树。风月无边笑红尘，注定乾坤主。　　拭泪问情初，回首芳心苦。若慰前盟金玉因，梦醒登舟处。

生查子·春意

相思东风来，恋恋红尘路。笑问几树花，漫野谁呵护。　　锦衣作嫁裳，翠落心轩处。日月动情吟，只盼春长驻。

卜算子·小草

尘世掠浮云，疏梦何曾叹。沉默今生素无涯，小草从容看。　　属意伴春秋，荣败随缘断，四季青春安静心，软语温柔唤。

曹林昌

曹林昌，1950 年生，辽宁大石桥人。中华诗词学会会员、营口市诗词学会副会长、大石桥市诗词学会会长。现任大石桥市人民政府督学。

夜宿北戴河

英雄几弄潮，碎玉上秋高。
珠滴天山月，身轻芦雁毛。
槠林推古渡，渔火泊清宵。
碣石东临罘，当风酹汉曹。

夏　声

雨后残阳云半裁，山门未锁翠屏开。
荒菁野泊无人处，一阵蛙声带水来。

九华山咏怀

天阙可来开九重，飞岚不锁地王宫。
山吞烟雨峡谷浅，鸟渡穷庐苔级匆。
凝目沉浮千佛动，荡魂钟鼓万人躬。
瘦修石竹风犹在，云破檐头正挂红。

秋　兴

塞外秋风一夜萧，澄黄朝日染金桥。
青云渡里雁排阵，龙阙开时鲤跳潮。
野菜生香追蝶远，轻身如絮信天飘。
引吭就唱声犹熟，清浅滩头向鹭高。

凤凰山

青鸾已去古江悠，清冷黄昏夕照收。
裂壁天开吞浩月，叠泉声远唱沙洲。
柞林绿浅风消夏，峡谷红深雨送秋。
花为倾城衷一愿，梧桐深锁凤凰楼。

秋　月

云掩华姿雾锁宫，高临秋水照丰容。
月成圆缺难为永，人有悲欢恨不同。
清影昭昭青白照，明心了了去来空。
中天悬镜平分色，付与东风撒翠红。

秋怀黄垭口

看尽青黄上九盘，西风未敢近鸣蝉。

荒鸡如梦乱昏晓，落叶何心惊杜鹃。

一步已嫌三界小，三秋更教一望宽。

绿烟出岫夕阳暖，明日谁携白玉还？

秋日怀辽河口

芦花初放下滩头，千里辽河一夜秋。

切切余声裂如锦，萧萧无刃剪离愁。

潮来岂让流沙浅，风起难催夕照收。

黄叶未曾化蝴蝶，谁同明月上高楼？

符庆宏

符庆宏，1968 年生，营口市人。营口市诗词学会会员。营口耐火材料厂下岗工人。

鸽 子

落户城乡欢乐园，平生最是爱蓝天。
他乡百里传佳讯，结对齐飞不畏难。

邮递员

博得誉称鸿雁声，飞车一路伴君行。
素装映绿山和水，牢系民心万缕情。

夜观博洛铺镇长街

喜看街旁灯火明，车流渐小笛声轻。
高楼林立焕新貌，阔路镜平铺远程。
商户掩门天色晚，酒家会客热心诚。
远闻村院鼓声起，唢呐吹来二月星。

崔化桥

崔化桥,1942年生,盖州市人。营口市诗词学会副秘书长。退休前任营口市政协常委兼学宣委主任。

为纪念辛亥革命九十周年作二首

武昌起义后,倡议共和之声响彻奉省。蓝天蔚等策动五路义军声援沈阳,万福庄学子舒天民率众响应,成立中华民国关东盖平军政分府,与清兵浴血奋战。

(一)

辛亥风云扫帝封,武昌举义共和兴。
旌旗北上湮朝野,鼓角南来撼盛京。
五路先驱闯大业,一方志士起雄兵。
捐身喋血存豪气,史册名标万世功。

(二)

深山古镇点烽烟,弹雨枪林谁畏艰。
猛士檄传争后土,书生剑舞犯皇天。
断肠山下眉含笑,斩颈场前腿拒弯。
有幸赤山托傲骨,忠魂岁岁念乡关。

寇春莲

寇春莲，女，1971 年生，吉林省辽源市人，助理经济师，营口市诗词学会理事。现任职于营口市工商银行石头道支行。

咏荷五首

青　荷

未启芳唇已醉人，红颜不惹世间尘。
蜻蜓独占花魁处，更有禅心早扣询。

粉　荷

半掩娇颜半掩羞，飘飘素袂舞清幽。
瑶琴不问粉红事，偏把相思寄月收。

红　荷

层层绿叶叠池塘，朵朵娇颜映画廊。
不见水深幽梦处，哪知心藕意何方。

白　荷

一池绿叶卷云舒，质洁焉容俗世涂。
倩影何须怜自我，清风为舞月当梳。

残　荷

昔日荷裙连碧水，芳华绝代满池香。
风霜不忍摧馀韵，偏把绿衣留晚妆。

蒋　犟

蒋犟，1949年生，盖州市人。营口市诗词学会理事。现任营口市政协副秘书长。

石工赋并序

1983年末，余练兵归，见北山之上石工济济，冒寒采石，汗如雨下。攀谈中，数老者皆叹息为儿女婚事所迫，如牛负重。有感于斯，乃成是篇。

北山有石工，抡锤日叮叮。苍岩为之裂，碧泉不复清。中有一老者，年纪花甲零。赤铜为面色，老树皱文生。右手举重锤，左手握粗钉。锤落火星溅，屑飞目难睁。汗珠流浃背，褐衣纳三层。七月天流火，石坑如火坑。冬月天飞雪，凿石如凿冰，手脚俱皲裂，殷殷血痕崩。老者有四儿，次第待成婚。娇儿惜娇妻。妻贵父愈贫。山乡亦崇礼，愈穷愈认真。新房一万五，家具两千文。花费过两万，吹打娶进门。一儿树榜样，三儿齐效犟。可怜老石工，北山抖精神。年年复日日，寒暑无别分。更有伤心事，不忍对客言。喜事操办过，儿媳竟不贤。指鸡唾弃狗，整天白眼翻。三朝扬长去，痛快不顾怜。我闻石工语，心内愤不平。树木有本原，人皆父母生。羊羔知跪乳，乌鸦反哺情。为人子女者，汝当慎所行。

雁 翎

雁翎，1938年生，本名程振家，辽宁省新民县人。省诗词学会理事、营口市诗词学会顾问。退休前任营口市文联主席。有诗集《雁阵，在故乡的天空》、文集《诗艺浅说》等出版。

赠老校长

冒雨迎风两鬓斑，春华秋实一肩担。
青灯长夜年年事，桃李盈门红满天。

游桂林

峭壁巉岩插四方，一天青绿泻漓江。
桂林山水浓如酒，醉得游人尽忘乡。

雨后苏堤

烟雨桥头兴不孤，秋风黄叶乍萧疏。
绿衣红袖清尘女，净拭江山入画图。

程　鹏

程鹏，1947年生，辽宁盖州人。退休前任大石桥市环保局工会主席。中华诗词学会会员、营口市诗词学会理事，大石桥市诗词学会副会长。著有诗集《惆怅集》。

咏梅二首

（一）

鹊声几度唤春回，白雪枝头盼未归。

漱玉凌霄千点瘦，琼枝经夜一时肥。

有情玉笛频三弄，无语寒香透九微，

质本清高托野鹤，诗魂梦逐野云飞。

（二）

身世与君难细论，含烟和月到琴樽。

未承雨露识真性，怎谢天公造化恩。

不向人间觅富贵，却从净土植芳魂。

晓来倩影知何处，一曲阳关见泪痕。

咏兰二首

（一）

寂寞空山月色新，羡君所赖自安贫。
几条翠叶传芳远，一点痴心见性贞。
九畹骚情怜屈泪，三春沐雨护花人。
淑颜恬淡如知我，甘作红尘物外身。

（二）

小箭冲寒玉蕾开，分明神女下瑶台。
松梅曾颂四君子，兰竹应教一处栽。
十载芸窗空自许，百年肝胆未成灰。
芳魂欲化啼鹃血，不信春风唤不回。

咏竹二首

（一）

名高不让大夫松，三友交情最淡容。
品格超凡脱俗气，丰姿飘逸扫云峰。
千金身价归苏轼，一世声高忆蔡邕。
拭目神州新雨后，根根铁骨化成龙。

（二）

潇潇夜雨碧琅玕，雪剑风刀只等闲。
诸事无为高节尽，一生虚意雅怀宽。
三春醪酒吟风月，千叶青天引凤鸾。
放浪红牙翻旧板，竹枝声里报平安。

咏莲二首

（一）

曲院长堤碧水东，淡烟月色两朦胧。
凉风吹雨香腮湿，冷露浸芳玉腹空。
小去兰舟轻荡桨，相栖鸥鹭慢摇风。
娇羞一夜初眠起，斜对栏杆日正中。

（二）

涉世无端入劫尘，四周污秽浸芳身。
烟波晓月寻清静，恨水尘寰化苦辛。
出自淤泥偏洁白，生成玉骨任沉沦。
昂然翘首迎风立，颗颗莲心慰世人。

谢万福

谢万福，1932 年生，辽宁大石桥人。离休前任大石桥市农机局局长、营口市诗词学会理事。

咏黄垭口

峰峦耸立接天云，久誉辽南百里闻。
松树鲜花开眼界，泉声鸟语壮山魂。
青蚕野果枝头卧，嫩草香菇地上殷。
仰望坡间皆是宝．千秋养育护山人。

怀念好警官任长霞

痛失为民好警官，登封百姓泪如泉。
一身正气除邪恶，铁面真情保众安。
助弱怜孤常济困，抛家尽职著清廉。
搬来苍秀嵩山石，雕铸丰碑树墓前。

戴虹薇

戴虹薇，1935年生，沈阳市人。营口市诗词学会会员。营口市教研中心讲师。

水调歌头·太行山麓哭亡友

归去长相忆，风雪牧羊鞭。几番凄露酸雨，相伴去犹还。感尔情高义重，怜我心衰体弱，艰险一肩担。瓦釜烹山味，编草御风寒。　　拾柿枣，探鸟穴，觅流泉。相依祸福，踏上太岳万重岩。双坐双行双卧，或啸或歌或泣，喜怒得天然。亡友今何处，翘首碧云端。

鹧鸪天·陪玛莎扫祭塔甘洛克烈士墓

国势垂危几陆沉，英雄报国勇轻身。金瓯残破我来补，血染河山为万民。　　张铁翼，扫妖氛，男儿血肉化忠魂。至今雁过秋高夜，顿水犹闻烈士吟。

【注】

玛莎父为空军中校，二战中牺牲于柏林空战。

第五辑

邱新野

邱新野，（1913—1997），黑龙江省阿城市人，满族，原中共阜新市委书记，离休后享受副部长级待遇。阜新市诗词学会发起人，名誉会长。

缅怀周总理

总理长辞悲屡加，英风浩气满天涯。
巨星陨落哲人萎，菊馥兰馨万世夸。

贺青山诗社成立

墨翁骚友喜相逢，诗社开坛论纵横。
盛世高龄抒壮志，青山万仞勇攀登。

十一届三中全会颂

群英盛会挽狂澜，哲志真知启后贤。
虎啸神州惊大地，龙飞华厦耀尘寰。
宏基青史八年奠，砥柱彝伦四项颁。
共济同舟沧海阔，吾侪谁计鬓毛斑。

巩绍英

巩绍英（1920—1973），辽宁阜新人，历史学家，诗人。17岁参加革命，曾任辽西省文化厅厅长、中华书局副总编辑，著述颇丰。1973年任中国历史博物馆副馆长，未到职，逝世。遗诗经其弟巩绍贤整理出版《巩绍英诗词全篇笺注》。

寄　内

锦州初结发，十载共浮沉。
零露知寒暖，繁霜识坎岑。
青云长比翼，白首亦同心。
却得连城宝，栽成绕膝阴。

【注】

1960年3月，作者下放河南省遂平县嵖岈山人民公社。寄内：从河南省寄夫人王巽文。

看家书

千里家书至，依稀见泪痕。
乍疑人受损，还记语温存。
一枕罗浮梦，三生杜宇魂。
且看天上月，两地共黄昏。

题遵义会议旧址兼颂长征

(一)

遵义论兵处，真人就世兴。
乾坤旋玉纽，路线指金绳。
巨掌劈华岳，雄风接海灯。
朝阳红逾火，冻解一川冰。

(二)

两万五千里，道路尽嶕峣。
浪叠乌江渡，云横铁索桥。
干戈播火种，风雨育嘉苗。
漫道长征苦，人民鱼水调。

苏州杂咏

虎　丘

葬剑谈经俱浪传，潭光塔影总仍然。
凭栏一眺吴山远，水郭江村别有天。

寒山寺

海云东去钟声杳，法雨西来梵字真。
独立枫桥望烟景，江楼一角最精神。

灵岩山

冷落吴宫隐画廊，巍巍梵宇散天香。
逶迤直上长春苑，花绕雕栏月满塘。

洞庭东山

太湖三万六千顷，橘圃莲塘面水栽。
灵境常存人未老，扁舟应许我重来。

挽陈赓将军

儒将风流旗鼓闲，哀音一日遍长安。
巍巍云阁勋名旧，穆穆辕门节仗寒。
万里专征开六诏，两军并毂定三韩。
当年忝列伏波幕，礼罢灵帏泪不干。

自题诗集

江河万古溯风骚，李杜苏辛一代豪。
铁板铜琶余韵在，枫林黑塞梦魂劳。
拈来香草添才思，织就天章颂圣朝。
却惜空螯无异味，村箫焉得比虞韶。

李汝舟

李汝舟，曾任阜新市委副书记兼阜新市市长，市诗词学会名誉会长。

猎 归

晨风刺骨寒，林表雪漫漫。
雉兔充囊满，围炉笑语喧。

张英华

张英华（1921—1996），河北省任邱县人。原阜新市委副书记、阜新矿务局党委书记。阜新市诗词学会第一任会长。著有《煤苑退思集》《煤苑情怀集》《煤海新韵集》。

爆竹赞

除旧春雷动，响声闻四方。
随风飘玉骨，留下众人狂。

迎诗会

秋高气爽赏枫红，辽海诗才聚阜城。
泼墨挥毫吟盛世，填词作赋颂群英。
奔腾绿浪迎宾客，踊跃林涛待友朋。
煤电职工扬笑脸，惊呼妙笔走蛇龙。

潘金生

潘金生，字仲甫，号先猷。1920 年生，湖南株洲人。教授级高级工程师。中华诗词学会会员。

贺神七飞天

神舟又庆矗苍穹，仙境人间一箭通。
广宇遨游三勇士，长河招展五星红。
出舱信步豪情爽，揽月舒怀壮志雄。
不负炎黄千载梦，航天科技立奇功。

蝶恋花·长沙忆游

负笈长沙犹未忘，拂晓书声，响彻晴佳巷，偕学友天心阁上，品茶看画名花赏。　　滚滚湘江翻碧浪，击水中流，年少生遐想。岳麓林深山叠嶂。登临坐爱松涛响。

姚慈恕

姚慈恕，1924 年生，福建邵武人。1946 年毕业于唐山交通大学，教授级高级工程师。曾任辽宁省煤炭局工程师，阜新矿务局副总工程师。

赠交大同学

荏苒韶华五秩秋，诗情雅兴喜同俦。
渝州曾共迎朝日，梦泽何时泛小舟。
廿载沉浮成往事，一生忧乐注心头。
多情最是潇湘月，犹照澄江天际流。

浣溪沙·过三峡

自古都云蜀道难，而今巨舶过群山，高楼栉比美家园。　　坝顶溪光涵晓日，闸门水柱落晴烟，深山不复听啼猿。

司 钦

　　司钦，蒙古族，1924 年生，辽宁建平县人。原阜新市人大常委会主任，离休后任市诗词学会名誉会长，中华诗词学会会员。著有《诗情墨缘》。

离休抒怀

人生莫叹征程远，日近桑榆一瞬间。
离职离休非舍业，解袍解甲不归田。
只砖片砾当铺路，瘦蕊寒红可沃原。
余热自知无几许，岂能大讲谱新篇。

学 诗

少小宁知惜寸阴，老来秉烛又习文。
填词最苦搜肠句，觅韵常愁向壁吟。
学富原由星月累，才高自是暑寒勤。
白头发愤诚非晚，不信空抛一片心。

题某歌舞厅

华丽堂皇不夜城，哈哈镜诱客逢迎。
红光绿影呈多彩，俊女俏男现异形。
臂健如猿能揽月，口张似海可吞鲸。
群星狂舞如痴醉，漏尽更残恨启明。

张丽英

张丽英，女，1925 年生，湖南长沙人。大连财经学院函授班毕业。曾任阜新矿务局财务处会计科长。高级会计师。

山茶花

江南惜别到边疆，无悔当年意气扬。
几载风霜培沃土，一朝根茎布荒冈。
青青叶色如涂黛，朵朵花苞裹茜裳。
佳节谁怜乡念苦，满株红照挂春芳。

吴铁岑

吴铁岑，1927 年生，江西进贤县人。教授级高级工程师。毕业于南京通信学校电机工程系。曾任阜新电子研究所总工程师、阜新应用技术研究所党委书记、中华诗词学会会员。

中国女排雅典夺冠

个个皆如穆桂英，龙腾虎跃赛神兵。

金拳驭电千斤重，玉臂排空一吊轻。

场上婵娟配合巧，阵前教练指挥精。

中华儿女凌云志，誓扫群雄夺冠旌。

赵鲁

赵鲁，1928年生，辽宁省凌海市人。曾任阜新市文化局局长、党委书记、中共阜新市委宣传部副部长。出版有《从文纪事》《赵鲁书法作品集》。

赤 壁

东风偏与周郎便，赤壁遗痕岸上留。
一代英雄成往事，无言江水说风流。

观《国魂》电视系列片有感

苦雨凄风笼世间，抛头洒血换新天。
国人莫忘师前事，道义常行负铁肩。

汪修斌

汪修斌,1930年生,安徽繁昌县人,原彰武县委党校讲师。现为中国楹联学会会员、彰武县诗词学会顾问。

咏杭州西湖八景

苏堤春晓草芬芳，花港观鱼趁早凉。
曲院风荷迎夏日，平湖秋月桂飘香。
三潭印月琴声雅，九里云松鹤影长。
柳浪闻莺桃似笑，断桥残雪润诗肠。

一剪梅·咏蜜蜂

小小虫儿造玉宫，精巧玲珑，艺夺天工。殷勤采粉任西东，万里行踪，万朵花中。　　职责分明最秉公，生殖雌峰，酿蜜工蜂。自甘辛苦不偷慵，奉献光荣，永不争功。

朱宝全

朱宝全，笔名鲁东、焦生，1930 年生，山东昌邑人。大学毕业。阜新高专师范部高级讲师。现为中华诗词学会理事、阜新诗词学会顾问。著有《中华新韵谱》《诗词知识例说》；主编《中华新韵吟萃》和《中华古风新韵》。

读史即兴

阅史翻经鉴古今，神州世代尽风云。
同舟共济抛新怨，分道扬镳忘旧恩。
发愤图强情自密，卧薪尝胆意犹深。
威名一旦垂青册，反目相诛岂越人！

听赵仲牧老师谈著述即兴

謦欬亲聆笑孔丘，吾师寓志著春秋。
豪情荡漾笔犹润，辞藻芳馨墨自流。
瑞雪频经淹碧野，熏风几度裕红楼。
十年面壁书成就，胜似陶朱更放舟。

刘师道

刘师道，笔名思陶，1932年生，湖南攸县人。毕业于阜新矿业学院。曾任阜新海州露天矿高级工程师。中华诗词学会会员。出版有《思陶吟草》诗词集。

过早市摊床

早市摊床嫩绿枝，含娇鲜果露丰姿。
为争上市赢高价，不待圆肥蒂落时。

远出南方打工抒怀

忽报南华传喜讯，飞身一夜落羊城。
新村建筑排空起，漫地商区耀眼明。
汗水淋漓消暮气，金光灿烂照征程。
愿将余热开新宇，重返沙场再练兵。

舒邦炳

舒邦炳,1932年生,湖北武昌人。阜新矿务局高级政工师,中华诗词学会会员、阜新市诗词学会顾问。

阜新经济转型感赋

春风春雨汇春潮,辽沈西陲冷意消。
立项招标催战马,退耕还绿覆沙焦。
重新创业千般景,再忆流年百倍骄。
转轨列车通富路,一机拽直万民腰。

鹧鸪天·彰武大清沟览胜

盛夏清沟暑意消,人间仙境笔难描。鱼翔水面邀游客,雀跃枝头弄管韶。　　音袅袅,浪滔滔。沙滩把酒海天聊。观鱼最是轻舟荡,几点银鸥作路标。

姚志民

姚志民，笔名雪石，1932 年生，辽宁阜新人。原中共阜新市委党校常务副校长、党委书记。中华诗词学会会员、阜新市诗词学会顾问。

游厦门鼓浪屿登日光岩

高岩独立望神州，南国风光眼底收。
鼓浪春深千厦绿，鹭江水阔百帆流。
鳌园埋骨传遗韵，石寨操兵有故楼。
咫尺金门云雾锁，烟波浩渺起乡愁。

威海刘公岛忆甲午之役

甲午风云逾百年，刘公岛上小流连。
辕门肃穆英雄渺，芳草萋迷壮烈眠。
誓守河山歼日寇，怒驱铁舰逐倭船。
将军碧血征夫泪，化作惊涛启后贤。

巨龙湖纪游

夏日偷闲游巨龙，湖光潋滟远山青。
波摇金影肥鱼跃，风送轻舟野鹜惊。
竞钓夺魁钦鹤发，烹鲜把酒话年丰。
兴阑人寂夕阳晚，归去驱车趁月明。

张元科

张元科，字小阳，1932年生，辽宁省阜新人。曾任彰武县文化局副局长。现为中华诗词学会会员、县诗词学会名誉会长。

游千佛山

久闻名胜美，携友谒佛山。

古洞藏崖下，精雕遍壁间。

红枫扬巨臂，宝刹换新颜。

众客惊神语，绝览尚流连。

月下笛·大清沟风光

放眼清沟，粉沙筑坝，可称奇迹。蜿蜒两岸，古藤枯树新绿。穿梭鲫鲤轻舟逐，溅朵朵、浪花细密。看莺歌燕舞，沙滩细软，偎依情侣。　　男女同欢娱，且处处游人，万千红绿。丹青妙笔，难描风物奇丽。沙乡塞北风光异。更竞渡，别番乐趣。快煮酒，烹鲜鱼，四海游人共聚。

姜振卿

姜振卿，1933年生，辽宁建昌人。中学高级教师。从事大中小学教育工作50余年。阜新市诗词学会理事、顾问，著有《响水吟》及其续集。

读杜牧《阿房宫赋》

后人哀痛前人事，却有他人步后尘。
骄佚致倾咎自取，淫奢无度国沉沦。
歌台暖响时难久，舞殿薰风智欲昏。
仁者赏求济世术，何其心慕殿南春！

鹧鸪天·采桑女

月落参横燕雀回，晓莺声断柳丝垂。一溪绿水烟波渺，十里青山淑景晖。　村舍外，桑林隈，携筐玉女采桑归。嫩红无数添佳气，笑语盈盈堆上眉。

潘宝余

潘宝余，1934年生。退休前任阜新市人大常委会副主任，现为阜新市诗词学会名誉会长。中国作家协会会员、中华诗词学会会员。曾出版散文集、诗集等及传记文学《东坡趣话》。

莱茵河上

莱茵河上水清清，两岸村庄静且宁。
乘坐游船观美景，轮番拍照赏珍容。
船舱品酒时光快，城堡忽临远客惊。
穿越欧洲多惬意，他山攻玉寓深情。

吕福臣

吕福臣，1934年生，辽宁义县人。研究员。曾任辽宁工程技术大学党委书记，现为阜新市关工委委员。阜新市诗词学会会员、"七星诗社"副社长。主编有《闲云梦笔》等诗词作品集。

闯王失败感赋

历尽艰难百战多，功亏一篑恸山河。
本为史册含悲事，犹有后人蹈覆辙。
己丑进京说赶考，甲申败退话蹉跎。
欣逢执政栖云日，走访当年西柏坡。

南乡子·辛弃疾颂

南渡是何求？光复中原壮志酬。"九议"、"美芹"皆上策，君侯。酒地花天不点头。　贬黜廿春秋，心系神州百姓愁。豪放雄浑吟正气，悠悠。一代词风万世流。

【注】

《美芹十论》是辛弃疾1165年写给南宋孝宗皇帝的奏疏。九议：是1170年他写给宰相虞允文的上书。两奏章全是关于抗金统一的战策。

胡玉章

胡玉章，笔名何芜，1937 年生，辽宁省黑山县人。原阜新市政协副主席。中华诗词学会会员，阜新市诗词学会名誉会长、《阜新诗词》主编。

卖雪糕者

下岗谋生卖雪糕，天阴客少惹心焦。
欣逢炎日偏停电，冰点融成泪水抛。

崇先寺僧

辽时皓月日光灯，独照崇先小寺僧。
泼墨习书吟古韵，参禅悟道撞晨钟。
三塔居邻云作客，千松作伴鸟应声。
俗人不解其中味，不惑出家必有情。

定风波·忆全国林业劳动模范崔景明

敢向狂涛下战书，不容肆虐毁田庐。率众河边镶翠柳，回首，村民喜看孽龙服。　　戴月披星寒与暑，看护，棵棵苗木掌心珠。岭上碑文千载唱，休忘，崔翁一世建功殊。

王义田

王义田，1937年生，辽宁阜蒙县人。大学文化，高级工程师。中华诗词学会会员、阜新诗词学会理事。

博鳌论坛

琼海博鳌热议浓，椰林菕郁沐春风。
精英演讲惊寰宇，听众掌声飞碧穹。

胡萧握手话双赢

肩担重任海南行，微笑炎黄赤子情。
友善交流蒸互信，真诚合作议双赢。
暌违数载烟云逝，开创未来愿景宏。
面叙箴言祯两岸，干戈化解铸和平。

艾荫范

艾荫范，1937年生，吉林双辽人。辽宁大学中文系毕业。古典文学教授、阜新高等专科学校副校长、阜新市优秀专家、辽宁省有突出贡献专家、享受国务院特殊津贴学者。

端午日想起屈原

椒折兰焚九畹尘，山东冠盖尽朝秦。
成尧败跖无今古，只有先生是醉人。

送林声任副省长赴沈

薄酒襟怀立大荒，三年小试见为邦。
由来黄霸多新政，未许文翁独擅场。
无虑山中春草绿，新华路上柳荫长。
清风澹荡归辽海，惆怅寒儒老异乡。

病中奉酬廖市长见过

陌巷难容长者车，使君清问意云何。
肠迴懒下益年药，病久强为伏枥歌。
旧腊残时积雪少，薄阳没处远山多。
楼台冷落人归后，犹自因风想玉珂。

陪辽沈诗界诸老游千山

三十三年我再来，松窗萝幌费猜猜。

衫青半是征尘染，鬓短全由去日催。

僧买秋阳趋远寺，山移塔影下寒苔。

刘郎久在桃源外，不记仙桃几度开。

陪省内诗界诸公游大清沟，沟跨内蒙古、辽宁两省区境

蔡女思乡泪，贤王饮马泉。

甘酸容一水，寒暑越千年。

鱼偎沙堤影，莺翻柳浪烟。

蒙茵牵汉囿，酣笑众宾前。

参加兴城夏令营疗养

寒鞴日昃冻云低，每梦山城意转迷。

鸦阵盘空官树老，柴车扶路野烟稀。

初惊荒岛成仙市，更起琼楼指玉霓。

菊女鬓年怜独处，凭传鱼鸟海东西。

刘 静

刘静，女，1937年生，毕业于辽宁大学中文系。曾在阜新日报社、阜新市文化局供职，历任记者、编辑、编剧、主任，国家二级编剧。阜新市诗词学会顾问，《阜新诗词》编辑。

毛岭沟即景二首

（一）

欣来毛岭沟，草碧气青幽。
偶见清泉涌，时观嫩草柔。
羊群栖谷底，树杪荡歌喉。
牧女溪边坐，娇容映水流。

（二）

老干接天碧，新枝透日红。
馨风迷涧谷，重雾锁磐龙。
野兔惊山雉，岩花映草丛。
何来仙境美，封护建奇功。

刘贵发

刘贵发，字华山，号汀江居士，1938 年生，福建武平人。辽宁工程技术大学副教授，曾任化学教研室主任。中华诗词学会会员。

故居感怀

故居百感人难忘，历代沧桑土木房。
院北清泉消暑夏，庭南古树纳阴凉。
功名事业故园梦，兄弟尘劳家运昌。
静夜泉声吟小调，月光高照旧檐廊。

鹧鸪天·游杭州西湖

秀丽湖山入画中，念兹妙景感灵空。春光近案蓬莱岛，雨霁欣游西子宫。　　坛影暗，火云红。远传灵隐几声钟。长堤水榭青烟里，一路笙歌醉晚风。

韩守信

韩守信，1938 年生，辽宁康平人。主任编辑，曾任中共阜新市委宣传部副部长、市广播电视局局长。现为阜新市诗词学会顾问、市老年人大学"七星诗社"社长。主编《不老新韵》等作品集。

擀　面

山村岑寂晚风轻，夜半传来擀面声。
瓶杖碾成金桂月，铜箩筛落满天星。
秋虫伴唱歌千曲，爱犬相随到五更。
席上盘中迎客饼，谁知烙进几多情！

踏莎行·圣火抵京

三月飞花，京华升瑞，神州处处春光媚。喜迎圣火抵京城，人民十亿心潮沸。　　满地毡红，举城柳翠，古都广场迎新贵。胡公擎炬向长天，祥云朵朵人间坠。

麻殿海

麻殿海，1938 年生，辽宁阜新市人。退休前曾任于寺中学校长。现为中华诗词学会、阜新市诗词学会会员，佑安诗社顾问。有诗词专著《牛水扬波》。

一剪梅·义务教育免学费

几亩薄田种豆瓜，吃也依它，花也依它。小娃缴费喊妈妈，先借东家，又借西家。　　免费一朝喜讯发，乐了娃娃，乐了妈妈！门前喜鹊叫喳喳，鹅也嘎嘎，鸭也嘎嘎。

鹧鸪天·合作医疗进山村

骤雨狂风碎画楼，西风瑟瑟夜凋秋。山中瘦草哀哀叹，杏苑奇葩耿耿忧。　　云淡淡，水悠悠，医疗保障进山沟。熏风细雨芙蓉放，病树枝头嫩叶抽。

毕寿延

毕寿延，1938 年生，辽宁阜新人。1957 年毕业于承德师范学校。原在阜蒙县于寺中学任教。阜新市诗词学会会员。

和谐歌

紫燕双飞雨润身，黄莺群舞柳拂人。
鸳鸯戏水青莲立，喜鹊唱枝远客临。
同祖常思子孙近，一心总系弟兄亲。
更观山海和谐美，日月辉煌照万民。

白国文

白国文，1938年生，辽宁彰武人。原阜新市农机局局长、党委书记。中华诗词学会会员、阜新市诗词学会顾问，著有《吟苑留痕》诗集。

七十初度

负重耕耘四十年，而今退岗自悠然。
不悲镜里容颜老，且喜怀中酒味绵。
既往名山观胜景，亦听吟友咏佳篇。
古稀幸有身康健，好趁余辉绘大千。

阜新市诗词学会成立二十年感赋

群贤结社不寻常，咏遍城乡诗万行。
斗室编修催冷月，走廊研讨送斜阳。
寄怀勤勉求精品，不教骄矜废锦章。
且喜今声歌古韵，清音悦耳寓情长。

潘洪顺

潘洪顺，1939 年生，辽宁北票人。曾任解放军副团长、中共辽宁工程技术大学委员会处级组织员。现任学校关工委委员。中华诗词学会会员。著有诗词曲集《洪顺足音》《扬鞭曲》《枫林一叶》等。

练兵曲

行军命令颁，铁骑日三千。
暗夜江河渡，白天峻岭攀。
晨炊荒漠里，晚憩水塘边。
清饮汤中月，风沙伴夜餐。

水调歌头·守岛人

远去故乡水，守岛四春秋。涛声日夜依旧，白浪打轻舟。天上白云洁秀，地下微风拂柳，海岸落沙鸥。紫燕腾空起，花果满枝头。　　风平静，渔帆动，唱丰收。水师战舰浩荡，华夏震遐洲。手握钢枪警戒，观测凌空天界，唯我最风流。孤岛一兵在，寸土不能丢。

毕振东

毕振东，1939年生，山东蓬莱人。原任阜新海州矿多种经营总公司副总经理兼总经济师，现为中华诗词学会会员、阜新市诗词学会理事，著有《悦心斋诗词集》。

大清沟

君乘画舫游，把盏碧溪沟。
鱼跃银波底，云浮翠岭头。
森林猿早去，大漠草长留。
一镜观天象，千竿钓莫愁。

武侯祠

惠冢参天柏，军师洒泪栽。
漳河凄厉草，铜雀陨亡台。
奸相谋皇位，贤臣辅汉材。
托孤扶少主，星落使人哀。

夜临黄鹤楼

潋滟银波月下排，披星戴月故人来。
洲头不见萋萋草，楼畔犹存历历台。
天堑飞虹鸾展翅，雄川驶舸浪敲垓。
峡峰坝立千秋业，万里长江梦境开。

车福厚

车福厚，1940 年生，辽宁北镇人。原阜新市建设局党委副书记。市诗词学会会员、市老年大学"七星诗社"副社长。出版有个人诗集。

学　画

始临国画在金秋，求教涂鸦夙愿酬。
笔墨传情难溢表，毛萱写意费思谋。
梅兰洒洒君风展，竹菊幽幽浩气留。
课上斋堂攻美艺，忘餐废寝乐心头。

采桑子·秋之韵

南翔大雁无踪影，枫叶红橙，稻谷丰盈，阵阵飘香果味生。　　抢收抢种争分秒，早不消停，晚不消停，打谷场前月照明。

尹君竹

尹君竹，女，1940年生，岫岩县人。中师毕业。小学高级教师。曾任贵州省六盘水市老鹰山矿小学校长，退休后回阜定居。阜新市诗词学会会员、阜新市"七星诗社"副社长兼秘书长。

沁园春·纪念阜新解放六十周年

驱散硝烟，气爽天蓝，山悦河欢。喜脱离苦海，翻身解放，扬眉吐气，万众开颜。百业待兴，废墟重建，干劲鼓足紧握拳。流血汗，创世间奇迹，快马加鞭。　　时空弹指挥间，曾灿烂辉煌五秩年。又重逢挑战，资源将尽，转型经济，风雨一肩。自主创新，建功立业，把握科学发展观。树壮志看玉龙人奋起，敢问明天。

张桂廷

张桂廷（1941—2006），辽宁阜蒙县人。生前曾任镇人大主席。中华诗词学会会员、阜新市诗词学会会员，阜蒙县于寺镇佑安诗社原社长兼《佑安风韵》主编，著有诗词集《昌山毓秀》。

纪念阜新市诗词学会成立十五年二首

诗乡画卷

闾山柳水绕诗魂，声誉中华原始村。
煤海星河流古韵，松涛麦浪涌清音。
千尊佛面迎朝露，万树梨花报早春。
吟苑耕耘十五载，一轴长卷画图新。

煤城清韵

耶律完颜戎马功，玉龙故里史遗踪。
古垣辽塔雄风劲，宝刹灵禅梵韵浓。
诗漫煤城十五载，花开绿野万千重。
骚坛大雅阜彰地，碧血丹心吟帜红。

于 洲

于洲，1942年生，辽宁阜新人。高级讲师，阜新市老年大学"七星诗社"顾问。从事中教、高教30余年，多有论文发表。

贺免农业税

民心大快庆新纲，众意诚欢废旧章。
百代陈规曾灭迹，千年古律已脱装。
农家丰稔歌千里，业户深情喜四方。
免税佳音腾瀚海，安邦妙策卷长江。

许东航

许东航，字寂吟，号乐天斋主。1943 年生，辽宁康平人。中共彰武县委党校高级讲师、中山文学院客座教授。现为中国楹联学会会员，中华对联、中华诗词艺术研究院研究员。

海瑞感赋

他山看过此山奇，世仰刚峰总不移。
民本三章仁作序，公心一念德为基。
劳妻织布贫须叹，葬母无银洁可师。
大道悠悠欣抱朴，千秋日月伴君祠。

池上楼吊古

一从积谷起名楼，累代游人访未休。
池草生辉无二致，仙翁驾鹤历千秋。
传神笔墨诗怀健，有幸山川韵味稠。
皓月当空茶作酒，凭栏共酹仰风流。

茗阳楼感赋

信阳杰阁豁凝眸，气满乾坤韵满楼。
陆海商周申息国，风云楚豫帝王州。
天襄大别书新史，地借高怀展壮猷。
古圣今贤难尽数，山川水墨望中收。

潘志旻

潘志旻，1944 年生，黑龙江双城市人。中国人民大学毕业。原阜新市人大常委会副主任。阜新市诗词学会会长。

过易县

壮士赴秦斯地行，至今易水有铮声。

英雄不论成和败，豪气一腔万古情。

自　嘲

不羡神仙恋世尘，营巢无计一愚人。

三餐有菜弥陀念，秋士拥书不算贫。

史庆文

史庆文，1944年生，辽宁省阜蒙县人。退休前为阜蒙县高级中学语文教师。阜新市诗词学会会员，著有《无名集》，合著诗词集《三友集》。

伤李白

天降奇人落蜀山，目空俗世号谪仙。
举怀邀月花间酒，循梦追踪天姥山。
笔力雄豪才八斗，墨香飘逸赋千篇。
情知不是笼中物，何故宫廷困数年？

六十岁生日有作

弹指人生六十春，身边儿女长成人。
回眸以往心潮涌，返顾镜中白发新。
执教一生唯碌碌，藏书千卷略欣欣。
而今日后无他事，漫把诗文对酒樽。

孙洪文

孙洪文、笔名一鸿，1946 年生，辽宁彰武县人。辽宁大学中文系（函授）毕业，曾任市委宣传部副部长，市轻工总会党委书记、会长等职。中华诗词学会会员、阜新市诗词学会副会长。

小山村

满村青翠晚风清，欢乐小溪蛙鼓鸣。
闲卧老牛黄犬戏，双飞紫燕绕门庭。

庐山遇雨

雷鸣电闪雨挟风，拔地莽然骨愈铮。
山震谷应神鬼泣，犹闻彭总鼓呼声。

懿州怀古

绕阳河畔草青青，古镇悠悠百代风。
塔耸蓝天栖燕雀，城颓黑土卧虬龙。
弯弓跨马军威壮，射虎擒熊胆气生。
树下老翁聊太后，津津有味品香茗。

白浩波

白浩波，蒙古族，1947年生，辽宁阜蒙县人。曾任阜新市教育局党委副书记、副局长。现任辽宁省人民政府督学。中华诗词学会会员、阜新市诗词学会副会长兼秘书长。主编出版《阜新市民族教育志》。

"海协""海基"两会签订"三通"协议

寒冬蕴春颜，莫笑百花残。百川归大海，正道在人间。国宝戏台北，名鹿驰华园。两会再牵手，三通万民欢。先哲闻此讯，洒泪舞翩跹。蓦然惊回首，心酸泪更咸。峡隔六十载，月圆人未圆。　　慈母盼儿归，泪枯化作仙。咫尺天涯路，总比登天难。本是同根生，缘何其豆煎？告诫后来者，此径切勿沿。少许台独者，玩火必自燃。阿里系五岳，西子映碧潭。心通莲双子，华夏日中天。

咏黄山

云海雾涛托险峰，山峦娇奕映霞红。
生花梦笔丹青手，吐翠悬岩迎客松。
春夏秋冬呈幻境，石溪寺谷旅仙踪。
今朝醉赏画中韵，心驭凤鸾遨九重。

八声甘州·百年圆梦

贺鸟巢圣火映苍穹，掌声若雷鸣。看神州队列，龙腾虎跃，气贯长虹。友谊、和谐、进步，奥运沐春风。翼熠五环彩，四海升平。　　禹域群山曼舞，两河琴弦弄，鹤咏诗情。恰行云流水，竞技烁明星。天地惊、箫心剑气，起长风、浑似展鲲鹏。凝眸处，祥云凤翥，圆梦燕京。

罗瑞洲

罗瑞洲，笔名从容，1950 年生，辽宁阜新市人。1970
年参加工作，曾任阜新市细河区委宣传部副部长、区文化局
长。中华诗词学会会员、阜新市诗词学会副会长、《阜新诗词》
副主编。

戈 壁

总有新风荡旧尘，胡杨沐雨吐芳春。
楼兰遗迹沉沙底，千古沧桑大漠魂。

感 怀

三春桃李因时绿，绝代风华雨露滋。
新语多为当世得，大贤自有后人知。
轮台走马岑参句，玉垒浮云子美诗。
踏遍青山聊作赋，风流儒雅是吾师。

颜昭莲

颜昭莲，女，1951年生，辽宁省阜新市人。退休前任辽宁省彰武县大德乡人大主席，党委副书记。中华诗词学会会员、中华诗词论坛执行坛主兼女子诗文版首席版主、彰武县诗词学会副秘书长。

秋 荷

美人收伞梦横塘，怅对清波叹月光。
蛙鼓方敲舟上乐，暗声便泣岸边霜。
枯枝听雨雨添怨，玉籽摇风风更凉。
且扫心尘藏净藕，逢时再送小荷香。

踏莎行·秋思

雁唳长天，霜欺北地，一窗冷雨凄凉意。花容惨淡有谁怜，心笺零落无从寄。　　百结愁肠，千徊眷绪，都随秋水东流去。兰舟一梦醒来迟，黄花诗酒余生趣。

单国儒

单国儒,1954年生,辽宁彰武县人。现任县总工会副主席。县诗词学会副会长、阜新市诗词学会会员、中华诗词学会会员。著有《柳水吟》诗集。

虎塘沟秀色

清荣峻茂绿参差,美景虎塘旷世奇。
九曲垂帘天界外,疑为西母泻瑶池。

赏青山飞瀑

朝笼轻纱午罩虹,青山瀑展玉屏风。
声闻遐迩惊天外,素湍清潭荡壑中。

冷建军

冷建军，1954年生，辽宁彰武县人。现任彰武县人民法院副院长，高级法官，县文联副主席，诗词学会副会长。

官　宴

特设佳肴列百司，举杯投箸吏饕时。
无辜红鲤逢刀俎，有幸黑豚飨泔汁。
酒气入风风易味，残羹沥水水污池。
黎民不怨桑枝少，唯盼吞虫能吐丝。

南乡子·登万亩松林瞭望塔

送目倚危楼，眼底无垠翡翠绸，四海宾朋争到此，凝眸，贪赏大漠变绿洲。　　荒漠化林畴，匝地浓荫染白头，百鸟枝间宛啭戏，啁啾，树木树人唱不休。

王东升

王东升，1954 年生，辽宁省彰武县人。现任彰武县教育局党委书记兼纪委书记、县文联副主席、县诗词学会副会长、教育分会会长。著有诗集《心之声》。

玄俊才先生《书法作品集》问世

才俊无言亦树声，临池不怠集欣成。
疾徐蕴势龙蛇走，浓淡相宜虎豹惊。
纸上风云随梦舞，砚中沟壑顺心行。
添珠艺海留芳远，幸结书缘醉一程。

那木斯莱观荷小记

寻芳塞外叹天工，意切神驰辗转中。
翠盖田田承玉露，娇蕖脉脉醉薰风。
竹篙慢点清波荡，牧笛横吹薄雾萦。
白鹭逐帆添雅趣，舷边争戏一枝红。

齐艳清

齐艳清，女，1955 年生，河北抚宁人，原任阜新长客有限责任公司计统科科长。阜新市诗词学会会员。

秋 乡

极目苍山远，穷原牧草绒。
荷塘鸭戏水，堤畔柳啼莺。
黍米扬金穗，高粱顶紫笼。
晴空归雁叫，侬在画中行。

蜜 月

儿钦父辈守边关，千里姻缘一线牵。
雨打巴山茶更翠，风吹细水柳如烟。
轩窗明月筝歌婉，美味佳肴蜜语绵。
挥泪惜别情不舍，魂飞哨所盼君还。

包建国

包建国，1955 年生，辽宁省彰武县人。现任县动监局党委书记、彰武县文联副主席。中华诗词学会会员、阜新市诗词学会理事、彰武诗词学会会长、《彰武诗词》主编。

秋游三门峡

情迷峻岭中，人醉赖秋浓。
霜染枫调画，霞披水泛红。
云中寻鹤影，脚下醉猿声。
千尺悬绝壁，巍然傲劲松。

县诗词学会第三次代表大会召开

盛世昌明醉八方，吟坛盛会帜高扬。
掬来雪韵添诗韵，借得梅香染梦香。
喜聚群贤商大计，笑挥麟笔绘华章。
春风又绿彰城柳，再挂云帆破浪航。

江城子·大清沟

兴游佳境步悠闲，树连绵，溪弯弯，瀚海清沟，绿水泛白帆。大漠野花香万点，马飞处，细沙翻。　黄昏篝火牧歌欢，醉猜拳，舞翩翩，明月当空，狂饮欲成仙。烧烤全羊醇酒下，草原夜，梦香甜。

齐　放

　　齐放，笔名方文，蒙古族，1956年生，辽宁阜蒙县人。国家二级作家。现任中共阜蒙县委宣传部副部长、《蒙古贞日报》社社长。中华诗词学会会员、辽宁省作家协会会员、阜蒙县作家协会名誉主席。近年出版《汤头河》《大地回声》等作品十余部。

清平乐·春华

　　冬归春到，百鸟庭前绕。满目青山花草俏，道道溪流镜照。　　凭栏远眺思遥，乡情充溢心潮。芬芳美景永驻，还须把笔轻描！

采桑子·夏曲

　　青青碧草蓝蓝水，蝶舞蝉鸣。柳绿花红，雨后飞虹爱晚亭。　　文明史迹八千载，人杰地灵。思绪疾行，难抑平生恋土情！

玉蝴蝶·秋光

秋霜才落枫红，田野色色香浓。果粟贯西东，山河处处融。　　耕耘勤洒汗，看大地新容。乡恋储胸中，小康心愿同。

鹧鸪天·冬韵

雪落山乡玉塑然，冰清柏绿画中还。群峰银镀苍穹浩，万户炊烟不畏寒。　　星点点，月圆圆，佳肴涌进满桌盘。常将感念怀中放，效力家园盼日繁。

詹学平

詹学平，满族，1963年生，辽宁省彰武县人。大学文化。现任县农业局副局长、彰武县诗词学会秘书长。著有诗集《桃源伴月》。

村　晓

枝头小鸟报春晨，雾笼篱笆景色新。
梦醒耕牛拴不住，金鸡唱晓更催人。

西江月·彰武春色

昔日黄沙扑地，今朝碧浪接天。荒丘漫岗变桑田，马跃人欢一片。　　杏粉梨白蘸雪，桃红柳绿含烟。牧童哼曲脆扬鞭，春漾村姑春面。

张志强

张志强，1963 年生，辽宁彰武县人。在中国石油彰武营业部工作至今。彰武县诗词学会副秘书长。

咏巨龙湖

田野山光映水光，诗情画意两芬芳。
接天几叶云帆远，拍岸千重雪浪香。
引去清流滋沃土，汇来浊雨做珍藏。
诱人最是湖心岛，柳绿花红酒旗扬。

咏玛瑙石

或在山峦或在川，千秋风雨孕斑斓。
貌凡曾惹庸夫笑，质朴终逢识者怜。
因像成形师造化，随图得意法天然。
几多绝品留人世，足令将来叹大观。

顾鹏程

顾鹏程，蒙古族，1964 年生，辽宁阜蒙县人。1988 年毕业于铁岭农业机械化学校。现就职于阜蒙县农机监理所。阜蒙县诗词学会常务理事，出版诗集有《绕阳河》。

诉衷情·嫦娥曲

嫦娥独守月宫寒，寂寞影孤单。空怜玉兔相伴，身瘦桂花残。　　心不已，泪先干，夜阑珊。此生长恨，人在清秋，梦里何欢。

长相思·炊烟

别依依，散依依，淡苦浓甜旧梦稀。今朝乳燕飞。　　昨芳菲，又芳菲，黛绿嫣红叶正肥。炊烟唤子归。

王子江

王子江，号界翁，1967 年生，辽宁省阜蒙县人。1984年入伍，预算会计师，中华诗词学会会员、《中华诗词》编委，著有诗词集《牧边歌》。

哨所吟

军营寂寂月开门，寒岭空空落雪吟。
想我界碑直立处，边山万座水晶心。

如梦令·巡逻

欲写雄关春赋，去猎界花边树。日暮返营急，误入丛林深处。无路，无路，惊起只只山兔。

点绛唇·归雁

雁起归心，纷纷赶写黄昏赋。一条云路，边望边飞舞。　　哨所凭栏，已自听清楚：寒冬苦，雪山无数，寂寞无人诉。

山亭月

松花江上见卿卿，透身明，且含情。淡云轻扯，
斜倚半山亭。唤取登舟同向远，巡水界，逮春声。

王 忠

王忠，1968年生，辽宁省阜蒙县人。现就职于阜新蒙古族自治县教师进修学校，中学高级教师。出版有长篇小说《冰动》和诗文集《过瘾集》。

长空遨游辞

抟扶摇而上兮，九万里长空。可揽月而摘星兮，宇宙纵横。慰万户之遗愿兮，遨游穹隆。虽昼夜之未满兮，成十四周之环行。瞬息万里之神速兮，可追电曳风。庄周扼腕而叹兮，鲲鹏愧其弗能。姮娥解颐而欢兮，吴刚捧桂酒以迎。展二旗于穹宇兮，祈世界之和平；观家园之益美兮，蓝绿饰以白云。利伟之无畏可佩兮，兼诸君之志宏。逝事诚可追忆兮，将来更可期成。后人尚须竭力兮，偿华夏之复兴，居万国之潮头兮，笑看东西之飙风！

王　鹰

　　王鹰，1969 年生。现在辽宁彰武县两家子乡中学任教，从教以来，一直致力于诗词进校园、进课堂的探索。著有诗集《江山有待》。

答诗友

　　灵鹊声声闹晓窗，音书句句解晨凉。
　　难求天籁清尘耳，却得仙姝赠病床。
　　梦破闲愁凭纸短，柳牵幽怨任情长。
　　天涯古道秋风紧，白雪青山衣月裳。

刘青琳

刘青琳，1973 年生，辽宁建平人，毕业于北京师范大学。辽宁省作家协会会员、阜新市诗词学会会员。著有文学作品集《心上人家》。现供职于中共阜新市委办公室。

戚氏·中华第一村赋

阜新查海遗址，为东北地区惊现最早之新石器时代遗址，是红山文化发源地，距今 7600 年。中华文明史由此向前推进近 3000 年。出土有"世界第一玉""华夏第一龙"，故有"中华第一村"之誉。已故著名考古学家苏秉琦先生欣然命笔曰："玉龙故乡，文明发端。"

落关畿，游牧荒野恨天低，琢玉生陶，晚篝摇梦九歌吹。来兮，石龙飞，凌霄俊舞望乡归。丛岗叠岭深处，捉彘围鹿掠云衣。火种相继，文瓯一体，古风还绕村溪。叹千年故地，活水不绝，泽被辽西。　　朝野几度轮回，同一庙祖，代代塑传奇。炎黄老，子孙术业。屡创鸿基。到今时，约会织女，佳期可望，奔月升炊。雪肥北漠，竹秀南疆，行处尽是芳菲。　　更记先民苦，茹毛饮血，岁岁相依。最恨西洋盗匪，让山河破败怨声悲。悲声唤醒雄狮，扑狼入口，群丑如烟碎。好运开、百废重生际，又变法、枝放新梅。万事兴、古郡流霓，去千里、入画沐朝晖。小城春好，忙于突破，舍我其谁！

沁园春·记"突破阜新"战略

　　煤电之城，几十春秋，独秀北疆。念乌金滚滚，辽西增色，光波潋潋，关外流长。可叹资源，索求已尽，发展迟迟愁断肠。新猷改，正转型试点，突破匆忙。　　图强意志昂扬，看热火朝天奔小康。有高端项目，蜚声内外，集群产业，遍迹城乡。更重民生，和谐共建，万里河山浴暖阳。春回处，恰振兴之日，天下无双。

张春智

张春智，笔名倚窗听雨，女，1977年生于彰武县。彰武县九年制学校教师。中华诗词学会会员、彰武县诗词学会理事。有部分诗词作品在《吟苑繁英》《阜新诗词》等书刊发表。

高阳台·咏大清沟

大漠奇沟，粉沙固坝，一泓碧水天成。烟柳拂堤，飞来燕语莺声。山花星缀浓茵秀，惹蜂蝶、会聚芳丛。极目处，美景堪怜，气爽神清。　　轻舟短棹寻源去，傍鸥飞鱼跃，玉碎珠明。翡翠牵衣，陶然心若飘虹。清波两岸沙峰舞，赏不赢、怪状奇形。境如斯，红日西斜，忘了归程。

齐欣竹

齐欣竹，笔名若阳，女，蒙古族，1984年生，辽宁省阜新市人。中华诗词学会会员、辽宁作家协会会员、国家二级作家。

忆江南·观海

青浪涌，静日赏涛声。海燕搏击风雨烈，群帆竞渡踏征程，远处有航灯。

张 帆

女，1969年生于阜新市。讲师。辽宁省诗词学会理事。有散文集《记忆的幽香》问世。

问 竹

临风玉树意阑珊，自古诗魂为哪般？
窃去冬梅一抹冷，赢来垂柳万堆烟。
清姿芊芊凭风雨，瘦影盈盈傲逝川。
郑燮挥毫泼墨处，修身飒飒岂须言？

一剪梅·秋

翠减红消落叶翩。泉咽危石，秋冷群山。飞鸿振翅远晴川，纵再相逢，已是隔年。　　最怕更深雨打栏。心上点点，荷上斑斑。笛清更著怨重重，泪也涟裳，雨也绵绵。

郎中浚

郎中竣，笔名重迪，安徽庐江人，1914 年生。辽阳市诗词学会、楹联学会会员。退休前曾在新疆维吾尔自治区手工业管理局供职。

忆画家吴作人

（一）

十年浩劫人间痛，一代宗师笔底狂。
为有百花齐放日，任题名画绕千行。

（二）

一去玉门辽海客，每从南斗望京华。
何当共话祁连雪，再写新生愿可赊。

寄怀摄影大师郎静山

（一）

共谁远陟看三峡，迟我相逢话一家。
四十年来君仍健，天涯海角任浮槎。

（二）

曾是烽烟遍九州，关心国运话金瓯。
嘉陵一角风帆过，妙手得之新艺舟。

（三）

名幅相投感不支，心泉源出泻于诗，
林园醉我黄藤酒，记否巴山夜话时？

（四）

惊心往事梦耶非？故国神游万里违。
芳草年年依旧绿，王孙华发可忘归？

晏良梓

晏良梓，字木辛，1925 年生，湖南祁阳人。辽阳市诗词学会理事、楹联学会理事。辽阳市师范学校美术高级讲师。

题田园小景

廿年弃置梦中赊，陆甲村头学种瓜。
小憩幽窗看纬络，秋风暮雨对黄花。

赠同乡枇杷条幅

寄迹辽东劫后身，未期欣叙故园心。
乡情共忆潇湘月，漫写枇杷一树金。

陈库云

陈库云，1927年生，辽宁灯塔县人。曾任灯塔县农业中学教师。

太子河畔柳

鹤野城东衍水西，绿荫十里笼长堤。
游人咸集斜阳醉，满眼风光柳色萋。

邹向前

邹向前，笔名向前，1930年生，辽宁灯塔县人。曾任中共辽阳市委党校教研室主任。

忆江南·游汤河

汤河好，最好乘游船。万顷碧波天际渺，清风一阵透心田。乐在水云间。　　汤河好，最好游龙山。跃过龙门登妙境，悬崖攀上立峰巅。放眼地天宽。

苏福林

苏福林，1932 年生，辽宁灯塔县人。辽阳市楹联学会副主席、辽阳市诗词学会理事。曾任市教育局副局长。

船过巫峡留别神女峰

烟笼神女益生姿，暮雨朝云惹梦思。
行尽巫山峰十二，几番回首望多时。

姜星耀

姜星耀，笔名明炫，1932 年生，辽宁瓦房店市人。辽阳市诗词学会理事，曾为中共辽阳市委讲师团副团长。

登复州明通门

百年城郭剩残墩，欲问前朝无处寻。
阵阵秋蝉鸣晚照，遥看古塔意深沉。

吕景海

吕景海，笔名吕音，1936 年生，辽宁辽阳人。曾为辽阳师专教师。

粉碎"四人帮"日

廿载攻书苦探寻，十年辍教断歌吟。
愧无硕果酬明世，幸有余年夺秒阴。

高天佑

高天佑，笔名翠微，1939 年生，辽宁辽阳县人。辽阳市小屯镇"天明书店"经理。

稻色青青

雨过天晴水满溪，察田户外路村西。
奈何桃李花辞去，唯见青青稻色齐。

林正义

林正义，1942年生，辽宁辽阳人。曾在辽大中文系任教，后从戎多载。中国作家协会辽宁分会理事，辽阳市作协主席，市诗词学会、楹联协会副主席，市文联副主席。国家一级作家。著有纪实小说《命运之神》、中短篇小说集《A市新闻》、诗词集《沧海拾贝》等。

为省诗词学会成立而作

诗歌发展看新潮，传统精华未可抛。
不是偏执爱旧体，文坛百卉各风骚。

故乡吟

襄平衍水几沧桑，塔影悠悠岁月长。
正是中华强盛日，宏图一片起辽阳。

咏竹赠友人

深根厚土涵朝气，冬雪春暄笋又萌。
大地寒温舒劲节，小园风雨作新声。
翠竿百尺尖犹上，绿叶千重枝未横。
艰苦成材随采用，粉身碎骨为人生。

抒 杯

松花黄浦又长江，九载波涛向海洋。
灵隐风波何寂寞，井冈云雾岂彷徨。
春申新苑梅初放，玄武环湖柳未黄。
千里烟波眼里汇，军营晨号正高昂。

黄浦公园感怀

五年重踏浦江头，浪里千帆竞上游。
遥望海空霞已散，细看江柳叶新抽。
池旁古栢荫犹重，圃内新松色渐稠。
毕竟春风重浩荡，新枝挺翠老枝虬。

定风波·军营假日

漫踏春光出柳营，繁花似锦绿荫浓。忙里无暇看佳卉，遥望，满怀诗兴付长空。　"三十功名尘与土"，何憾？千山万水寄豪情。莫谓青春年再少，怎比？一春芍药百年松。

临江仙·赠友人

　　远隔重洋千叠浪，天涯万里相逢。廿年风雨育红樱。丹心生伟愿，壮志结豪情。　　故里蒿莱遮望眼，当年斩棘披荆。中华旭日正融融。欲烧千里火，这里有东风。

王一民

王一民，1942 年生，曾任庆阳化工厂医院检验科主任。

浪淘沙·春晓

细雨晚潇潇，垂柳轻摇，春风昨夜渡溪桥。布谷声声催晓梦，已是新朝。　　窗外杏含娇，日映花梢，呢喃归燕垒新巢。蝴蝶飘飞犹带醉，四野逍遥。

马 振

马振，1950年生，辽宁辽阳人。辽阳诗词学会会员。曾在辽阳石化总公司新华书店任职。

咏化纤城文化宫

宫门长供斗城开，八面人潮滚滚来。
赏艺观书皆乐事，戴花更慕上高台。

儿童乐园

乐园欢畅属儿童，不拒婆婆不拒翁。
你坐飞机他看景，人间天上乐相同。

辽阳白塔

掮云荷日俯辽东，四代烟消尔独雄。
曾觑郊原惊鼓角，只今八面对梧桐。

书房文竹

书房岂止作佳邻，独立成章格调新。
竹样天姿纤见雅，松形傲骨小而真。
繁枝挂雾层层起，翠干出泥节节伸。
漫道名园红紫贵，案头不老一篷春。

荷塘恋晓

陂塘滞满碍涟漪，何事凝眸不肯离？
莲叶净由承晓露，荷花娇可嫁晨曦。
池台静谧听蛙咏，草木氤氲看鸟移。
岁岁丹青亭下客，凭栏惟恐负佳期。

李 涛

李涛，1963 年生，辽阳市人民广播电台记者。辽阳市作家协会会员、辽阳市诗词学会会员。

初秋偶成

声声蟋蟀透窗纱，薄暮风凉细雨斜。
应酿琼浆千万斛，重阳好去就菊花。

冬夜候人不至

半轮明月一杯茶，独坐寒窗剪烛花。
残叶风旋冬夜静，万千诗绪向天涯。

李　伟

李伟，1966年生，辽阳人．辽宁青年诗词社常务理事／辽阳电视台记者。

工作有感

不辞身苦与心劳，穿石但求格调高。
莫与清风谈晚月，春江旧事梦中遥。

眺望首山

首山远眺夕阳斜，四野炊烟来万家。
大地铺金增瑞气，群山染紫化烟霞。
霜林一带隔兰水，雾岭三朝点菊花。
若得桃源常宿处，秋风不计过天涯。

徐志胜

徐志胜，曾在辽阳市弓长岭区政府工作。辽阳市诗词学会会员。

清　晨

风轻露重雾朦胧，缕缕炊烟系碧空。
啼叫雄鸡筲简响，云中游动放牛翁。

暮　归

彩云朵朵映天红，携子荷锄罢晚工。
泥土幽香逐逝水，一轮红日跳溪中。

静　夜

舍幽山静夜悄悄，院内无灯柳漫摇。
风寂虫吟花自落，溪流碎月卧石桥。

尹玉萍

尹玉萍,女,1952 年生。中华诗词学会、辽宁省诗词学会、辽阳市诗词学会会员。辽化重阳诗社理事/《菊风》编辑。

晓雪催春

梨花破晓漫天开,一缕清风排闷来。
幽梦期期拙手绣,寒云寂寂细心裁。
桃枝孕蕾听春曲,米酒盈杯醉草斋。
莫道冰魂馨味浅,暗香袭入玉人怀。

易安咏

国破家亡事未休,孤帆远影也风流。
一斛佳句盛凄婉,三瘦奇思写怅惆。
帘卷西风听漱玉,月凝寒露赏菊秋。
征鸿过尽书难寄,无耐平添几许愁。

初秋夜吟

独守方窗睡意收,忽闻蝉噪暗惊秋。
捧抒私语随风送,剪片闲云伴水流。
绿绮七弦弄别恨,红枫一叶慰离愁。
痴心化作三更月,万里如斯韵未休。

徐万仁

徐徐万仁，1929 年生，辽宁省辽中县人。原任辽阳市宏伟区教育局党委书记。高级政工师，辽宁省诗词学会、中华诗词学会会员。辽阳市宏伟区诗词楹联协会顾问、重阳诗社社长。著有诗词曲作品选集《寸草吟风》。

咏落叶

露重霜寒秋已深，忍别枝梗落埃尘。
陪红伴翠几人赏，蕴秀藏珍群鸟吟。
遮罢荫凉凝碧血，经历风雨铸金魂。
殷勤笑语收拾去，化作春泥更护根。

贺我国加入世贸成功

舌剑唇枪十五秋，英雄白了少年头。
举樽常对阿瞒计，按袖多藏诸葛谋。
入世几经泥泞路，出洋自有顺风舟。
神龙乘雾腾飞日，但看全球战已休。

杨靖宇将军殉国地

豪气凌云辞故乡，关河万里赴国殇。
请缨提旅驱倭寇，亮剑挥戈斩虎狼。
仰望忠魂雕伟岸，深躬悲泪献芬芳。
天将烈士一腔血，化作青山绿水长。

郑德忱

郑德忱，1948 年生。曾任宏伟区文化局局长、区委调研员等职。辽宁作协会员、散文学会理事，区作协主席、诗词楹联协会主席。

扬州慢·同学聚会感怀

四秩匆匆，尘缘苦短，而今华发丛生。忆同窗往事，尚历历心中。文革乱，天南地北，知谁命运，音讯难通。更听凭，雨凄风冷，花木凋零。　师恩浩远，谢天时，指引前程。授文化知识，为人道理，永驻心中。倘若时光回溯，三年五，再振雄风。望年年相会，不虚后半人生。

徐英琏

徐英琏，男，汉族，1941 年生，辽宁省海城市人，中共党员。原中共辽阳市宏伟区委调研员。辽宁省诗词学会会员、中华诗词伟区重阳诗社副社长。

礼　花

束束烟花耀眼明，直冲碧落会群星。
缤纷五彩通身碎，留下声光美夜空。

插稻秧

畦田百亩一方方，五月插秧农户忙。
金线拉成情万缕，银笺写下绿千行。
心欢吟就新诗句，手巧织成美乐章。
陌上花开传喜讯，田头小憩笑声扬。

永遇乐·仙子湖览胜

秀美新民，蒲河故道，仙子湖畔。十里荷花，竞相开放，碧绿连天半。漫洲芦苇，沙沙作响，布谷叫声不断。过长桥，高亭览胜，顿觉爽风扑面。　　乘舟荡浪，与花为友，满目清香一片。银鸥翔集，野鸭戏水，蓝色蜻蜓艳。歌声幽婉，神情激越，笑脸沿湖灿烂。桃源境，天公赐予，永当眷恋。

吴贵卿

吴贵卿，蒙古族，辽宁彰武人，1939 年生。毕业于辽宁大学历史系。中华诗词学会、辽宁诗词学会会员。已出版诗词集《碧水惊秋》《梅风竹韵》。主编杂志《菊风》。

读好太王碑

为争权力竞风流，甥舅相残血染沟。
王子宫前含旧怨，碑碣山下述新愁。
都中石垒城垣梦，江面龟驮草木舟。
历史恩仇蠲去也，风拂篆刻我凝眸。

满江红·武穆叹

铁马金枪，髯飞处，雄魂喟叹。翘首望，故国多变，赤旗烂漫。胡仔汉儿族一统，贤孙佞子家情暖。众天骄，铁胆壮军威，舒戚眼。　　一峡水，连两岸；隔半纪，留嗟怨。既炎黄共脉，欲割难断。笔走锋霜激恶扁，诗凝剑气扫独焰。满江红，豪气浸民魂，宏图远。

凌秀华

凌秀华，女，辽宁沈阳人，1954 年生。中华诗词学会、辽宁省诗词学会会员。

猪　倌

初学吆喝难张嘴，喊过三回已去羞。
憨豕熟悉争宠弱，娇姿锤炼蕴刚柔。
浮萍巧酿香青料，茅草舒包软肉球。
连队精神猪队壮，尊称司令也风流。

张守印

张守印，丁亥年生于辽阳。退休前就职于中石油辽阳石化公司。辽化重阳诗社理事，《菊风》编辑、辽宁省诗词学会会员，中华诗词学会会员。

咏杨靖宇

蒙江九月雁高飞，雪傲冰凌一展梅。
弱水饱涵千锤恨，巉岩竞种万株悲。
强压硬项膝难软，怒对倭刀志不摧。
铁岭残阳寒彻骨，天哭靖宇响冬雷。

辽阳燕州城遗址

残垣败垒旧时墙，谁信雀逼城主降。
惊蜉徘徊嚼苦涩，哀鸿抑郁吐凄凉。
征衣胜铁填山谷，华盖如云挤庙堂。
震耳杀声逐逝水，晨曦缓缓暖辽阳。

张彤

张彤，女，1977年生于辽阳市。现为辽阳宏伟区教育局团委书记。

龙石风景区万盛龙鼎

雄踞龙山鼎一尊，昌明世界壮乾坤。
不期春色增秋色，但见民心近党心。
雨露润花还润草，霞光宜景更宜人。
国魂铸就铭年月，展望前程灿若金。

张静华

　　张静华，女，1953 年生于辽宁昌图。辽宁省诗词学会、辽阳市诗词学会会员，辽阳辽化重阳诗社理事，月刊《菊风》责任编辑。

弓长岭红叶

清晨细雨著秋凉，岭上红枫尽染霜。
座座峦峰峰透玉，层层柞叶叶沾黄。
参差错落谁执笔？次第争开几缕香？
流水光阴春易老，寻诗莫误好时光。

游瓦子沟

云淡风轻满目金，秋山红叶染层林。
悠悠碧透汤河水，袅袅香淳瓦子村。
对饮千杯昔日醉，凭栏万盏晓星沉。
菊花沾袖诗行美，难忘乡情似故人。

工殿祚

王殿祚，1938 年生，退休前系中国石油化工公司辽阳分公司高级工程师。辽宁省诗词协会会员、中华诗词协会会员。

英雄少年林浩

危楼尚震忘心惊，复入楼中勇救生。
双脚踢开千道险，一肩背救两同龄。
揩干罹难悲情泪，构建安康众志城。
九岁孩童堪壮士，自己道来甚觉平。

悼赴难教师

冷静定惊魂，复身抢救人。
德高能忘我，情笃是唯仁。
生命虽苦短，灵魂确至尊。
江河今夜满，涕泪洒乾坤。

林保萤

林侏萱，女，1952 年生，辽化重阳诗社理事。就职于辽化技工学校。

学诗偶感

充耳不闻窗外喧，孤灯幢影苦参禅。
先习李杜精工语，后化苏辛豪放言。
灵感闪心如冽酒，鲜词跃纸胜甘泉。
三星斜落催安寝，明月溶情难入眠。

宋 玮

宋玮，曾用名宋伟，1950 年生，祖籍山东荣城。毕业于沈阳师范大学，高级政工师，曾任辽阳市宏伟区副区长，现司职于中国石油辽阳石化公司。中华诗词学会会员、辽宁省诗词学会理事。

峨眉山游记

峨眉秋至雪蒙巅，雾锁瑶台漫紫烟。
金顶祥光明霁色，罗峰秀木隽雄峦。
清音阁汇双龙水，玄武岩通一线天。
道场普贤施惠益，岂游仙境便成仙？

李白冥诞一千三百周年

太白飘逸酒中仙，仗剑伙游遍岳川。
曾入京师涉宦海，岂躬权贵弃朝官。
神来笔荡三江水，韵放诗惊万里天。
斗酒狂歌乘月醉，风骚独领越千年。

沙中月

沙中月，约生于 1910 年，辽宁开原人。教师，已逝。所作《九一八事变纪念日有怀张汉卿将军并序》，曾获"老龙口杯"首届海内外中华诗词大赛一等奖。

九·一八有怀张汉卿将军

卢龙东望出榆关，海山夹路走蜿蜒，天开地辟苍茫外，迢迢始信九州宽，城乡壮丽迎秋色，抚今怀古思无端。

关东形势天下首，民物丰饶连冀鲁，黑水白山壮四陲，赤县安危重一隅；燕秦经略古常闻，汉唐遗迹历可数，民族代有英雄出，中夏文明交水乳，长城不限一家春，金瓯完整夸天府；有清末代势凌夷，虎狼交替窥庭户，喧宾夺主日恣睢，金瓯一角生缺罅！

雨帅风云际时会，割据称雄起东北，问鼎中原失利归，将星殒落皇姑驿！将军年少从军旅，人比太原唐公子，国难家仇六尺孤，身承重任风尘里。强邻虎视日眈眈，蜂虿有毒苦周旋，艰危形势由来久，边防筹谋须万全；众议纷纭吾志决，割据宁堪循往辙？大厦难凭一木支，"易帜"共襄统一业。整军经武继前规，筑港兴学多建设，自强不息誓吞吴，卧薪思继春秋越。

关内忽报干戈起，南北枭雄争牛耳，晋楚中原决雌雄，取势争施纵横计，南北使者接踵来，将军投向足轻重，再拥南都维统一，"弭兵"一电棋局定。振旅和平再入关，中央倚重人称颂，少年得志比周郎，父老忧心常忡忡。

前方得意后防疏，一夕变起柳条湖，枢廷决策甘忍辱，敌强我弱难用武，力按幽燕十万兵，屎屎国联空投诉！百城继陷义军扑，强梁日逞复何顾！蹉跎终误渡辽师，祖生枉作闻鸡舞！舆论纷究守土责，进退失据痛何堪，引咎解甲岂得已，代人受过勉所难！

海外归来思有为，大地如磐风雨急，长城失险平津危，强梁得寸复进尺，枢廷有策唯安内，萁豆相煎国力瘁，随人俯仰统貔貅，竟置东北筹西北。将士心倾黄土原，流民梦绕松江水，安内攘外孰者先？同室操戈何时歇？将军念此肺肝热，苦谏无功宜勇决；遂与健者杨将军，毅然共策同袍起。岁暮霜天起朔风，骊山"兵谏"惊霹雳，南都惶怖计何施？敌人惊诧窥所指。将军义举无他志，早息阋墙为抗敌，凌空使者延安来，首泯恩仇全大计，合作盟成宿雾开，至诚力挽回天意，擒纵安危责自负，凛然大义全终始，轻装慷慨南都去，胸怀坦荡无城府。方期言诺重如山，岂料人情翻云雨！从此袍泽长暌离，悲哉此行成伴虎！剪翮笼边百鸟翔，一片丹心落空谷！

抗战军兴遭弃置，报国无缘身碌碌，八年沧海息狂澜，受降无份独向隅；久看黔山苗岭云，饱经东海台湾雨，地覆天翻置世外，红颜辛苦伴幽独；播迁长禁五十年，遥知禹甸换新天，无情岁月东流水，悲歌徒唱"念家山"。

吁嗟乎！悲壮哉！非常人为非常事，荦荦大节三决计，万年太久争朝夕，推挽乾坤功谁比？阅尽沧桑意气平，子房晚学赤松子。

君不见：纷纷文字谱传奇，熠熠荧屏昭青史，杨氏山城血凝碧，将军海岛寿期颐。千秋功烈死生哀，天将大任付奇才，愿公再襄统一业，故园重赋归去来！

兴纯锡

兴纯锡，1937 年生，铁岭市外经委退休干部。市诗词学会副秘书长，亦曾任市书画研究会副秘书长。2008 年书画作品入选《见证中国》书画大系。

七贤岭避暑山庄小住

浪打衿稠月满床，茫茫大海近窗廊。
短山楼阁罗奇钿，曲岸霓虹列宝光。
小岛沉浮晨始见，长鲸出没夜方航。
朦胧一夜波涛语，梦到龙宫珠贝乡。

棒槌岛

山环水抱一天空，野雉频啼晨雾中。
折曲长滩围碧落，汪洋细浪逐春风。
难酬蹈海寻陈迹，射虎屠龙忆逝翁。
天际白帆鸥鸟远，疏林小径杏花红。

丛延春

丛延春，1957 年生。中国矿业作家协会会员、辽宁省作家协会会员、辽宁省摄影家协会会员、铁岭市诗词学会副会长兼秘书长。

望海潮·龙山春秀

关东名郡，龙山竞秀，春来景色堪佳。驻跸独雄，虹桥两跨，青松、翠柳、昏鸦。红绿满天涯。举杯邀挚友，同悦芳华。唱曲吟诗，万般乐趣映金霞。 踏青斗草尤嘉。赏琅环雅境，古刹流霞。经远韵长，晨钟暮鼓，八方香客惊诧。老树绽新葩。野草留春驻，曲径横斜。到此神游超度，百侣醉桃花。

孙志芳

孙志芳，女，1960 年出生，籍贯吉林省梨树县。现铁岭市清河区作家协会会员。

归乡偶感

昨夜东君妆玉树，今朝迷醉故乡人。
溪边不见儿时路，遥问炊烟何处寻。

无　题

鸟入层林夕照天，风牵月色响流泉。
尚阳湖上无它景，唯有清波摇画船。

雨　霁

雨霁山川足迹新，香风盈袖踏青人。
千声百啭林中鸟，花自芬芳草自春。

王 荐

王荐，1968 年生于昌图，祖籍山东蓬莱。中华诗词学会会员、中国楹联学会会员，曾获"铁岭市德艺双馨文艺家"称号，现供职于铁岭市文联，任副主席，《铁岭文艺》副主编。出版有《放斋诗稿》《放斋放言——王荐艺术散打集》等。

九寨行吟

车行九寨九盘旋，人在山间与雾间。
入画入诗还入梦，琴声共我枕流泉。

荷塘秋色

霜叶残荷绿染黄，秋风瑟瑟散余香。
忽闻池畔箫声起，漫送长空雁去忙。

无 题

平生雅好在诗书，双管勤挥任抹涂。
短札长笺悬四壁，人褒人贬又何如？

放斋雅趣

翠竹横斜叶叶新，书山墨海笔成林。
琴音悦耳茶香溢，曼舞柔毫四座春。

铁岭新城颂

尽挥椽笔绘新城，人力能夺造化工。
如意湖开增秀色，凤冠山立长豪情。
条条大道宜来往，幢幢高楼好住行。
鹏鸟初张新羽翼，奋飞当令宇寰惊。

刘文革

刘文革，1966年生于辽宁康平县。毕业于辽宁大学中文系。现在私营企业任职。

唐多令·题槐花

昨日落花稠，今朝阵雨收。问青山、何故添愁？春去匆匆留不住，这一夜，鬓如秋。　　玉树满山沟，珠串缀白虬。叹清高、天妒风流。美景良辰谁与共，翩若雪，叩闺楼。

临江仙·鹤

试问高空高几许，重霄可有人寰？一只黄鹤舞翩跹。武昌楼尚在，可见子安还。　　玉羽仙姿犹未睹，雪泥印遍诗篇。何时比翼到云间。讨君三碗洒，醉眼看婵娟。

张 宇

张宇，笔名神韵轩主人，1971年生，现任铁岭县总工会组织部长。

汶川地震周年祭

草色青青雾起迟，难凭断壁寄哀思。
今朝有恨应无泪，心绪凄然两不知。

满庭芳·春梦

绿柳含烟，红亭洗雨，夜间几曲秦筝。暗香盈袖，停酒问芳龄。笑语依稀恨短，只堪记、月冷风轻。醒来后，莫名惆怅，诗句懒重听。　　留情，非放纵，疏狂误我，任性怜卿。叹心若青莲，身似浮萍。自此天高路远，再相见，不待来生。多珍重，不牵玉手，相忘慰真诚。

张伟新

张伟新，笔名无门客，1972年生于辽西，现就职于辽宁省调兵山市铁煤集团大兴矿。

秋　思

心怀雅韵月空寒，秋梦无痕散作烟。
笔底清风独自瘦，诗中余味淡如禅！

题自家菊花

床边一束不寻常，不爱春泥爱晚霜。
彻夜无眠君伴我，一身瘦骨满庭芳！

张　慧

张慧，铁岭人，1975 年生。

菊

不染纤尘醉客乡，天凉独秀舞芬芳。
花容爱笑风中舞，不向秋光怨短长。

天　音

风开云幕满天星，夜半箫音远且清。
北斗闻声星欲转，曲高自可往天庭。

于海洲

于海洲，昌图人，毕业于辽宁师范，曾供职于铁岭市东电一公司。辽宁青年诗社副社长、《诗朋联友》主编。

养猫歌

儿时养猫形似虎，眼亮毛光甚英武。
早起弓身如做操，午卧坑头伴祖母。
墙角忽闻吱吱声，知是偷粮大老鼠。
抖擞精神悄出击，一顿美餐充枵腹。
人夸此猫本领高，爪利独擅擒拿术。
农家多鼠无膏粱，犹记当年破茅屋。
十岁进城环境变，生活逐渐得改善。
家中仍畜此猫公，身老体肥行动慢。
每逢来客剩残肴，叨光亦品迎宾宴。
从此嘴馋味美思，不再捕鼠轻功断。
竟入厨房偷吃鱼，自谓主人看不见。
恰我放学回家中，猫衔鱼走忽发现。
一气之下甩书包，不正不偏打中腰。
汝善捕鼠诚宜赏，偷鱼之罪岂能饶？

菁莪居抒怀

处远居高自乐忧，男儿岂必觅封侯。
凡才偏有松梅骨，寒士能无诗酒俦？
开口好吟秦汉月，劳心不作稻粱谋。
文章经国千秋业，敢写神州沉与浮。

安国复

安国复，辽宁昌图人。铁岭市教育学院中文系教师、辽宁省诗词学会会员。

舟游九曲银河洞感赋

一棹银河九曲中，奇观醒眼百忧空。
天风送我归方悟，冷暖人间独此同。

遥寄故乡诗友

扑窗风雪室仍春，离别始知相忆深。
城梦几回呼旧友，案头半夜唱新吟。
鬓斑不减乘风志，骨瘦更坚忧国心。
柴水龙山天地永，瑶琴一曲奏知音。

皓　月

皓月，原名李文辉，系辽宁昌图县实验小学教师。

立秋感怀

云淡天高暑渐收，星移斗转又逢秋。
南塘水稻翻金浪，北岭高粱泛赤流。
谷穗憨憨藏笑脸，桃枝烁烁掩羞眸。
丰收在望豪情满，科技兴农富九州。

思　乡

久背家乡岁月寒，经年羁旅泪阑珊。
乡音已改归魂冷，故土难离怯梦残。
穷目登楼神欲往，临风听水念休安。
举觞对月寻常事，孤影飘零笔墨咸。

赵晨飞

赵晨飞，女，1985 年生于沈阳市，现在铁岭高等专科学校学习。重度脑瘫，以下巴在电脑上打字，写出了《不屈的天使》一书。2005 年被评为"感动辽宁十大新闻人物"。

交通警察

一身风雨一身灰，红绿黄灯总伴随。
换得千家安乐福，笑迎月落沐朝晖。

思　乡

千里行来在远方，家山漫漫意难忘。
每逢佳节人欢乐，唯我良宵思故乡。

侍母回乡

一别故园十四秋，矮房不见现高楼。
遍寻旧日童时伴，回忆当年热泪流。

刘镜潭

刘镜潭（1902—1977），当过教师，后曾任喀左县副县长。工国画，遗诗200余首。

题初夏巨幅画轴

清和佳节渐萧森，古木葱茏展绿阴。
青嶂千重归路远，扁舟一叶泛波心。
几回石径通幽处，百啭山禽送好音。
为爱此中多雅致，携琴访胜数来寻。

春　夜

鸣春倦鸟宿庭柯，芳夜沉沉露水多。
知是谁家眠更晚，三更犹唱灌园歌。

春　晴

唯惜夭桃妆太浓，一番风雨满枝空。
蜘蛛结网遮花径，也要防人扫落红。

林象贤

林象贤，1914 年生，朝阳市朝阳县人。中医师，曾任县政协常委。

采　药

西山岭下绿溪旁，杨树葱茏柳叶长。
拂过薰风神气爽，药香暗自胜花香。

无　题

春风已绽花千树，明月何时照此间。
栏外碑倾佛掉首，洞旁台损塔颓肩。
龙池日涌无鱼跃，庙殿长虚有鸟喧。
切盼泉林重绘色，招来游客往观瞻。

潘永宽

潘永宽，1926 年生，曾任朝阳市新华书店及市文物收购站党支部书记。

旅寓鞍钢凭楼夜眺

"拆毁高炉荒草生"！降倭诅咒耳边鸣。
钢花彻夜明天宇，问尔东瀛可看清？

辛士超

辛士超，1932 年生，朝阳市委政策研究室副县级研究员。

蹲点杂咏

春秋卅载总怜贫，酷爱山村皎日真。
百姓情深如共姓，万心意切永连心。
挑灯夜话桑麻事，待晓朝看聚散云。
最是无穷离别苦，清茶醇酒慰乡亲。

于　德

于德，凌源市人，毕业于辽宁大学中文系。辽宁省作家协会会员、朝阳市作家协会理事、朝阳市诗词学会副会长、辽海诗社副会长、辽宁牛河梁红山文化研究会副会长。曾任凌源市人大副主任。有《牛河梁女神》《天地真情》等作品问世。

鲁迅故居

鲁居经世系英魂，百草园中启智根。
万里重来寻旧迹，相机照取颂昆仑。

杭州四月

西子别来已十年，催人岁月叹华颠。
世间孰解相思苦，四月杭州百画船。

牛河梁龙源笔会

借得红山聚众仙，文朋雅集喜无前。
凤鸣千古诗来咏，但愿华章四海传。

李至诚

李至诚，1951 年生，凌源市人。1971 年毕业于凌源师范学校。曾任凌源市副市长，现任凌源市人大副主任。自幼酷爱古典文学，多年坚持写作，作品多次在当地报刊发表。

西江月·游三峡

滚滚长江东去，两边景色朦胧。轻舟叶叶雨烟中，舟与山川互动。　　我自舟头延望，凭他习习秋风。传来远处笛鸣声，搅我凝思酣梦。

马德林

马德林，1931年生，河北省平泉县人。1949年参加工作，历任解放军某部文化教员、师范语文教师等。高级讲师。著有《马德林自书诗卷》《凌河诗草》《英雄史诗》等。

题画牡丹

古稀挥写牡丹图，国色天香润似酥。
染罢凝思悬壁看，尚疑头重欲相扶。

九域和风

神州万户遍和风，邻里社区鱼水情。
处处和谐花烂漫，家家锦绣富文明。
国施善政三农笑，春驻中华百业荣。
万里江山扬特色，复兴华夏赖群英。

江城子·北京奥运会

神州万里喜洋洋，乐朝阳，醉夕阳，笑语情浓，热泪眼中藏。申奥五城咱获胜，圆旧梦，慰衷肠。 京城万众喜将狂，你思量，我思量，用尽心机，徽样费猜详。忽报天坛传喜讯，中国印，创辉煌。

明子瑞

明子瑞，1932 年生，凌源市人。长期从事文教工作，任县教育局副局长等职。

老有所求

年近八旬一老翁，尚思为国作园丁。
京辽往返迁筹策，师友切磋路渐明。
壮岁育人抒壮志，余年抚幼慰余情。
潜心教艺胸怀阔，无限夕阳照晚晴。

李俊华

李俊华，1958 年生，凌源市人。毕业于辽宁师范大学中文系，曾担任乡镇领导等工作。2006 年调入凌源市政法委，现任副书记。诗词歌赋等作品多次发表于《辽西文学》《海燕》《芒种》《湖南诗词》等报刊。

归赠锦城诸友二首

（一）

挐云豪气久相闻，嵇阮才高故不群。
岸上帘招同此乐，山中菊好共斯文。
归兮只叹身非我，梦也相逢影似君。
绝塞冰融已多燕，锦城遥瞩气氤氲。

（二）

浮生久矣惹飞埃，梦也真耶信可猜。
世上古风皆已久，人中奇士岂多哉。
谁无寸许名心在，要是丈夫襟抱开。
不使狂歌惊海内，身同草木此何来。

聂斌程

聂斌程，1956 年生，凌源市人。毕业于辽宁大学历史系。现任凌源市文化广播电视体育局局长。2003 年起担任凌源市楹联家协会主席。有诗词作品发表于当地报刊。

古城凌源

我乡流秀水，诸岭蕴芳菲。
西北七龟聚，东南二水归。
红山藏圣迹，绿野铸丰碑。
怀锦山川绣，焕新古邑辉。

蝶恋花

桃李几时花欲坠。月白风清，已有春归意。遥望银河天似水，画屏展尽孤山翠。　　虚隔窗纱垂紫穗。竹管丝弦，同祝国祥瑞。罢了金杯还舞袂，壮心岂负天增岁。

王述峰

王述峰，凌源人。朝阳二师高级讲师。多年来致力于古汉语研究，曾出版专著两本。有诗词作品发表于地方报刊。

凌源南山北眺

顶上遥相望，群山抱古城。
四桥如凤翥，二水汇龙腾。
广厦鳞交比，众车蟒次行。
英灵飞将在，曾雄右北平。

刘晓明

刘晓明，笔名肖白，1955 年生，凌源市人。辽宁大学历史系毕业。现任凌源市委宣传部副部长。有诗词作品在《辽西文学》等报刊发表。

水调歌头·看辽西古生物化石有感

沉睡静无息，梦里戏漪涟。犹存古果繁茂，龙鸟始冲天。斗转星移难记，醒后全新天地，几度易沧田？血肉留精气，灵魄石中传。　　寰宇大，勿须问，岁不言。原为沧海一粟，弹指不知年。且看云闲雾淡，襟袖清风明月，无欲自巍然。何必学君样？风骨蠹人间！

鲁明廉

鲁明廉，建平县人，1939 年生。在辽宁函授学院中文系毕业。曾任县广播电视局副局长、党史办公室副主任等职。出版《鲁明廉诗文集》和诗词集《晚晴集》。

游凤凰山

奇峰峻岭凤毛开，寺庙巍峨卧翠苔。
塔矗悬崖红日近，佛眠峭壁白云埋。
丛林掩映盘山道，曲径通幽步石台。
秀丽风光游览地，依依不舍久徘徊。

王作琏

王作琏，凌源市人。1982年调入凌源公安局，曾任警务督察长等职务，一级警督。著有《凌源公安史》《凌源公安志》两书，获省公安厅一等奖。曾编辑出版《王作琏诗词集》。

出塞擒凶

豪言五十身犹壮，偏入大荒去擒狼。

两日胡天摧野窟，捕来凶犯始归乡。

孙延平

孙延平，1949 年生，北京人。曾任中学教师、机关干部。2007 年为宣传凌源，特为凌源文学爱好者搭建一网络平台，并与三五名志同者自费创办《凌源论坛》，从此开始诗词散文创作。

【折叠】写字还须上小楼

（一）

写字还须上小楼，关山依旧暮云稠。
蝉声蛙语诗中意，笔底沧桑乐未休。

（二）

江湖历罢挂吴钩，写字还须上小楼。
批点春秋擎铁笔，任将翰墨胜兜鍪。

（三）

年少疏狂尚冶游，归来风雨已深秋。
诗箱充满情难尽，写字还须上小楼。

李晓婷

李晓婷，女、字凌钗、笔名秋水，1963年生，凌源市人。毕业于中国医科大学高等护理专业。凌源市作家协会会员、青龙河画派理事。现就职于凌源市第一人民医院。有诗词作品发表并获奖。

玉蝴蝶·雪

别去云宫星阙，寻踪万里，追梦天涯。浪漫游侠，遍把俦侣寻查，到如今，依然未嫁，感孤寂、愁索如麻。泪如花，通天抛洒，爱恨交加。　　天华，不应有恨，玉蝶凝碧，常慰栖鸦。且把情思，漫随尘意舞银纱，照明月、凄绝潇洒，伴松风、冷艳无瑕。落奇葩，幽怀若语，问讯千家。

汉宫春·中秋月夜

月自清圆，正凌波款款，晏起东天。晴空瀚海浩荡，宇碧风纤。清秋莫限，望蓬山、又聚先贤。当月色、苏公把酒，乘风起舞人间。　　姮娥自舞千年，料寒宫冷阙，倍受孤煎。伤心总教满月，桂雨飘残。人间虽好，更多少、去日如烟。天地渺，不知明月，何时照满人寰。

木 兰

木兰，女，任职建平县史志办。中华诗词学会、中国楹联学会会员；朝阳市诗词学会副主席，建平县诗词学会主席。诗词楹联作品常在海内外大赛中荣获各等奖项。2001 年出版个人诗词集《木兰集》。

汶川地震感怀

地震成灾寰宇惊，天倾泪雨放悲声。
牵魂动魄揪心碎，宿露栖墟盼夜明。
路断山崩音信杳，空航水运汶川行。
八方援救施多爱，感念全球关注情。

岱宗遐思

精舍丹丘映碧波，风花雪月任赊哦。
琼窗明净合心曲，世态炎凉奈我何。
户敞竹帘临廓野，墨泼罨画布松萝。
清泉洗尽凡尘气，峭壁堪宜晒雨蓑。

虞美人·贺嫦娥探月

　　嫦娥探月祥云起，世界同欢喜。瑶台玉帝正惊魂，华夏新闻震撼宇寰人。　　重阳祝酒神舟事，霜降君犹记。领航科技苦经营，赤县太空铺路铸长城。

李士英

李士英,1934年生,建平县人。曾任建平县委办公室主任,现为建平县老年文化促进会文学创作部部长。

远 行

平生首次客轮乘,漫渡茫茫碧海中。
汽笛长鸣惊水域,白鸥盘转入云空。
江天远望成长带,雪浪轻翻跃巨龙。
暴雨随风顷刻至,无妨大笑对天公。

马春文

马春文,1962年生,建平人。毕业于中央党校经济管理系。曾任职于建平县委办公室、县委宣传部,现任建平县委党校校长。

咏　雪

尽染乾坤一色妆,云蒙玉卧百峰长。
凌天避日寒无影,退月驱星夜有光。

惜送才兄远任

寂寥秋日古燕天,雄洌清萧益凛然。
龙孕凌河归碧海,凤栖塔岭矗丹山。
诗风骨壮红山韵,辞气文倾紫塞关。
甩却长竿钓渭水,云峰深处好观禅。

陈佰祥

陈佰祥，蒙古族，1954 年生。大专文化。现任建平县文体局副局长、新华书店经理。建平县诗词学会、美术家协会副主席。

游漓江

绿雨漓江似梦中，红船醉客觅仙踪。

奇峰秀水君何似，一展长图挂碧空。

王尹宙

王尹宙（1930-2002），字和元，湖南安化县人。北票高中离休教师，曾为中华诗词学会、中国楹联学会会员，辽宁省诗词学会名誉理事，朝阳市诗词学会副会长。

咏大黑山国家森林公园

青山红叶艳秋时，三月江南画与诗。
虫鸟喧翔灵谷塔，水风嬉逐落花溪。
凌空峭壁云藏险，弄影寒蟾月笑痴。
汽笛一声林壑晚，乌兰亭外日迟迟。

咏木兰

木兰辞已喻千家，感念将军竟姓花。
一俟鸾弓征紫塞，尽教胡血溅黄沙。
雄关难锁闺中月，寒雁频惊陇上笳。
荡靖狼烟归故里，红颜原不恋乌纱。

诗意人生

少壮辛酸梦幻销，暮年诗酒自逍遥。
花间得句书红叶，醉后贪眠倚碧桃。
九畹兰苕娱翡翠，一灯风雪画芭蕉。
治平赖有英贤辈，乐在桑榆唱舜尧。

国伯成

国伯成，1922年生，内蒙古宁城县人。曾任北票市第七中学校长，1983年离休。现为中华诗词学会、辽宁省诗词学会、朝阳市诗词学会会员。

庆祝建党八十周年二首

(一)

喜见东方起巨龙，炎黄浩气贯长虹。

江西遍点燎原火，陕北频催抗日风。

高举锤镰开禹甸，坚持马列固尧封。

中华改革前程远，经济飞腾国运隆。

(二)

力挽狂澜八十秋，巍巍砥柱立中流。

超群舵手连三代，跨纪宏图壮九州。

港澳双归偿夙愿，陆台一统展鸿猷。

参加世贸繁荣久，特色鲜明两制优。

抗震救灾

汶川地震太猖狂，城市乡村一扫光。
无数楼台成瓦砾，几多学校变危房。
灾区空降军人急，战地亲临总理忙。
举世支援钱与物，友邻共献热心肠。

徐九春

徐九春，笔名效竹，1925 年生，北票人。现为朝阳市诗词研究会、辽宁省楹联学会、辽宁省老年书画研究会会员。

清泉吟

曲径通幽结翰缘，骚坛竞秀耀浠川。
清泉澄彻迷人醉，玉石晶莹惹世怜。
鸟语花香滋雅韵，风和日丽咏佳篇。
阳春烟景浑如画，无限生机在眼前。

庆祝青藏铁路通车

铁路神奇誉四方，奔驰南北任徜徉。
边疆重地铺钢轨，雪域高原织锦章。
梦寐以求偿夙愿，神思专注步康庄。
无双壮举恢弘业，九域欢呼喜欲狂。

刘铁民

刘铁民,1968年生,北票市人。现任北票市文化馆副馆长。辽宁省戏剧家协会、楹联学会会员。

川州风光杂咏

龙 潭

风一蓑兮雨一竿,湖山十里好凭栏。
欲将捉得明蟾去,鹤在青天龙在潭。

大黑山

半天淡霭如残墨,一片惊雷映夕霞。
但使江山春色好,更须雨润杜鹃花。

南 山

阶上青青涨绿痕,数声啼鸟唤行人。
杏花天气槐花雨,各领南山一半春。

李贵臣

李贵臣，1954 年生，北票市人。现任北票市文联主席。北票市诗词楹联学会主席，辽宁省作家协会、中华诗词学会、中国诗歌学会、中国延安文艺学会、世界汉诗协会会员。曾出版个人诗词集《古柳新枝》、诗集《丰碑颂》等。

浣溪沙·辽宁古生物化石馆

冲破重岩不自吟，几多龙鸟世间闻，大师每至此方临。　　鸟类祖先屯里出，乌龙花木嗣宗亲，莺歌燕舞到如今。

赵振羽

赵振羽，1913 年生于朝阳县，读私塾十二年，后期执教私塾，其间游历各地。1956 年任队长，始终为农民。1996 年出版《赵振羽诗选》。

秋　千

树作秋千架，风吹人上天。
乡村儿女舞，窈窕似瑶仙。

梅　花

雪作精神玉作魂，南枝才放夜黄昏。
萧萧竹径添清影，淡淡花溪吐素痕。
守去何妨留鹤子，护来只许遣龙孙。
暗香冷对窗前月，百卉丛中梅是魂。

孙 超

孙超，蒙古族，1968 年生，喀左县人。现供职于朝阳市文联。系中国楹联学会理事、辽宁省作家协会会员、省楹联学会副秘书长，朝阳市楹联家协会、诗词学会副主席兼秘书长。曾出版作品集《河东山联薮》。

深切缅怀赵尚志将军二首

（一）

救国曾经百战多，拚将热血染山河。
英雄虽逝魂犹在，万古凌川起壮歌。

（二）

国家当日血成河，岂顾头颅贵几何。
拚却一身酬社稷，功高不让马伏波。

题赵海涛画竹

叶上秋生细细凉，疏枝向晚韵初长。
搏风击雨何曾悔，老去犹留节节香。

观看《凌河影人》剧组汇报演出

影调乡音最可人，绕梁足慰众乡亲。
红山遗韵渊流远，燕地长风气象新。
历史谁承五千载，梨园此占九州春。
于今放眼犹含笑，文化朝阳天下珍。

戴 言

戴言，1919 年生，喀左县人。曾任朝阳地区文化局长、宣传部副部长兼文联主席、辽宁省社会科学院文学研究所副所长等职。先后出版《两代诗存》等个人诗集，编辑出版《朝阳当代诗词选》《知天不惑》等。

赞省科协救助喀左失学儿童

仁者爱人中国魂，迢迢千里心连心。
结成对子真扶困，智力投资最救贫。
谊此至亲知困难，情同骨肉体身温。
春风荡漾催苗木，夏雨润滋醒世民。

获奖感怀

灿烂阳光照老年，今年更觉大欢颜。
但行好事根扎地，莫问前程眼向天。
喜看桑梓诗运旺，笑观桃李树姿妍。
迎来希望垂甘露，老有所为心际甜。

游笔架山

拔海突兀笔架山，三尖直耸势冲天。
满山植被红兼绿，海水环流褐又蓝。
潮涨俨然一孤岛，水消始见陆相联。
机船队队迎游客，天赐风光别样观。

张玉书

张玉书，1940 年生，凌源市人。毕业于辽宁师范学院中文系。曾任朝阳市文联主席兼党组书记。现为中华诗词学会会员、辽宁省作家协会会员、朝阳市诗词学会会长。有《且存集》《毛泽东诗词通释》《杜诗散论与古诗杂说》等著作出版。

纪念郑和航海六百年

远向西洋开水路，当时宇内尚无先。
初由三保承钦命，终领七行总使权。
携卷风涛传上国，把凭科技赖头船。
孰期此后成衰落，今日新兴颂古贤。

在尹湛纳希墓前

大圣弯弓曾尚武，孰知后裔更扬文。
奇才当日能挥笔，巨匠千秋许谒坟。
既辟先河沾故国，必开宏业起新军。
心香一瓣荐英宅，为唤灵氛意自殷。

昭陵六骏歌

六骏奔啸青石上，犹若当年天下壮。
唐王百战托死生，尽踏敌军如履平。
平生知己最难分，相与千秋世所闻。
可怜露紫及毛騧，一夕去国念归家。
国家不幸骏亦然，孤寂西方日等年。
昂头未减豪气在，遥望神州志不改。
而今故国立强林，彼此相思大海深。
东西两处悉无恙，但愿一朝还相傍。
今日应当共谐鸣，交响人间万古情。

满江红·参观牛河梁文化遗址

小小松丘，曾孕育、煌煌文化。经劫火、尚留痕迹，亦教人诧。已是玉龙惊四海，岂容石冢湮中野。说当时，略备国家仪，昭天下。　　更神女、真俊雅。双碧眼，光犹射。想初民崇拜，每来朝舍。若论黄河多苦难，牛河未必居其亚。趁曙光、正史向前追，堪由藉。

水调歌头·与友人登凤凰山

胜日欲何去？遥指凤凰山。白头岂减豪兴，足力抵从前。南北高峰皆上，先后孰能相让，尝试不停攀。但笑蓬间雀，未得迫云端。　　低辽塔，睨中寺，渺三燕。白狼河水，依旧东去起苍烟。百感龙城兴替，莫叹人间风雨，一切任当然。若彼凌虚鹤，所见更谁仙？

清平乐·纪念赵尚志将军百年诞辰

天生好汉，浴血松江畔。直领联军纾国难，守我山河几片。　　曾经百战称雄，千秋不泯其功。今日宏颅犹在，人间永贯长虹。

华玉玺

华玉玺，笔名乐耕，1944年生，建昌县人，北师大中文系毕业。曾任中共朝阳市委秘书长、朝阳市政协常务副主席，现为中国作家协会会员，朝阳市作家协会主席、诗词学会顾问，著有诗集《行吟集》《雅望集》及散文集、长篇报告文学集多部。

燕都风光

蜂飞蝶舞草多香，凌水流长对镜妆。
街道条条更旧景，社区处处着新裳。
崭新楼宇放光彩，古老山城竞炜煌。
万里晴空抬眼望，三燕何处不风光。

凤山观雪

玉龙翻滚半空旋，落定凤山心始闲。
长谷覆鳞石变玉，疏林凝雪树披棉。
风携雾气轻轻起，鱼伴经声阵阵传。
乘兴登高眺塞北，龙城即日复飞天。

赤壁行三首

（一）

赤壁当年遇火烧，诗篇无限祭江潮。
后人难解前人事，一世枭雄夜遁逃。

（二）

惊涛滚滚向沧溟，赤壁杀伐仰好风。
鼎势三足随逝水，江流九曲总归东。

（三）

千年沙场战尘休，唯见长江日夜流。
华夏山川归一统，云依赤壁水悠悠。

黑山情怀

起宕回环二百弯，云浮不掩日如丹。
高峰挺秀山容壮，深涧生风树影寒。
救国有情凭峡谷，富民无碍起丘峦。
当年英烈长眠地，果满枝头正可餐。

燕山平湖

琉璃千亩荡微波，镜里青天鹭影多。
前望群山环锦障，后观玉练卧长河。
轻风送爽柔如水，秀艇迎宾快似梭。
正欲弃船闻近唤，相逢买酒更高歌。

赵　宇

赵宇，原名仁政，字澄虚，号踏溪人。1937年生，凌源人。曾任朝阳市人大副主任兼党组副书记等职。中华诗词学会会员、朝阳市诗词学会名誉会长。著有诗词集《丹枫集》。

游清河水库

平湖开宝镜，放眼静无霾。
快艇驱天末，清风入我怀。
网抛新柳岸，帐裂古松崖。
置酒烧鱼蟹，游情胜旅淮。

谷雨雨来

昨夜雨渐渐，清晨水满畦。
暖巢栖紫燕，凉栅唱黄鸡。
细草滋平野，繁花绕曲堤。
天晴墒自好，应在促耕犁。

苏　州

江左称佳胜，人家尽枕河。

街区故道窄，水巷小桥多。

肆店堆珠翠，摊床叠绮罗。

园亭争俏丽，塔寺竞巍峨。

答话操吴语，寻欢斗越歌。

苏台今不见，花木自婆娑。

回乡偶题

好雨初晴山涨绿，微风乍起树摇红。

黄鹂犹唱当年曲，笑我回乡已半翁。

青藏铁路建成通车

飞轮滚滚越山驰，缩地神工共叹之。

跨堑穿岩惊鸷鸟，追风卷雪讶骄螭。

域偏顿觉京华近，路捷何愁商旅迟。

殷富可期人感奋，君看庆典正酣时。

薄文忠

薄文忠，1956 年生，朝阳市人。辽宁作家协会会员、朝阳诗词学会副会长，现任中共朝阳市委办公室副主任。近年来发表诗词、散文、杂谈及文学评论百余篇。著有《三博堂诗稿》。

咏 松

虬盘铁骨卧苍龙，立地齐天不老松。
冷雪压枝同月白，朝辉沐浴向阳红。
根扎沃土欺炎热，干挺冰霜傲朔风。
万壑千峰吟傲子，情操岂用帝王封？

黄鹤楼

苍茫万里上高台，把酒斟江胸臆开。
雾掩白帆云渺渺，霞辉绿水浪排排。
临轩浅唱高山曲，对壁长吟黄鹤来。
喟感人生若沧海，何不快意上蓬莱？

破阵子·香港回归

气卷五洲雷雨，神收万里鲲鹏。合浦珠还圆旧梦，香岛璧归振玉声。中华气势雄！　　举国普天同庆，长鸣大吕黄钟。南海扬帆迎丽日，港九桥头赏紫荆。神州唱大风！

刘伟新

刘伟新，凌源市人。1958年生。毕业于昭乌达农牧学院，在职研究生学历，医学学士学位。曾任凌源县计生委副主任、中共朝阳市委组织部办公室主任、朝阳市卫生局副局长等职，现任朝阳市人民防空办公室副主任。诗词作品多见诸《辽西文学》等报刊。

江城子·秋登大黑山

嫣红姹紫几千重。密林中，荡雄风。神虎追狮，仙嶂抖雍容。峻岭眠云横绿岛，抚阔野，傲苍穹。　　闲来信步上高峰。访悟空，话英雄。放眼田川，菽浪醉农翁。溪水落花飘烂漫，添野趣，颂蛟龙。

唐多令·忆童年河里捉鱼

清水映晨霞，顽童搅浪花。笑声欢，飞透青纱。河里捉鱼鱼四窜，几扣手，逮泥沙。　　三小露聪芽，叠石截水斜。跃龙门，鱼入筐闸。伙伴蜂拥夸妙术，谋得逞，绽心花。

冯九毅

冯九毅，1929 年生，朝阳市人。北师大毕业，朝阳师专副教授。中华诗词学会、中国楹联学会会员，朝阳市诗词、楹联家协会顾问，诗词楹联作品多次获得奖励。

避暑山庄之四面云山

四面云山涌秀岚，多姿画阁卷珠帘。
芰荷映日红颜美，蔓蓼萦汀绿鬓妍。
沧浪屿旁停月舫，玉琴轩外响溪泉。
蓝天碧水沙鸥舞，翠柳朱桥野鹤闲。

避暑山庄之钓叟菱娃

北枕双峰涌翠岩，青枫绿屿自悠然。
银湖纵鹤风光美，玉馆听鹂情意绵。
缥缈瑶台歌荡漾，轻盈佳丽舞蹁跹。
菱娃泊棹芙蓉里，钓叟垂纶云水间。

重游避暑山庄

别离故苑数春秋，梦断魂牵几许愁。
常忆金亭观暮霭，犹思菱渡泛莲舟。
凭栏赏月文津阁，泼墨题诗烟雨楼。
白首重来游旧地，锤峰落照更风流。

忆江南·朝阳人工湖

　　朝阳好，湖畔响筝声。舞尽楼头天上月，歌稀浪底水中星，我欲醉蟾宫。　　凌湖美，古塔映虹桥。碧水潺潺云淡淡，青山隐隐路迢迢。爱侣踏春潮。

李雁平

李雁平，1952 生，沈阳人。现任朝阳市政协常务委员会委员、学习宣传和文史委员会主任。编辑出版《辉煌历程》等书籍。

咏菊赠友

花寄重阳绝点尘，冰肌玉骨傲然身。
风刀霜剑东篱下，不与纷红争小春。

南国夜思

夜深不寐念阿谁？犹滞乡音久不归。
妻缀女红千里远，停针凝目蹙蛾眉。

杏花惜落歌

迎春惟恐绽花迟，料峭急寒点缀枝。
尽露小心红艳色，怕呈孤傲雪霜姿。
风飙未解随春态，蕚损应怜佻巧时。
可叹年年飞泪坠，花期短促恨无支。

高国和

高国和，笔名野村，1960 年生，北镇市人。大学毕业后从教两年，1993 年起从事旅游工作，现供职于朝阳市旅游局。

秋雨夕阳

潇潇秋雨洗尘埃，落叶飘飘湮径苔。
朝伴梵钟鸣险壑，暮闻禅鼓荡危崖。
树林不语夕阳落，古刹谈经晚客来。
极顶凌霄宜放眼，高天辽阔畅胸怀。

夜宿凤凰山

幸能夜宿凤凰山，因得凡心几许闲。
新月一弯临古塔，回廊九曲隐清泉。
窗前共话园林美，梦里频呼殿宇严。
忠厚主人留客住，明朝分韵咏秋蝉。

云接寺

玲珑古寺势摩天，领略风烟数百年。
雨霁晨钟敲晓雾，虹销暮鼓伴秋蝉。
野鹰去塔青天外，香客参禅圣殿前。
环顾苍茫岚海处，慈悲大士渡瀛寰。

贾文第

贾文第,1928年生,辽宁盘山人。曾任盘山县政协副主席,现为中华诗词学会会员。获第二届龙文化突出贡献奖。著有《文第诗抄》《晚霞绮丽》《烛影摇红》等诗词专集。

晚晴吟

栉风沐雨到如今,剩有余光惜寸阴。
翰墨抒挥开放胆,诗文咏赋鼎新春。
红尘看破当收眼,雪月吟怀总遣心。
未饮贪泉高枕卧,清风两袖敢说真。

春郊取景

春尽郊原草木荣,长林辽阔绿荫浓。
轻沾粉面梨花雨,微动香裙柳絮风。
陌蕊含情迷彩蝶,堤槐着意舞银龙。
赏心佳景何劳觅,尽在东西南北中。

冬日赏雪

数九严寒草木枯,茫茫四野密云浮。
长空纷乱鹅毛舞,大地均匀棉絮铺。
万里山河银作被,千家瓦舍玉镶庐。
洁白无隙乾坤掩,尘世脏污现已无。

王文生

王文生，辽宁盘锦人，1928年生。现为盘锦职业技术学院离休干部。有部分作品已被收入《老一辈革命家颂词大典》等诗词刊物中。生平业绩已载入《开国将士风云录》。现为盘锦市老年书法研究会、盘锦诗词学会、中华诗词学会、中华诗词家联谊会会员。

沁园春·盘锦

骋目游怀，碱水西流，渤海滩头。望三壶倒影，南涯蜃市，秦皇岛外，北户幽州。　万象生辉，千山叠翠，多彩风光入画图。登临远，指烟波浩渺，日月沉浮。　神工妙手春秋，改换了、穷荒万古愁。看茫茫稻海，油龙滚滚，莺啼柳陌，蟹醉禾畴。　芦荡蓬涂，渔舟往渡，百转雎鸠唱沮洲。国风续，恰诗情欲放，劲笔难收。

张培心

张培心，1930 年生，辽宁盘锦人。就读北平辅仁大学，毕业于冀热辽鲁迅文学院文学系。历任政协盘锦市委员会常委、双台子区人大常委会副主任。盘锦市民间文艺家协会副主席、盘锦市诗词楹联学会副会长、中华诗词学会会员。

读《盘锦诗词》有感

盘锦诗词一卷来，捧吟细品笑颜开。
群贤荟萃歌新纪，众口齐吟吐壮怀。
华夏骚坛千里路，神州艺苑万重台。
鹤乡今日多高手，竞把琼花玉树栽。

甄 质

甄质，1934 年生，满族，辽宁盘锦人。历任市广播电台台长、市委常委、宣传部长、副书记等职务。现为世界艺术家协会会员、中华诗词学会会员、辽宁省诗词学会理事、省作家协会会员、市诗词楹联学会名誉会长。著有诗词专集《心声集》《心韵集》。

咏开元寺

桑园地阔有春蚕，一梦惊来绽雪莲。
殿宇宏宽为圣地，塔峰耸立入吴天。
风吹铃动佛心暖，雨打桐摇敌胆寒。
镇恶摄吉今古颂，只缘生化紫云环。

龙门石窟

嵩岳群峰逐浪高，悬崖峭壁挂蜂巢。
宾阳古洞雕工巧，伊阙魏碑气韵豪。

钱恩仲

钱恩仲，1934 年生，辽宁盖州人。现为盘锦市诗词楹联学会会员、三友诗社社长、中华诗词学会会员，著有诗词集《鹤乡居吟存》。

梦江南·天台山拾韵

天台美，华顶赏杜鹃。伫立归云亭上望，犹如彩锦罩青山，靓丽映蓝天。　　天台美，飞瀑挂珠帘。岳壑超常山水秀，伴随蝶舞鸟声喧，流水意缠绵。

焦世友

焦世友,1935年生,辽宁北镇人。中国银行盘锦支行行长。现为盘锦市作家协会会员、盘锦市诗词楹联学会会员、中华诗词学会会员。著作有诗词集《诗露花雨》等。

临江仙·登闾山

翠岭苍松夹古道,相携探胜登高。石棚顶上俯林梢。银泉飞又落,风爽抖巾袍。　　秀谷晴峦堪入画,阿婴又指青霄。峰头望海览云涛。长空千里阔,鹰翅任逍遥。

刘春晖

刘春晖，1935年出生，辽宁盘锦市人。1953年参加革命，1977年以后在营口日报、盘锦日报做新闻工作，副高职称。现为省、市诗词楹联学会会员，全球汉诗学会会员，著有《春晖诗词集》。

兰亭抒怀

兰亭雨洒润书乡，妙笔生花著锦章。
千载传承求圣境，惊人一序九州扬。

书　圣

袒腹东床快婿郎，兰亭修禊赋流觞。
抒怀尽兴成绝唱，华夏书坛称圣王。

赵立山

赵立山，1936年生，辽宁大洼人。高级教师。出版诗词集《耕耘集》《求索吟存》。现为中华诗词学会、辽宁省诗词学会、盘锦市诗词楹联学会会员。

武汉东湖写意

磨山耸秀楚天高，一碧东湖景更娇。
曲径通幽花树掩，长堤向远水云招。
巍城再现荆都貌，金凤重悬郢魄标。
屹立亭台凌翠黛，丰碑有幸刻离骚。

楚天台听编钟

舞榭歌台画栋雕，金声玉振响音飘。
编钟妙律播湘曲，乐女丰姿弄楚腰。
悦耳焉能俄尔尽，倾心岂可黯然消。
沉湮几代重光耀，古韵流芳举世骄。

徐占春

徐占春,1936年生于辽宁北镇市,曾从事教育、组织人事、工运工作。有诗词作品入编《中国当代情诗大展》《中华诗词佳作选》等报刊。现为盘锦市诗词楹联学会会员、理事。

卜算子·拥抱月球

仙子奔蟾宫,圆我飞天梦。电闪雷鸣山欲倾,十万天兵送。　　华夏日复兴,科教须先动。探测深空新领域,后者踪相踵。

李 荣

李荣，1937年生，辽宁省大洼县人，中文高级讲师。现为中华诗词学会、世界汉诗协会、中国国际文艺家协会、辽宁省诗词学会、盘锦市作家协会会员。

静夜思

高嗓雄鸡唤晓天，不眠反侧夜阑珊。
明灯索性翻千稿，静夜幽思得几篇？
仰视星河常灿烂，俯观碧海总斑斓。
人生虽是一点点，汇入江河雪浪翻。

东　白

东白，1937 年生，原名陈东白，辽宁黑山人。多年任职于盘锦日报、盘锦市文联。主要著作有诗集《月在中天》《东白短诗选》等 40 多部。获中宣部五个一工程奖。现为盘锦市诗词楹联学会会长，《盘锦诗词》主编，中国作协、中国民协、中国民俗学会、中华诗词学会会员。

访海南

乘鹤高翔逐彩霞，隆冬椰岛绽繁花。
奇峰竖指迎新日，秀水汲泉润碧纱。
海口干杯夸海口，天涯泼墨绘天涯。
云涛万里成邻友，地北天南是一家。

虞美人·有赠

寒来暑往青山老，美玉难寻找。铁鞋踏破影无踪，原是悄悄藏在我心中。　　琼花碧树芳华吐，但愿春常驻。同心同道苦追求，携手并肩登上最高楼！

鹧鸪天·写给母亲

源远流长情意深，儿行百里母牵魂。人生难得慈颜健，暮暮朝朝系念频。　　花百朵，酒盈樽。没您哪有万家春。佳肴美味何足道，手捧红心敬母亲。

千年调·写在世纪之交

光阴快如梭，新岁年关到。仰望茫茫河汉，乐园难找。瑶池太远，最是家乡好，雪花舞，春意闹，天不老。　　繁华世界，奋斗争分秒。电脑开创盛纪，四海欢笑。智心慧手，架起高速道。水长流，鸟高飞，车迅跑。

冯国珠

冯国珠，1937 年生，辽宁盘山人。曾任盘锦市科学技术委员会主任。有古体诗《芦苇》、文艺科普小品《芦苇的性格》等诗词、散文作品散见于市内外报刊。中华诗词学会会员、辽宁省科普作家协会会员，盘锦市作家协会、诗词楹联学会会员。

芦　苇

宿根潜冻土，春到竞蓬勃。

冷雨催新笋，薰风逐碧波。

花发动地舞，叶落漫天歌。

有节折不断，身轻自快活。

登凤凰山

凤凰岭上凤凰空，千古奇观望眼中。

泉挂悬崖松叠翠，花开幽径杜鹃红。

将军石上评真伪，烽火台前论雌雄。

把酒临风生百感，落花流水古今同。

符永库

符永库，1937 年生，辽宁大洼人。先后工作在中科院金属研究所和辽河油田。出版《野性的甘甜》和《生命的履痕》两部诗集。现为辽宁省楹联学会会员、盘锦市诗词楹联学会会员。

唐多令·公仆

独自涉沙丘，脊梁汗水流。爱人民，付出何求！刚进家门身未稳，有人喊，去村头。　　思想也丰收，不光万里畴。水和鱼，谊重情稠。血汗愿将肥沃土，江山丽，我神州！

行香子·双台河口

海岸滩红，鸥展碧空。水花溅，迅猛鱼鹰。小舟一叶，愉悦桨声。笑，绿波起，心波涌，眼波横。　　苇莺声婉，喓喓鹤鸣。游人多，靓丽风情。人涂画里，画摄机中。看，海潮猛，情潮滚，话潮生。

杨好学

杨好学，1938 年生，新疆乌鲁木齐人，从事石油政法工作 40 余载，历任盘锦市、辽河油田公安局局长，中级法院院长。著有诗集《剑与情》《墨缘》。曾任第二届盘锦市诗词楹联学会副会长，现为盘锦市诗词学会顾问。

临江仙·江上

涌漫江花渔火暗，清风伴月鸥鸣。愁风化梦空藏衷，艄公惜曲早，举桨赏晨红。　　醉咏诗章寒墨舞，沉鱼落雁情萦。竹楼问寝睡难成，舟舱何涵晚，缓步看新坪。

王振明

王振明，1938年生，辽宁盘山人。原任盘山县大荒农场党委副书记、第一副场长、人大主席。现为辽宁省作家协会、民间文艺家协会会员，盘锦市作家协会、诗词楹联学会会员。著有诗集《鸟衔岁月》《圆圆月亮》。

初 夏

争奇斗艳百花鲜，蜂蝶翩跹万卉前。
紫燕呢喃钻雨雾，蜻蜓嘤唱戏童顽。
新荷玉立蛙声里，绿柳婆娑鸟语间。
禾稻青青风细细，村歌阵阵入云天。

郑 举

郑举，1940 年生，辽宁台安人。历任大洼县赵圈河乡文化站长、文化助理。著有诗集《心泉滴滴》《平仄耕痕》。现为中华诗词学会会员，盘锦市作协、曲协、诗词楹联学会会员。

辽沈战役纪念馆全景图

滚滚风雷猎猎旗，横泼弹雨洗辽西。
惊天动地枪声紧，赶日追星号令急。
漫道弥烟封鬼路，环山浴血架人梯。
争春炮火频添彩，乱舞红霞唱晓啼。

辽宁省楹联学会命名楹联艺术家

深追韵律未徘徊，曲径通幽任我来。
峭壁弓腰推障碍，长藤举手架平台。
浓云骤雨织风采，冷月清灯化奖牌。
晚景开屏仍是梦，星天一样照情怀。

戚英发

戚英发，1940年生，笔名英发，辽宁盘山人。先后就职于盘山县总工会、盘锦市文联。著有诗集《雨船》、诗词集《清泉集》。现为中国作协、辽宁省作协会员，中华诗词学会及中国民俗学会会员。

探　村

少岁离家老探村，街移方位户更邻。
乡官已选平门子，屯首不袭吏第孙。
古阁依留旧日月，苍槐不揽故风云。
拜询老友何方去？先指新楼后指人。

王 瑾

王瑾，1942生于沈阳市。上世纪八十年代初始从事过教育、乡政府助理等工作，现已退休。1996年加入盘锦市诗词楹联学会。中华诗词学会会员。著有《风雨诗窗》《寂园秋韵》两卷个人诗集。

东晟园感赋

碧柳垂荫一径通，奇花异果满芳庭。
金风送我清凉意，东晟园中世外情。

水乡夏韵

清池漱滟微风漾，钓叟悠闲碧树旁。
紫燕双飞剪翠柳，黄蜂结队逐槐香。
蜻蜓点水苇当帐，荷叶浮波蛙坐床。
漫步先生堤上过，昂头甩袖韵吟长。

李顺太

李顺太，1942年生，辽宁岫岩人。1984年毕业于辽宁教育学院中文系。曾多次被评为市模范教师、优秀班主任。现为盘锦市诗词楹联学会会员，著有《顺太诗词集》。

珠峰祥云

人擎火炬上珠峰，天降祥云下九重。
两种神光呈胜景，一团瑞气兆升平。
须将壮举传天下，该把英雄载汗青。
奥运北京天作美，中华别有一番情。

谭希俭

谭希俭，1942年生，辽宁盘锦人，硕士，高级经济师。中华诗词学会会员，中国民俗学会会员，辽宁民间艺术家协会理事。著有诗词集《行吟集》《撷萃集》。

鹤　楼

一湾辽水抱青幽，百里芦花放眼收。
鹤戏游鱼频舞翅，欲穷旷野上观楼。

夏为中

夏为中，1942年生，辽宁省新民人。出版诗集《蒹葭苍苍》《芦苇潇潇》《绿野涛声》和散文诗集《芦花恋》《水之湄》《沼泽魂》《鹤乡唱晚》《爱的花地》等。现为中华诗词学会会员、辽宁作协会员。

鹊桥仙·青茵密处

春花正俏，莺歌雀噪，万顷绿波明皓。渠边岸柳柳丝飘，紫燕笑，苍穹未老。　　青茵密处，蛙声汇唱，携侣哪儿更好？浩茫如画景多娇，步小桥，心随青鸟。

郭孟春

郭孟春，1944 年生，1967 年毕业于辽宁财经学院。历任盘山县财政局长、盘锦市财政局副局长、国有资产管理局长。盘锦市诗词楹联学会副会长、辽宁诗词学会会员、中华诗词学会会员、全球汉诗总会会员。

耀窑刻花碗

刚收大宋两枝花，亮丽传神釉色佳。
喜上眉梢情未尽，金童耀耀又来家。

龙泉荷蛙碗

八峰翠色染蛙鸣，凝露荷塘火烤成。
冠领青瓷称俊首，流芳万代誉佳名。

李 午

李午，1945年生，吉林公主岭人。毕业于东北师大。做过杂志编辑及辽河石油报总编。著有诗集《白桦的眼睛》《人在天涯》等。现为中国企业报协会副会长、中华诗词学会会员、盘锦诗词楹联学会会员。

田家春游

闲步长堤，槐榆参差，绿荫交错蔽日。逍遥归鸟枝头聚，任来去频歌湘曲。 小楼东风，帘栊皎月，记取几多往事。几时白发唱黄鸡？莫负了春光万里。

左宝尊

　　左宝尊，1945 年生，辽宁辽中人。历任《盘锦日报》社副社长、盘锦市文联副主席。著有诗集《紫色天空》等。现为中国作家协会会员、辽宁省作家协会会员、中华诗词学会会员。

春日即事

鹤乡开放更无前，恰似轻舟挂锦帆。
巨坝拦潮歌盛世，新工创业展雄篇。
民风尚待播清雨，纲纪尤须著铁鞭。
他日世人刮目看，辽滨胜境赛桃源。

王 颖

王颖，1945年生，辽宁海城人。民革党员，研究生学历，编审。先后任职于盘锦市一中、盘锦市市志办。现为中华诗词学会会员、盘锦市诗词楹联学会会员。

情牵神农架

华中壁立第一峰，蕴秀含幽似画屏。

搭架赭鞭尝百草，躬耕粟谷赐苍生。

野人出没留踪影，燕子翻飞舞性灵。

祭祖寻根朝九鼎，神农粹古总牵情。

顾希孟

顾希孟，1946年生，辽宁台安人。盘锦市财政局支农周转金管理处处长、经济师。著有诗集《坦荡心音》及诗词集《顾希孟诗词选》。现为盘锦市诗词楹联学会会员、全球汉诗总会会员。

登香山赏红叶

最是斑斓霜色艳，谁挥碧血染秋山？
重阳美酒黄栌醉，岫岭香炉紫叶燃。
东麓层林红似火，西峰丛树玉为颜。
婆娑叶舞刘伶步，醉倒仙山唤杜鹃。

辽河唱晚

日坠长河云水焚，乡关欲梦碧无垠。
云浮西宇千斑血，霞染东流百里金。
舟橹凌波摇翡翠，渔夫入画览缤纷。
天河仙斗朦胧现，地廓忽明万盏银。

马宝石

马宝石，辽宁省大洼县人。现为辽宁省诗词、楹联学会会员，盘锦市诗词楹联学会副会长，辽宁省作家协会会员，盘锦市作家协会会员。著有诗词集《辽河浪花》《辽河放歌》。

奥运圣火在珠峰点燃

擎天一柱傲苍穹，接踵摩肩日月星。
冰雪层层铺险路，健儿个个显威风。
胸怀壮志祥云举，身溢豪情绝顶登。
唯我谁堪为巨擘，点燃圣火耀珠峰。

李天成

李天成，1947 年生，辽宁盘山人。原盘山县政府办公室副主任、县直属机关工委常务副书记。中华诗词学会、辽宁省诗词学会会员，盘锦市诗词楹联学会副会长，《盘山诗页》主编。有诗词集《子叶集》。

读毛泽东诗词感赋

大吕黄钟品位高，诗林赋海领风骚。
吟哦马背千军勇，歌咏灯前万帜飘。
笔走乾坤惊海岳，文驰经纬荡云霄。
六合横扫昆仑小，诗卷神州一代骄。

晨　练

沐浴晨晖效五禽，梦中烦恼化烟云。
一身汗水驱陈事，几缕朝霞抹旧痕。
夜雨初停花吐蕊，晓风微掠柳摇金。
人生轨迹天天绘，笑看今朝步履新。

刘宪才

刘宪才，1947年生，辽宁盘山人。先后在教育、政协、关工委等部门工作。著有格律诗词集《残叶》。现为中华诗词学会会员、全球汉诗总会会员、盘锦市作家协会会员。

泰 山

东岳摩天气势豪，独尊一柱抖风骚。
沧澜隐隐托红日，黄土朦朦泻紫涛。
仰望南天悬百耸，俯观极顶挂千凹。
松声壁立烟云动，傲骨雄姿撼九霄。

李博非

李博非，1947 年生，辽宁黑山人。曾为农民、教师、机关干部；现为中华诗词学会会员、全球汉诗总会会员、盘锦市诗词楹联学会大洼分会副会长、会刊《芦花》责任编辑。

诉衷情

平生未敢显疏狂，热血几曾凉？胸中块垒消尽，谈笑历沧桑。　　花向晚，散余香，意飞扬。此情谁会，日月为凭，地老天荒。

王恩忠

王恩忠，1948 年生，辽宁大洼人。现为葫芦岛市检察院检察长。出版诗词集《端阳喜雨》《中秋皓月》。盘锦诗词楹联学会副会长，中华诗词学会、辽宁省诗词学会会员，中国民俗学会会员，全球汉诗总会会员。

九道弯

左行右转走琳琅，车栈粮房并染房。
小巷大街留影象，难寻祖业义和堂。

辽河冰封

严寒生骨变桥通，南北东西任纵横。
运苇穿梭如雁阵，玩童戏耍逞奇能。

丁志钢

丁志钢，1949 年生，字仲坚，满族，辽宁绥中人。现居大洼县东风农场，被聘为东风电子机械厂销售科长。现为中华诗词学会、盘锦市诗词楹联学会会员，大洼县东风镇东风诗社社长。

辽河寄语

柳媚花鲜百鸟喧，寻芳恰遇艳阳天。
长河水润金滩秀，巨树风吹碧浪翻。
龙跃云霄追晓日，鹤鸣郊野恋晴川。
稻香佳境招游客，油海风情引世贤。

安祥林

安祥林，1949年生，辽宁盘山人。毕业于辽宁教育学院，现工作于盘锦市教委。著有诗词集《心泉》。现为盘锦市民间文艺家协会会员、盘锦市诗词楹联学会会员、中华诗词学会会员。

与友同游东郭苇场

风伏苇海望无涯，绿浪衔云接远霞。
仙鹤仙乡身缀玉，天鹅天府翅披纱。
人行小径花牵袖，车驶幽途水噪蛙。
辽水蜿蜒西入海，物丰景美客喧哗。

杨春光

杨春光,1949 年生,辽宁盘山人。现任双台子区政协主席、双台子区诗词楹联学会会员。现为中华诗词学会、全球汉诗总会、盘锦市诗词楹联学会会员。著有诗词集《芦吟》《乡情》。

鹤乡王酒进京展

隆冬瑞雪染河山，腊月梅花傲古园。
紫禁城中迎贵客，钓鱼台里结良缘。
十三节使吟歌赋，四百嘉宾颂曲喧。
廖老挥毫龙睛亮，醇香醉客万口传。

郝延超

郝延超,1951年生,辽宁大洼人。毕业于辽宁大学中文系。1985年5月调入盘锦人民广播电台。1991年加入辽宁省作家协会,国家一级编剧。主要著有中篇小说集和诗集《半悬居诗词》。

三味书屋

寿老先生坐讲坛, 开蒙弟子自端然。
圆窗初落南山月, 洞户正依北水船。
桂子三秋吟魏晋, 蟋虫半夏诵伐檀。
蓦然嚼得书三味, 返朴归真是圣贤。

鲁　镇

高台社戏喜复悲, 衙役堂前大喊威。
乙己长衫难当酒, 祥林妻子又呼谁。
越墙阿Q逐尼去, 迎娶乌篷载女回。
一曲丝竹方入耳, 三杯美酒醉难归。

秦淮河

（一）

六朝金粉了无痕，九曲风光何处寻。

贡院诗书犹在眼，秦淮舞袖欲断魂。

情投东党柳如是，血溅桃花颂李君。

几度梅村度艳曲，西风不见寇白门。

（二）

秦淮烟雨六朝歌，诗酒楼船载丽娥。

举子风流寻梦处，佳人金粉断魂窝。

琴棋书画董小宛，玉理冰肌顾横波。

夫子有情难自持，我侪无意笑先哲。

青玉案·流水

洞箫一曲泻流水。觅知音，知何地？大江万里随春去。流水洗心，白云拭目，闲看古今事。　　瀑飞溪转溅珠玉。一波三折缠绵意。还有叮咚声几许？半悬居里，曲终人痴，余音绕梁溢。

季新山

季新山，1951 年生，吉林永吉人。1969 年入伍，以上校团政委转业到辽河油田。著有诗集《油海的请柬》《守望雪的世界》等。现为中国作家协会、辽河油田作协副主席。

花葩山鱼尾狮

跃海蹲伏一水间，俯瞰星岛上云天。
呼风唤雨多潇洒，满地鲜花赤道前。
守护港湾一片玉，欢腾四海万只船。
天天摇尾迎佳客，月月挥毫绘靓颜。

李永夫

　　李永夫，1952年生，辽宁大洼人，现任盘锦辽滨经济区常务副主任、党工委副书记。有诗词、楹联作品在《盘锦诗词》《辽河口》等刊物上发表。

辽滨畅吟

（一）

际会风云造大船，创新南国敢居先。
碱滩溢彩观龙舞，荒甸铺金看凤旋。
铁臂巍峨沿岸耸，厂区气派傍河连。
巨轮出坞心期待，破浪迎涛向远天。

（二）

问鼎颠峰创业难，图强立位处高端。
八方杰俊抒慷慨，四海精英涌巨澜。
僻地而今成宝地，荒园从此蠹新园。
真情互动谋方略，建业双赢大路宽。

于长山

于长山，1953年生，辽宁盘锦人，硕士研究生。现任盘锦市劳动社会保障局党委书记、局长。现为中华诗词学会会员、盘锦市诗词楹联学会副会长。著有《长山诗集》《长山文集》。

劳动就业座谈会感赋

天高日朗畅人心，就业商谈选玉金。
下岗民营成领袖，投身市场得同仁。
积贫弱女拥千富，得道强龙纳万民。
更有党群关爱至，八方共助抖精神。

杨淑芹

杨淑芹，1953 年生，辽宁盖县人。图书管理员。现为盘锦市诗词楹联学会会员。

长相思·春耕

风悠悠，云悠悠。布谷催耕韵味稠，深情盼绿洲。　　歌声柔，笛声柔。犁影鞭声沸广畴，风华云外流。

秦润军

秦润军，1954年生，笔名饶阳河，辽宁盘山人。任教于盘山县大荒中学。著有诗集《三月的风》。现为盘锦市作家协会会员、盘锦市诗词楹联学会会员。

采桑子·贺老人节

金风送爽迎佳节，天地飘香，五谷凝芳，霞彩满天度艳阳。　　人逢盛世精神爽，不顾头霜，奉献争光，健步铮铮奔小康。

郭兴武

郭兴武，1955 年生，笔名劳声，辽宁盘山人。现为盘锦市档案局局长，副研究馆员。著有诗文集《林塘集》、散文集《续林塘集》。辽宁省作家协会会员、全球汉诗总会会员、盘锦市诗词楹联学会副会长。

谒武侯祠

翠柏祠堂碧草深，武侯世代美名存。
隆中计出乾坤定，帐下说吴大业勋。
蜀主托孤应景命，遵诏辅政尽忠贞。
功垂天下严求己，宁静平和万古尊。

吴 江

吴江,1955年生,河北省滦县人。现为中华诗词学会会员、盘锦市诗词楹联学会副会长,著有诗词集《望尽天涯》等。

湿地风光

地汇九河入海湾,浪花退去赏红滩。
观光塔顶凭栏醉,临水台巅笑语喧。
漠漠兼葭波荡漾,陶陶游客意缠绵。
诗材画境堪为盛,心旷神怡别有天。

刘永生

刘永生，1956 年生，辽宁大洼人。现任大洼县经济委员会党委办公室主任、盘锦辽滨经济区《辽河口》杂志执编。盘锦市诗词楹联学会理事。

游辽河入海口

长河大海汇苍茫，浩淼奇观尽赏享。
碧浪衔云堪作画，巨轮偕鹭赴征航。

赵玉华

赵玉华，女，笔名肖玉，1956年生，辽宁彰武人。盘锦市第二高级中学教师。著有诗词集《彩云追月》《清秋拾韵》等。现为中华诗词学会、中国诗歌学会、辽宁作家协会会员、盘锦市诗词楹联学会副会长。

咏梨花

素面禅心白玉身，羞饰粉黛远红尘。
春风不改清贫志，自信秋天挂满金。

鹧鸪天·残荷

十里荷塘映碧光，迎风伫立不彷徨，经霜老叶听秋雨，结籽新篷笑艳阳。　　莲茎瘦，藕根长，质真不靠外包装，花飞韵减无闲恨，留有芳魂醉梦香。

卜算子·咏梅

岭上暗香凝，疏影虬枝冷。血映红腮寂寞开，独自观风景。　　骨傲仰青霄，惯看花争宠。扰扰纷纷无尽期，惟有梅心净。

鹧鸪天·诗为侣

独守朱楼心自凉，吟诗作赋暖枯肠。黄昏酌句不知苦，夜半成文倍觉香。　　功底浅，诗情狂，书山探宝神飞扬。孤灯最喜诗为侣，残月悬窗醉影双。

孙 波

孙波，1957年生，辽宁东港人，研究生学历，曾参加对外经贸大学和美国加利福尼亚大学工商学院学习培训，现任盘锦市政府秘书长。盘锦市诗词楹联学会副会长。

栽秧小憩

面朝黑土背朝天，汗雨霖霆展笑颜。
正喜新禾成片绿，东风阵阵柳丝妍。

贾冬梅

贾冬梅，女，1958 年生，辽宁盘山人。就职于盘锦市人民检察院。著有诗词集《梅韵》。现为盘锦市诗词楹联学会理事，中华诗词学会、全球汉诗总会会员。

蝶恋花·游三国城

汉业分争烟尽散。千古英雄，后世多评叹。借箭草船犹可见，瑶琴城上鹅翎扇。　　结义桃园花卉艳。对饮翔鸾，战鼓声声远。游览太湖遥望岸，旌旗猎猎迎风展。

采桑子·忆文成公主

文成西去清光耀，山也迢迢，水也迢迢。汉藏和亲异域遥。　　风沙烈日不毛地，思也悄悄，念也悄悄。公主甘为汉藏桥。

周德廉

周德廉,1958年生于辽宁绥中。现任《盘锦日报》总编辑。中华诗词学会会员、全球汉诗总会会员、辽宁省楹联学会理事、盘锦市诗词楹联学会副会长。

参观黑山阻击战纪念馆

亭亭翠柏绕英魂,昨日枪声犹可闻。
珍重黑山先烈血,化为沃土育来人。

孙武子亭断想

山花碧水映亭台,天宝英华育圣才。
自古吴中多俊彦,而今个个敢争魁。

张华桥

张华桥，1959 年生，辽宁盘山人。兴海街道办事处书记。著有诗词集《华桥诗草》《华桥诗草续集》。现为盘锦市诗词楹联学会、全球汉诗总会会员。

重　阳

九月重阳近，秋风过院庭。
菊花吐翠叶，人也乐融融。

自　勉

醉后方知酒浓，爱过方知情重。
把握人生坐标，无怨无悔一生。

鲁宪阳

鲁宪阳，1963年生，辽宁大洼人。参军复员后工作于大洼县东风农场机务科。

风筝情

年年三月戏娇郎，怀抱春鸢喜欲狂。

绵纸一张添色画，青竹几许作脊梁。

轻摇体态追童梦，巧乘东风逛艳阳。

相伴归鸿双比翼，单丝情系可还乡。

张松山

张松山，1963 年生，辽宁辽中人，1982 年到辽河油田参加工作。现为盘锦市诗词楹联学会会员、郁江诗词文学社会员。

学　诗

信笔涂鸦意未休，迟眠早起兴偏投。

情生翰墨多添乐，心有诗词少铸愁。

万里河山凭我想，九州花木任人浏。

学飞初雁无奢欲，只话胸中喜与忧。

陈晓昕

　　陈晓昕，1963 年生，辽宁黑山人。现为中国民俗学会、中华诗词学会、中国乡土诗人协会会员，辽宁省作家协会、辽宁省诗词学会会员，盘锦市作协理事，盘锦市诗词楹联学会秘书长。现任《南大荒诗刊》《新世纪》主编。

芦荡拍鹤

晓雾湿衣潜碧丛，凝神静卧觅仙踪。
忽然巨翅随风起，鹤影朝霞火样红。

故　乡

大路朝阳飘锦带，牛羊漫步满山岗。
声声布谷桃林里，泉水源头是故乡。

圣淘沙即景

人间万象全抛却，怎比椰风自在闲？
绿水白沙男与女，欢声戏浪乐无边。

陈发彬

陈发彬，1965 年生，四川内江人。在职研究生学历，供职于中共盘锦市委办公室。现为盘锦市诗词楹联学会理事。

如梦令·辽河三角洲寻鹤

春浅绿芦芽短，水鸟觅食都现。堤外袅炊烟。犬吠随风出院。云淡，云淡，闲鹤归来湿甸。

如梦令·夜弈

烟锁半窗斜月，楼角清辉欺雪。论道点纹枰，慢把茗香破解。惊觉，惊觉，笑指盏空如也。

宋昱秋

宋昱秋，1971 年生，辽宁盘山人，1992 年毕业于辽宁税务专科学校，现任职于盘锦市地税局开发区分局。现为盘锦市诗词楹联学会会员。

一剪梅·初秋

皓月轻寒霜夜清，深院昏灯，踽踽独行。梧桐影里忆前盟，怒海惊涛，脉脉柔情。　　别后难知何处逢，草淀荒桥，野渡舟横。依稀夏夜捕流萤，可叹年华，来去匆匆。

夏　华

夏华，1972年生，辽宁盘山人。毕业于辽宁师范大学中文系。《盘锦日报》总编室主任。著有诗集《芦笛唱在故乡》。盘锦市作家协会会员、盘锦市诗词楹联学会理事。

忆江南·苇乡好

苇乡好，风起浪浮鸥。有意飞花帆送远，无心群蟹戏滩头。日暮淡烟悠。　　苇乡好，一梦泊归舟。蒲岸月中寻钓事，酒旗风外指村畴。醉里亮歌喉。　　苇乡好，情驻几春秋。邻小齐呼谁待客，老翁笑语且多留。何日更重游？

熊建华

熊建华，1979 年生于辽宁盘山。公司职员。盘锦市诗词楹联学会会员。

鹧鸪天·自省

野草曾经几度黄？如今又是几回芳？得失成败寻常事，何必朝夕论短长。　　收傲慢，敛轻狂。人前少要显锋芒。轻看名利修心性，仁者胸中日月光。

杨铁光

杨铁光，1947 年生，辽宁省黑山县人。原任葫芦岛市委党校常务副校长、市政协常委。中国作家协会、中华诗词学会会员，中文教授，《乡土诗人》杂志常务副总编，碣石诗社社长。著有诗集、小说集、文论等 15 部。

黄山始信峰

始信峰峦云雾缠，虚无缥缈若仙山。
青鬟三五忘乎己，只把下山作下凡。

沁园春·医巫闾山

寂寞山神，舜帝曾封，北国称雄。仰云阶万仞，天门雾裹，瀑泼雪浪，石列峥嵘。歃血丹枫，青松挥剑，万壑千山列绿营。披肝胆，涵天魂地魄，八面威风。　　登高壮我豪情，问樵叟，何由觅仙踪？眺青崖白鹿，平川绿野，遥岑远目，大象无形。心骛八荒，神驰物外，临顶方知我为峰。沧桑事，须金樽共饮，细论英雄！

袁宏安

袁宏安，男，锦州人，1947年生。曾任葫芦岛市委副秘书长、统战部常务副部长等职。现为中国乡土诗人协会副会长，《乡土诗人》副主编。有诗文散见报刊。

日月潭遐思

日月潭中雨里行，蝉声蛙鼓奏和鸣。

同胞两岸炎黄裔，荡尽阴霾享太平。

王世堂

王世堂，男，1947年生，辽宁绥中人。曾任葫芦岛市一高中校长。

沁园春·锦州一高老三届回忆

母校堪骄，宝塔明珠，璀璨四方。阅春华逐梦，秋实正果；经编大作，书画文章。才具三千，精英三届，宝典洋洋四卷装。寻踪录，撰四十年鉴，锦绣辉煌。　　莘莘学子非常，盖名校名师大志昂。历沧桑风雨，蹉跎岁月；一腔热血，百炼成钢。俱进随时，科学发展，个个行行尽栋梁。天行健，看金童玉女，无限风光。

陈丕志

陈丕志，男，1946 年生，辽宁葫芦岛人，曾任葫芦岛市政法委副书记。钟情诗歌散文，曾出版《岁月如歌》等诗集。

感　悟

人生百岁古来奇，摒弃残针褪旧衣。
生死枯荣终有道，盈得九九乃归一。

咏泰安

人杰地灵数岱宗，水绿山蓝天际风。
玉顶门登三万客，晨钟响过日初红。

赵千春

赵千春，1947 年生于黑龙江双城。中华诗词学会会员、全国企事业书画家协会常务副主席兼秘书长、《墨林》杂志总编辑。已出版《赵千春诗词选》等多部著作。

咏 竹

窗外有修竹，亭亭绿水边。

分明八九叶，浓淡两三竿。

不意闻幽鸟，有情会素娟。

寒宫圆翠影，清气到君前。

卜算子·小岛之晨

旭日起云间，滚滚浪花溅。知是东风海上来，香湿扑人面。 小岛春花开，青山连碧岸。望尽云烟何处边？只有双飞燕。

梅 花

东风剪碎万重霞，化作人间第一花。

笑靥犹含冬日雪，丰姿初伴月光斜。

鹊呼欲把芳枝踏，鹤至长吟感岁华。

松柏默然休自愧，真情一样共天涯。

杨玉峰

杨玉峰，葫芦岛人，1962 年生。现任葫芦岛市政府行政审批管理办公室副主任。辽宁省书法家协会理事、中华诗词学会会员。有书法、诗文作品见于各级报刊。

一剪梅·游虹螺山

一览虹螺景万千，峭壁松峦，瑞霭重峦。山花烂漫水潺潺。蜂也喧喧，蝶也翩翩。　　玉阁琼枝近碧天，谁倚栏干，谁在歌筵。时光切莫负华年，旧事如烟，好梦如仙。

李恩福

李恩福，辽宁省绥中县人。曾任绥中县交通局局长、城建局局长，现为凌云诗刊理事长。

西江月·抒怀

傲骨豪情直性，朴实磊落真诚。人生何必论功名，从未听天由命。　　忆起如烟往事，一时心绪难平。世间何处诉衷情，荡起满怀诗兴。

卜算子·咏梅

风雪临苍穹，骨傲枝头挺。万木霜天吐暗香，谁感冰人冷？　　春到满山红，独掩清新影。百媚千姿斗艳时，她在群芳顶。

郑雪峰

郑雪峰，1967 年生，辽宁兴城人。锦州一师毕业。现任葫芦岛市渤海船舶职业学院教师，兼职《中国书画》杂志编辑。与人合著有《名碑名帖集联》《辽西三家诗》。

登岳阳楼

高矗层楼楚水边，我来风雨正茫然。
三湘草木迷秋气，万里江湖涨暮烟。
忧乐孤臣垂笔重，登临多士问谁贤。
青衫吊古情何极，频拍栏干恨不传。

同学小聚

谁知执手亦多艰，廿载惊心岁月宽。
直向樽前酬梦寐，却怜眼角叠悲欢。
仙香座绕花枝暖，世热襟消海气寒。
细说别来辛苦事，冰心掬与故人看。

黎里谒柳亚子纪念馆

沧海横流万事非，手扶南社起崔巍。
苍生满眼诗宁济，奇气蟠胸剑欲飞。
漫说识人真有术，终怜垂老不知归。
我来故宅徘徊久，惆怅分湖满落晖。

王光野

　　王光野，1958 年生，辽宁省绥中县人，祖籍黑山县。少壮从军，还乡从业于交通征稽部门，现任葫芦岛市交通征稽局绥中县分局局长。辽宁省葫芦岛市作家协会理事，有诗集《晨光翠野》行世。

谒杜甫草堂百感

薄雾昏昏烟雨濛，绿荫盖下草堂青。

桥藏红鲤随波起，枝隐黄鹂隔叶鸣。

笔落愁吟神鬼泣，诗成硬语雨风惊。

一生愁国空怀志，多少英雄含恨终。

王维江

王维江，笔名惠文、郁寒斋，辽宁绥中人。现为中国乡土诗人协会会员、葫芦岛市作家协会会员。主要著作有《成韵金秋》《颐心集》等。

王　勃

千里洪州一夜航，少年妙笔序风光。
闲云共聚西山渺，霞鹜齐飞秋水长。
酒兴滕王书圣迹，文雄青史耀重阳。
神童遗恨存交趾，浪里英魂怨马当。

贺马长富先生《槐花吟》付梓

雪泥歌罢甲申吟，又见槐花绽老林。
淡淡飘香飞玉蝶，浓浓流韵注金樽。
三十戎马名勋仕，百万文兵今古魂。
冠挂清白留正视，一腔血热净风尘。

王华祝

王华祝，1955年生。现任兴城高中副校长。兴城市作协理事、锦州诗词学会会员。作品曾被选入《辽宁青年诗词选》《辽海诗词》和《凌河烟雨集》。

八声甘州·迎新寄语

笑新年情重忒匆匆，自来会良朋。语巨龙今起，腾飞世界，漫舞长风。不见连营九亿，虎虎意豪雄？喜有黄河浪，壮了豪情。　　也试登高临远，识旗开四化，烟雨行程。念游踪赤子，企望寄飞鸿？惜流年，更添国魄，振短衣，射虎气难平！君须记，凌烟会盏，再赋八声！

杨艳华

杨艳华，1969 年生于辽宁绥中。现为葫芦岛市作家协会会员、凌云诗社会员。

临江仙·风

铁马冰河何处？倾听雷鼓穹庐。烟尘荡起卷苍途。三千杨柳绿，一霎浪翻湖。　　桃李却知离恨，胭脂渐渐全无。满城花絮任沉浮。好风能几日，吹落不如初。

诉衷情·江边雨中

一江烟雨向南流，风雨不知愁。前尘旧地如幻，依旧过江鸥。　　人散尽，鬓霜收，暗回眸。一汀芳草，两树闲花，真教人羞。

张儒林

张儒林，笔名木声，1951 年生，辽宁省兴城市人。现为中华诗词学会会员、辽宁省作家协会会员、葫芦岛市作家协会理事、辽宁省书法家协会会员。出版诗词集《笔吟》。

望江南·山村夕照

层林翠，暮霭透斜晖。叶绿遮枝莺不去，花香染树蝶停飞。柳哨领羊归。

最高楼·登大青山

层层岭，叠叠绿茸峰，挺挺翠云松。啾啾虫鸟留客住，潺潺泉水伴吟声。觅雉途，逐鹿径，踏荆风。　　洗天井、爽心神目清；骑虎石、激情仙鹤乘。惊低首，雾溟蒙。千秋瑰宝谁曾识？陈年老酒我开封。枕青山，醉入梦，幻多生。

阿 舍

阿舍,原名薛立超,1982年生,辽宁建昌人。曾在首届"新秀怀"全国青少年文学大赛获奖。

春 景

麓山风物似青屏,烟水微茫绕绿汀。
伫望一朝新雨后,行人辗转系浮萍。

春景素描

柳岸春风弄晚晴,烟波一抹钓舟轻。
伫青青嶂衔斜日,栏外流莺唤几声?

梦中偶拾

李花三月散香尘,丽水翻云浸物新。
娇媚犹为巾帼客,一枝繁露总关春。

毕彩云

毕彩云，女，笔名雨虹，1950 年生，吉林长春人。辽宁省作家协会、辽宁省诗词学会、中华诗词学会会员。与人合编两部大型诗词工具书《中华实用诗韵》《中华词律词典》。

澳门请柬

今生无悔做诗奴，自入樊篱不觉孤。
他设围墙非伯乐，谁云面壁是穷儒。
欣看请柬心尤慰，怅对飞鸿海亦呼。
世路遥遥多坎坷，何时天堑化通途？

鹊桥仙·过武汉长江大桥

洞庭南映，汉川北望，黄鹤楼头鹤杳。波涛万顷起宏图，水断处，天遥日小。　　千寻铁塔，三春城树，转瞬龟蛇缥缈。桥连京广势横空，正窗外，江山不老。

沁园春·孝敬父母

遥祝双亲，想念双亲，此夜未眠。忆倾心抚育，情深似海；精心呵护，恩重如山。冬做绵衣，夏摇蒲扇，父母胸怀是故园。操劳后，见容颜变老，血汗熬干。　　时时饮水思源。好儿女应该报涌泉。要多加赡养，知疼道热；多加照料，问暖嘘寒。膝下承欢，身边尽孝，共度天伦一百年。回家后，伴咱妈咱爸，三代团圆。

望海潮·临别与林书、锦生同游

文章知己，京城相聚，同游再上香山。红叶染霜，青松吐翠，情溶万里云端。徒步亦陶然。仁峰顶知小，高处知寒。每次联吟，总留佳句寄婵娟。　　风华胜似当年。把将来岁月，化作诗篇。神韵几多，幽怀几许，因何泪涌心泉。挥手祝平安。叹别时路远，遥隔重峦。望断南归大雁，思念到天边。

沁园春·家住葫芦岛

渤海湾边，铁路穿行，国道贯之。幸人居宝岛，位于塞北；犁翻沃土，地处辽西。关外名城，城中胜境，碧水蓝天杨柳丝。公园里，指立交桥下，古韵新姿。　　真真如画如诗。有多少由衷赞美词。到沙滩漫步，遥看塔影；茶楼漫叙，惯听公司。处处商机，家家网络，教育园区已奠基。迎红日，见桃花雪浪，绽满晨曦。

踏莎行·沈阳客中

暮雨生烟，晓星笼雾，恋情犹对名城赋。游人难禁夜阑珊，时时却被风光误。　　花色初娇，草香微吐，芳菲尽在销魂处。楼高不掩柳枝青，明朝携向迢迢路。

杜若蘅

杜若蘅，又名杜红，1968年生，曾做过教师、编辑、记者、策划人、自由撰稿人等，中华诗词学会会员。

虞美人·赠林弟

江南桃李绽开早，已结青青小。杜鹃雨里苦思归，又是一年柳絮杨花飞。　　落红影外人何处，遥向天涯路。细说春梦了无痕，默默相思独自倚黄昏。

杂　咏

相思两字写来真，墨饱诗枯夜半深。
已是江南花信老，风前谁作点筹人。

郭欲仑

郭欲仑，辽宁兴城人，葫芦岛市作协会员。

沁园春·邓小平百年诞辰感赋

挺进群山，指战江涛，坐镇帅台。算柔中刚寓，针藏绵里；奇雄伟略，济世英才。胸纳百川，掌生风雨，眼底眉边蕴雳雷。平章事，看红旗峊立，莫教徘徊。　　神州十月春来，看雄劲东风扫恶霾。倡求真实践，清源正本，改革发展，理论新赅。致富安民，图强社稷，积缕堆盘笑意开。恭华诞，酹先公百寿，遣我倾杯。

鹤冲天·心志

心纯志嫩，对此无须问。谁为识书生，知才俊。滋味连三五，也怕乱方寸。向晓人已困，村野孤童，未必天生愚钝。　　春风不菩，天角传来芳讯。顶孽雨斜风，透香沁。还伴哑歌跛舞，学拼比，常发奋、当时双翅振，鹤矗齐天，换得诗人新运。

刘钟毓

　　刘钟毓，生于1948年，经济学高级讲师。结集出版《止锚湾诗稿》和《六股河诗稿》，凌云诗社理事、中国乡土诗人协会会员、葫芦岛市作家协会会员。

豪　情

怀中荡过几沧桑，酒里乾坤少梦粱。

两鬓横秋吟白絮，一身铁骨挺脊梁。

眉间不洒风和雨，笔下难藏暑与凉。

莫遣豪情随雁去，一腔热血注诗行。

冷桂萍

冷桂萍，女，笔名家乡月，1964 年生于葫芦岛市。钢屯诗社创办人之一。现为葫芦岛市作家协会会员、葫芦岛市诗词学会会员。

端午怀屈原

英才堪旷世，国运系情怀。

哀郢思湘土，离骚恋楚台。

秉忠天地鉴，投水古今哀。

端午年年祭，诗魂踏浪来。

马长富

马长富，辽宁省绥中县人，原葫芦岛市纪检委副书记兼市监察局局长，现为辽宁省作家协会会员、葫芦岛市作家协会理事、中国乡土诗人协会会员。著有文集、自传、诗词集共四部。

春　行

春光伴我到家乡，日丽风和暖旧肠。
冻土翻身成麦垅，锥芽脱帽拜骄阳。
老农赴市挑良种，少妇赶集寻嫩秧。
六畜三禽肥又壮，如诗如画路康庄。

夜宿深山

河畔蛙声脆，山深鸟语长。
松风吹月影，梦翅入兰乡。

蝶恋花·国家主席胡锦涛访日感赋

十载阔别今又聚。泯弃仇嫌，重在情延续。岁月阴霾拨散去，求同合作开新域。　徐福鉴真传美誉。历尽劫波，互惠结新谊。破雪融冰春意暖，两国共奏黄钟曲。

胡国庆

胡国庆,辽宁朝阳人,1938年出生。曾任葫芦岛市委书记、市人大主任。葫芦岛市诗词学会名誉会长。

香港回归感赋

粤海烽烟逾百年,沧桑历尽月还圆。
剖瓜裂土狼争噬,掠玉夺银虎竞贪。
四九鸡鸣赤县屹,九七奏凯宝珠还。
五星环抱荆花美,水舞山歌万姓欢。

自度曲·望海楼观潮

碧海潮平,登楼望,水天一色。夕阳里、金滩斗彩,泳装出没。徐福何须觅仙山,祖龙巡此堪长乐。卢生来,八仙共举杯,惊四座。　　潮汐涌、知晦朔、信期涨、守时落。莫道人间事,更难求索!荣辱得失经过了,冷眼审知流年错。挥巨笔、抚波绘宏图,凭人说。

念奴娇·筑港碑亭怀少帅

潮头月涌，断碑侧、放眼灯光明灭。细辨英雄筑港文，永驻丹心碧血。旗舰翻沉，塔山焦土，往事堪咨嗟。海涛声咽，当歌多少英烈。　　启碇又遇东风，国轮外运，恰逢好时节。巧夺天工造大船，会战不分昼夜。万里海疆，长鲸戏水，巨浪堆白雪。葫芦开处，笑迎五洲俊杰。

高尔丰

高尔丰，南京人，1943年出生，长期从事教育工作，中文教授。诗文曾在全国征文中多次获奖。

题　照

花是丁香树是松，芳洁质朴此心同。
地北天南何缘会，相依曾在紫荆峰。

庆春泽·喜迎香港回归

沙角硝烟，三元碧血，百年风雨堪嗟。国弱民哀，狂夷恣肆凶猾。剖瓜碎玉从兹始，最伤心咫尺天涯。只余些，眼底昏鸦，耳畔胡笳！　休言痛泪终难尽，看龙飞东亚，狮醒中华。伟略兴邦，欢歌两姓一家。珠还合浦离人聚，喜香江簇锦团花。待轻车，京九相约，共庆名葩！

常志英

常志英，1955 年出生，辽宁葫芦岛人，市委宣传部干部。葫芦岛诗词学会副会长、作家协会理事，创作发表诗词数百首。

读《领导干部的楷模孔繁森》感赋

人言裕禄已无寻，雪域忽然传喜音。
群众心潮逐浪起，英雄业绩化歌吟。
懿名远播党威振，正气弘扬邪气沉。
弊绝风清应有日，神州上下颂繁森。

学诗偶感

学诗双十载，苦乐不寻常。
头为乐天白，颊因山谷黄。
时抒工部郁，更发谪仙狂。
长夜孤灯亮，诗成满室香。

尹忠明

尹忠明，辽宁葫芦岛人，现任职于锦西石化分公司矿区党群工作部，擅长诗词，在报刊和网刊时有新作。

菩萨蛮·同里

烟波浩淼太湖水，湖边同里珍珠美。古镇巧天工，名乡涵水中。　　三桥吉庆路，林苑常思驻。雾罩小街秋，飘然一叶舟。

才 满

才满，1948 年生，锦州人。曾任《锦西炼化报》总编、中国石油锦西石化分公司碧海公司经理。

自度曲·电大毕业

弹指三芳龄。曾记否，冬寒暑酷，飞雪流萤。攻罢书山游翰海，遍览子曰诗云。难寝寐，犹忘晨羹。娇妻乳子呓梦语，伫厨房夜夜读三更。几回回东方明。　　囊萤刺股更添情，抬望眼，辛苦为舟，学涯无境。常恨世人新意少，休夸凌云笔轻。同窗芝兰竞吐秀，更及门桃李喜争迎，追飞镝，振长缨。

马长忠

马长忠，笔名司马松，辽宁省绥中县人。1947 年生。学校高级讲师。现为中国乡土诗人协会会员、《乡土诗人》杂志编委、碣石诗社副社长。有《识途斋诗草》诗集行世。

年关喜看丹林在央视讲楹联

辽西名士噪京城，响彻荧屏大吕声。
尽授心经着肯綮，亲书妙对溢春风。
初学小子开茅塞，久练方家遇旧朋。
染就丹林楹苑秀，谁言我辈不英雄？

李世杰

李世杰，1948 年生，辽宁锦州市人。曾任锦西化工集团党委书记，高级经济师、高级政工师。任葫芦岛市诗词学会名誉主席等。出版诗集《晗凌集》。

乡 思

北风送孤雁，辽西落木寒。
我家绕凌水，几时还故园。
莫弹男儿泪，有风直挂帆。
空望迷津路，茫茫问青天。

方　宏

　　方宏，1952 年生于宁波。全球汉诗总会会员。1969 年"上山下乡"，参加内蒙古生产建设兵团。1979 年就读于北京崇文区职工大学中文系，1984 年毕业后曾任办公室主任、三产经理。

沁园春·塞上西风

　　塞上西风，冷月空悬，落木无凭。忆云篷苦渡，乌梁素海：天涯倦旅，梦断关城。大漠苍苍，阴山隐隐，几度斜阳去雁横。东南望，又谁能托付，背井离情。　　曾经意气书生，叹丙午狂夫乱世争。恨京门雾锁，故园残柳，亲人泪洒，衰草长亭。一代堪怜，十年浪迹，碾碎韶光落寞行。今知否？更霜来鬓染，缕缕凄清。

于泉洲

于泉洲，字冷泉，号枕潮居士，1948 年生于辽宁桓仁。现为葫芦岛市政协委员、葫芦岛市诗词学会秘书长、辽宁省诗词学会理事。中华诗词学会会员。

黄龙洞

腾去黄龙遗洞天，故居行迹化奇观。

王宫宝座塔林耸，峡谷仙桥响水环。

奥妙乾坤神幻静，迷离府地美幽玄。

寻根探秘传人臆，化作豪情仰祖先。

陈淑凡

陈淑凡，女，1961年生于内蒙。毕业于内蒙古民族师范学院中文系。现供职于葫芦岛市工商局。

金缕曲·登泰山感成

袖底人间小。揽群山，苍茫万象，尽收怀抱。风纵百川云作岸，脚下烟清翠缈。居五岳、八方横扫。圣帝东临乾坤转，引秦皇汉武朝仙庙。邀北斗，问天道。　　江山代代江山老。看碑残，风蚀雨浸，几多潦草。漫步天街红尘远，弱水三千一舀。浮世里，浮生了了。自古神兮空来去，绣鞋抛，何处能寻到？还有梦，剩多少？

金缕曲·咏莲寄人

风起横塘处。看云边，苍茫凝翠，水听秋语。独自青衣裁藕色，半点尘埃不取。只留待、惊鸿一睹。莲子心真不言苦，问风流可是来吩咐？除旧梦，挽江渚。　　荣枯摇落添寒暑。任时节，薄凉吹晚，叶沾白露。云住莲蓬愁应解，愁解兰溪古渡。试寄去，情丝几缕。别误今生深浅意，待春回，绿涨花蝶舞。君为我，唱金缕。

金缕曲·叹伶人

且把伶人叹。看氍毹、光叠影错，幕垂帘卷。羽上轻裘飞点翠，锣鼓铿锵楚汉。生旦丑、墨匀花脸。气尽腔回珠润色，更悲欢离恨余檀板。金缕曲，戏中念。　　悠悠天道一声喊。怅梨园、台前身后，谁脱褒贬！心载江湖量薄厚，都是红尘客串。真亦假、假来真演。义字当头情垫底，大音希、千古惟一欠！尘与梦，莫圈点。

金缕曲·登五台山

几世曾来过？望天台，九重殿宇，太虚留座。紫气蒸云千嶂隐，古刹香绝烟火。清净地、清凉可可。风贴曼陀花似雨，对红尘烟霭低低落。行已忘，住无色。　　长头磕得些些破？问真如、谁得自在，怎生般若？谁又一言脱三界？都是匆匆行者！回看去，山门禅舍。明月池中寻明月，伴钟声、一百零八课。尘世外，归来我。

临江仙·凭吊小河口长城遗址

秋已深深山向老，斑斑落叶吹声。曾经烽火照旗旌。如今余断壁，凭吊有谁听？　　兴废从来无定数，掩埋多少英雄。可怜骸骨忘留名。长风榆柳塞，千古月当弓！

李春华

李春华，笔名李志坚，1927年出生于吉林省伊通县。1948年参加革命，工程师，从葫芦岛市国企副处长岗位离休。

赞孔繁森

抚　孤

震地收孤胜自生，心连汉藏两情浓。
悄然鬻血滋桑曲，为育高原展翅鹰。

敬　老

阿妈染病痛繁森，炙热胸膛暖老人。
鹤发高堂千里梦，琼宗胜似自娘亲。

清　廉

捌元陆角重千钧，市长倾囊见爱心。
两袖清风昭日月，一腔热血献人民。

奉　献

雪域之星泰岳魂，狮泉洒泪缅繁森。
承前启后垂青史，遍地中华公仆心。

非典之战

三春美景柳啼莺，疫痢袭来举世惊。

护士诀别争赴死，医生舍命挽苍生。

虽无战地烽烟起，却有红旌火线升。

众志成城非典溃，白衣战士亦英雄。

李玉恒

李玉恒，1946 年出生于吉林省辽源市。原南票矿务局工会组织部副部长。中华诗词学会会员、《环球游之吟》编委。曾获"霞客杯"国际旅游诗词赛金奖。

游贵阳花溪

漫兴清吟到市郊，弈棋寻趣半山腰。
缘岩跃上飞云阁，俯瞰花溪放鹤桥。
岸柳依依添景色，碧波滚滚泛春潮。
纵情畅饮茅台酒，权作神仙把扇摇。

赤壁怀古

顺流觅胜至荆襄，寻访当年古战场。
赤壁山巅瞻故迹，凤雏庵侧吊周郎。
壮吟历代旧诗句，续写今朝新乐章。
跃上南屏天地阔，大江呼啸向东方。

游九华山

九华峰险罩云烟，径僻林幽不计年。
偶遇绰约庵室女，抛情弃欲了尘缘。
焚香揖手佛光照，茹素衣单苦坐禅。
孰谓深堂多寂寞，玄机一悟半成仙。

秋　兴

十月挥镰稻谷香，新成佳酒醉山庄。
低空霞彩呈仙舞，万里清风奏乐章。
雪白棉花堆满垛，鲜红硕果落金筐。
喜夸政策称民意，无限风光到僻乡。

张宝山

张宝山，1953年出生于辽宁省辽中县。葫芦岛市公安局南票分局干警。辽宁省诗词学会会员。

望海潮·游锦州笔架山

晨风扑面，帆樯乱眼，涛声荡动心弦。潮后乘舟，挟风戏海，云游绿水天间。层浪溅衣衫。依栏捋须髯，人过中年。水路迢迢，踏歌登笔架奇山。　　俯瞰水淼云衔。吐红霞一瞬，盛起波澜。苍海缚龙，重天揽月，豪情壮志冲天。长路少休闲。伴碧涛万里，搏浪直前。看取游程浪谷，强者越波端。

水调歌头·承德避暑山庄感赋

致爽翠莲处，烟雨沐红楼。皇家万顷园林，徭役苦人修。雄殿亭台画栋，水榭雕梁碑舫，瑰宝世长留。涉外八奇景，不忍眨双眸。　　老吟诗，少作画，吾摇舟。戏鱼童子，偷窥情侣笑声柔。举步云山四面，远眺锤峰落照，策杖兴悠悠。屈指计时日，名胜必重游。